许辉散文典藏

走淮河 Zou Huaihe

时代出版传媒股份有限公司
安徽文艺出版社

许辉，安徽省作家协会主席，中国作家协会全国委员会委员，中国作家协会全国散文委员会委员，安徽大学兼职教授，曾任茅盾文学奖评委。著有中短篇小说集《夏天的公事》《人种》等，长篇小说《尘世》《王》等，散文随笔集《和地球上的小麦单独在一起》《和自己的淮河单独在一起》《又见炊烟》《涡河边的老子》等。短篇小说《碑》曾作为全国高考、高校考研大试题，中短篇小说《碑》《夏天的公事》等被翻译成英、日等多国文字，收入大学教材。作品多次获国内文学大奖。

许辉散文典藏

走淮河
Zou Huaihe

许 辉 ◎ 著

图书在版编目(CIP)数据

走淮河/许辉著. —合肥:安徽文艺出版社,2016.1
(许辉散文典藏)
ISBN 978-7-5396-5539-0

Ⅰ.①走… Ⅱ.①许… Ⅲ.①散文集–中国–当代 Ⅳ.①I267

中国版本图书馆 CIP 数据核字(2015)第 223367 号

出 版 人:朱寒冬
责任编辑:黄　佳　　　　　　　装帧设计:徐　睿

出版发行:时代出版传媒股份有限公司　www.press-mart.com
　　　　　安徽文艺出版社　www.awpub.com
地　　址:合肥市翡翠路 1118 号　邮政编码:230071
营 销 部:(0551)63533889
印　　制:安徽新华印刷股份有限公司　(0551)65859551

开本:880×1230　1/32　印张:12　字数:240 千字
版次:2016 年 1 月第 1 版　2016 年 1 月第 1 次印刷
定价:38.00 元(精装)

(如发现印装质量问题,影响阅读,请与出版社联系调换)

版权所有,侵权必究

2011 年

完成 / 001

在吴山的麦田里 / 002

在下塘的麦田里 / 005

游岳西妙道山记 / 007

朱巷·凉秋 / 010

在江西宜春明月山 / 011

银川平原的冬小麦 / 015

2012 年

许辉：2011 / 017

在怀远县河溜镇涡河渡口看河北岸麦田记 / 021

在怀远万福镇芡河桥上看桥西的芡河及桥东的

  芡河水结 / 023

在蒙城北乡的冬麦田里 / 026

在怀远双沟到河溜的涡河南大堤上 / 028

在五河县沫河口的冬麦田里和自己单独在一起 / 029

在五河县沫河口镇到郜台子的淮河大堤上看淮河、

  麦田和小美女们 / 030

霜晨在五河县临北乡看日出和浓霜裹盖的麦田 / 031

在淮河两岸看冬小麦 / 032

龙年三月三在肥东县众兴乡马神庙看庙会和冬小麦 / 035

在江南看冬小麦、油菜花并寻找诗人的足迹 / 036

四月中旬在淮北平原看冬小麦、喝牛肉汤 / 045

从三河尖到谷堆乡 / 047

河南省三河尖、往流镇、朱皋、大寺和谷堆乡 / 049

罗山和正阳之间的淮河 / 051

从正阳到桐柏到合肥,在高速公路上睡着了 / 052

新安江源头的舞者 / 053

仙寓山亲茶记 / 054

在淮河入江口附近的瓜洲和三江营看冬小麦 / 056

小麦灌浆,心情大好 / 058

在蚌埠与五河之间的淮北大堤看小麦收割 / 061

在欧洲看冬小麦 / 064

渭河平原 / 069

空中看陕北 / 071

巢湖中庙 / 072

享受"单独" / 074

2013 年

白居易·冬小麦·符离集 / 079

走进书房,走出家门 / 086

想去台湾呷一口上好的金门高粱酒 / 089

2014年

回顾与展望 / 092

在台湾想到的 10 个字 / 094

姓氏小平台 文化大舞台 / 099

文学与水文化 / 101

守静与居下 / 103

我的书房 / 105

登封寻根访源行 / 108

游徐州户部山记 / 110

2013—2014 年系列散文：走淮河

我要严肃地行走在淮河流域 / 117

淮河北岸的高粱 / 118

地理的选择性失忆 / 120

地理和地缘 / 122

淮河流域最大的城市 / 124

过了淮就是边荒地带 / 126

野渡有人 / 128

风雪天静宫 / 131

庄周的濠水 / 135

钓于水 / 139

在淮河流域行走 / 143

淮水之珠 / 149

淮河的上、中、下游 / 154

三河口 / 157

百水归淮 / 199

淮河的北界与黄河故道 / 353

2011年读书随笔 / 363

2011年

完　成

  我钟情于旅行,也附带着收集当地的邮戳,每到一地,如果时间来得及,条件又允许,我都会去当地的邮局(所),获得一枚邮戳。旅行和邮戳,是不同的两个领域,但也有多种多样的文化联系,内中的意蕴,值得深入思考、挖掘,并写出文章,多番探讨。

  2010年12月11日,我去宁国市参加"宁国作家文丛"首发式暨散文创作研讨会。当天凌晨在合肥,突发急性肠胃炎,折腾了大半夜,坚持到宁国后,也一直是病歪歪的。但是在宁国城内,盖了当地的邮戳后,安徽省所有市县的邮戳就都搜集齐了。我心里真是高兴高兴太高兴了!因为这是许多年的坚持,才成全当年的这一个愿望和梦想。眼光放长远,做事要坚持,这是我一贯自守的理念。我也告诉自己:做所有的事,都要这样!

2011年1月16日　合肥淮北佬斋

在吴山的麦田里

　　江淮丘陵地区也是我国冬小麦的主产区之一,但面积和产量与黄淮平原已经不可同日而语。江淮之间以微丘为主,也有一些低山浅壑,像北宋欧阳修咏醉翁亭的滁州琅琊山,就不仅有山,而且有名了。

　　起伏的微丘使乡村的风景看上去富有层次和动感。从乡野的某些高点,也就是岗顶,放眼望去,田地都是小块的,因地势而成形、增减。因为今年春夏干旱,池塘里的水都干涸了,但蒲草之类长相旺盛,树林掩蔽的深渠里的水流也一线仅存,水渠尽头的排灌设备已经弃毁,空余了砖石水泥的机房在浓荫密叶之中。灌满了水的稻田里的水泥电线杆上的广播喇叭突然发出了声音,原来是镇广播站开始广播了,先是一段《东方红》音乐,接着反复宣读市环保局通知,不准就地焚烧秸秆。田原里的庄稼并不十分惹眼:黄熟的是冬小麦,这里半亩,那里三分的;可能因为品种的不同,有的地块已经收割了,有的地块正在黄熟,有的地块却还夹青带黄;油菜基本上收割结束了;真正青葱的地方是低洼地里正在发育的中季稻秧。过了淮河,粮食生产就由以冬小麦为主过渡到以水稻为主了,再往南一些,到沿江平原(长江圩区),那里还是冬小麦的生产区,但一定是副生产区了,对全国冬小麦产量的影响比较有限,气候也越来越不适宜冬小麦的生长。另外,从冬小麦冬季覆盖裸地以防大风掠土、耕地损失的功能看,沿江甚至江淮的冬小麦种植都不那么必需,因为这些地区降雨量较大,空气湿度相对较大,裸露的土壤不会那么轻易被风吹走,此外,还有油菜等农作物可以替代。

2011年5月22日上午雨水下得较紧之前,我走完了吴山镇镇西视野里看得清的麦田和岗地。今年从春天在河南南阳见到、摸到、拍到麦苗后,我还一直无缘近距离与小麦相对,这甚至成了我今春、今夏的一块心病,总好像有一种事情没有做到,有一种承诺没能兑现,有一种愿望没能完成。现在,我终于蹲在地头,触摸到了已经黄熟的小麦,细看它的麦穗、麦芒和麦秆,还观察了麦根处黑黄色的土壤,我立刻如释重负,变得坦然起来。这里小麦的长势似乎并不特别好,大面积宏观和具体微观地看都不像淮北平原那样麦浪翻滚、穗大粒沉。这也是预料之中的状况。谁叫黄淮地区既是丰厚坦荡的平原,又是北纬35度左右小麦最适生长区呢?中餐我吃了当地的烧饼和(中式)面条。这些汉文化区域的传统面食,应该都是中筋面粉生产出来的。但我不知道镇外我看到的那一块田地里,种的是做面包等西式面点的硬质高筋小麦,还是生产饼干等食品的软质低筋小麦。大多数消费者都不会,也没有兴趣去关注表层现象背后的专业和技术支撑。

我们在夏日的田野里面对的麦浪涌动,不仅仅是面对自然地理和农业地理结合的风景,更是面对我们特有的农耕历史文化。小麦基本上可以肯定是舶来之物,不过谁也无法确切地知道它是怎样舶来的,从地中海沿岸到太平洋西岸,也许是一阵风，又一阵风？也许是一只鸟，又一只鸟？也许是一个人，又一个人？都不知道。是一个谜，或一个神话，也正是想象、科学和文艺的起点。

2011年5月23日晨，我在安徽省长丰县吴山镇镇外一个看得见菜地、行人、小块黄熟麦田，菜地、行人和小块黄熟麦田也看得见我的极简易旱厕上厕所。上隔壁简易女厕所的妇女不时从我面前经过。我得一直保持着淡定。不过，我已经十分不习惯这种原生态的如厕方式了。俄顷，隔壁的女厕所冒出了浓烟。起初我以为发生了什么事故，后来看见一切如常，我才醒悟那可能是驱除异味的一种"偏方"，一种因地制宜的乡土方式，或传统乡镇的一种日常生活技能。

在这个时节，黄河南北的冬小麦，都还只处于"小满"状态，到6月上中旬，那里才会陆续开镰收割。

2011年5月23日　长丰县吴山镇合淮旅馆

在下塘的麦田里

在长丰县下塘镇西南郊日本侵略的万人坑附近，一些人正在手工收割小麦，这在当下已经不多见了。这一般都是零星麦地的情况。在这些零星麦地的周围，冒着蒸汽的工厂、工作生活区的围墙、农舍以及混浊并枯浅的水塘，已经三面包围了麦地。可以想象，两三年、五六年，甚至一年后，这些还能生长出鲜黄色麦穗的耕地将不复存在（它当然还会长久地存在于某些地方——比如，我的头脑里），建筑物将取而代之，农业文明的风景将在人来车往的地方进一步被压缩。农业文明在我们记忆里留下的印象太深了，我们虽然不停地感叹、惋惜，但我们也能适应新风景、新生活、新食品、新病菌和新污染，在不发生重大意外的情况下，我们的寿命还会逐步增加。

重大意外似乎也挡不住人类头脑的创造、发明、发现和改革（甚至进一步刺激人类的发明和创造）。我们大家都不会完全彻底地相信有什么灾难是人类顶不过去的：只要它发生，人类很快就能在宏观上了解、掌握并基本控制它，然后剔除我们不需要的而保留我们认为有益于人类的。在这样的舆论氛围和文化环境里，我们的心都放得很宽，除却酒足饭饱后的民俗学式的话题和争论外，没有几个人会认真相信生物界和地球都会在看得见的确切日子里毁灭在人类自己不停歇的发明创造中，也没有人能拿出"科学"的论据来说服更多的人。但食品安全和粮食危机似乎是个现实的威胁,它太迫在眉睫,离我们每一个人都太近了——我们感兴趣的是直接针对我们个人的问题。

我走向下塘镇镇西。我的思路也转向了当前的大旱。

据说连续冬、春、夏的三季大旱是近百年来最严重的,这会对小麦和后续的中季稻的生产带来影响。不过,眼前我还没能看见下塘镇的直接的严重旱情:一位骑摩托车的先生在路边的水塘里接连着钓上来两条鲫鱼;镇西稍连成片的麦地里有一台履带式收割机在繁忙地收割,前两天下了些不大的雨,地里还有点儿烂,但履带式收割机忽略不计这些地况,一会就把地里的小麦收拾干净了,人类的发明力量真强大!

2011年6月5日　合肥

游岳西妙道山记

涧谷幽然

妙道山山深林密,涧谷幽然。沿南溪源上溯,山转水洄,石阶、栈道也时高时低、或陡或缓。只见山石险峻,跌瀑连绵,妙也,道也,山也,皆混为一体。

山的雨

七月雨稠。上山前下雨,下山后下雨,进山前下雨,出山后下雨,偏就我们参观游览时不下雨。是照顾着我们呢!都说妙道山见灵气,有它的来由呢!

妙道山

妙道山是一片禅山。"山高听仙语,林深悟禅心",路荒途塞时代,佛徒议禅,"妙言善道",故名"妙道山"。想一想,(佛徒议禅、妙言善道的时代)那也真是个妙的境界。

谷中蝶

山径渍湿。许多彩色的大蝴蝶飘落于溪谷道中的石条路上。蝶翅如帆,呼扇呼扇,极是佳绝的"行为艺术"哩,令人叹服!

梁兄

同行者梁兄本为麻坛高手,却极不擅山地"作战",今年以来,每至山区"作战",必落荒而走。于是众人约定:今后山地采风,一定要请梁兄同行,以便有下手机会。

老屋

南溪源半坡处有几块农地、一排老屋。农地间植紫茄、辣椒、豆角,老屋里挂一片腊猪头。那腊猪头湿霉重重,白雾然然。诸客围议,说徽菜中臭鳜鱼、毛豆腐等多种名菜,不都是在某种特殊环境下发现的吗?嗨!

"迎客松"

从山腰仰面看聚云主峰,那里乱石飞渡,好像一万两万年前有仙人赶石,把巨重无比的顽石成堆驱赶上山,又有惊无险地悬搭于山顶。巨石顶长满了"迎客松"。问导游小苗,那些松是真松还是假松?小苗奇怪地反问,松还有假的?怎么没有假的呢?半小时后攀至峰顶看那些松,一棵棵糙皮虬枝,却个个鲜绿旺盛。这才知山女小苗的话原本不假。

妙道山庄

夜宿妙道山庄。盛夏酷暑,这里却山风一阵、山雨几点。聚于山房听松、品茗、敲牌、养心,真是一种清爽畅快的境界!

2011年8月2日　北京石景山区八大处全国宣传干部学院

朱巷·凉秋

　　凌晨,天刚蒙蒙亮我就起身悄悄离开栖息的乡村旅店,走进稻穗沉重的乡村。暮秋清凉。昨日今夜不疾不徐的秋雨已经停歇。田原肃穆。乡道分岔的地方,绵延无际沉甸甸的稻田包围着一片红彤彤的柿林,无数碗盏般的大柿子夺人眼目。我站在柿树林和稻田的交界处向人化的自然默默致敬。凉秋的水珠,在野草叶上,在豇豆的叶脉上,在眉豆晕蓝色的花朵上,在红芋梗上,在稻穗上,随处可见。仿佛30多年前的时光重现——似乎静止不动的村庄、落满枯叶的土渠、正由远而近睡眼蒙眬去赶进城早班车的中年农民、岗头上兀立的杨树丛、通向稻亩深处泥泞的车辙印——不过那时是在平原,此时却在丘陵,那时是大豆高粱,当下是水塘稻田,那时的念头是要对生活进行体验,而现今却更多的是对生活的咀嚼。我走向秋凉浓烈的农作物的尽深处……我的体温逐渐融合于自然的更浓的气息中去……稻作区的秋晨,此刻已杳无一人……

　　　　　　2011年10月3日　长丰县朱巷镇东方大酒店

在江西宜春明月山

半盘肉丝半盘椒

到宜春的第一餐,是下午1点多在"明月山土菜馆"吃的。一般过了午餐时刻,会有饿"过"了的感觉,但那一刻却觉多添了几分饥感。服务员快速送上来的饭菜,辣力十足,人人都吃得汗水淋淋,只是苦了在浙江长大的小杨。之后的一两天,半盘肉丝半盆红椒的剧情随时上演,特别是红椒肉丝拌饭,那真叫痛快!大汗淋漓!唯一的不足,是众人聚餐,碍于同桌情面,不能挽袖剥衣,赤膊上阵,挥汗如雨地"饕餮"。宜春的大菜,有个性,让人欢喜!大欢喜!

明月山的月亮

晚上将近7点,突然发现月亮已经悬在西边的山影上了。仔细地去看,天净风轻,月朗林远。真是听什么就见什么:明月山正倡导一种"月亮文化",我和太太不由得就对天上的月亮多看几眼。月、溪、泉、山、竹、木、悠、渺、广、远……这些诗性的事物或状态,永远都能使人安静下来。

养猪与读书

宜春市领导介绍当地历史情况,说宜春地区古往今来,农业文明比较发达,又重视文化,有一句俚语概括这种现象,说宜春人,"一会养猪,二会读书"。这使我想起安徽徽州的过去。那时徽州地方也有一句俗语概括当地人的价值观,叫作"养儿不读书,不如养头猪",以言明耕读传家传统中"读书"的重要性。两句话虽有差异——徽州话偏重于读书,宜春话则两者兼顾,两手都抓,都硬——却殊途同归,都表达了农业文明语境中的价值取向。

山影是个大屏风

桌椅板凳都摆放在农宅前的空地上,共摆放了四桌,还有许多空地,足显出农宅院落的宽敞。天光微暗时分,远山是个巨大却又淡墨山水画般的屏风,抬眼就能看见,让人顿起吟咏之心。辣味十足的饭菜很对我的胃口,人欢狗叫之中,汗水流淌,心意快畅……这种种的气氛,这样子的宽广,这不冷不热的温度,这泅染的山影,使人忘不掉,或打算忘乎所以。农家菜也吃过多少次了,这样子的情形,少。

温汤泡脚

温汤镇中心文化广场旁的公共温泉,每天从早到晚都有人群聚泡脚,生活的气息,浓得化不开。我们连着两晚去文化广场泡温泉。温汤的温泉水没有硫黄味,洗在身上、手上、脸上、头发上,润泽滑腻,暗香萦绕。这样的地方,去了一次,总会想着下一次再去。

《天工开物》

明朝写《天工开物》的宋应星,是明末清初宜春奉新县人,《天工开物》记述了当时从稻麦、蚕糖到金银、舟车,几乎工农业所有方面的生产内容。我1993年5月3日购得一本《〈天工开物〉导读》,出于对农耕文明的热爱,每隔几年,就会把此类书取出翻读。所谓"天工开物",就是天然的事物,通过人工的方式,开发出为人服务的东西;或者还能理解为,天然浑成的事物,(通过人的智慧)发展为对人类有用的东西。在这本书里,我更喜欢农业类的内容,那大都是长江以南的面貌,与我们当下眼见的宜春地区,没有太多的不同。

走江湖

第一天从机场往宜春明月山,在车上说到江西、湖南的关系,惯以语言机智幽默著称的阮主编脱口而说:走江湖说的就是走江西、湖南。哦,江是江西,湖就是湖南喽!我很受用,因为又学得一招。隔天在会议室听宜春领导介绍市情,才又知道,所谓"走江湖",就是对发生在江西和湖南之间一些事物的总结:古来宜春地区禅宗文化发达,宜春与湖南搭界,两地僧人游走交流,此来彼往,因此称为"走江湖"。语言的知识可真是无所不在啊!

青云栈道

明月山青云栈道风光无限。导游小曾跟我们说,现在在悬崖峭壁上修栈道的技术已经越来越成熟了。果真如此。只见青云栈道在山腰绝断处游龙走蛇,云来雾去。这一天岚气浓淡,全凭心意。半云半雾时,风景是好看的,俯视下去,还能见到浮云露顶的"黄山松"呢。云遮雾障时,虽然风光少一些,但对恐高的朋友,是好消息,他们可以趁机快速通过险绝处,省略那些心惊肉跳的时刻。

2011年11月4日—5日　初稿于江西宜春明月山
2011年11月13日　定稿于安徽合肥淮北佬斋

银川平原的冬小麦

2011年11月9日,我一直坐在大巴的前排,也一直在和车门处的诗人兼导游闲聊。我们游览了黄河圣坛,那是一个位于黄河岸边的人造景点,也许再过几十年上百年,它才能积累起一些文化的元素,也才能进入人们的视野和记忆。下午参观中华回族风情园,建筑看上去都是伊斯兰教风格的,典雅、肃穆,但据导游介绍,也有当地西夏王朝的影子。这一天我和诗人兼导游聊得最多的,却是银川和宁夏的小麦种植。我们的车离开黄河圣坛的时候,我看见路的右边有几块地种植着冬小麦——那一定是冬小麦,因为在宁夏初冬的裸地里,那种麦苗状的植物,如果不是冬小麦,我想象不出那还能是什么。诗人兼导游说,那应该是冬小麦,银川是有冬小麦的种植的。不过他又说,宁夏很多地方不种冬小麦,因为宁夏冬天比较冷,冬小麦长出来后,会在冬天冻死,但地上的部分死了,地下的部分还活着,到第二年春天,再长出来,在这种情况下,还不如第二年春天直接种(春)小麦。诗人兼导游的知识很丰富,我问的这些古怪的问题,他都知道,侃侃而谈。听了他的话,我想和他交流的是:冬小麦的品质和春小麦不相同,在农事的衔接上,也会有问题。但我们的交流没有深入下去,因为下一个景点又到了,我们又要下车、上车,再下车,再上车了……银川沿河平原的有些农地地势很低,低到黄河水可以直接灌溉的程度,西北"钻天杨"粗壮高拔。有时候车从田野里驶过,两侧的农田如同江南。但我更想知道、看到的是宁夏银川的小麦。我现在对此十分着迷。

2011年11月9日—11日　银川宁夏工会大厦

2012年

许辉:2011

足迹

2011年因为会议、采风、论坛等走了一些地方,参加了庐山国际写作营、江西明月山国际华人写作营、宁夏黄河金岸诗歌节、广西北海高端文化论坛,还去了越南,以及中国的河南南阳、内蒙古海拉尔及满洲里、广西南宁、江苏同里等地。文坛和作家一类比较特殊,文坛需要采风、交流和思想的碰撞。所谓采风,古代就指的采集民歌,也就是到民间去,到社会中去,到自然中去,到山水中去,到文化中去,贴近人民、生活和实际,看起来似乎是"吃喝玩乐",其实通过这些形式,面对生活,传承文化,提炼精神,创造美好和未来。

意义

2011年对我而言,最有意义的不是哪一件事,而是生活的全过程。能够体验生活的过程,并且享受这个过程带来的丰富变化的一切,就觉得最有意义。

文坛

对我来说,2011年文坛的第一件大事,是当评委参加第八届茅盾文学奖评奖,集中狠读了170多部长篇小说,既是一段苦旅,也是学习的过程,对4年来中国内地长篇小说的创作,有了比较明确的认识。中国文学在悄悄转变,不仅仅在文学价值观和创作观念上,而且在文坛的机制和理念上。没有人能脱离其存身的社会文化环境,更没有作家能脱离其存身的政治环境。更不用说作家职业的特性正是主动介入。期待着更健康、开放、理性、制度化的社会环境。

阅读

2011年,我读过的印象最深的书是《世界的饥饿》,这本书的作者是两位美国学者,20世纪80年代在中国翻译出版。在2011年中国小麦主产区冬春大旱和世界粮食供应再次趋紧的大背景下读这本书,有一种紧跟时代的特别感觉。《世界的饥饿》的总调子是"悲观"的,或者说是未雨绸缪的。"人类的历史,始终是食物供应和与必须养活的人口两者之间的竞赛",这就是马尔萨斯的自然"定律",只要这个定律发生作用,人类就会不断地生存在饥饿的边缘上。这是一种宏观的历史时空视角。作者提出了三个解决办法。一个是平均分配,就是哪个大陆缺粮食,就从富裕的大陆往那里调运,哪里的人民缺粮食,就把粮食送给那里的人民,这在实际的操作中困难重重;第二个是增加粮食生产,这一方面有生产规律带来的问题,另一方面仍然不能解决各地区粮食的不均衡;第三个是减少人口,即通过战争、饥荒和瘟疫减少人口,历史证明这是最有效的办法。我为西方学术的尖锐性、针对性、开放意识惊呆了。不管你认同不认同,那是一种有价值的观点。如果我们起初认为战争等是"不道德"的,但你想一想,如果西方学术界认为那种观点是现实的和"道德"的,那不也是有道理的吗?我们不也能认可和认同吗?所以,西方文化的全球主导作用,值得我们深思。

出书

散文集《和自己的脚步单独在一起》出版发行,这是我的"单独"系列的第二本。为什么要"单独"?因为在嘈杂喧嚣的物质和精神环境里,只有单独,才能滋养、培育我们的身体、品质、心态和价值观,才能梳理清楚我们要做什么、怎么做,往哪里走、走到哪里。另外,和本职工作相关,还主编出版了《安徽省首届小说对抗大奖赛获奖作品集》、"江淮文学丛书第一辑杏花村系列"等 16 本。零散的作品则发表在《人民日报》《光明日报》《文学自由谈》等等。

计划

2012 年仍然会努力工作、认真做事,但最期待的是有多一点时间读高水平的学术专著,那是一种大享受。

船票

如果玛雅预言的 2012 真的会发生,有一张挪亚方舟的票、一张泰坦尼克号的票,你要哪一张?如果在 45 岁以前,我可能会犹豫不决,但现在,我想我大概会选择一张挪亚方舟的票。爱情虽然美好,但有点儿单调,也容易审美疲劳。挪亚方舟的未来则充满了不确定性,充满了未知,充满了挑战、使命感、人性的对决、承担和极限博弈。另外,在方舟上也能找到"爱情"。

2012 年 1 月 14 日—15 日　合肥淮北佬斋

在怀远县河溜镇涡河渡口看河北岸麦田记

2月初,冬小麦尚未返青,从涡河河溜津口的这岸望过去,北岸的小麦厚实浓绿,让人涌起更多的愿望和想象。今年淮河流域的冬小麦都很棒,我的小麦情结也更旺盛了,整个意识里都是平原性质的,甚至是冬雪覆盖之下有一个戴棉耳朵帽的老农从雪地麦田蹚过的场面。这是一种习惯性的记忆。我们姑且认为2000年以前整个华夏的中东部尚未普及冬小麦的种植,那么隆冬腊月覆盖裸土的会是何种农作物?水稻不可能,水稻需要水和较高的温度。小米(粟)吗?小米是春季才种植的旱粮。玉米和红芋?它们虽是喜旱作物,可那时也都还没引进呢!但到了曹操的时代,他就已经严格要求手下官兵不要随意对麦类加以侵犯了,"士卒无败麦,犯者死",侵犯了麦田里的麦,就得死!为了一种农作物,在某种情况下,人命变得不值钱,变得贱了。当然,这里的"麦"只是一种"引子",引出它是要确立一种威权,是要保证一种民心战略的成功,是要留一条"后路",是一种长远的眼光。

但我并不了解曹操时代"士卒无败麦"句中的"麦",是大麦,还是小麦,是宿麦即冬麦,还是春麦。曹操活动的主要区域,是江淮特别是淮河以北地区,也即旱作区。传统上后来生长着冬小麦的北方旱作区,要比长江以南种植水稻的水田区,政治和军事上有更强悍和强势的基因与天分。为什么？我至今仍未找到能令我自己信服的完整原因和理由。隆冬季节，我们曾专程驱车去苏北的扬州、泰州、淮安和南通地区直到黄海看冬小麦在当地的种植情况。上述地区在纬度上基本仍属江淮之间，稻麦间作以稻为主的特性有点儿明显。当我们从江北与南京擦肩而过时，一个一直困扰着我的老问题立刻又蹦了出来，即南京的、南方的政权为什么总是不长久或"偏安一隅"的？为什么总是在走下坡路的？当然，这和种不种、能不能种冬小麦似乎没有直接的因果关系。但这种历史的境况却总是存在的，这总是一个问题啊。而旱作区的"黄帝文化"一直成为"正统"。这里或许有许多的"道"或"道理"值得探讨。

2012年2月4日　怀远县东尚商务酒店

在怀远万福镇芡河桥上
看桥西的芡河及桥东的芡河水结

芡河往东流过怀远县万福镇就成为很大的水结,这是由于万福、兰桥、姚山这一带地势低洼、海拔落差过小造成的。在附近方圆数千平方公里地域,类似的水结还有不少。比如,在怀远县褚集、沱河、钱桥、古城一带有北沱河水结,在固镇县、五河县何集、园宅集、九湾一带有澥浍河水结。所谓"水结",我的理解,就是水在此地纠而为结,结住了,水面滞涨肿大。就像"山结",例如帕米尔山结,世界上最高的山结,是山在那里纠结了,结住了,那形状能想象出来。水结也是这样。水在当地结住了,久而久之,芦荻荒生,水族潜迹,鸣禽时起,水天一色,格调很是辽远苍渺!

立于寒风中的万福镇北的芡河桥上看水、看冬小麦,你看就是这么妙:桥西是芡河,桥东就是芡河的水结。景观上呢,自然是桥东苍茫,水体浩大,曲曲弯弯的水陆线以上,都生长有郁茂的冬小麦。冬小麦既茂郁,也略见黄叶。小麦专家说,这样喜人的小麦长势,是暖冬天气和良好的墒情促成的,好是好,就是容易头重脚轻,将来易倒伏;治理的办法,是摘去黄叶,再做些"镇压"的工作,就好了。

立在寒风劲爽的高桥上,除了看水结、看麦,还胡思乱想起来。接着上一次关于旱作水田引出的"道理"的联想,现在则由水的通道、"道路",联想起了他水、他"道"。此去往西60余公里,就是庄子的家乡蒙城。庄子钓于濮。濮水在哪里?河南东北部濮阳地域?在我的认知里,庄子和我的祖先之一许由,都是彻头彻尾的逍遥派,对人境功名采取发自内心的漠视态度。现代心理学家,该诊断他们为社会交往的恐惧症吧。但这就是许由和庄周所崇尚的"道理"。老子的家乡也距此地不远,再往西百余公里即是。老子的"道理"又有不同。他对社会有建议,就是顺其自然地去治理,去管理。很明显,庄子的道理我们很向往,但在社会上完全行不通;老子的道理我们很喜欢,可在政治层面又不具操作性;孔子的道理我们很自豪,但它在和基督文化的道理的博弈中却暂落下风,教训深重。这到底是怎么样的一回事呢?

冬小麦是从地中海沿岸的"西方",经中亚,中国新疆、内蒙古或印度,中国云南、四川传过来的,在神州大地植根抽芽,发展壮大。交流和借用,看起来真是无比无比的重要。但谁又能把冬小麦和某种教义的播传之"道",在它们西风东渐和南风北渐之初,就明确地敲定、宣传并施行?谁又能一年又一年一代又一代一朝又一朝品得其中的滋味?从数千年宏观视野看这样的问题,这不是"顺其自然"和"无为而治",又是什么?这不是一种"道理"的轮回,又是什么?果真若此,我们每天尽在涡水、芡水、淝水、濉水、浍(涣)水、沱水、漴水、潼水、淮水边钓钓鱼,吹吹口哨,散散步,艳阳高照,老酒花生米,虾米小泥鳅,又有何不可?就一定大逆不道?就真的丧失了做人的道德底线?哦,"道理"可真是说不清讲不明呢!

过万福镇东向往兰桥去,有些新修的沟渠较惹眼,这一天又正是立春日,枯草覆盖的乡村野河,还呈现着典型的冬季景观,一两幢"单门独户"的农村小楼,门外清凌凌的池塘边,会有一两个留守的妇道人家,荡开薄冰,洗菜濯衣。道路两边的麦田,则有明显的区别:一边苗势旺盛,一边苗情稀落;一边精耕细作,一边土块坎坷、田埂隐约。为什么会这样?这当然都是有原因的。前一种是播种,后一种是撒种。前一种是农民种的地,种小麦前种的又是旱粮,当然精耕细耙、广袤无际;后一种是农场种的地,种小麦前种的又是水粮,自然土块坎坷、苗情稀落。我在无人的路边,面对旷野,撒了一泡热尿。哦,痛快!像那些领地感强的动物一样,在这里留下了我的气味和记号。呵呵,这里都是我的了!不费吹灰之力。

2012年2月4日　怀远县东尚商务酒店

在蒙城北乡的冬麦田里

从庄周故里蒙城县北乡的芮集、坛城到濉溪县的白沙、临涣,再到涡阳县的石弓镇,连续两个早晨,我们都起得较早,因此得见浓重冬霜覆盖在厚毯子一样的冬小麦上的情景。特别是在蒙城北乡,麦田一望无际,长势厚重,村庄甚至都因此可以忽略不计了。太阳不知何时已经露面升空。白白的霜色很快退去。但当我下到麦田里,侧卧在麦苗上试图拍一张照片留念时,我才发现,小麦的叶梢虽然已经干爽,但土面仍然十分潮湿,我的衣服上即刻留下了明显的水痕。

风不大。田野还有些寒意。偶尔有人驾三轮车,或骑自行车,或开手扶拖拉机,从不怎么远也说不上近的土路乡道上过去,有的前往乡集,有的则归返村庄。我站在麦田里且喜且忧地看着他们(乡村的主人)和它们(冬小麦和村庄)。他们还是乡村的主人吗?他们也许从来都不是乡村的主人。他们或许从来只是乡村的主角。在乡村的大舞台上,他们总是出场和出面的,但他们似乎不是乡村的主人。冬小麦好像也不是。拿冬小麦来说,当扬起的最后一木锨小麦中的秕糠被麦场上空热烘烘的夏风吹走的时候,小麦和它们的价格,已经不属于这些劳作中的农人了。它们可能曾经属于天气、属于化肥、属于国家对这种战略物资储备的量、属于战争、属于外交关系,接着它们又将属于消费者、属于稻米产量、属于酒类消耗的高低、属于地球另一端或南半球的农业政策……太复杂了！我的头开始肿大。我要暂时离开蒙城北乡和濉溪南乡的麦田了。我要前往阳光暖照的村庄。

2012年2月5日　怀远县东尚商务酒店

在怀远双沟到河溜的涡河南大堤上

  涡河河堤宽坦而宁静,阳光下的麦苗在刚刚立了春的河滩里慵懒地伸展。一位着灰棉袄的淮北老汉,赶着超出想象的一大群绵羊(有百余只,在淮北地区这绝对算超大的一群),在河堤里让它们慢慢儿地晃着、吃枯草。

  涡河此刻是安澜的。

  但如果夏汛来得早且大,河滩地里的麦子就很难保得住。这叫人想起来有点儿心里疼。

  河堤外是更宽泛的慵懒的冬麦田。我想象我能轻飘了轻飘了隐逸进去……呵,我这隐于"野"只是一种小小的小小的隐呢……隐于市,或隐于党政机关,才算得上中隐或大隐吧？隐于冬麦田自然不会再有酒喝,好在杯中物并非我之所愿。或者让我化为老汉鞭下一只埋头啃草的小羊更为可取:间或偷吃几口田里的麦苗,那种甜滋滋的味道,一定特别可口、可情、可心。其实心隐了,也就是隐了,不在乎别的。再说隐不隐的,或致力于素食,当下实在已经不那么盛行了。我还是向西南走我自己的路吧。

2012 年 2 月 5 日 怀远县

在五河县沫河口的冬麦田里和自己单独在一起

在春雨后充足阳光的暖照下,淮河河滩里的冬麦苗很快就将拔节返青。还不仅如此。村道旁的杨树,麦田边的泡桐树,村庄里外的楝树、臭椿树、枣树、榆树、桑树,河堤旁的刺槐树,都会在枝条上鼓胀出青嫩的芽苞:在离树很近的地方,能看出那些鼓鼓囊囊发青的骨突点,离得稍远些去看,则觉得树们的状态与隆冬没有区别,离得更远些再看,就会发现一层氤氲的绿气浮动、笼罩在树梢之上,这正是近观、中看、远望的妙处。呵,真了不起!唇间不由自主会发出如此感慨。"了不起"既指的是那些时时变化中的树,也指的是自然界,还指的是生命和生命感知能力的神奇。冬小麦仍然是五河县沫河口镇淮河北岸堤里堤外的主角。此刻,我真的可以和自己的心情、和自己的脚步、和自己的麦田、和自己的淮水、和自己的阳光、和自己的鸟鸣、和自己的原野、和自己的生命单独在一起了,这也正是"单独"和"独处"的妙处。独卧麦丛中,散见时光去,闲阳暖天地,转瞬穿越归。秦汉、魏晋、雄鹰、燕雀,都仅是我的意识、片断、常识、背景、链接呵。人生的妙处,也正在此时、此处、此情中呢。呵呵,呵呵。

2012 年 2 月 17 日　五河县沫河口镇金泰龙宾馆

在五河县沫河口镇到邰台子的淮河大堤上看淮河、麦田和小美女们

你看到的影像一如从前：初冬的树干和枝条围屏着的村庄，一头黄牛在村外阳光下的麦秸垛旁用嘴扯干麦草吃，枯草遍堤，菜地里一大片黄心乌鲜凌铺展、个个体量巨大（好的肥水和好的冷冻成就了它们），淮河的对岸则经常是敌对的政权，有时候是鲜卑人，有时候是契丹人，有时候是女真人……

乡村的小美女们骑着摩托车（或坐在车后座上）不断追赶我、超越我，驶向前方的未知。世界因她们而变得激动人心！难道，男人不就是为了她们活着？她们不就是为了我们活着？哦，如此一来，真的会莫名想起太多太多的悲欢离合。真的心痛、心醉、心畅、心酸哦！真的真的，谁不是为这些快要返青的冬麦苗、为这些活蹦乱跳的小美女们活着、拼命、挣扎、前行呢？哦，真让人心疼、心痛呢！哦，哦，阳光明媚、明媚呢！

2012 年 2 月 17 日　五河县

霜晨在五河县临北乡看日出和浓霜裹盖的麦田

天时很早。天刚刚亮。小半个月亮才刚刚淡去,红彤彤的晨阳才刚刚从地平线一排树木后方缓慢升上来。天很冷,也很晴。麦原紧缩啊!被一床浓霜紧裹!这和昨午暖阳高照、暖意流动、麦原舒展、麦原慵懒大不一样啊!会这样?怎么会这样啊!忍寒挨冻,这就是冬小麦地域特性塑造的一部分吗?也正常啊!没有冬夜和春夜的这些冷冻,还会有我们餐桌上独具的那种口感?事物背后的因缘,我们都一无所知啊。

2012 年 2 月 18 日　五河县

在淮河两岸看冬小麦

淮河两岸冬小麦的区别此刻还看不出来,要到 5 月。如果是 5 月下旬,从江南,到江淮淮南,再到淮北黄淮,再到冀东北渤海平原,一路北行,随着纬度的升高,在短短的一两天时间里,就能次第体验到冬小麦归仓、收割、待收、成熟、抽穗灌浆的全过程。但现在是 3 月,这一过程还完全看不出来。

我从合肥出发,由肥东县梁园镇离开省道,进入县道。江淮丘陵立刻显示出它起伏波浪的地貌特征,地表不再平坦,不再一览无余,道路蜿蜒,也煞是好看。县道的两旁栽种了一些低矮分叉的果树作为行道树,但一时间并不能分辨出是哪一种果树。村庄、冬小麦和油菜田,都在起伏岗洼间一一展现。一座弃用的老公路桥沧桑万端地蜷缩在新公路大桥右侧,老桥的桥头外是由瓦房组成的一户乡居,房左畦地肥沃、蔬菜旺盛;一个男人站在老桥桥头的晨岚里刷牙,一位 30 多岁妇女背坐在旧石栏上,一把一把一丝不苟地梳头,但却没见到更老的老人和更小的小孩出没。这瞬间引起了我的联想:这是一个两辈甚至三辈人的家吗?如果是,那就和普通中国人的家庭没有不同;如果不是,那为什么?老年人去了哪里?分家了吗?还是去世了?孩子在哪里?上学去了?可今天是星期六;没有孩子吗?为什么没有?生理的原因还是经济的、男女比例的、情感的或妻子重病等原因？社会救助体制在哪里？谁在呼吁？人大代表？政协委员？当地媒体或志愿者、好心人？一时茫然，全无答案。

呵，那座曾经花费近百万元人民币、无数车轮滚滚而过的大石桥现在竟成了他们家的专用桥，只为他们一家的通行而存在。我的思流如潮涌现。我感觉我嘈杂市井生活的节奏迅速放慢。我开始脱离一个接一个飞快闪过的会场、面孔、场合、安排和时间的转换与衔接。我的注意力完全转移到眼前越冬而来的麦苗身上，完全转移到车窗两边的自然地理、三农场景和相关的历史沿革上来了。现在的乡村道路不少都修筑得很好，很方便，村村通更会引导车轮前往江淮分水岭看最僻塞处的风景。肥东古城、定远界牌、定远藕塘、定远池河、凤阳小岗（大包干策源地）、明光横山、凤阳小溪。我和车轮跃上了江淮分水岭。居高临下，我能清晰地看见岗岭以北的涓涓细流，都汇入淮河、洪泽湖；而岗岭之南的河流，由于雨量的缘故，会更阔大一些，它们将进入巢湖和长江。我停车步行去路边岗地上的一丛乡墓，看墓碑上的文字，想生死合离、骨肉之亲，拍照片留存。这里的乡镇经常聚建于岗顶坡首，于是出镇村的乡道时常从高端跃出，往球表的低凹点急降而去。镇外一个背侧肩包、面容颇见担当的三四十岁男人走出小镇，向起伏无尽的岗洼行去。我急刹车停在路边，凝望他的背影，突兀而强烈地想到男女之间火烈的恋情。就是这样不繁荣的小镇，就是这样慢节奏荒僻的乡村，一个人在什么苦陋的地方生活完全不重要，重要的是有一个能勾住他心弦的痴烈的性和情。若如此，一个人在哪里生活在什么环境什么情境里生活完全不重要，不重要了！一个人可以不顾一切！

江淮分水岭上的冬小麦都浑如毛毯,敦实厚重。这一天晨起似乎阴浓,却很快红日喷薄,阳光明媚。这是孟仲交界之间连续阴雨冷寒后的一个春日。车轮从岗脊处飞驰而下,越过淮河,进入沉甸甸的淮北大平原,由五河,经沱湖、申集、黄湾、晏路、韦集、向阳、官庄、濠城、固镇。乡道旁新建的敬老院也由粉壁黛瓦马头墙的徽式建筑,转变为翘檐灰壁宽展霸道的汉式格局。在濠城、韦集、向阳、长沟之间的冬麦田里,可以听得清项羽仗剑而行的粗重喘息和扑塔脚迹声,可以看得见虞姬美眉顾盼痴兮念兮的流影。我的胸怀顿时溢满雄健、厚砺、苍劲和悲浑。我能看见我胸腔里壅塞的时光、荷尔蒙、芸芸众生和波澜壮阔。我下车坐在瞅得见虞姬墓顶的麦田里。冬小麦还在凝聚体力以脱离寒冬,它们齐心协力拟把我托举入云的能量我似乎已感觉得到。那墓边砖券土缝间的虞美人花还没开放吗?我的生命和生活完全慢下来了。这是非常非常值得的一天!我呼吸着麦苗的气息,幻影着我生命尽头的那一天,以及我的归宿:最好能有冬小麦簇拥着我,最好能有我牵挂和牵挂我的人,最好能在一个沉潜缓慢有思想深度的时刻,最好能在不知不觉之中,最好能如此时、此刻,最好能有一双麦丝鸟的轻悠鸣声,从麦田上空蔚蓝色的晴朗中,慢慢划过……

　　　　　　　　　　2012年3月11日　固镇县紫御宾馆

龙年三月三在肥东县
众兴乡马神庙看庙会和冬小麦

　　农历三月三马神庙庙会的看客太多了,从冈坡的道路上看下去,不宽的村村通水泥路上,已经挤满了人、面包车和摩托车。我们知难而退,选择了掉头。这一天天气太晴太暖和了,风和日丽,要知道,这可是数十天的阴冷、雨水、降温后的第一个春晴日呵。众兴水库碧水蓝大,公家的大院和建筑使它比民间的垒砌更宽展、财大气粗和实力雄厚。滁河总干渠显得深而瘦,它却是重要的,如果需要,它的水总是由大别山清莹晶亮的山泉水汇成,并且进入千家万户。丘陵高低,树影憧憧。柳树已经冒出嫩绿嫩绿的芽儿啦!为什么人在春天就会兴奋、兴奋,再兴奋?呼喊、呼喊,再呼喊?做爱、做爱,再做爱?免费的、健康的、最清洁的能源,阳光,照晒在许多许多坐在屋门口晒太阳的男女乡民身上,我们习惯了阳光的照晒,习惯了这种免费的清洁的日光洗浴,它能杀灭病菌带给我们健康,晒到它我们就觉得心中有底了,心情也好起来!起落不定的道路两旁有成块成块的冬小麦在成长,甚至已经似乎在拔节了!才十几天没到乡下来,没走到北纬32°00′的这些地方来,乡村已经发生了如此巨大的变化。油菜花抽出花薹,少数已经开出了黄花了。我们心目中的家园到底在哪里?唔,龙年三月三这一天的马神庙庙会和拔节粗长的冬小麦呀!

2012年3月24日　合肥淮北佬斋

在江南看冬小麦、油菜花并寻找诗人的足迹

到江南看冬小麦是此行初衷。"此行"其实是两次行程,一次是3月下旬的一天,一次是3月底4月初的几天。我们都知道,冬小麦在长江下游地区成规模种植,是一直到两宋时期才基本固定下来的事情。这一方面是由于两宋时期北方人员大量南下,越过愈来愈无法成为天堑的淮河,越过江淮缓冲地带,越过长江,进入江南、华南,定居于从沿海到内陆山地平原的广大地区。人员的迁徙,自然会附带饮食文化的流动。流动也许是相对简单和容易的,但要改变传统饮食结构并接纳全新的食物,则并非易事。对北方外来的人群如此,对南方的当地人也是如此,北方外来人群要解决的是适应稻米及南方蔬果,南方人要解决的则是权力携带而来的面食。食物之于人的表层上的作用,不外乎满足人的口感和饱腹感。饿了要吃东西,这是生理的要求,但如果不是饥不择食,人类就总是要讲究饮食文化的,即吃起来有无快感,也就是口感要好;另外,吃完了有没有饱腹感,有没有感觉吃饱了,这也非常重要,牵扯到暴饮暴食或厌而不食的大问题。一直吃个不停肯定要出大事,吃一口就再也不想吃了,那还不是厌食症?所以粮食作物的推广、普及并为大众接受,必定是一个长期的过程,有时候甚至就是完不成的任务,特别是短时期内难以完成的任务。在这种情况下,行政干预成为简单易行的

选择。冬小麦在江淮和江南的推广、落户，大概主要就是这么一个动因。

如果从江南的角度看，小麦是典型的"外来物种"。江南的粮油作物是完全本土的，浙江等地发现过距今7900年以前的水稻碳化物，中学的课本上也说，合肥（这是江北，但离江南很近）等地都是水稻的原产地之一。油菜的原产地在不在江南？看样子也是，因为油菜分为三个大类，也就是白菜型油菜、甘蓝型油菜和芥菜型油菜，而中国是芥菜型油菜的原产地之一和类型分化中心，还是白菜型油菜的起源地之一。除水稻和油菜之外，小麦、玉米、山芋、土豆等粮食作物，都有它们外来迁移的较明确的路线图。冬小麦在江南落户的次级动因，也许是冬季对裸地的保护和覆盖作用。由于自然环境的原因，我怀疑这已经不是一个动因了。以江淮分水岭为界，愈往南，这个动因愈被缩小、缩小，再缩小；愈往北，这个动因愈被放大、放大，再放大，重要、重要，更重要！相对干旱的黄淮海平原，冬天朔风呼啸、土地龟裂，没有绒毯一样的冬小麦保护，疏松的耕作土会被寒风吹掠尽净，沙尘暴也一定会更加频繁。这和蒙古高原的情况是一致的，当草原被开垦成农田，或由于牲畜的过分啃啮，草原失去了草本植物的固守和保护，很容易沙化，被大风裹挟而下。所以冬小麦像草原上的牧草一样，既是一种食物，也是一份保护，充溢着大自然的道理和智慧。这是人类的宏观选择，在这种选择面前，口感和营养都是次要的。所谓口感、营养或饱腹感，还不都是人类的饮食文化？这种文化其实就是人类适应自然界的长期积累，没有口感可以培养，没有营养习惯了就是营养，没有饱腹感连吃几百年还能不觉得饱?

而江淮分水岭之南则大不相同,愈往南,空气的湿度愈大,地表的储水器,譬如江河湖塘愈多,干旱呼啸的北风为湿润的山峦冈丘所消化削弱,其势难强;再加上植被茂盛,裸地鲜见,耕地又有角角块块、高高低低不成规模的特点,对冬季地表覆盖物的要求并不迫切。这一点,在3月下旬的江南行程中,我们在车上看得一清二楚。在铜陵、芜湖、当涂、马鞍山的沿江平原上,除却一片片葱厚的冬小麦和处于开花临界点的油菜外,许多田块都处于闲置状态,它们当然都是为即将到来的早稻的栽植做准备的。用北方的农事语说,这或可称为"晒垡",即让太阳照晒翻耕过来的土块;不过这尚不准确,因为那些撂闲的稻田地,并没有被耕翻过来。在那些闲置的田块里,除却去年晚稻收割后留下的枯灰的稻根外,土表都是汪润的,水耕熟化之后的稻田土本身又较凝固,在江南的地理环境中,这样的土地,不可能成为空中风神的俘虏。而由青阳到南陵再到泾县的山地中,冬小麦的种植大幅减少,但也能时常看到较小块的冬小麦的身影。皖南山地除了春夏秋的水稻和春季开花非常夸张的油菜存在外,其他的农作物,东一块、西一块,零散分布,都大致上是平分秋色的。

这是一个暖融融暖融融的春日。从安徽当涂青山的李白墓、泾县低山中的桃花潭、东至大渡口镇人头攒动的老街和菜市场,到江西彭泽马垱核电站工地和棉船岛长江渡口、湖口高速公路出入口、星子桃花源白鹿洞书院,江南长江下游这三四百公里地域,黄灿灿晃人眼的油菜花竞相开放。蜜蜂的数量虽然据说出于农药、空气等因素已经减少,但它们的辛勤劳作,继续给江南的春色增光添彩。这自然已经是我此次江南冬小麦、油菜花和诗人足迹之旅的第二个行程,即3月底4月初的行程了。空气中,五官附近,到处都散发或洋溢着一种要命的舒服、放松、和谐、慵懒、衣食富足、长此以往的浓厚气氛,怪不得那些追求山水田园之乐的古代诗人,例如陶渊明和李白,都愿意在江南勾留、游荡、生活和终老。"鱼盐满市井,布帛如云烟",那该是怎样一种富庶、祥和的景象!"种豆南山下,草盛豆苗稀。晨兴理荒秽,带月荷锄归",又是怎样一种田园的小农生活啊!人的意志要多么坚强,才能在这种仿佛衣食无忧的感觉中不被腐蚀、摧毁,才能振作精神,追求本不存在需要苦苦摸索才可得之的所谓创造和理想?江南鱼米之乡的氛围似乎难以为诗人的奋斗精神推波助澜。

显然,诗人创作理想的推动,还有其他更强大和重要的动力来源。是什么力量在推动诗人的奋斗不息?是对政治的热情追求以及政治抱负的无奈失落带来的生活相对不如意的逼使?在对文学作品的诗意阅读中,大多数人一般总会自然而然选择保留美好、温馨和深邃,筛除、摒弃粗俗、世俗、庸俗和政治及技术操弄,这让我们印象中的诗人高尚、优雅和"完美"。是的,这是一种艺术的真实。但同时还有诗人的另一种"真实"。由于诗人的政治情结及生存需要,他们的日常生活则始终是天晴日暖、黄灿灿油菜花盛开怒放的春景。

拿李白来说,李白在当涂写"天门中断楚江开,碧水东流至此回。两岸青山相对出,孤帆一片日边来";在宣城写"众鸟高飞尽,孤云独去闲。相看两不厌,只有敬亭山";在泾县写"李白乘舟将欲行,忽闻岸上踏歌声。桃花潭水深千尺,不及汪伦送我情";在青阳写"妙有分二气,灵山开九华"。在这些气质高贵的诗句背后,李白对政治圈规则的操作也是了然于胸,对体制内的生活也极是心向往之的。他和当涂的几任县令及宣州的官员都攀上了族亲,得到他们的关照、帮助和抬升,有人邀请,有人买单,衣食住行等等就都不用发愁、操心了,并且可以因此而随意生活在当地上流、中流和下层社会之中。他在皖南特别注意结识大大小小有职有权的官员,现在能找得到名字的也有二三十位,自然那些官员也需要李白这样的名人效应,也需要文化搭台,经济唱戏。

另一方面,李白又特别有诗人的那种呆气和痴气,无意识的,他其实只是把进入政治圈当成体验生活的一种方式,不能真正软下身段,按照政坛的游戏规则接人待物、谋篇布局。平时我们说的所谓"体验生活",它的底线即是客串,搞得好了就搞,搞不好了,没有关系,随时可以闪去。因为在诗人的心中,诗文名声才是他一辈子真正要倾全力经营的事情。对官场,那可以不"摧眉折腰事权贵",使人不得开心快乐;对"准在编"即待诏翰林的文学侍从官的职位,也可以用纵酒散漫来对待;对高官显贵,更没有那么多讲究,让他们帮大诗人脱脱靴子,似乎并不过分。这就使诗人的政治失落成为必然,而失落后日常物质生活的不"富足"也成为必然,这样的必然,则客观上促成了心地高傲的诗人的题材大丰富、思想更多元、艺术大丰收。

在江南沿江的彭泽、湖口、星子、东至等地生活或当官的陶渊明,也是如此。陶渊明对田园生活的追求,看起来确实一贯而发自内心,"少无适俗韵,性本爱丘山。误落尘网中,一去三十年。羁鸟恋旧林,池鱼思故渊""方宅十余亩,草屋八九间""暧暧远人村,依依墟里烟。犬吠深巷中,鸡鸣桑树颠""久在樊笼里,复得返自然"。但不能"适俗"和追求桃花源理想的陶公,也是颇向往功名和政治生活的。虽然不可否认,他的几次做官,也有养家糊口、补贴日用的即时功利目的,但真正让他抽身而退并失落于富足生活之外的,却是政治生活潜在的生命危险:排错队的后果,让诗人心惊胆战!在人头落地、诛灭九族的可怕前景下,入仕就变得一点也不好"玩"了!相较而言,好玩而又闲适的,还是"采菊东篱下,悠然见南山",还是四两老酒、一碟花生米来得安然,尽管胸中的激情、家国理想只能释放在文字中而不能在普世大众中实现。

追求四方之志、政治功名,是有使命感、命运感、高心智的知识分子的天然冲动,但这与潜心创作、默默耕耘,也一点儿都不矛盾。相反,没有社会政治激情和家国理想的诗人、作家,则很难在自己的作品里追求高峰,追求"霸道""独裁"和仅此一家,也很难有黯然而退、田园至亲的深刻体验与心领神会。由此看来,我们此刻看到和感受到的,到处都散发或洋溢着一种要命的舒适、放松、和谐、慵懒、衣食富足、长此以往的浓厚气氛的江南表层,并非命定诗人创作动力的根本来源。这背后有着更深层次的社会生命驱动。

3月底4月初的江南冬小麦、油菜花和诗人足迹之旅,一路西行,至彭泽、湖口、九江、星子,再折返而归,于安徽东至县胜利镇落脚小憩。

离开安徽东至进入江西彭泽后,沿江的平畴迅速减少,地貌骤多突兀而起的低山山头。冬小麦也似乎基本销声匿迹,不过也许这仅是沿公路快速驶过所得出的不很准确的印象,或者这是愈远离南宋首都临安、受当时北人影响愈少、冬小麦种植面积愈减的规律吗?

油菜花是阴历四月上旬江南的绝对主角!哦哦,那是怎样一种空前的花海盛况呵!东至县胜利镇是沿江平原的一部分,北临长江,南望升金湖。黄漫漫的油菜花绵延无涯,清明前后的这几天,春风浩荡,甚至呼啸有声,暖气逼人,前往各处祭扫的布衣大众,拖家带口,你来我往。

但江西彭泽、湖口、九江公路两侧大面积的油菜花已经鲜见而多呈梯田式布局,星子各处如温泉镇及桃花源、白鹿镇及白鹿洞书院,由于山势增高,更是如此。陶渊明生活的东晋年代,江西各地不知是否已有小麦种植。很可能没有,或者至少没有冬小麦。"种豆南山下,草盛豆苗稀""平畴交远风,良苗亦怀新""有风自南,翼彼新苗",这些"苗"是什么苗?看上去确实应该是豆苗,因为大豆的种植可以是春季,也可以是冬麦、油菜收获后的夏季,季节上大致就对了。那为什么不能是油菜苗、玉米苗、土豆苗、山芋苗或冬麦苗?因为油菜开春后已经拔秆打苞,不再是"苗",玉米、土豆和山芋在那个时代尚未引进。而如果是宿麦即冬小麦苗,那么江西也是亚热带季风区,到4月,恐怕才会有南风吹来,更晚一些,4月下旬到5月上中旬,一夜南风,冬小麦就灌浆黄熟了；有南风吹来的季节，冬小麦已经变成了硬秆植物，不能像幼苗时如鸟的翅膀那样随风柔动了。当然，这些"苗"也可能是春小麦苗。春小麦的种植和水稻、大豆等作物在时间上是重叠的，但春小麦的产量较低，用它跟水稻争农地和季节，这需要认真地因地制宜、权衡选择。

千余年过去了，冬小麦在安徽、江苏、江西等省江南地区的推广、种植，不知道确切是一个什么样子的状况，因为从公路上快速通过，在油菜花占绝对优势的 4 月初，很难再看到其他小宗作物的身影。我在东至县胜利镇省道边一幢高大崭新的宾馆 3 楼的窗口里放眼远眺，只见油菜花海烂漫，满村淹没。我离开宾馆，步行进入公路对面的花海，这样，许多隐藏在宏观花海之中或之后的生动细节，就开始一一浮出"海"面了。油菜花香而略腻，又高又壮，和在公路上看到的那种感受完全不同，它们普遍高过我的身高，总在 2 米以上。这些油菜的品种，应该是甘蓝型或芥菜型而不是白菜型的了，因为甘蓝型或芥菜型植株较高大，而白菜型油菜植株较矮小。相距不到 100 米，我碰到两条小水蛇，它们已经在香暖的空气中苏醒：第一条突然跃入水渠，又把头探出水面观察；第二条先是钻进一丛野草躲藏，在我的恫吓声中，它才游进路边的浅水里。

大片油菜围裹的空隙，突然出现短短几垄油黑茂盛的冬小麦。我兴奋地跑过去，蹲下身仔细瞅着它们。这是我在安徽东至、江西彭泽、湖口、九江、星子等地第一次近距离看到冬小麦。我再往前走，又惊讶地在灌满春水的田埂上看到十几丛长势旺盛的冬小麦——只有十几丛！再往前走，我又看到一小块水田中,农人起了高垄来种几行冬小麦:垄上是小麦,垄沟里是水。我站在4月初油菜花占绝对优势的江南沿江平原农作物的包围里,欣赏着灿烂无际、香而略腻的油菜花和微不足道的几垄冬小麦。没有疑问,这些冬小麦由于数量太少太少而毫无商业价值!但农民为什么还记起来种它们? 仅仅是作为口味调剂的点缀,还是千百年来北方正统文化入侵的物质遗存? 这事我说不清楚。但现实摆在这里,这是一个新线索。这也是我的一个新问题探索的开始。我在油菜花中继续往前走。我打算一直走到升金湖北岸曲折蜿蜒的湖畔。

2012年4月14日　合肥淮北佬斋

四月中旬在淮北平原看冬小麦、喝牛肉汤

阳历4月中旬淮北的冬小麦已经开始拔节旺长。从乡道或村道上展眼看去,整个大平原深绿一片,其中穿插着一些条状或块状的浅绿和鲜黄。深绿的是冬小麦,鲜黄的是零散少量的油菜,浅绿的是新叶初成的各种树木;条状的浅绿是行道树形成的,块状的浅绿则是村庄周围的树组成的。深绿的麦地里也有一些浅绿,那是杂生在小麦田里的大麦。大麦拔节、抽穗和成熟都较小麦早一些,海拔也高一些,所以它们在小麦田里显眼突出。

牛肉汤馆几乎就处于满眼深绿的冬小麦的包围之中,因为乡间公路地势高于田野,所以从牛肉汤馆看四面八方,浓烈的淮北平原的绿色春天,淹没了人!淹没了村!抹平了大平原上所有的沟沟坎坎。淮北的牛肉汤和羊肉汤都十分出名,非常好吃。我们各要一碗辣味浓厚的牛肉汤,撕些油酥烧饼,快意万千地狼吞虎咽。此时牛肉汤馆里客人鲜见,40来岁的老板娘,就坐在较远处又看得见我们的桌子旁,边梳头、施粉、画眉毛,边跟我们说话。她说:"俺这里早餐人挤人人挨人,生意好得很。"我说:"那早晨就喝牛肉汤?也习惯?""习惯!习惯!你别看这里人收入不高,都会吃着呢。俺这里小吃比旁的地方,狠好些呢!你到旁的好些地方,哪有这些好东西吃。""那倒是。""俺这里的牛

肉,都是自家杀的,没有半点假。""自家杀的?""俺这量大。""哦,哦。""你们两个明早再来吃,这是好东西!""好,好,这当然是好东西!明早再来吃!再来吃!"

哦,哦,我们带着辣乎乎的牛肉汤的快意和满意,走进淮北大平原望不见边拔节旺长的小麦田里,物化我,我化物,相互融化了。

2012年4月15日　合肥淮北佬斋

从三河尖到谷堆乡

淮河在地理上似乎还是简单的。如果按行政区划来划分淮河的上中下游,那和地理划分也基本吻合:洪河口以西的河南段为上游,安徽段为中游,洪泽湖以下的江苏段为下游。河南也有淮河中游的很小一部分,那就是固始县境内的淮南部分。从三河尖到往流镇,再到朱皋村、大寺村,由于是位在"淮南",即淮河之南,所以这些地方无一例外都属低山浅丘微阜地貌,而一河之隔的"淮北",即淮河之北,就尽是一马平川的大平原了。

从三河尖到桐柏山,两岸的冬小麦在4月下旬都已抽穗、灌浆,麦势眨眼即变,仿佛一日千里。站在三河尖和往流镇的渡口看淮北,这些段落的淮河并不很宽,水却较清。由于河滩及人工河坝的原因,只见麦层绵延,绿云朦胧。我不由得又心潮澎湃起来。心潮澎湃什么呢?还不是在内心里,再一次慨叹火器尚未使用的时代,北方裹挟了沙尘、冷风的铁蹄,势如破竹般滚滚南下时,多会在眼前这一浅绿水前戛然而止,于是便"隔淮而居"起来。这是那些北方民族、政权的宿命?还真是脚下这一脉绿水确能挡住他们的去路?是,却又不是。不是,是因为淮河南北双方力量相抗衡,谁也打不破僵局时,隔淮而居对双方而言都是安全的。是,就复杂了许多:由于淮河一带为中国中东部南北地理文化分界区,物候、气候、天候,会有较大差异,由此而产生的人类饮食、耕读、行为、观念、生产生活方式,在交流不完全、不充分的时期,也就会有很大不同;多种文化势力,到淮河一带即成强弩之末;征服易,征心难,进行文化和生产生活方式的改造,更非一朝一夕可成。所以在没有压倒性实力的时候,征服的铁蹄,只得搁浅于淮河北岸的湿地和行蓄洪区里。

沿淮河南岸西行,从固始县的三河尖乡,到往流镇,再到朱皋集、大寺村,进入淮滨县的谷堆乡。朱皋、大寺一带河流众多,或深切陡直、径入淮河,或大手笔蜿蜒弧行,形成超级大河湾。登高望远,只见人迹罕现,兽声不闻,林木翁郁,青麦翻滚,气韵厚重,令人臣服!心中暗自思忖:若把如海青麦皆换成莽原野草,那还不是一派远古洪荒的庄重景象?此刻,草莽间完全可能瞬间扑出一只食肉猛兽,与我一番吼声裂天的撕咬后,也不知谁拖了谁,去密草隐蔽处,慢慢儿地享受呢。那时,短暂的惊天动地之后,宏阔的淮河两岸,除却风哨鸟啼之外,还不又恢复了亘古宁静。

2012年4月29日　河南省罗山县小香港宾馆

河南省三河尖、往流镇、朱皋、大寺和谷堆乡

　　天逐渐热晒起来。道路两旁即将云散的集市上,一只白毛长长、脏乱热燥、无人呵护的宠物狗,正迈着小碎步,颠颠儿地穿过滚烫的马路。哦,它的岁月,在淮河以南的中国乡村,改变得如此彻底,如此入乡随俗,如此世俗和有中国特色。我进入大田,用手摸一摸正在"秀"穗的冬小麦。用"秀"来表示小麦的抽穗、灌浆,是我们在 20 世纪 70 年代就普通使用的"习惯用法",这和新世纪以来的"秀自己""秀技艺""秀形象",一脉相承。农户门前有几位乡妇村姑坐着剥蚕豆,一位穿红色短袖衫、束腰面白的姑娘引人瞩目。而生过孩子的妇女在暮春始热的天气中,则显得腰身粗壮、厚乳鼓突、行动笨重、邋遢而不讲究,找不到一丁点江南小女子的婉约。渡口边到处都开了嫩黄和粉红的野花,温热而香。淮河流域所有的道路基本又恢复了正东西、正南北的概念,或者说我脑海里正东西、正南北的概念在淮河流域又逐渐而完全地恢复了。这种概念在南方是比较缺失或者是极易被忽视的。北方的方位感既有历史的传承,也有地理的选择:战争、平原或微丘需要也易于进行方位的辨别;而南方的山区,就完全不同了,山区既无法直线通行,人文也未能延约俗成。大寺、谷堆两县交界处的白露河,人迹绝踪,岸树如云,恍若野境。桥北不远处卧一只无人扁舟,桥南却有一只大白猪,摇晃着尾

巴,试图进入深得发绿的陡河中,真是生动!

2012年4月29日　河南省罗山县小香港宾馆

罗山和正阳之间的淮河

罗山县和正阳县之间的淮河,就显得水量很小,甚至都不怎么流动了。建筑用沙堆满了河道,它们是河床的主角。我暗自想:既然不能"饮马淮河",那就只好洗车淮河了。我把车开下宽广的河滩,开近几乎静止的水边,用淮水冲洗一天泥溅土淹的座驾。在这里,罗山和正阳之间,淮河北岸还是平原小麦,淮河南岸还是低丘树林。天气已经暖热,小麦很快就会成熟。这一天则是先晴后阴,一直有风吹动。

2012 年 4 月 29 日　河南省罗山县小香港宾馆

从正阳到桐柏到合肥,在高速公路上睡着了

从河南正阳县和罗山县的淮河桥北行,至正阳县,到确山机场,到明港镇,到信淮镇淮河桥,冬小麦都是大地的主角,它们孕穗扬花,准备灌浆。地里有少量正在结荚的油菜。和江南相反,油菜在这里凤毛麟角,完全成为陪衬。道路向西南进入桐柏县境,已是低山地貌,这里土地不再平整大块,开始显现出高低层次来。淮河镇突出至河南境内,这一小块"半岛"属湖北省随州市。农田里有冬小麦、油菜、蔬菜和稻谷。冬小麦的种植在这里依然十分普遍,桐柏县淮源镇附近田间小平原还有较大面积正在抽穗的冬小麦呢。1000公里的淮河从桐柏山淮源镇附近发源东去。从312国道南望,桐柏山显得崇山峻岭、高大逼人。第二天凌晨2时,我起床笔录行程、见闻,3点多从桐柏县出发,返回合肥。天放亮后,在河南信阳至光山之间的高速公路上,我突然被车轮碾压道路右侧"搓衣板"的巨大震动惊醒。猛地睁开眼,急速行驶的车轮已经冲上右侧路牙,零点零一秒后,车要么向右翻出公路,要么撞上护栏,向路左翻滚。我立刻调整方向,避免了冲撞、翻车。原来我瞬间睡着了。哦,真是惊险!这样的事,接受教训,今后一定不会再发生了!

      2012年4月30日 河南省桐柏县东方宾馆
      2012年5月1日 合肥四闲阁

新安江源头的舞者

从谷口进入谷地,就逐渐接近右龙村了。石条路上上,下下,左弯,右转。路的一边,是流淌不息的山水,另一边,是竹林、茶园、稻田或油山。山里的水雾气愈浓重起来。越接近村庄,古老的大树更粗壮旺盛。谷里的溪,被陡立的石砌岸困在下面,多了些湍急和力道。雾雨一阵一阵地来了,来了。一两只鸟的啼声,远而清悠。它,或它们在哪里?溪畔?山顶?崖下?岚中?坞外?映山红红暮带雨,杜鹃浅浅向晚开。哦,哦,树皮屋后面的竹叶,开始缓滞地、缓滞地,从叶尖往下滴、滴、滴水,一滴,一滴,一滴,另一滴,又一滴,再一滴,深一滴,浅一滴,滴落在粗壮向上的笋尖头。山林迷蒙,腐地酥软。晚春渐逝,暮色闭合。一支板凳灯笼组成的红龙,由谷地下游舞来,游入村中祠堂,又舞至溪边草地。我们在一个较高的地方,饮一杯新采制的新安源头茶,哑巴着满嘴茶香,就跑来看红龙游舞、爆竹喧天。一圈,两圈,五圈;一阵,两阵,五阵。夜潮漫涨,溪迹远近。树皮屋外的喧闹,次第没去。我想象,幽山僻静里的仪式仍在进行,而我则和衣靠在树皮屋的松墙上,面前燃了劈柴,烹茗煎茶,一觉山醒。

2012 年 5 月 1 日　合肥四闲斋

仙寓山亲茶记

一行人各提了竹篮,逶迤上山,采集春茶。原来仙寓山的茶园是开在陡坡上的。陡坡上这里那里,都是嶙峋参差的怪石,石与石的隙地中,才有泥土和茶树的存在。泥土都是很好的呢,是那种山壤腐殖土,脚踩在上面,疏松肥厚,有弹性,这样的山土,由落叶、粉石和小动物尸体长期腐烂发酵而成,养花最佳,植茶又焉能不好?况且这里的山山水水,富含硒元素,因此仙寓山生长的所有植物体内,都有这种稀罕物的存在,而适量的硒已被证明十分有益于人体,这正是仙寓山茶类的独特之处。

饱满嫩绿的雾里青(茶)芽铺满竹篮篮底的时候,深涧溪流边的光线也渐敞亮起来。徒步至涧底溪畔,仰面望去,山峰笔立,老树虬然。侧耳静听,则清流潺然,风哨远遒。一干人欢呼雀跃,各选适处,继而手忙脚乱,争先恐后,山童敲石取火,村姑汲水燃柴,众人七手八脚。转眼间,溪边松烟袅袅,淡香弥漫。此时只见大家有的仰睡,有的侧卧,有的独立,有的对坐,各呈形状,各怀雅意。待小鼎香长、火文烟细时,大家便都捧了茶盅,或微唇细呷,或大口吞香,或畅议国际大事,或头凑在一起叽叽喳喳闺密私语,或朗声高诵唐朝卢仝诗"一碗喉吻润,两碗破孤闷,三碗搜枯肠,唯有文字五千卷",或回怀往迹,或漫行听溪。

半日后一行人离溪下山归市。在城隅的家居里,我们的清静、淡香、雅趣和超然,似乎仅留存于那一杯溪流叮咚的绿茶里。日月绵长,又斗转星移。每天,当茶香飘起时,我们的记忆之门,总会欣然打开,思接山里……

2012年5月3日　合肥四闲斋

在淮河入江口附近的瓜洲和三江营看冬小麦

从江苏苏北仪征的青山,到扬州市邗江区的瓜洲镇,再到江都市的三江营,时而沿江堤而行,时而依江北沿江公路东去。与苏南相比,苏北的工业化、城市化进程可能稍有滞后,却仍是十分发达的。江堤内的造船厂一个连一个,港口和工业设施也随处可见。但出乎我的意料,江堤外的冬麦田也满目皆是。5月上旬,这里的冬小麦已全部抽穗灌浆、沉沉向熟了。我此行最终目的地是江苏省江都市三江营淮河的入江口。中午的阳光灼热起来。在长江大堤一段正在维修的闸口前,导航把我导向了江边的造船厂;路途中一个弯道的正南方,大片生长厚实的冬小麦扑面而来,麦田边还有一个很大的广告牌,上面详细地说明了,这里是"江苏省小麦高产增效创建万亩示范片",示范的地点是"仪征市十二圩办事处",面积规模"10218亩",产量目标"500公斤/亩",行政指挥是"仪征市人民政府副市长赵明",指导专家为"江苏省作物栽培技术指导站推广研究员王龙俊",技术负责人为"仪征市作物栽培技术推广站高级农艺师孔祥英",实施单位为"仪征市农业委员会",工作负责人为"仪征市十二圩办事处副主任邵德登"。

我返回沿江公路,来到扬州市邗江区的瓜洲镇。哦,不用老想着唐朝白居易"汴水流,泗水流,流到瓜洲古渡头,吴山点点愁;思悠悠,恨悠悠,恨到归时方始休,月明人倚楼"的幽怨,也不用总吟咏北宋王安石"京口瓜洲一水间,钟山只隔数重山。春风又绿江南岸,明月何时照我还"的诗句,古诗意境早已为现代场景所替代,老运河入江口一时也不知哪里去寻呢。我的疑问仍是关于泗水和汴水的:白居易生活的8世纪和9世纪,汴水和泗水都是在瓜洲入江的吗?这是需要找时间查证的一个很有趣的问题。

瓜洲各处冬小麦依旧成片生长,直到江都市的三江营。三江营是江都港所在地,也有"三江营革命烈士纪念馆",这里还是"新四军渡江北上抗日第一站"。沿江堤东行,一路向前,发现除大面积的冬麦田外,江堤的路边,寸土必争都种上了正待成熟的冬小麦。我下车观察这些我已十分熟稔的植物,并纵目远望江南江北。从这些小小的细节上,我们就能够相信,虽仅一江之隔,苏北在文化的根脉上,还是传统的北方。两宋的黄河泛淮后,在苏北这里,连淮河自然入海河道的阻隔也没有了,这使整个苏北更易融为一体。

我最终未能找到淮河在三江营入江的河道和河口。淮河从洪泽湖分三路入江入海,入江的河口,就在三江营。由三江营至河南桐柏的淮源,淮河整整流了一千公里。三江营当地人则完全不知道淮河这件事情,也许淮河在这里只是借用了小夹江等水道。我折断了一根麦穗放在车头前,一路行,一路看着这种蕴含深刻的农作物。打开车窗时,江风竟也不烈。

2012年5月7日 合肥四闲阁

小麦灌浆,心情大好

淮河进入下游后大约有三条水道入海,一条由洪泽湖辗转经三河、高邮湖、邵伯湖,在江苏江都市的三江营入长江再入东海、黄海;另一条出洪泽湖高良涧闸,经苏北灌溉总渠至扁担港入黄海;再一条即淮河入海水道,出洪泽湖二河闸,与苏北灌溉总渠东向平行,至扁担港入黄海。二河闸北的淮河入海水道可能是原有的湖汊,水质清冽,宽展浩荡,堤上公路树荫裹盖,人少车稀,位高平整,一直到淮安市楚州区的武墩,都是很好的。由淮安市楚州区的建淮镇沿苏北灌溉总渠南岸东行,愈往东,愈有浓密高厚的树荫遮挡路面。至射阳县六垛,过苏北灌溉总渠闸口,沿灌溉总渠和淮河入海水道之间的道路东行直到尽头,就是黄海。这里的黄海,真是黄浪滚滚,海天浊连。站在伸入海中的防浪大堤远眺,可能是变天降温的缘故。5月中旬的天,寒风吹得人站都站不稳,在黄浪连绵的大海前,真觉得连寒风也都是黄浊的。防浪堤一侧孤零零地停着一辆黑色小轿车,走过去时,看见里面正副驾驶座上正有一男一女在私密地"亲热",见有人来了,车子很快就启动并掉头开走了。

不用说,从苏北洪泽县,到淮安市淮阴区、楚州区、灌南县、响水县、涟水县、盐城市、阜宁县、滨海县、射阳县直至淮河入海水道入海口,小麦都是大地冬春季的主角。在苏北灌溉总渠和淮河入海水道入海口附近,冬小麦在离大海不过两三百米处才终止它的物种"入侵"。它们在河滩上的长势都是很好的,愈往西愈好。苏北灌溉总渠河滩上的冬小麦比淮河入海水道河滩上的冬小麦长势更好、更厚,正由青转黄,由清秀转苍厚。只是想来它们会受每年汛期的水情影响,能否丰收甚至收获,都还不是人或行政命令能说了算的。六垛的南北东西,分属射阳县和滨海县管辖。这里沙土地的另一大主角,是大蒜。此时正是蒜薹大量成熟上市的季节,大片的蒜地,放眼望去,与风起浪涌的麦田几乎没有区别。路边、田头,到处都是收获蒜薹的农人。早晨天刚放亮,就会有成群的男女聚集在通过集镇的国道、省道、县道两旁,等候蒜地主人的雇佣下地拔蒜薹,于是道路两旁的大蒜地里,很快就会有许多人在其中游动。路边总会有拉运蒜薹的农用车来来去去,集市上也总会有人批发零售成把成捆的蒜薹。

苏北地区,地势低洼,水网密布,人工水利的痕迹也比比皆是。这是冬小麦大面积推广的前提条件,因为冬小麦需要较好的灌溉体系予以支撑。有一个传奇般的故事说到了与冬小麦有关的事。说是战国时期秦王嬴政执政之初,附近的韩国感觉受到了很大威胁,于是韩国的智囊精英们精心设计了一个大阴谋,他们派出一位叫郑国的高级水利工程师,到秦国说服了秦王,在关中平原开凿一条150公里长、连接渭水支流泾水和洛水的人工水道郑国渠。这样的话,渭水北部的广大土地都可以享受充分灌溉之利,秦国的粮食产量自然也可以得到很大提高。韩国人费尽心机搞的这个设计,本身没有什么不好,他们精心设计的机关,是鼓动秦国在错误的时间和错误的地点劳民伤财,以这种方式拖延甚至拖垮秦国经济，因为当地传统粮食作物如谷子（粟）和黄米（黍）十分耐旱，这些作物一季只接收一次雨水的亲吻就可以有很不错的收成，对水利灌溉的需求并不迫切。但郑国渠建成后，出乎意料地解决了冬小麦在当地大规模种植的问题，冬小麦产量远远高于谷子和黄米，秦国粮食产量有了很大提高，国力也有了大幅度提升，为统一中国奠定了基础。当然，不仅仅是冬小麦，有了比较完善的水利体系以及比较有效合理的水利分配体制，所有的农业生产，就都有了丰收的基础。

近黄海的滨海县境内，淮河入海水道以北10公里左右，有滨淮镇、临淮港镇等聚落，不知这些地名，是古已有之（如淮阴，但淮阴离黄海尚有较远距离），还是后来的命名，也许这些地方，正是当年淮河天然入海水道经过的地方。这都与启于两宋的黄河泛淮有直接的关系。从这些地名，能读到地理、历史、文化变迁的丰富信息。但是，滨淮镇、临淮港镇等地，离黄海略微有些儿近，我怀疑1000年前它们脚下的土地是否存在。河流造地的工程从未间断，一直在进行，特别是黄河的辛勤和耐劳举世瞩目。在我脚下生长着冬小麦、大蒜和油菜的土地，都是黄沙土壤，连从六垛集上购买的辣椒苗，根部带着的也都是黄沙土。这是黄河进行地理搬运的证物！

2012年5月11日　江苏省射阳县

在蚌埠与五河之间的淮北大堤看小麦收割

傍晚时分经过淮河北岸大堤下的村庄时,还能见到不少农人,甚至闲人,这说明即便在午收大忙季节,传统的农忙也已经不复存在。看那些村汉闲妇的身材面相,哪怕他们都是土坷垃里生活的农民,也个个内涵深蕴,普遍爽朗大气,见不到些许猥琐不义的痕迹。这是淮堤之北。他们一定是几千年来北方各民族融合的结晶。天还不是太热,愈往淮河大堤上走,愈感到有些凉爽的风一阵一阵吹拂而来。由大堤上四下瞭望,部分麦田已经收割完毕,部分麦田正在用收割机收割,部分麦田还没有动镰的迹象。

走入一长段无人的大堤,迎面一群袒胸裸背、高大健壮的青年虎豹豺狼般走来。我丝毫未感觉到危险,相反却认定他们是我需要的子弟,是相当需要依赖的资源,我也正是从他们中走出去的一员,有很认同的亲切感。葱郁的玉米已经在麦地侧旁拔地而起了,这一点我后面还要谈到。连续有三座桥跨越淮河:一座是公路桥,一座是铁路桥,一座是高铁桥。收割机、农用货车和村姑聚集在一块大波浪般起伏的麦田里紧张地收割。在另一段淮河大堤上,麦收则变成了一场"狂欢":鸡欢狗撒丫子,电动三轮车快速地载来少妇和她们的小孩,大堤上搭起了凉床和蚊帐,甚至已经有人端着碗在麦堆边吃饭了,凉床边摊晒着收下来不久的小麦,一些穿着休闲的老汉背着手居高临下充满担当地俯瞰堤下和远处的麦地,一对农村的小夫妻在大堤上散步,烫了发的中老年妇女则聚在一起说话,大大小小的孩子们在她们不远处玩耍,有两个孩子在麦地间的草棵里寻野花,牧羊人坐在萋长的草地上悠闲着,羊群在收尽的麦地边吃草,他们和它们都是和我们共同生活在这个地球上的生命,他们和它们与我们完全一样,会生病,有欲望,一点区别都没有。

  我和农人一起坐在厚墩墩的草地上看堤下待收的麦田。草地真厚真软,完全能托得住人,托得住屁股。淮河上航行的货船马达声嘭嘭嘭地传过来。天渐渐暗下来,凉气也缓缓浸漫过来,漫上淮北大堤,漫过车载 MP3 的歌曲,漫过人的脚脖子,漫过人的屁股。一群紫花羊连贯越过前方的小道返家,杨树的树叶相互摩擦、依偎。我不知道夜晚的淮北大堤附近都有什么变化。第二天早晨 7 点半左右,我再次来到淮河北岸的大堤上。整个大地厚实平静,像在等待。路边,或大堤上,收割机、手扶拖拉机、人员,都在做准备工作,内心里也似乎都跃跃欲试。轻雾在淮河上升起。不可否认,麦收可以说已近尾声,早晨更会突然发现葱绿色的红芋、玉米、大豆都已经疯长起来,夺人眼目,正在迅猛地取代一个冬天、一个春天和半个夏天一直占据着我们视野的冬小麦。看起来,冬小麦并不能代表一切,它只是全部事物中的一部分。大自然看似无情,却最有情,在大自然的哲学中,似乎没有永恒的主角,只有阶段性的抢眼和重要,它为所有的努力提供平台和机会,这可能正是世界存在的"道理"。

  2012年5月31日　蚌埠淮上区凯瑞快捷酒店
    6月16日　合肥淮北佬斋

在欧洲看冬小麦

6月上中旬去欧洲四国，德国、比利时、瑞士和法国，我特别注意的一个方面，是看冬小麦在欧洲的种植情况。我的这个"看"，与农业专家、历史学家、期货经理、政界人士的"看"，完全是两回事。农业专家看的是品种、长势、病虫草害；历史学家看的是农业沿革；期货经理看的是产量预期和亮闪闪的银子；政界人士则把它看作武器，要用它制服对手。我的看就是纯粹生理性的"看"，看到地里长着小麦，心中欢喜、向往、快乐，也乐意与他人议论、分享，更会到地头、田间走一走，站一站，摸一摸，仅此而已，其实也就是寻找一种和地球上的农作物在一起的愉悦感。当然，与冬小麦相关的信息，也会相应地浮上心头。

欧洲当代的粮谷作物主要是小麦，另有玉米等。一路行去，只见路边田野，除了大片大片草地牧场和树林外，农地均随地势伏起。最初在大巴上看地里生长着的植物，有时看不太清楚，不知道是牧草，还是小麦，抑或是其他。车停到服务区，我会第一个跳下去，撒丫子径直跑到服务区围栏边，去看地里生长的植物。同行的朋友不知究竟，以为我发现了什么，也跟着跑来看。原来真是冬小麦。另外还有不少麦芒很长的大麦。地里长得鲜绿的则是机播的玉米。大家议论一番，隔着围栏以麦田为背景拍照留念。兴品先生当年是学农技的，对地里的农作物都分得很清。"这麦芒长些的不会是荞麦吧?""不会!荞麦开白花。"

议论拍照一番后,大家陆续都去了服务区超市。我仍留在原地,看着雨后的冬麦田。我不知道整个中东、西南欧的自然地理是否有巨大的差异。我们走访的布鲁塞尔、琉森、法兰克福和巴黎均属纬度较高的地区,都在北纬45°以北。如果以中国的地理观点进行衡量,那么这些地区都在"东北地区"。我们说北京在我们的概念里已经是较北的北方了,可北京才位于北纬40°。多年前看一位日本学者和过哲郎写的地理学著作《风土》,他在这本书里说,欧洲是牧场型风土的代表,上天也是眷顾欧洲的:欧洲农田里的杂草和虫害天然就很少,不用在除草除虫方面下东亚农村那么大的功夫;小麦生长季节,雨水充足又恰到好处,到小麦成熟的时候,雨水则会打住,完全不用抢收抢种。

我不知道日本学者的这种观感有无所谓"科学"的依据,但我站在欧洲的土地上,就特别留意上述现象的真假。也许短暂的、局部的和表面的观察易于得出错误的结论,特别是欧洲风景式的农业太发达了,我们有可能将农业的发达与自然条件混同一体。但《风土》里所介绍的欧洲农田里的情况,看起来似乎大致如斯。这些天来,我们居住的地方一般都在乡村,和大自然有零距离的接触,但却从未听到一声虫鸣;虽然已经是6月,但我们似乎又回到一个仲春的季节,短袖衫中午可以穿着,长的内衣却更不可缺少,几乎每天都会有雨水降临,阳光当然也会出现,不过显得有些稀缺,见到阳光人们会从心底发出欢呼;大面积的农田的周边看不见灌溉设施,冬小麦现在抽穗灌浆时的雨水是充足的,且不过分;农田里自然并无杂草,田边路畔是有的,因此无法知道田边地畔的野草与农作物的关系;害虫的情况也无法明了,但在欧洲的十几日未听得虫鸣,想象中农田里的昆虫应该是少的。

非欧盟的瑞士和欧盟中的德国、比利时都是农业的"小国",法国则是欧盟中的农业大国。法国和中国的相像之处更多:与周边相比都是面积和人口大国,都更像"农村人",也更有"三农"情结;环境和生活都较显粗糙,社会和环境的细节都还不是那么精致,当然我的这个比较,是把法国和中西欧相比,把中国和全球相比;法国的高速公路和中国一样也是收费的。

在巴黎附近的小镇住下后,这是这么多天来晚饭后住宿最早的一天。欧洲夏天的早晨4点多天已放亮,晚上10点天才慢慢变黑。我们策划正好可以利用这个机会跑到田野里去最近距离地接近欧洲的乡村、麦田。我们离开宾馆向我认为的南方快速步行而去。原来我们在高速公路的大巴上看到却辨别不清的很多很多成片结穗的植物,是像中国俗称"毛谷谷"的野草一类的牧草。起伏的原野中有一些工厂一样的彩钢房。远处树林的后面,不时有快速列车驶过。我们身边的公路上,也不时有私家车快速驶过。视野所见,几乎没有一个人,唯一的一个人,在我们前方较远处的路边站着,一辆小车驶过,他们好像说了些话,小车就载着他驶远了。

远远地看见阜坡上有类似冬小麦的作物,到路边时却被一个近两人高的土崖挡住。土崖下有小水沟,我们蹚着没膝盖深的野草灌木向上攀爬,手被棘藜扎出血之后,我的头终于露出来可以看见崖上了:原来这里种满了深可没胸的牧草,周围围着铁丝网,牧草地的远处,才有冬小麦一样的田地。我们进不去,只得回到路上再往前走。走了很远,换了两个地方爬上土崖,试图找到一个有路的通往冬麦田的地方,但均不可行,只有铁丝网、土崖、小水沟、棘藜,没有路。这时我们才明白,这些棘藜、土崖、小水沟,都是牧草地的主人为阻挡类似我们这样的人而专门设置的。防偷防盗防牛羊,这和中国的国情还有区别吗?好像没有了。而这里难得见到在外面活动的人呀,更不用说散放的牛羊了。在我们的感觉中,法国变得日常和世俗起来。

　　太阳正在西沉,和我认为的方向正相反。我们已经离开窑馆较远了,只好放弃接近麦田的念头,大步往回走。接近那些厂房时,我们不想完全走回头路,我们不死心,还想试试。于是我们在法国的土地上往北拐。哈,很快,拐过一片树林后,大片的麦田展现在我们眼前。我们用相机拍麦田景色,我们进入麦田照相留念。这些冬小麦的麦穗均无麦芒,这是和多数中国冬小麦不一样的地方。麦田和道路的中间有树篱隔起来,树篱上开着金银花,香喷喷的,这和我们家养的金银花也没有区别。我们穿过那些厂房样的建筑返回。道路的另一边,是非常大的停车场,里面停满了小车,并且不时有小车驶进驶出。那里是什么?我们猜测这是厂房里的工人下班了。但愈走近,愈觉得不对。如果是下班,那应该有去无回,再说,那些厂房都关门闭户,不像在工作的样子。我们好奇地走过去看。哦,原来是设在旷野中的火车站,人们开着车来乘火车,返回时再开着车回去。

　　D在公路边面对公路站了一会,那些快速驶离停车场的小车都会在她面前减速刹车,看她是否要求"蹭"车。我们讨论了一下,想试试蹭车的感觉,但最终还是否定了这个念头。我们在看上去要沉,却总沉不下去的暮色中,走回了乡村宾馆。

  2012 年 6 月 22 日—24 日 合肥五闲阁

渭河平原

飞机穿出云层以后,地面上连绵不绝的山岭就出现在视野里了。在我的想象中,那应该是秦岭!秦岭并非一道山岭,或一条山脉。秦岭是许多条大大小小的山脉的统称。这些山脉大致上是东西方向的,因此构成中国中部地区南北自然地理分界线。但我看到的也可能是河南山西边界附近的山岭,这些山岭不少呈偏西南—东北走向,飞机由合肥飞往西安,也应该是需要从这些山岭上飞过的。

视野中的山岭似无穷尽。阳光下,大地上的事物都呈现无遗,特别是连续不断的道路、河流。俯瞰中,道路和河流一般总在两山之间的谷地里相伴而行,这很容易理解,因为不管对河流还是人类而言,依山谷低势蛇行,利用盘旋曲折前进,或消化高度差,总比攀越它,或无休止地穿透它,更节省资源,更易于成功,或更现实。

很快,很快,一条较大的河流和似乎无边无沿的平畴,占满了我的视界。这一定是渭河及其支流冲积而成的平原了。渭河平原,真是一块上好的地方!它的南缘自然是秦岭山脉,它的北缘是渭北山区及黄土高原,它的东部是黄河、吕梁山和一些像潼关那样著名的山口,它的西头则被大散岭、陇山等逐渐锁紧。挑选这样的一大块土地,作为国家统治的立足点和战略枢纽,一方面总是形势使然；另一方面，就需要一种宏阔辽远的眼光了：这里可不仅仅是一眼就望得到边的"盆地"，而且也不是大到无法控制的平原，当然更不是完全开放的地理单元；这是物理面积大得恰到好处的丰腴之乡，进退有余，足以支撑一个中等强国的生存和发展。

我降落在地面上。从咸阳机场往南和西南方向眺望，可以见得到朦胧的山影，那一定是那道著名的秦岭了。从地面仰望秦岭，它显得雄伟而浑厚。现在，我们开始感受到扑面而来的渭河流域的气息和风俗。第二航站楼商务中心的中年男子和大厅里打扫卫生的大嫂，朴实又热情，方言里都流露出浓浓的小米大枣味儿。转机的时间太短。此刻我最想见到的，是渭河平原古老的周至县白居易观刈麦的田地。但转机的时间真是太短了，这只能是留给下次的一个念想了。

2012年9月3日　中国延安干部学院

空中看陕北

飞机再次起飞,从咸阳机场飞延安。现在,从高空中看得很清楚,渭河平原呈东西走向,它的南缘是秦岭山脉一系列起伏的山影,而西天则混沌一片,怎么也看不见山岭的踪迹。这说明,渭河平原有足够的东西向的纵深。

渭河平原的北方很快被起伏的地貌取代。一望无际的起伏覆盖着绿色的植物,这样的环境,显然是适宜农耕文明的萌生和成长的。从空中俯视,道路时常会从起伏的岗岭上蜿蜒通过,这是黄土高原一个明显而直观的特征:岗脊相对平展而开阔,又没有过量的雨水冲刷之虞,如果是石山,在陡峭的山顶修路通行,就难以想象了。

起伏地貌的脊背处,又常有路通往并终止于一个人工修削的长方形平台,平台上会有一排物件,平台的一角还会有另一个方形图案。那是些什么?在延安,接待我们的"延安通"方先生告诉我们,那是油田上的石油设施。其实,听上去贫瘠偏僻的陕北,油、盐、煤、气、水,什么都不缺,延安房价每平米大都过了万元,也贵着呢。

我们照例又降落到地上。阳光刺眼而灼人。高原上的阳光都是这样的,海拔高,污染少,一点都不错,就是这样的。但在有遮挡的地方,比如房屋里、大树下,则颇感凉意。

2012 年 9 月 3 日　中国延安干部学院

巢湖中庙

我站在楼上看湖水,湖水在湖里望天,天在天上看大地、看我。傍晚和清晨,湖天都浑然一体,不见边界。当阳光普照以后,湖、天之间,依然不见边界,只是那浑然一体的地方,推得远了,推得很远了,推得更远了,却仍然浑然一体,不见边界。

当下,湖面的渔舟愈划愈远,白色羽毛的湖鸟却越飞越近,并终于降落在阳台沐阳的地方,悠然而机灵地俯瞰着湖天的边界、湖岸的菜地、错落有致的村庄和人类的活动。多么容易诱发人的游玩欲望的情境啊!可人们又偏偏喜欢在这样的氛围里不知不觉地酣眠而去。诸葛孔明就这样在草棚子里大睡不起;庄周也把钓竿扔在涡水或濮水里,就晒着太阳像老龟般酣梦到底,他才不愿意定什么手机响铃按点叫醒自己去上班或参加什么活动呢!老子也越加向往水边的气氛和畅眠了,他总是唠叨不止,说什么最好的美德一定像水那样,甘愿居住在别人不愿意住的低洼的地方,正因为水啥都不争,所以才能够顺其自然、利人利己,使别人不再有资格与己相争,所以人一定要在水边沐阳而眠,这才是上善之举啊!

哈哈,我听见了自己不雅的鼾声。我在梦里看见成簇的眉豆、成片的大豆、亮黄的水稻、成垄的红芋、蔓延的南瓜,纷纷后退而去;我看见我们在山坡台地的涧溪边捡拾干爽的牛粪;我看见一只丁点儿小的渔船靠港并卸下新鲜的渔货;我看见那只白翅膀的大的湖鸟停在阳光普照的阳台上,机灵地东张西望,然后纵身飞入湖天。水面、山岛、渔船,一一在它的视野下退去。瞬间,像2000多年前的庄周那样,我不再知道或想知道我是鸟,还是鸟是我;我是湖,还是湖是我;我是水,还是水是我;我是鱼虾,还是鱼虾是我。我只听见我放肆的鼾声,随风而起。

2012年10月7日　巢湖中庙善水轩

享受"单独"

近年来,陆续整理出版了几本以"单独"为取向的散文随笔集,分别名为《和自己的心情单独在一起》《和自己的脚步单独在一起》《和自己的夜晚单独在一起》。书名有点长,也不好上口,但又不想牺牲其中的意思。这几本集子中的散文、随笔,大多以我熟悉的江淮大地为题材,或为背景;即便是读书随笔集《和自己的夜晚单独在一起》,也基本是在江淮地域的气氛中读写的。我家的祖辈,大约在明朝的某个时期,"自徽迁泗",就是从江南的徽州,迁到了淮北的泗州。所以我的籍贯,是现在江苏省的泗洪县梅花镇,而我又是在淮河干流上最大的城市蚌埠出生,在淮北平原上的宿州长大,并长期在江淮之间的合肥生活工作的,因而我的口音、生活习惯、判断事物的方式和标准,都带有明显的淮北、江淮特点:地理上南北、东西交汇承接,农事上南北、东西承接过渡,文化上也带有多种文化冲合碰撞的特点。

可这个特点到底是什么样的特点呢?也不太能说清楚。不过从这几本书里总还是能明显地体验和感觉到。现在总结起来,我想也有可能就是我们文化中"中庸"的取向。所谓的"中庸",大概就是以中为用的意思,做事、待人、治国、看天下万物,最好都不走"极端",而选取最佳的那个决定的点位。这是一个宏观指导性的哲学或文化概念,在实际的处理中,事前是无法知道哪里是最佳或较佳的点位的。可树立哲学和文化的标尺很重要,那既是一种不可或缺的方法,也是永远不可到达但要求你、吸引你永远都要瞄准的参照竿。以前我在生活中说话,在报刊上写散文,熟悉的朋友会说,许辉说话、写散文,最喜欢用好像、似乎、大概、也许、可能,都是模棱两可、不能肯定的词句。那时听到这样的话,总以为是对自己的批评,内心惭愧,就努力去改正。却又总也改不了,在感性与理性、是与非、对与错、进与退、肯定与否定之间摇摆不定。如果口气坚定、态度坚决,反而觉得不是自己想要说的话,不是自己想写作的文了,说话、作文时,那些模棱两可的语词压不住地要冒出来,后来只好随它去。

这或许是我在成长和生活的氛围里无意中受到的一种传统文化的影响。皖南淮北有许多强势的文化圈,我生活在其中,对这些文化的影响有非常直接的感受。比如儒文化,在历史上淮河最大的支流泗水上,那是要中式进取,要介入社会、影响人伦、管理百姓的;比如徽文化,那是明清以来商贸文化的结晶,要贴紧时代,要不断西式进取、不断努力的。但是当我们进取、进取,介入、介入,终于碰到了障碍,碰得头破血流,或遭遇了挫折时,我们可能自然而然就会求助于淮河另一条大支流涡水上的老庄,汲取他们早已为我们准备好了的精神资源,来医治慰藉我们的创伤、我们受伤的心灵。不"进取",不在社会上努力,我们完全可以独善其身,完全可以缩回到我们的水草沼滩中去,拖着尾巴,过自己想要"单独"过的生活呀!在自由自在、"不受管束"的水草泥沼里,时间、空间都是亘古永存的,我们没有必要限时下结论,没有必要轻率做决定。而且在未知面前,所谓的"已知",永远是微不足道的,完全不足以凭此下结论、做判断;或与其简单而草率地做出决断,还不如不下决断,或仅描述现状。

这就是我日常生活的文化氛围,或者是我在日常生活中能感觉到的文化氛围。在这些都十分强势的"地域文化"的包围中,当我们进取时,我们知道我们有回头的港湾;当我们独自在泥沼中爬行时,我们也知道我们随时可以上岸,走进"庙堂",参与社会。我们知道怎么走,有什么路径,因为老庄孔孟他们早已为我们指明在那里了,就在我们的身边。在这种地域环境里,人生的前景闪烁着好几个强烈的亮点,你大概不可能只知道一条人生之路,不可能一种选择走到底。表现在我的那些散文里,可能就是一种十分不成熟的无意识,就是瞻前顾后、模棱两可,顺其自然,怎么都行;因为无论进退左右,都会有宽敞的大路和通道,都能找到安息的港湾,都能攀登心灵的高峰,都有强大的精神支撑。这就是一种"中庸"吧?

为什么是"单独",而不是从众、随流?这或既是一种个性,又是一种规避或叛逃。通过这种选择,短暂地逃离人类、脱离社会、屏蔽喧闹、回避世俗、躲避强势的信息和知识引导,逐渐成为一种生活方式,成为一种轻松,成为非常爽快的放松,成为莫大的享受。

一刹那间,我仿佛重又恢复了生命的感觉。这种感觉是切实的、活生生的。我置身于广大无边的平原的浓秋里,像一枚干渴的鱼,重又获得了水的汪润。我半躺在车子最靠前的座位上,陷入了梦幻般的状态。我发现我正飘浮在较接近平原庄稼地的低空中,飘浮,飘浮,一直向我昨天待过的地方飘浮。我又回到我向往已久的故地了。我宽舒了一口长气,心头的抑郁顿时消融了许多。

夕阳一直在坠落下去……(《向往已久的故地》)

这是农耕背景中的"单独"享受。

现在是深夜,也是凌晨,这一段时间,我经常在这种时候醒来,或精力正旺盛。我知道,我正和自己的思想单独待在一起,我是在想着一些事情,一些即将属于我的事情。今天的这一时刻是1997年1月18日的凌晨1点30分,我的周围存在着这样一些事物:嘀嗒的秒针声,猫叫,远处汽车驰过的嘈杂声,一部红色的上面盖着方形手帕的电话机,寒冷的天气,在一个尼龙袋里静静搁置的苹果,快要枯败的鲜花,一幅很大的印有漂亮西方女青年像的招贴画,凝止的空气,我的思想和语言,以及运动着的笔尖,两小摞厚薄不等的书籍,用得很旧了的《新华字典》,更尖利的猫叫声,一张《中国共产党党员组织关系介绍信》,几片草绿色包装的口香糖,等等。我被这些东西或事物簇拥着,度过我的时光。(《和自己的思想单独在一起》)

这是和自己的思想单独在一起时的享受。

现在,我的附近到处都堆着报纸、刊物和书籍。我喜欢它们。也渴望能像以前那样,一个人,静静地把它们从前到后读完。那是需要一种沉静的心情的。沉静的心情像春天在无际的原野上的播种:原野是那样的明媚和辽远,整个原野都在心理上属于一个人、一个有心人、一个感觉到了原野上的一切的一个人、一个心如坦原的人,属于一种心情。但是获得那种情境的时刻,对我们来说,总是少而又少的。那种微微战栗的快感不常到来,那只是留存于我们记忆之中的遥远的青少年时期的愉悦快活的往事。

我们所需要的,也总是难觅的。(《和自己的心情单独在一起》)

这是单独幻觉中的享受。

这都是精神上大愉悦的享受。和自己单独在一起时,人总是如水若月般,立刻就安静了下来。

2012年11月20日　合肥淮北佬斋

2013年

白居易·冬小麦·符离集

老符离集距安徽省宿州市埇桥区符离镇约3公里,现在是符离行政村所在地。唐朝的大诗人白居易11岁时,他父亲在徐州做官,徐州附近发生动乱,为家人安全,他父亲即将家人送来老符离避居,于是前前后后、断断续续的,白居易在这里生活了20多年。

老符离集在濉河南岸。濉河在这里东西流,一条南北向的水泥村道,就从河堤上起步,穿集(村)而过,通往南方。村里有些儿衰落,也不甚整洁,我是淮北人,知道这是淮北地区的通病,需要更多年头的经济发展、社会管理和个人修养,才能得到改变。村道中段,有一家商店,算是最现代的存在了。村南快出村的地方,路东,墙上有黑板报,上面写着陈年的"计划生育指标"等数字,能看得到政府管理机构存在的影子。这是老符离集现在大概的情形。

2012年,为了看冬小麦在符离集的长势,为了寻觅白居易的踪迹,也为了找回我少年时代的老符离集印象,我开车到老符离集走了4次。

第一次是春天,那时青麦已经孕穗灌浆,粗壮壮、沉甸甸的,让人感觉一定又是个丰收年。我从濉溪附近的濉河北岸,经古饶镇,到新符离镇,再到老符离集,濉河两岸的大平原上,青麦浓郁,空气温馨清爽。我停车下到麦田里,眯眼观望无际田原。中国的小麦文化我是稍微熟悉一些的。在淮河秦岭以北,公元八九世纪白居易的时代,主要农作物中,冬小麦已经普及并逐渐居于不可动摇的地位。白居易在老符离集生活的年月,应该会对冬小麦十分熟悉,应该会和同伴在冬麦田里玩耍,应该会和他的文友读伴"符离五子"同游麦原,古符离的小麦文化也会为他后来在关中渭河流域写作小麦背景的诗歌打下一定的底色。"田家少闲月/五月人倍忙/夜来南风起/小麦覆陇黄/妇姑荷箪食,童稚携壶浆/相随饷田去/丁壮在南冈/足蒸暑土气,背灼炎天光/力尽不知热/但惜夏日长/复有贫妇人/抱子在其旁/右手秉遗穗/左臂悬敝筐/听其相顾言/闻者为悲伤/家田输税尽/拾此充饥肠/今我何功德/曾不事农桑/吏禄三百石/岁晏有余粮/念此私自愧/尽日不能忘。"(《观刈麦》)虽然这首诗的社会批判倾向已经完全不"田园"了,但对诗人来说,有什么样生自内心的喜好,才可能有什么样的发挥。

当然,白诗仙在老符离集的成名作是他16岁时的神来之笔《赋得古原草送别》:"离离原上草/一岁一枯荣/野火烧不尽/春风吹又生/远芳侵古道/晴翠接荒城/又送王孙去/萋萋满别情。"符离地名的由来,我一直浑然不清,不知道是古已有之,还是因为白乐天的这首"离离原上草"而获名。初春时在符离镇主持文学内刊主编联席会议和采风活动,到符离集烧鸡厂参观,于是抓住时机请教埇桥区领导。埇桥区领导对当地文史自然都做过充足功课,立即毫不犹豫地告诉我,符离始名于周,地名的由来,是因为古代"北有符山,南有离草",距今已经2000多年了。淮北以平畴为主,但符离也多有低山隆丘。符离镇西是凰山,后来变成了石料场,整个山都逐渐粉身碎骨,变身成为高楼大厦,符离镇也变得尘土飞扬了。镇东北约5公里,有马山,那里原来是荒岭丛坡,少年时我们常由宿县行来,攀山爬坡,登高呼远,一览平原阔。镇西北10公里外,还有龙脊山,有一条电厂运废渣的水泥公路直通山腹,车跃葱茏,视野极宽,只见山脉蜿蜒,尽收眼底,真个是胸襟大开,血性顿生。就此看来,白居易的"离离原上草",既可以古符离东、南、西的广阔平原为背景,更可能受到濉河以北原始面貌的渐升成原、缓山慢坡的地形的感染,凝练而成。

第二次走老符离是8月初盛夏。我要沿着老濉河,去寻一寻白乐天和家人在古符离的居地"东林草堂"。我开了车过去。河堤上的路十分难走,许多路段被大雨后经过的拉鸭子或鸭蛋的货车轧出了深深的辙沟,这常常是小车难以逾越的天堑,需要十分的小心和丰富的乡村行车经验才能对付。我的乡村行车经验还算丰富,却仍要全神贯注地紧握方向盘,保持车轮毫厘不差地行驶在深辙两边的隆起上,才能勉强通行。小车的底盘太低了,从隆起上掉下去就会糟糕透顶。我还经常离开道路,从树与树之间干燥的地方急转绕行,那里没有被车轮辗轧过,反而好走。堤上的树倒是茂盛,大都是杨树,树上吵着不知疲倦的知了。堤下宽展的河滩上,是连续不断的鸭棚,成群的鸭子,半陆半水地生活着。

据说,东林草堂在濉河南岸老符离集东偏北约1公里处,濉河与斜河交汇处形成的三角洲处,唐时那个地方叫毓村,现在叫东菜园,那里应该有个大的土堆或高台,人称"白堆",那里即是东林草堂的遗址。但我沿着滩河河堤千难万阻地一直往东开,直到变成泥沟的路使我意志即将崩溃,不能前行为止,我也没见到河流交汇,没见到三角洲,没见到毓村,没见到东菜园,也不知道哪个大土堆是"白堆"。我倒是想咨询一位在村庄背后树林凉荫里坐着的老头,但眼里要关注路面的坎坷,一犹豫就过去了。我又想问堤上简易房门口站着的两位妇女,可一只不知好歹的土狗那么不合时宜地冲着我这边汪汪叫,它的声音太大,弄得我不好心平气和、轻松随便地开口说话。在我快被道路弄崩溃的前夕,我想尽办法掉转车头,顺来路回到老符离集村北的滩河边。这里的河滩很小,水面很大。河滩上有两小间临时房,河边有两只小渔船,渔船上有一位渔夫坐在船舱里,低头一个劲地忙活做事。

  我在堤上锁了车,步行下到河边,来到船侧。我咳了一声,提醒埋头做事的渔民,有人来了。渔民抬起头,扭过头来看我。他三十来岁,理着小平头,有被太阳晒得很健康的肤色。"来了。"他对我打招呼。"来了。转转。"这时我能看见船舱里他一直埋头捡拾的东西,原来是刚网上来的小杂鱼。他正分别把杂物扔进水里,把小杂鱼捡进鱼篓子里,把大一点儿正宗点儿的鱼,比如野生曹鱼(鲫鱼)、戈戈鱼(汪丫)捡拾进另一个鱼篓里,这样应该可以卖不同的价钱。"小杂鱼现在卖多少钱一斤?""三四块钱。""鱼还多不多?""不多了,比以前少多了。""那大概一天能挣多少钱?""百十元。""哦,那也还不错……""不行了,养不了家了。现在都出去打工了。你看这河水,还经常受污染。"我抬头看看宽展的河面,看看河的上下游,盛夏雨水期的污染还不太看得出来。"记得以前有座桥,40多年前,连通老符离集、新符离集,在哪里?现在毁了?"他抬头瞅瞅我,"那早毁了。就搁西头。"我想他抬头瞅瞅我的意思,是看看我究竟是个多大的人,一开口就30年前、40年前的,口气那么大。

"陴湖绿爱白鸥飞/濉水清怜红鲤肥。"唐朝的濉河,水色想来该是清的,水草想来该是厚的,鸥鸟想来该是稠的,渔品想来也该是丰的。"我来给你照张相好不好?"我拿出相机,想给他拍张照片,同时也是想在我站的这个位置,给河对面、河上游、河下游,都拍几张照片留念,但又不好当着他的面,把人家的风景一股脑儿卷走,对人家也是一种不礼貌,所以找这个给他拍照的借口。他听了,不好意思地摇摇头,说:"不照了,俺没啥好照的。"他的意思是说他没啥特点。我说:"你抬抬头,抬抬头。"他仍低着头,不好意思地说:"不照了,不照了,俺没啥好照的。"但说着,同样是出于礼貌,他半扭过头来看看我,我一按快门就把他照进来了。我看看效果,"你挺会照相的,挺会照相的。"我蹲下把屏幕给他看。他匆忙看一眼,笑笑,又埋头捡拾去了。

再一次来老符离集是暮秋。那时从濉堤上走,从村中间的水泥路上走,觉得秋暮气息时浓时淡。浓的是看见村里有一位老年人,都穿小棉袄了,奄奄一息的样子,靠在眉豆架下晒太阳;还有一位老年人,在这个尚未入冬的季节,竟戴了一顶棉毡帽,坐在家门口剥棉桃。淡的是濉河对岸的堤坡上坐着两个农民,一个年轻的,一个年老的,各有状态。年老的晒太阳,想社会学关心的事物;年轻的想心思,想生物学关心的事物。村里更有一个少妇,在自家新盖的两层小楼门前的门廊水泥地上,阳光灿烂,铺了一领红花席,她脱了鞋,赤着脚,缝补被子,显得她家生活得富裕,不缺吃喝,她可以不外出打工拼命,可以留在家里做点闲活,却又不失劳动人民的本色;另在村头有一对老年夫妇,打了赤膊,相帮着往墙上挂玉米串、堆玉米衣,干得热火朝天。我自然会想,白居易的时代没有玉米,玉米是明朝以后才从美洲引进来的。白乐天那时看见的风景,都是中国的传统。

2012年这一年快要过去的时候,其实也就是12月31号,下午,我再一次来到濉河边的老符离集。冬雪之后,又是个暖阳高照的响晴天。这次河边没有小渔船,也没有年轻的打鱼人了。河对岸也没有晒太阳想心思的男人,倒是有一排钓鱼的人,相互间隔着五六米,一门心思盯着水面看。杨树的叶子都掉光了。鸭子还嘎嘎地叫着,蛋却不一定下了。冬小麦在冬雪的滋润下,成丛儿长得壮实实的,明年准又是个丰收年。村里结婚的事儿有点稠,水泥路上搭了那种充气的彩虹门,上面贴着大红的双喜,彩虹门两边各蹲两尊充气的大狮子,显得特别威武。远远地望见湘灵和一位男青年牵着手从河对岸的杨树林里走出来,走到被寒冬冻得酥软了的河滩地上,招手叫对岸的小渔船过来,载着他俩过了濉河。湘灵从怀里掏出一片盘龙的小铜镜给男青年,并一只符离集烧鸡作为干粮盘缠;男青年则凄凄地念了几句诗给湘灵,"不得哭/潜别离/不得语/暗相思/两心之外无人知/深笼夜锁独栖鸟/利剑春断连理枝/河水虽浊有清日/乌头虽黑有白时/惟有潜离与暗别/彼此甘心无后期。"(《潜别离》)然后低头向冬麦田里走,踩着厚软的冬麦,翻过一道小土埝,他人就不见了,只遗下泪眼婆娑的湘灵,在枯叶遍地的濉河滩地上伤心动骨地抽泣。

这边彩虹门下的鞭炮噼里啪啦放响了,冲天雷窜到半空中爆炸着。接送新娘的车队鱼贯而来。欢声笑语洋溢在淮北大地上。有人说白居易的《长相思》也是写给他的初恋情人湘灵的,"汴水流/泗水流/流到瓜洲古渡头/吴山点点愁/思悠悠/恨悠悠/恨到归时方始休/月明人倚楼。"让我困惑的是,汴水是人工河道,有可能穿越淮河,连接长江;而泗水是淮河最大的支流,唐朝时应该在淮阴附近入淮、入海,怎么流去瓜洲古渡头了?也许这都是虚指,展现出一种空间意义上宽阔的眼界。白居易成名后的生活是开放的。他不仅诗行天下,也蓄妓和嗜酒。"樱桃樊素口/杨柳小蛮腰",小蛮和樊素们使白居易的生活充满了世俗的肉质感。对1000多年前的诗人而言,多重的生活,似乎也是重要的。

2013年1月2日—3日　合肥五闲阁

走进书房,走出家门

中国古代一般的社会知识阶层历来有耕读传家的传统。在传统的锄耕社会,耕种可以获取物质,养家糊口,延续家族;读书则可以修身养性,提升自我,服务宗亲与社会。如果用现代的眼光,换一个文学的角度看,耕是对生活的一种直接体验,读则不仅仅有修身养性的功用,还是文学创作思想、知识、观念和眼界的准备与储备。

读万卷书,行万里路,是文学创作方法论的又一种形态。文学创作如何能有效,有生命力,有感染力,古人从实践中得出结论,还是读书和行路两结合,最有助于文学创作。读书还是要读,耕种的方式则可以改换为行路,都是对生活的直接体验。耕囿于深和点,行则可能偏重于线和面,这会产生不同的社会和创作观念,但都注重于感受和体验。

走进书房,发现思想;走出家门,发现散文。古老的创作法则并未过时,还是散文获取题材、内容、思想和形式的最基本和有效的方式。扎实的走读、耕读方式,依然有助于中国当下的散文创作,有助于中和散文的浮和躁,有助于中国散文创作持续健康的发展。

自然,虽同为进书房和出家门,但几千年来,其中的内涵却是动态的,是一直不断地发生着变化的。拿进书房来说,明朝以前人们进书房,读的多是儒家经典;意大利传教士利玛窦登陆之后,西风东渐,中国人开始读舶来物;到1910年前后,形成全盘西化的高潮;我们现在的读书,则中西兼备,包容共生。

出家门的内容和方式也总是在改变着,或为创作者选择使用。陶渊明躬耕田园,"种豆南山下""带月荷锄归";李白则游走于江南,"抽刀断水水更流,举杯消愁愁更愁";北魏的郦道元注《水经》,不仅广读书,搜文献,还特别注重亲历和到场。进书房和出家门的顺序会决定作家的文学价值取向,先出家门易感性,先进书房或更学院。

进书房和出家门,还有助于发扬散文包容的特性,散文的生命性在于不断地吸纳新知识、新形式、新方法和新内容。"文革"时期只容许阶级斗争和革命批判式的散文存在,内容和形式的路子越走越窄。新时期散文立足于期刊,繁荣于媒体,普及于网络,千家写,写千家,路子就将越走越宽。

当代散文创作通过汲取人类学成果,学会了田野考察的方法,吸收了这种体验生活的形式,吸收了人类学的价值、方式和思想,进一步了解人类自己,深刻地理解自然环境中的人类,也把这种形式转化为内容和观念,吸纳进散文创作的范畴;汲取政治学和社会学成果,评点江山,谋略大势,激扬文字,褒贬利弊;汲取地理学成果,从地理学的视角出发,从历史地理、人口地理、经济地理、区域地理、文学地理等等路径出发,沿途也是果实累累,风光无限。

所以,吸纳和创新,既是散文创作进书房和出家门的根本生命,也是散文创作繁荣发展的根本性的规律,是散文创作的"元道"。

2013年6月17日—27日　合肥

想去台湾咂一口上好的金门高粱酒

我没有去过台湾,但一直非常关注台湾,对台湾的文化,也有特别的兴趣。

第一次真正对台湾有"感觉",是20世纪80年代的初期。那个时候祖国大陆刚刚改革开放,我们中的少数人开始拥有卡式录音机,于是台湾歌星邓丽君的"靡靡之音"也随风飘了过来。"文化大革命"才刚结束,我们都是在阶级斗争的风霜雪雨氛围中成长起来的,对邓丽君"软绵绵""小资产阶级情调"的歌曲充满了好奇和欣赏,知道了除阶级斗争以外,人类的世界还有别样的文艺,还有别样的歌曲,还有别样的趣味。我的狭窄的文化视野,就这样慢慢被打开了。

文化的特性就是软,就是"滞后",就是充满了文艺味。而台湾在这方面,对传统文化有比较好的保留,文化的这些特性,也渗透进生活的方方面面。有一段时间看台湾的报纸,看到台湾某党正在进行党内选举,其中本属一个派系的两位领袖有可能会产生竞争,记者问当事者如何应对这样棘手的问题,当事人回答得很"文艺",他说,遇到这样的事,那就"兄弟登山,各自努力"吧。这确实一语点中了生活实景中对难题的解决之道。

台湾的报纸介绍马英九先生的父亲,说马鹤凌先生是资深的国民党员,虽然他在国民党中的位置未能更高,但马鹤凌先生的生活总结十分精彩。他的三句箴言是:有原则不乱,有计划不忙,有预算不穷。这三句话里既有对生活的总结,也有辩证思维哲理,对普通的大众,都很有启发意义。

施明德先生也有三句"箴言"。2006年台湾红衫军声势浩大,媒体对红衫军的领军人物施明德先生也多有介绍。说施明德先生在男女之间的关系上,有自己十分明确的"原则",就是"三不"政策:不主动,不拒绝,不负责。从这些概括精辟的言论中,我们能非常明晰地看到他们的个性、价值判断和个人的修为。

台湾作家吴钧尧先生出生于台湾金门,金门的高粱酒现在名声大噪,在大陆也声誉日隆。前段时间看与台湾有关的电视节目,才知道,原来金门高粱酒的历史,也就是从20世纪50年代初期才开始,历史并不久远。

那时候双方相互影响,用气球、浮物等"飘"的方式来宣传自己。从台湾飘到祖国大陆的东西,有收音机、轻工业品等,从祖国大陆飘到金门的东西,有烧酒等土特产品。金门人喝到烧酒以后,觉得很有感觉,于是来而不往非礼也,也成立了酒厂,生产烧酒,这就是金门高粱酒的诞生。

吴钧尧先生果然不愧为金门人,来安徽访问,对烧酒深有体会。第一次作家交流在合肥,晚餐也在合肥,由于财务规定的限制,用的是古井5年原浆烧酒。第二次在亳州,也是古井酒厂所在地,用的是古井8年原浆烧酒。本来我并没有注意酒的事情,一杯酒下肚,钧尧先生却立刻就告诉我,两餐酒牌子一样,品质并不相同。哇哇,真是很深的酒文化啊!

期盼着有一天能去台湾,甚至能去金门,能咂上一口上好的金门高粱酒,微醺而行,阿里日月……那是多么的畅快!

2013 年 10 月 19 日　合肥

2014 年

回顾与展望

2013 年,是我的一个收获年,也是我的一个辛勤耕耘年。这一年我要同时写完两本书,一本是《和自己的淮河单独在一起》,另一本是《许辉游庐州》。为了写这两本书,我从年初开始,就利用业余时间,争分夺秒,采访或写作。我经常会在凌晨一两点钟起床,开车前往采访地,有时一跑就是一天,最多时一天开了 19 个小时的车。有一次凌晨开车从淮河源头返回,由于过度疲劳,在高速公路上开着车睡着了,车头冲到路边振动板上把我震醒,差一点点就酿成事故。

幸福感就在每次完成工作后。2013 年,我有 9 本散文集、作品集及作品研究专集出版或再版。2013 年年底,安徽省作家协会换届,我当选为主席,全省作家对我肯定、支持的广度和力度既出乎我的意料,更让我感动不已!我知道,这是对我服务工作的期待和认可,我一定会努力工作,决不辜负大家的厚爱!

我的 2014,时间和精力,都还是分成两部分,一大部分是安徽省作家协会的,另一小部分才是我个人的。

2014 年,安徽省作家协会仍会把服务全省作家、全省文坛放在第一位,较大的活动有:要评选出长篇小说精品创作工程 10 部优秀长篇,并出版、宣传;启动文学大讲堂活动,邀请文学名家来皖讲学;安徽省首届散文对抗大奖赛要收官,第二届小说对抗大奖赛要收尾;要成立省作协评论、少儿等各专门委员会,要颁发第二届老作家文学贡献奖,要召开全省青年作家创作会议,要召开全省文学内刊主编联席会议年会;开展"文学一家亲"活动,启动全省中篇小说精品创作工程;组团访问台湾,这是对2013年台湾作家访问安徽的回访;另有一系列常规性的工作和活动,例如文学采风、文学研讨会等等。2014年,也是够忙活的一年。1月21日,新一届主席团开会,我说希望这一届主席团要成为一个务实的班子,要尽全力为全省文学界做实事,尽全力做好服务工作,这是我们的宗旨。

我自己的创作仍然会按照计划进行,一部中短篇小说集会在春天出版,2014年要写的作品,是一本淮河文化的散文随笔集,另一本文化随笔集也会酝酿、启动。期望我的这些安排,都能顺顺利利地完成!

2014年1月22日

在台湾想到的10个字

2014年4月21日中午,由中华全国台湾同胞联谊会牵头,我们安徽作家采风交流团一行14人到台湾,台湾夏潮基金会宋东文董事长和张晓平董事兼执行秘书接机,先在桃园机场吃了一碗很实在的牛肉面,然后乘车出发,在台湾各地采风、交流。接下来的几天,我们走了日月潭、阿里山、中台禅寺、台南老街、孔庙、若水堂成大店、台湾文学馆、赤崁楼、安平古堡、成大博物馆、鹿港小镇、台北故宫、林语堂故居、野柳地质公园等地,白天采风,餐间与台湾高校老师和作家交流,夜晚通过电视看台湾反核四活动,感受十分丰富。

25日在台北纪州庵文学森林与台湾作家交流,因为我是访问团团长,所以占得先机,有机会抢先发言。我有感而发,说来台湾之前有很多期待,来台湾之后有很多收获,大约可以用10个字来概括。

第1个字是茶。2013年张晓平女士随台湾作家访问团到安徽访问,送给我一盒台湾高山茶,安徽产茶,我对茶也略知一二,于是细细品赏。现在祖国大陆有一个很有趣的现象,就是酒的度数越来越低,人们都不太愿意喝高度酒了;而茶的浓度却越来越高,觉得芽类茶过淡,淡而无味,越喝越没有滋味。台湾高山茶是球形茶,有浓度,喝下去虽稍有苦味,但经得起冲泡。喝了茶,更十分向往去台湾见见茶叶的生长地。这次到阿里山,在海拔1600米到2100米之间,大雾弥漫,雾中的茶园若隐若现,这样,想象和现实终于对接上了,真好!

第2个字是酒。《幼狮文艺》主编吴钧尧来安徽,第一餐喝的是古井5年原浆,第二餐在古井酒产地亳州,喝的是8年原浆,一杯酒才下去,钧尧就告诉我,两餐酒的牌子一样,酒却是大不同的。呵,真是高手!钧尧是金门人,金门的高粱酒现在在祖国大陆也是名声大噪哦,于是和钧尧先生相约,来年到台湾喝一喝金门高粱酒去。现在到了台湾,如果上白酒(也就是台湾人所说的烧酒)的话,每一次都是金门高粱酒。我虽然酒量不大,但如果没有喝酒压力的话,对白酒也是很有兴趣的。我喜欢酒精度较高的白酒,喝下去感觉醇浓,回味悠然。金门高粱酒58度,正合吾意,于是每有"高粱"上来,我都主动喝一些,宋东文董事长酒量超大,但台湾朋友都不劝酒,这是我敢于主动的根本原因。

第3个字是河。在台湾走了一个星期,发现台湾的河多是山洪道,宽阔的河道里水很少,甚至断流,满河都是白花花的大石头。这和淮河的支流泗水有些相似。所谓山洪道,就是泄洪的河道,山里汛期的洪水下来,需要宽阔的河道快速泻下去,不然就会决岸出堤,造成破坏,但山洪一过,河道里水量骤减,不能通航,甚至断流。台湾河流多为山洪道,是因为台湾中部为山,山水四向流入大海,山与海的距离又并不遥远,因此台湾河流的山洪道是普遍的。但台湾淡水河稍有例外,那是由于淡水河下游有较长一段路程,落差较小。这是台湾地理面貌的一个特征,给我留下深刻印象。

第4个字是水。在我的想象中。台湾位处热带和亚热带,是丰水地区,雨量充沛,植被茂盛,但在阿里山山区,却很难看到山里清冽的山泉和叮咚的山溪,电视里还说日月潭水量已经下降到了威胁发电和旅游的程度了。我们都有这样的经验,就是在淮河以南的山区,汛期不用说了,即使在冬季,山里的泉水和溪流也是长年不断的。台湾作家东年先生对我这一问题的一个解释是,台湾山区的植被曾遭大量破坏,因此导致山区涵养水源的状况不佳。但台湾现在的山区植被覆盖率极高,为什么还是见不到泉溪呢?不知台湾其他地区是否如此,期待能有机会再去台湾更多的地方看一看。

第5个字是寺。到了台湾南投的中台禅寺,感官上受到很大震动,颠覆了我的寺庙建筑观念,中台禅寺的建筑是革命性的。我们很幸运,在夏潮基金会的精心安排下,寺院导览带我们把中台禅寺所有不开放的部分都看了个遍。中台禅寺与汉文化圈中传统寺庙建筑形式已有很大不同,它很现代,很豪华,很壮美。原来寺庙还可以这样建,寺庙的理念还可以科学化、学术化,很环保,很与时俱进,很有创意!

第6个字是馆。也就是台北阳明山上的林语堂故居,我称之为林语堂文学馆。林语堂写《生活的艺术》,写《老子的智慧》,其实他真是最会生活的。林语堂的书卖得很好,他不缺钱,他家庭幸福,他的学术也很有造诣,写过语言学等方面的专著,在东方、西方都吃得开,受到尊敬。他涉猎广泛,既谈生活,也谈文化,又谈语言,还谈哲学,他生活得很体面,很悠然,他在台北阳明山上的大宅子,都是当地政府赠送给他的。林语堂是中国传统文人的一个经典、一个极致。

第7个字是同。到了台湾,就像到家一样,没有什么不适的感觉。吃的、喝的、说的、看的、听的、写的、穿的、行的,都一样,没有什么大的不同。同质的文化真是好,不用再翻天覆地去适应了,交流起来也非常顺畅,我想什么你知道,你想什么我也知道,兄弟之间,怎么都好说。

第8个字是异。大同之下还是有差异,有一些不同,比如说文字的繁简,我们访问团做的明信片式的团员简介,得到了台湾朋友的一致好评,但宋东文董事长拿到之后就指出了其中的几个文字错误,这都是繁简转换带来的,台湾朋友打眼就看得出,但我们对此却不敏感。祖国大陆把香烟的烟简化为"烟",台湾却把烟写成"菸",这个字祖国大陆的文化人也不一定一眼就认得出来。但事物的简化是人性趋势和社会潮流,简后而达至繁的功用,就是高级的状态了。早期的电脑大得很,现在一定是越做越小、越做越薄;早期的相机又大又笨,现在所有的手机都可以拍照,功能还更强大。和台湾的朋友聊这个,他们也原则认同,认为汉字的繁体字,需要简化。当然,怎样简化,有不同的方法和门径。

第9个字是文。我们是文化、文学的交流团,因此我们看到的、听到的、说到的、想到的,都和文化、文学有关。8个月前台湾作家到大陆访问,送给我许多文学书和文学杂志,这8个月来,一直都放在我家客厅的沙发旁,看电视时一有广告,我就拿起这些书来翻读,一是想深入了解台湾作家的写作;二是想通过文学的认识功能,了解台湾的社会和文化。

  第10个字是友。在安徽结识的台湾朋友,我们在台湾又相见,又重逢了,大家都有讲不完的话,都有了怀旧的题材。这次在台湾访问,我们又结识了许多台湾的新朋友,有了新的视野、新的话题、新的感念、新的好奇。短短的一周访问就要结束了,我们期待着新的重逢,期待着新的交流,期待着新的餐叙,期待着新的未来!

  2014年5月1日—2日 合肥五闲阁

姓氏小平台　文化大舞台

一转眼,距河南许由与许氏文化研究会成立暨《许氏文化》创刊已近 20 年,这既可喜可贺,也令人感慨:人间的事,想到了就要去做,更要只争朝夕地去做!不去做,不去努力,只能空留下许多的遗憾。

在许由与许氏文化研究会成立暨《许氏文化》创刊之前,鲜有听说关于中华许氏文化的深入研究和系统宣传;许由与许氏文化研究会和《许氏文化》的研讨与宣传,不仅填补了这一空白,也通过近 20 年的不懈努力,使这一方姓氏小平台,扩展为一个引人瞩目的文化大舞台。许由与许氏文化研究会和《许氏文化》功不可没,道生会长长期的心血付出也功不可没!

除《许氏文化》等报刊外,研究会还编辑出版了《许氏源流》《许由圣迹探访与研究》《根在箕山》《历代名人咏箕山许由诗集》等一大批资料性或研究性的图书,这些宝贵的文史研究和积累,为许氏"祖乃许由,根在箕山"的解读和归纳打下了坚实的基础。

姓氏的传统在人类社会由来久远。生物性方面它具有区别血缘的简洁而重要的作用,文化性方面它显示了历史、责任、荣耀和持守。

2013 年 11 月,我随中国作家访问团访问印度尼西亚,最后一天在印尼首都雅加达,参观到一座古建筑。这座古建筑保留在一座豪华大厦的中间,它本身十分简单,像中国汉朝的普通民居,但带有印尼常见的檐廊,大门两侧挂着两个中式红灯笼,还挂着红红的中国结。原来这是印尼华人许金安先生的故居,已经有100多年的历史了。许金安先生不仅是印尼著名的企业家、银行家,也是当地华人社会有影响的领导人。这座建筑现在已经成为当地华人社团的公用建筑。

尽管去国千里、万里,人们始终都会珍视并传承家族的历史和文化,姓氏是这种传承的重要标志。姓氏不仅仅区别不同的血脉、基因和源流,更暗含丰富的价值观念与人文信息。

对许氏文化而言,许由的高士风采体现于淡泊俗利、洁身自为,这应该是许氏后裔为人处世的底线,也应该是许氏价值观的重要共识。有了这条底线和边界,许氏才能自信、自在、自如,构筑梦想、释放才华、快意驰骋,与全人类一道,推动一个全面和谐、幸福的大同社会的到来。

2014年5月24日—27日　合肥淮北佬斋

文学与水文化

文学与水有着千丝万缕的联系。人类是亲水的,人类也必须亲水,因此水成为人类文学不可或缺的组成部分,有时候是重要组成部分,有时候是文学作品的主角,有时候是文学作品的背景。水因为与人类发生关系,因而具有文化性质。

水文化有地域性。南方的水与北方的水不同,拿中国作家来说,施耐庵《水浒传》里的水是北方的水,侠肝义胆;而杜牧的水是江南的水,"清明时节雨纷纷,路上行人欲断魂。借问酒家何处有,牧童遥指杏花村。"(《清明》)忧郁清婉。

水文化有时代性。战国时代屈原笔下的水充满了爱国情怀。清朝刘鹗的《老残游记》,把中国清朝末年黄河流域的衰相写得活灵活现。这些作品都体现了不同的时代精神。

水文化有诗性。"天门中断楚江开,碧水东流至此回。两岸青山相对出,孤帆一片日边来。"(唐·李白《望天门山》)"枯藤老树昏鸦,小桥流水人家,古道西风瘦马。夕阳西下,断肠人在天涯。"(元·马致远《天净沙·秋思》)无不充满诗意。

水文化有民族性。例如俄罗斯或苏联作家屠格涅夫、普里什文、阿斯塔菲耶夫等,他们作品里的水无不浸透了俄罗斯的民族心理和价值观元素。

水文化有哲理性。老子在《道德经》里说,"上善若水""水善利万物而不争""大邦者下流""江海之所以能为百谷王者,以其善下之,故能为百谷王",都以水为对象,道出了人世的哲理。

2014 年 6 月 26 日　合肥五闲阁

(此文为"首届中国俄罗斯文学交流合作会议"发言提纲)

守静与居下
——漫谈两岸作家交流

2013年以来,在全国台联的领导下,在台湾夏潮基金会、安徽省台联和安徽省作家协会的组织下,台湾作家到安徽亳州、滁州和黄山等地进行了参观、交流和考察,安徽作家也到台湾台北、台中、台南等地做了参观、交流和考察活动。今年5月,我们在台湾交流时,我有感而发,谈了10个字的参观访问的感受,这10个字是:茶、酒、河、水、寺、馆、同、异、文、友,以大陆为参照,集中介绍了我对台湾文化、习俗、地理、人物和传承的见闻与感想,引起了台湾作家的反响,台湾作家也做了相关的回应,双方进行了十分有益的交流。

通过与台湾作家多方面的交流,我们既有很多的收获,也有许多深切的感受。我对淮河流域非常熟悉,我出生、成长在淮河沿岸,对淮河流域的历史、文化、地理也很有兴趣,淮河的干流和绝大多数一级支流,我都以步行、骑自行车或开车的方式行走或考察过,并且出版过《和自己的淮河单独在一起》等文学作品。我曾经做过这样的总结,如果以河流作为核心的话,在我的眼光里,黄河是社会之河,它的流域在古代出政权;淮河是人文之河,它的流域出哲学、思想和创新理论;长江是经济之河,川渝、两湖、江西、长江下游,都是农耕商贸的富庶之地。

老庄和孔孟都出生、生长在淮河流域,他们的思想成果,影响了中国2000年。我的结论是：一部《论语》治天下，半部《老子》修人生。老子在《道德经》里，向我们推荐了他重要的哲学思想"守静"和"居下"。所谓守静，"致虚极，守静笃"（十六章），就是要用平和冲淡的理性心态面对自然与社会；所谓居下，"大邦者下流"（六十一章），就是要像江河那样，有包容性，同时具丰富性。

这使我联想到我们两岸的文化文学交流，我在中国的庐山、黄山、合肥，美国的洛杉矶，加拿大的温哥华，多次参加与台湾地区作家的交流活动，台湾的文学有情趣、很现代、尚文化，大陆的作品较深厚、较丰富、较博大。两岸的文学既有相同，又有不同。我的一个深切感受就是，每次的交流，两岸的作家都能以守静、居下的态度相互学习、交流，取长补短，开阔视野，每次的交流，我们都有茅塞顿开之感。这也是我们进行文化文学交流的一个必由之路。如此一来，我们才能真正获得思想的收益，才能共同进步，共赢天下！

我也期待着能再有机会，再一次到台湾去，和台湾的作家朋友把酒品茗，畅叙文学。

谢谢大家！

2014年8月21日

我 的 书 房

淮北佬斋是我的书房名,这个书房是两个半房间打通形成的,面积50多平方米,还专门请鲁彦周先生题了斋名。最初搬进来时,我女儿的同学到家里来,看到我的书房,就告诉许尔茜说:你家那哪是书房,那是舞厅。2000年时还流行唱歌跳舞,纪念大学毕业20周年,我的同学来了,都在书房里唱歌跳舞呢。不过现在大书房多了,我的这个书房就显得很小了。

起名"淮北佬斋",是因为我对淮北感情深厚,我在沿淮淮北出生、长大、插队、工作,淮河流域的地理和文化基因,已经深深地植入了我的血液和内心。淮北佬斋又名"五闲阁"。所言"五闲",即"有一些闲暇,有一些闲钱,有一些闲趣,有一些闲友,有一个闲人"之谓也。中国传统的知识分子,既追求事业功名,也向往闲情雅趣。我受到这种思想的影响,觉得事业之外,还是要深谙并享受宽厚的文化、休闲乐趣才好,唯有如此,人生才会丰富多彩、山水迭现、高潮不尽!

从20世纪90年代开始,我对给自己的书房起名十分热心,只要有机会,就要试上一试。最早我们住在合肥烟草大厦后面,那时候30多岁,朋友多,应酬广,喜欢玩,天天在外面打牌打麻将,常常几天几夜不回家,和女儿有时候许多天见不到面。我半夜回来,她在睡觉,她早晨醒了上学去了,我在睡觉。所谓玩物丧志,自己心里清楚得很,于是给自己的书房起名叫"荒废园",其实就是警醒自己,但不下决心,效果就会有限,该怎么玩,还怎么玩,甚至变本加厉。

不过,我大致属于态度暧昧、意志坚强一类的人,有自持力和承担力,如果自己决定不做某事,自己就一定不会去做,不需要外力的强制。比如打牌,后来决定不再打牌,要把时间和精力资源都用在读书写作上,就真的不打了,10多年来,饭前饭后可以凑个热闹,正儿八经地打牌,再也没有参与过。还有抽烟,我从上中学时就学着抽烟,那是"文革"时期,不正规上学,也没有人管,到处玩,到处野,经常偷父亲的烟,跑出去和小伙伴们喷云吐雾;在农村插队时也抽,抽那种9分钱一包的丰收牌香烟,后来是2角8分的胜利牌香烟;工作后继续抽,那时候人们办事,都会先敬烟,再办事,所以办公桌上总会有一堆一堆的散烟,七抽八抽的,断不了。1999年秋天父亲生病住院,医院里不准抽烟,半个月后父亲去世,我心里悲痛,但又不会在表面上过多地表现出来,可又要有一个有形的表现形式表达内心的悲痛,于是就决定不再抽烟了。从那以后,果然就一支不抽了,别人吸烟我并不反感、反对,但我也不会受到诱惑想去重拾烟趣,别人吸多少我都会无动于衷。

10多年前,我在北京西城区阜成门二环附近有了一个小书房,我给它起名"肆零书屋",这是因为我那时总是发现有40这样的数字在我面前晃悠,北京西城区的海拔是40米左右,北京市的纬度大约是北纬40°,北京天安门广场的面积40多万平方米,我的书房又位于4楼,还有一种内在的意思是:我其实是一无所有的,永远都要从头开始,要有这么一种平和的心态和心境。

前些年我在巢湖岸边有了一个小书房,那时候正在反复细读老子和《道德经》,于是就为之名"善水轩",这意思不言自明,就是要像老子所推介的,以水为榜样和楷模,要像水那样居下、包容、宽广、利他、利己、守静。斋名别号,是中国传统士人文化极有特色的组成部分。其实,给书房命名只是表达自己的一种心境和价值取向,但多无妨,不一定非得归属实体,或要求实至名归。

2014 年 8 月 27 日

登封寻根访源行

很早就在心里规划过登封行了,但一直未能成行。2014年上半年,登封市河南许由与许氏文化研究会王道生会长应安徽肥东、长丰等地许氏宗亲邀请来合肥,终于与他在合肥见了第一面。我们20世纪90年代因许氏文化而始有联系,多年来一直书刊信息来往,但一直未曾谋面。道生会长学养深厚,又有十分丰富的政务管理经验,一见就让人十分尊敬和信赖,这更增加了我们前往登封寻根访源的期待。十一小长假,我们终于有了机会,驱车前往登封。

登封位居河南省中北部,黄河南岸,属郑州市管辖。这种政区的划分,倒是符合流域地理的特点,因为中国东部黄淮地区的地理特征,就是西、北略高,东、南略低,再加上黄河悬河特性,整个郑州地区,都属于淮河流域,郑州也是淮河流域最大的城市。

登封境内有著名的中岳嵩山,这是联合国教科文组织评选命名的"世界地质公园";登封境内还有以武僧传统而著名的佛教名刹少林寺;这两处有世界影响的自然或人文景观,要用专门的笔墨,才可能给予粗浅的勾勒。我个人的重点,更偏重于登封颍河与箕山。颍河源在现登封石道乡西交村的阳乾山,村里路边有一座碑亭,亭里的石碑言明此地即为颍源。村后山涧中有一片珍珠泉,泉水不间断地涌出并流往东南方向,至安徽省颍上县的沫口子汇入淮河。箕山在登封市南,高七八百米,车可以直开上去。山顶有一块平地,平地上立一块巨碑,上书"祖乃许由根在箕山"八个大字。碑后是石砌的许由寨。从寨门进去,走过一片荒地,至"许由墓"。许由墓由箕山石块砌垒而成,面对山下的那一面,立着一块碑,上镌"上古高士许由冢"几个大字。站在许由墓前,俯瞰山川平原,心胸间即刻为万千气势所涌塞,人不能语。

登封踞山间谷地,颍河从城南 10 多公里处蜿蜒东流,哺育万千生灵。颍河是许氏的母亲河,位居颍河上中游流域的登封、禹州、许昌等地区,是许氏世代生息、繁衍的福地。这里位处中原文明的核心区域,历史与文化,都极其厚重,短短 2 日,只能见其皮毛。

2014 年 12 月 4 日　合肥淮北佬斋

游徐州户部山记

徐州

2014年10月16日,我与江苏省作协《雨花》杂志社主编姜琍敏兄一道,随徐州市旅游局局长栗冠彬前往徐州户部山采访。这是我期盼已久的。

徐州我一点儿都不陌生,户部山以前也去过。我祖籍江苏省泗洪县,出生于安徽省蚌埠市,生长于安徽省宿州市,泗洪县于1956年划归江苏,就像萧县、砀山那时候划归安徽一样。行政区划发生了许多变化,不过上述这些地方,地理上的距离都不远,也都属于淮北地区,在语言习惯、饮食习惯、生产方式和生活方式上,都是一样的,所以有一种天然的亲密性。

徐州是当下淮北地区最大的城市,也是著名的古战场,历史积淀非常厚重。秦汉交替时期许多叱咤风云的最重要的政治人物,都祖居或出生、成长于距徐州不逾百公里的地方。徐州及其周边我都步行、骑自行车或开车走过,以我个人的眼光看,徐州的地理位置和地形地貌有其特殊性,成为所谓兵家必争之地。

这里是黄淮平原的一部分,地形总的来说以平原为主,冷兵器时代于守卫者不利;但徐州位处黄淮地区中心,周边又多有低山丘陵,往南不过百里是淮河,因此徐州成为防卫者不得不守的最后的要塞。中国多民族历史一个宏观的规律,就是多北攻南守,北方的力量或游牧半游牧民族总是向南进攻,而南方的汉民族及其他民族则大多防卫。这大约正是徐州的要紧处。

美食与户部山

到徐州的第二天,即17日一大早,栗局和陆志刚主任就来喊珝敏兄和我,到户部山山脚下的"两来风"吃早饭去。

"两来风"在户部山的山门里,早餐丰富,极具徐州当地的饮食特点,有油条、烙馍、狗肉、萝卜干、辣汤、撒汤、酱豆、米粥、咸鸭蛋、煎饺,因为徐州位居中国传统的麦作区,所以饮食还是以面食为主。

一边享用美食,一边看着窗外户部山开始热闹起来的街面。栗局告诉我们,现在的户部山,山里山外,山上山下,都已经连为一体了,山下是街道和商铺,山上是景点和遗存。

按照明嘉靖《徐州志》相关资料绘制的徐州古城地图,我们可以一目了然地看出,古徐州城周边微山低丘多布,由北而来的泗水与由西而东的汴河在城东交汇,户部山在古徐州城南偏东方向,与云龙山并排而踞(或略偏北),登顶可以俯瞰城内。

户部山因在徐州古城南,所以称作南山,"宋时此山名南山。"(中华民国十五年《铜山县志》)当然,云龙山也在徐州古城南,为什么没有按照地理方位取名南山呢?我揣测,这有可能是由于云龙山有云气,又蜿蜒若龙,成名早,因而不需要用方位词来标示。

户部山又称戏马台,是由于秦汉更迭时期的西楚霸王项羽在此观戏马而得名。"户部山在城南里许,云龙山北,即项羽戏马台。"(清乾隆七年《徐州府志》)戏马台只是户部山山顶的一个平台,但名气太大,因此人们常常用它代称户部山。说戏马台,大家都知道那是在户部山上,说户部山,那里有个戏马台,在不严格的场合,两者可以互称。

户部山称为户部山,则是明朝天启四年以后的事了。户部,相当于现在的财税局,负责赋税、公债、货币等的管理工作。当地的方志对此有简略的记载,民间也有绘声绘色的传说。说明朝天启四年,即1624年,傍城流过的黄河水势滔天,一浪比一浪大,当地官员和百姓内心恐慌,害怕黄河决堤,但又心存侥幸。这时,担任当地户部分司主事的张璇来到黄河岸边,仔细观察水情,他发现上游来水越来越猛,情势已经十分危急,到第二天早晨,河水很有可能漫过河堤,还是早做准备为好。于是他当机立断,回到户部分司,立即安排人员将档案文件转移到戏马台上的聚奎堂内。是夜,河水冲决河堤,灌入古城,财产损失无数,人们这才体会到张璇的远见之明。从此以后,此山又多了个名字:户部山。

戏马台

早餐后,我们沿户部山山道一路上山。户部山海拔69.9米,在山区,这样的高度算不得什么,但是在平原地区,这样的高度,就是一个很好的高点了,从这里俯瞰北城,一目了然。

"戏马台:在城南一里。项羽因山为台,以观戏马,故名。"(清乾隆七年《徐州府志》)"户部山:在城南半里许,即西楚牧马处,上有戏马台旧址。"(清道光辛卯年《铜山县志》)如此看来,这个戏马台,就是西楚霸王项羽都彭城时,观戏马的地方。所谓"戏",并没有看到详细的解释,但可能包含了一系列的动作,譬如遛马、调教马、牧马、养护、赛马等等,平时是一个牧马、驯马的地方,项羽或要员到场时,就变成一个赛马、与战马有关的表演的场所。

因山为台,是说依凭山形地势,人工做成一个平台,在此观看戏马等活动。所以这个平台以及周边附属地域,都是戏马台的一部分。这里很可能又是一个军事基地,由于离城很近,控山扼城,俯瞰街市,因此军事位置很重要,在这里设置军营,是合理的选择。既然这里有军事基地,作为军队统帅的项羽,时常到基地里活动或放松,就成为一个常态的事情了。

项羽选择这样一个地方,以观戏马,时间并不长久,相反倒很短暂。据徐州当地文史专家考证,项羽为台戏马的时间,大概只有公元前二十年的七、八、九三个月,这正是秋天的三月,天清气爽,英雄美人,秋风戏马,似乎有一种人生极致的感觉。短短3个月的时光,成就了2000年的胜地,这也应该是后人对项羽人生景仰的一种表态吧!

现在的戏马台,经过当地政府的多次整修,因山傍势,巍巍壮观,在原有基础上,景区内新增了数十处景点,山门照壁上"拔山盖世"四个大字,厚重大气,激荡人心!

徐州民俗博物馆

离开戏马台,我们移步山腰,去参观徐州民俗博物馆。

徐州民俗博物馆成立于2000年,是在户部山明清建筑群中原余家大院和翟家大院的基础上整修而成的。馆名由著名红学家冯其庸先生题写,占地6000余平方米,有古民居55套,共163间。馆舍依山势而建,错落有致,布局精妙,既有北方建筑的浑厚,又有南方建筑的灵秀,内涵十分丰富。2006年5月,国务院核定其为第6批全国重点文物保护单位,2013年被列为徐州市"非物质文化遗产馆"。

余家大院原是户部分司旧衙署,清康熙年间,从皖南来徐州做茶叶生意的徽商余氏兄弟买下了这块地方,并将原有建筑改造成民居,当地人俗称余家大院。余家以诗书传世,家族中出了不少秀才,余家后人从第八代开始学医,开了一家"积善堂",在当地享有美誉。余家大院有3个大院,每院三进,共有房屋100间。

翟家大院在余家大院北侧,翟家祖居山西,明朝末年迁来徐州,到清朝中期成为徐州当地的富户。翟家第七代与余家结亲,从户部山王姓手中买下此座大院,从此成为户部山八大家之一。翟家大院共有大小四进院落,1000多平方米,建筑讲究,疏密得当,是当地优秀明清古建筑的一个缩影。徐州民俗博物馆馆长告诉我们,据有关史料介绍,乾隆皇帝下江南路过徐州时,就曾在翟家小住。

户部山 36 景

走出徐州民俗博物馆,我们沿山上道路,边走边看,边走边聊。栗局告诉我们,户部山面积不大,但名气很盛,历史文化底蕴十分丰富,文物古迹众多,既有 2000 年的历史积淀,又有 300 年的商业传承,2007 年国家住建部将此地命名为"户部山历史文化街区",这里光有名的景点就有 36 处。

念佛堂又名奉亲庵,位于户部山步行街南段,原为道教宫观,始建于明朝初年,后来建筑荒衰,于清朝后期改建为佛教寺庙。民国年间,慈修变卖一顷田地,重修念佛堂,用以供奉母亲,因此又称奉亲庵。

李蟠状元府位于户部山南侧,是清代状元李蟠的府邸。李蟠祖籍河北正定,后迁来徐州户部山,是清朝徐州唯一的状元。李蟠状元府北依戏马台,由中、东、西三个院落组成,共有房屋 100 余间,气势十分宏伟。

徐州第一楼的主人李华甫是清朝末年当地一位有名的商人,家储殷实,后弃商从政,谋得一官半职。徐州第一楼是徐州的第一座楼房,共两层,雕梁画栋,气派非凡。我们站在二楼窗前,徐州南城风光尽收眼底,也能深切地感受到历史风云的涌动和起伏。

郑家大院位于户部山东侧,庭院深深,老屋陈墙。郑家是徐州当地的名门望族,书香传承,儒商兴家。院内有一棵数百年树龄的古银杏树,枝繁叶茂,郁郁苍苍。

生日蛋糕

良日苦短,正在游兴上,不觉已到午间。我们穿过户部山山下繁华的街道,走进一家餐馆。

琍敏兄和我在桌边刚刚坐定,栗局已经安排陆主任及另一位同志在桌上摆出了一盒生日蛋糕,原来是办理住宿时我的身份证透露了信息。我又惊又喜,可不是,这才想起今天是我的生日。呵,对我而言,这真是意义非常的一天,户部山深厚丰富的历史文化给了我感官上的大享受,徐州乡亲朴厚细致的深情给了我心灵上的大感动。

但是,短短一两天的浏览实在无法穷尽徐州户部山的深厚于万一。徐州还有云龙山,还有故黄河,还有博物馆,还有乾隆行宫,还有古泗水,还有土山汉墓,还有崔焘翰林府,还有小吃美食,还有……哦,我一定要再来,一定会再来,一定会来!

2014 年 12 月 9 日—11 日　合肥淮北佬斋

2013—2014 年系列散文:走淮河

我要严肃地行走在淮河流域

呵呵,多么严肃的似乎是不合时宜的用词和话题。

我要严肃地行走在淮河流域,行走在大地上,完成生命的使命。执着就是一种创造,也是一种崇拜,还是一种激动,更是一种力量!

在行走在淮河流域这种事情上,我不想将其归类于清闲、悠游,更不是健身和环保。对我而言,这上升为一件严肃的事情。因为我只会泪眼蒙眬地面对淮河、淮河的支流、淮河的流域、淮河流域的历史和变迁、淮河流域历史和变迁中的文化内核、淮河流域历史和变迁文化内核中的激动和苦楚。虽苦楚万端,却对之自若;虽激情万端,却面色自若;虽严肃万端,却命途自若;虽劳心疲身,却淡然自若。

2013 年 4 月 24 日　合肥淮北佬斋

淮河北岸的高粱

我一而再，再而三地沿着淮河往上游走、往下游走，或沿着淮河的各个支流上溯至源头、下顺至入淮口。

小时候看地理课本，就知道淮河—秦岭一线是中国南北自然地理的分界线。那很笼统。现在知道，其实淮河—秦岭一线只是中国中东部自然地理的分界线。现在开车从京台高速合徐段走，过蚌埠淮河的时候，能看见桥边竖着大牌子，上书：中国南北分界线。一般人可能不太在意这个，觉得突兀，一头雾水，什么分界线？这是怎么回事？不了解内情。这是自然知识普及的问题，也和当地对这一概念的包装不到位有关。

淮河秦岭分南北的概念，是上世纪初的地学家提出来的，这很了不起！因为我们知道，所谓的做学问分两种，一种是知识型的，你掌握了许多知识，什么都知道，记忆力特别好，这很不容易。另一种是思想型的，就是在掌握相关知识的前提下，对纷繁复杂的现象和知识进行归纳总结提炼，拎出来前所未有的思想和概念，这是创造，当然了不起！

就像地理学家胡焕庸，他于20世纪30年代，提出了一条中国人口密度分界线，后来就称作"胡焕庸线"，也非常了不起。他的这条线，又称"瑷珲腾冲线"，就是在中国地图上，从黑龙江的瑷珲（现为黑河市爱辉区）拉一条线到云南腾冲。在这条线的东部,是人口密集区。在这条线的西部,是人口稀少区。同时呢,在这条线的东部,是农区,也是汉民族聚居区。在这条线的西部,是牧区,是少数民族聚居区。多么简洁明了,多么了不起!

但淮河是一条低于两岸土地的水流,不像秦岭等高山,能阻挡风云寒暑,它真的能透露大自然隐藏的秘密?真的能。淮河是亚热带和暖温带的分界线。淮河是中国东部冰点分界线,到了 0℃,淮河以北所有的水体都可能结冰,淮河以南较大的水体都不会结冰。淮河是竹子和橘子生长的北界,高粱和乌龟生长的南界。在自然界中,过了淮河,这些动植物要么消失了,要么品质会下降。

其实,生长在这块土地上的人,2000 多年前,就注意到了这一现象。譬如《晏子春秋》这本书里说,春秋时期的齐相晏子,到楚国去访问,楚王听说晏子能言善辩,就和手下商量着要羞辱他。等晏子坐下后,楚王手下的勤杂人员就安排一个被捆绑的人走过去,楚王有意问,什么人?勤杂人员报告说,是齐国的盗贼。楚王转而问晏子,齐国的人都是这样吗?宴子站起来说,我听说橘子生长在淮南就结橘子,生长在淮北就只能结出一种小而酸的果实叫枳,虽然叶子看起来差不多,但内容已大不一样了。这样看,2000 多年前淮河流域的气候,和现在并没有太大的差别。

我注意到在淮南微丘旱田,甚至在江南山坡地的边缘,都偶尔会有少量的高粱在生长。但这已经不是一门学科要重点关注的规律性的问题了。那是一个宏观的概念。

2013 年 2 月 8 日　合肥淮北佬斋

地理的选择性失忆

想理解淮河、淮河流域、淮河—秦岭南北分界线,就得理解"地理"的意义。"地理"是什么?按照汉字的所谓字面意义,"地理"就是"大地的道理",这和"物理"一词的构词法一样,"物理"是"事物的道理"。呵呵,这样的解读,并没有经过认真的考证和核实。

据说"地理"一词最早出现在《易经·系辞》里,"仰以观于天文,俯以察于地理"。在古人的观念里,那时还似乎是把天和地分开的,天在上,要仰观,地在下,要俯察,符合实际的生活经验。不过也暗含一种"互文"的意思在里面,内中的意义在思维的层面某种程度上可以相互转换通用,就像"智者乐水,仁者乐山",转而"仁者乐水,智者乐山"一样。聪慧的人喜欢水,喜欢像水那样灵动、活跃,仁德的人喜欢山,喜欢像山那样稳当、沉静。聪慧之人和仁德之人都是精神顶层概念,如果我们把聪慧和仁德都理解为泛指,那一切通道就都畅然了。当然,这某种意义上只是指它们暗含的意义,惯常而言,字面上尚不宜于调整,毕竟在实指层面,智和仁、上和下,是有区别的。

但语言是动态和变化的。20世纪80年代以前,我们说"地理"一词,一般指"自然地理",说的是地形地貌、气候季风之类,"当地地理条件不错",是说当地要水有水,要地有地,地面平坦,修路也不难,等等,是从传统锄耕文明角度看的。

但是逐渐地,再说"地理",就不完全是我们理解的那个意思了。比如现在有"历史地理"学科,这是社会科学的范畴。"历史地理"一词是个偏正结构的专有名词,按照常规理解,应该是"历史上的地理",或者"地理的历史"。但看内容,并不是这么回事,并不是专门讨论历史上的自然地理问题的科学,而是总结归纳研究"地理基础上的社会和人文"的一门学问。

开始的时候,我总是不适应。这是怎么回事呢?这里的误差就出在对"地理"一词的理解上。"历史地理"中的"地理",是全能地理,或全方位地理,如果你愿意,它可以包括社会、人文的方方面面,比如经济地理、人口地理、军事地理、文化地理、语言地理、宗教地理、旅游地理、农业地理、渔业地理、饮食地理、自然地理等等。这也可以理解为"地理基础上的历史",即地理基础上的经济、历史、农业、饮食、军事、旅游、宗教、民俗……

(自然)地理对文化是起基础的也可以说是某种意义上的决定作用的,但绝对化的地理决定论会受到反对和批判,这是因为这种观念既不符合西方对立统一的辩证哲学观,也不符合中国即东方的执中和谐观。让社会法则完全服从于自然法则,至少是不懂人类政治的幼稚表现。但如果人类一味地对地理的决定意义选择性失忆,也必定会遭受地理的决定性报复。

2013年2月8日

地理和地缘

淮河—秦岭南北分界线,以及淮河地理历史文化的点点滴滴,都是我一直十分注意、想方设法了解的。一方面,这一分界线与中国思想、文化、历史、经济等方方面面的发展关系重大;另一方面,是因为我几十年生活、活动在淮河两岸,低头不见抬头见,或抬头不见低头见,深受它的影响。

一个人生活在哪里?那里有什么?它与周边的关系是怎样的?它的过去是怎样的?以后会如何演变发展?这都是人自然而然关心的问题。不然找不到自己的位置,找不到自己的过去,也很难找到自己的将来,人会过得稀里糊涂,过得心里不踏实。对男性而言,似乎尤其如此。

比如,淮河不仅是竹子、橘子、乌龟等动植物自然生存的分界线,淮河还是1月平均气温0℃线的分界,在淮河以南,大江大湖不会结冰,而在淮河以北,不用说黄河海河会结冰,就是渤海,也要冰封千里呢。

看一下手里的中国地图,一水之隔,淮南的寿县属亚热带湿润性季风气候区,淮北的颖上县则属暖温带半湿润季风气候区。淮河一带还是平均年降水量800毫米等值线所在区域,800毫米降水量线是湿润和半湿润地区的界线。

沿着淮河—秦岭划一条线分南北,到底有什么意义?有时候我们会觉得那不过是一条线,便于考试和学习。但这条线的确承载着许多许多关键性的东西。比如现在气候有转暖趋势,淮河南北分界线实际上可能会北推一个纬度,大概是111公里,北推到徐州、郑州一带,这时候农业专家就要关注了。这一个纬度及其附近农作物的直接适时调整,以及南北毗连区大面积的农作物间接调整,会给农业生产带来巨大变化,也可能会在某种程度上改变国家农业政策,还可能改变世界粮农生产中远期趋势。

所以我们生活在一个地方,如果能多知道一点当地自然和人文地理的所以然,我们会觉得心中有数,会生活得自信。

20世纪八九十年代,有一个词慢慢流行起来,这个词就是"地缘"。地缘是什么意思?地缘政治、地缘经济、地缘文化,都是地缘,但到底是什么意思?我们能感觉到,却不一定说得清。

地缘的概念是西方的,但造出来的这个词,是个汉语词,中西结合,造得非常传神、精辟。我们读汉语词,都可以从字面上理解。地缘,就是"地理缘分"的意思。"缘"在中国佛教文化中是看不见摸不着和无法预测的。地理缘分则既是看不见摸不着和无法预测的,又是看得见摸得着,可以预测的,因为这里面有明显的因果关系。

我们生活在任一个地方,也都是一种缘分。

2013年2月9日

淮河流域最大的城市

地理的理念随时影响着我们的社会人文判断。当然,我指的是以自然地理为根本的综合地理概念。

例如我们带着小孩,从长年生活的东氿河岸边的董铺村,到泗水附近的尼山镇走亲戚,头一天小孩还跳跳蹦蹦好好的,第二天就起疹子发高烧了。这可能就是水土不服,是水土对人体的影响和干预,是自然的和社会人文的影响和干预。自然的是气温、干湿、阴晴;社会人文的因素,是食宿、礼节、习惯。人长大了,经见的世面和风雨多了,对水土不服,就有长足的抵抗力了。

水是自然地理最积极的组成部分之一,水也是人最依赖的有限度的资源,水还是人的审美对象和文化标尺。"关关雎鸠,在河之洲""参差荇菜,左右流之",最美好的事情、食物和爱情,都出现在河里水边。当我们划分文化圈时,也往往以水流经的范围为准则。这种习惯也许是我们进化过程中留下的遗痕:我们祖先渔猎或迁徙时,大约都会依水而行,这样生活起来方便,衣食住行都可以从河里或河岸附近得到,不用跑太多的路;跑太多的路,就会凭空增加许多危险。

淮河流域的文化有时会被称为淮河文化,这也是这种惯性或习性的延续。除了地物的共同性外,在一个中小型河流流域繁衍活动的,很可能是从一个源血亲分裂出去的一个个宗亲集团,这在文化上更有相同相近的可能了。价值判断系统和生产生活方式都会差不多。

淮河流域最大的城市在哪里?

当我们驾车通过京台高速淮河蚌埠大桥时,我们能看到大桥两边的两组广告牌。由南往北行驶时,广告牌上分别写着"中国南北分界线"和"中国北方欢迎你",由北往南行驶时,广告牌上则分别写着"中国南北分界线"和"中国南方欢迎你"。

蚌埠,是淮河干流上最大的中心城市,人口近100万。但蚌埠并不是淮河流域最大的城市,淮河流域现今最大的城市是近千万人口的河南省省会郑州。

有时候觉得这是一件说不过去的事情。郑州离黄河那么近,而离淮河那么远,舍近而求远,是何道理!

这正是"道"的理,或"道"的妙。目光里的近和远,是生物性的;自然界里的近和远,才是正确的"道",也是水道之道,这才是人类要遵循的大道理。

黄河流域和淮河流域在郑州、兰考段的分界,是黄河南岸大堤。地形则由郑州的西北方向,向蚌埠的东南方向倾斜。海拔也是快速下降的,郑州110米左右,蚌埠则仅有21米。而郑州以下的黄河南岸,由于泥沙高淤,因此没有支河流入。宋金以前,黄河下游南岸地区,除山东半岛北部淄水等少数河流外,尽为淮河的支流。

这些都是淮河人文的根本。

2013年2月14日　合肥安港大酒店

过了淮就是边荒地带

在我的眼光里,黄河是社会之河,它的流域出政治、军事和制度;淮河是人文之河,它的流域出哲学、思想和创新理论;长江是经济之河,四川、两湖、江西,都是富庶之地。据有关资料介绍,清初包括现安徽省、江苏省和上海市在内的长江下游江南省,是当时经济最发达的地区,江南一省的赋税占全国总量的三分之一,分省后的安徽、江苏两省,也都还是全国最富裕的省份,一直到20世纪30年代抗日战争爆发前,安徽省每年上交的赋税,一直排在全国前五名之内。

江南是什么地方?那是鱼米之乡呢。

西汉写《史记》的史学家司马迁说,江南是"楚越之地,地广人稀,饭稻羹鱼,或火耕而水耨"的地方。江淮以南,无饥馑之患,无冻饿之人,亦无千金之家。

从司马迁的话里,一方面,看得出这江南之地蛮荒,已经是成熟的铁器时代了,还放火烧荒,以火代耕,农作方式竟是如此"落后",地域也未开化;另一方面,看得出这江南之地鱼米,在农业社会,有米吃,有鱼汤喝,让人满足。

江南是哪里?现在有一些排他性的说法,有时把范围圈得很小,就像古代修长城,潜意识里是为了把资源垄断起来,只给圈内的人用。但司马迁的时代看楚越之地,应该是大的。春秋时楚加越,西至现在的重庆,东至东海,整个长江干流的中下游,几乎都是楚越之地。

长江与淮河有一种唇齿相依、唇亡齿寒的关系。

中国大一统后的历史上,宏观视野中,总是北攻南守的。北方的少数民族攻到淮河,攻不动了。她的文化和物质支撑力到此为止,因此往往与汉族集团隔淮而踞,边界拉锯。鲜卑人如此,契丹人、女真人也不例外(蒙古人和满族人打破了这个规律)。

所以淮河两岸不仅是中国东部自然地理的分界线,一种程度上也是文化分界线。两岸政权的隔河而踞,从社会政治角度,为有差别的历史和文化埋下了种子。南稻北麦,这是自然差异,南文北武,这就是文化差别了。

南下,过了淮河,那里是史家说的"边荒地带"。

我们惯常说北上,南下。上和下是方位词,在这里,则是带有尊卑含义的方位词。咱们居住的地方是北半球,人们都面南而居。中国地域的政权大都在北方,以国都为中心,面对太阳,坐北朝南,自然就是南下北上了。

南下,过了淮河,就是江淮。这里是谁都丢不起,却也占不去的地方。对南方汉族政权来说,丢了江淮,仅余长江天堑,江南恐难保存;对北方少数民族政权而言,一般又没有能力攻击并守住江淮。两边拉锯,使江淮成为边荒苦地。

2013 年 2 月 14 日

野 渡 有 人

皖境有四条"淝"河,北淝河在淮北地区亳州、涡阳、蒙城、怀远、五河境;西淝河在淮北太和、亳州、涡阳、利辛、颖上、凤台境;东淝河在淮南地区,流经六安、肥西、寿县;南淝河则属长江流域了。

这一年的1月,我经长丰县吴山镇,寿县刘岗镇、炎刘镇、双庙镇,由一个叫白洋淀的地方过东淝河,前往寿县安丰塘镇。愈接近东淝河,愈觉得地面低下,感觉里已经失去海拔,地面贴着水平面了。这里的土地似乎既不沙,也不淤粘,倒像是有点酥。路右的村庄,真有那种乡土气!不新也不旧,黑黑的,在暖和的冬天里,让人想起"家"和"狗窝"这样的词。人不嫌母丑,狗不嫌家贫,贫贱的生活也自有其况味。

路左堆着稻草,这里地势低洼,种水稻比种小麦聪明。几个男孩子在稻草堆边玩,还有一个十三四岁的小姑娘,站在玩耍的男孩子和稻草堆之间,黑黑的,像路边的村庄,但长得却俊俏,身材也高挑着呢。她将会嫁去哪里呢?与哪个家伙进行基因的交换融合呢?真是让人焦虑的事情!我一时冲动地想,如果还是远古蛮荒的时代,我一定会去竞争交配权呢!真的,只要有人的地方,就会有冲动和不宁。

东淝河的白洋淀渡口倒并不很宽。这里是东淝河入瓦埠湖的河口。从这里往下,也就是往北,水面南北长50多公里,东西宽仅约5公里,过寿春古城后,水面又约束为河道,注入淮河。渡的东边无人无车,只我一人一车。渡的西边却是人多车多,都三三两两地等渡船过河。渡轮要价有点贵,20元。过了河还要倒着上岸。上了岸看见高堤上几间平房一个红砖旧院,像个公家场所。往堤上盘的是石砟子泥路,路边立着一个水泥牌,上书"白洋淀"三字。上了土堤,路旁一间临时草房的房门口,似乎坐着一个老婆子、一个黑瘦男人。如此而已。

淮北颖上。在颖河河东去了管仲和鲍叔牙的家乡管台子和鲍庄子,然后由颖河东的一个渡口过颖河,往颖河西的建颖乡,去看管仲姥姥家所在的管谷村。这里的河面、河堤和河景可就整齐宽展多了。那是夏天。过了渡,因为刚下过暴雨,对岸的河堤老烂了!好不容易滑下河堤,却见一片稀泥洼水阻挡,对面10多米处,就是干爽爽的村村通水泥路。憋了口气,捏紧方向盘,豁出去,冒险踩油门冲入泥洼,发动机一阵怒吼,还好,没熄火,上去了,和D欢呼一声,继续前进。

北淝河的渡口由河北淝河镇的王家渡口,往河南的李嘴子。现今的北淝河,因为黄河的冲泛,以及后来的治理,已经分为两段,上中游的来水,都改由漷河经漴潼河入淮去了。五河县沫河口是北淝河的入淮口,那里河道切得较深,又曲折蜿蜒,却不甚宽展。王家渡口的水面、河滩,那叫一个宽!真是养眼、养心、养性!这一段的北淝河,水禽翻飞。上了渡轮,却看不见对岸在哪里。渡轮在曲曲弯弯的水道里走,10元钱,走了很远很远。这是大水结呢,念头里总如是想。北水都沉静厚实得很。似乎只有在这样的水氛围里,才言为心声,说得出"上善若水"那样的话来。

西氿河的渡口还一直没有去过,心里一直期待着。现在的桥越建越多,说不定哪天,没去的渡口,就都没了。

渡口总是铺满了野趣。看看我们生活中过度的人工化!渡,相对来说,都是"野"的。在那里,我们或多或少能恢复一点"野性"。

2013年2月15日

风雪天静宫

过了年,时序还在正月里,"雨水"节气却来得特别早,农历才正月初九,公历才2月18日,"雨水"就到了。"雨水"的节气,下的却不仅仅有雨,还有雪,暴雪。

这一天早晨是阴天,上午更阴,中午开始下小雨,下午飘小雪花,继而又下起了小冰粒,然后飞起了所谓的鹅毛大雪。

涡河是淮河的大支流,从安徽怀远县城附近入淮。涡河流域的涡阳县,宽点儿的路实在太坎坷,多次前往,都视为畏途,还有一次,好好的路突然断掉,急刹车也刹不住,车底盘砸在水泥路缺口上,真是可怕!但通往村庄的路,有沥青的,有水泥的,有土石的,虽然不宽阔,但都较平坦,车在上面走,还真轻松悠然。孟春季节,冬小麦尚未返青展叶,视野却是极宽敞的。如果你能体会淮北平原的内蕴,你的视线就能自然而然地穿越平原上的村庄、树丛、河堤、坟堆这些有一定相对高度的地物,对它们熟视无睹,看往极远极远,远到无极。这其实是一种心灵或精神、思维的视线。

涡阳县城居涡河南岸,山北为阴,河北为阳,涡阳似乎应该叫涡阴才对,不知涡阳命名的内里有些什么缘由。在中国传统文化里,昼为阳,夜为阴;天为阳,地为阴;时间为阳,空间为阴;山南为阳,山北为阴;暑为阳,寒为阴;山为阳,水为阴;日为阳,月为阴;南为阳,北为阴;男为阳,女为阴;突为阳,凹为阴;等等,都很好理解,因为这大多与阳光、硬软有关。但为何河北为阳呢?我想这可能是因为非人工的河流,水面都是切流于地面以下的。在北半球,北纬23.5°左右北回归线以北,阳光从南方斜射而来,河岸会形成阴影,因此河南岸为阴;而河北完全暴露在阳光普照之下,因而为阳。这是中原文化的地理基础。如果在南北回归线以内,那就没有这个问题了,或者不会产生这种文化了。因为阳光在某个季节会直射而下,直射时,就都是照射得到的,就都是阳的,没有阴的、阴影的。

关于河南、河北阴阳的另外一种说法也十分有趣,说中国位于北半球,地面上物体运动受地转偏向力影响会向右偏,而中国的河流又大都是东向流的,因此一般情况下流动的河水就总是会把河的南岸打湿,因此河的南岸就阴湿阴湿的了。

天静宫在涡阳县城城北5公里的郑店村,这里距古称谷水的武家河入涡口约1公里。天静宫是道教的宫观。车停在天静宫整齐阔大的南广场上。冰粒后的雪花飘舞而下,逐渐模糊了视野里的村舍、道路、冬麦地、杨树和刺槐树。第一次来天静宫,是20世纪80年代,那时的天静宫,破败不堪,和隔壁的普通村庄,鸡犬相闻,也相往来,相连互通,更没有围墙诸物。20世纪90年代,天静宫翻新扩建,蔚为大观。可也失却了野趣,不太容易找得到老子出生地的"原始面貌"了。

当然,这个所谓的"原始面貌",只是人们一种怀旧的情结。老子的出生地,总在涡阳、亳州、鹿邑这一块吧。这些地方,约略都是平原。放眼一望,平原中有水切下地面,有树生长于莽苍,有人迹断续于荒茫。我最喜欢关于老子出生的那些传说,说老子的母亲理氏在村头水里洗衣裳,望见从上游流下来一个黄澄澄的大李子,她捞了放在岸边的石头上,口渴时吃了它,就怀上了老子。李母怀老子81年,生下一个白眉毛、白胡子的小老头,生下来就会说话,能看世界万物,更有思维,有头脑,这就是老子。

老子生下来都这么老了,他的名字就叫老,或者他就姓老。"子"呢?子是古人对有知识有学问的人的尊称,所以"老"后来就叫"老子"了。老子可能又姓李,叫李耳。叫耳,是由于他的耳朵大,耳朵大的有福,有帝王相,中国民间都这么说。姓李呢,是因为老子生下来时,看见他家院子里有一棵李子树,他就自作主张,指着李子树说:"我就姓李吧。"在古代社会,男尊女卑,女人要么听父亲的,要么听丈夫的,丈夫不在了,就听大儿子的。既然老子说了,李母又没有丈夫,她就听儿子的,就让他姓李,老子就姓李了。

在封邦建国的时代,那些不一般的人物,都不是一般的人。例如所谓天子,那是上天之子,不然怎么可能统治芸芸众生?除帝王外,那些太有创造性的智慧人,像老子,也都一定不是凡人,而是神灵之后,不然就不可解释他们非凡智慧的出处了。相对于凡人的世界,上天和神灵,那是正统。而凡人出于正统,才能名"正"言顺,顺理成章。

淮北平原上的雪越飘越大,视野里和天静宫南广场上,人迹已绝,飞鸟不现。阴阳转换之间,晨曦晃眼,整个淮北大地都铺上厚厚一层白雪。今春这场雪可下得真大,不见水,不见地,不见村落,不见车辆,不见城镇,不见观宇,不见万物,这正是"天地不仁,以万物为刍狗"的典型写照。我拉开车门,推开堆雪,走到车外。白雪的世界上,天地万物间,唯我独尊似的。呵呵,李耳,你不过是抽象了你所眼见的物质世界罢了。呵呵,罢了,罢了。呵呵,呵呵。

        2013 年 2 月 19 日　合肥淮北佬斋

庄周的濮水

淮河流域所有稍大点的支流我都到过,或居于侧,或行于堤,或渡于津,或泅于流,或观于岸。1984年夏天,我们许多文学青年聚集在怀远县参加文学写作班,每天下午,大家都成群结队前往涡河入淮口梢上游的河边,游泳击水。

那里的河面可真宽展!我的水性是甚好的,很快、很轻松地就在涡河里游了个来回。有一次还去淮河里游,游到对岸,站在近岸的浅水里喘口气,接着又游回来。涡河再宽,到底是支流,近岸的浅水里会有许多烂泥和水草。淮河就不一样了,淮河水阔流急,近岸的浅水和水底也大致上干净。

这真的就不一样了。《庄子》说,庄周在濮水里钓鱼,楚王派了官员来动员他出去当官。庄周说,我听说楚国有一只神龟,已经死了3000年了,死后被锦缎包裹着供奉在庙堂之上,对这只龟而言,是这样被供奉着好呢,还是摇着尾巴活在河边的烂泥里好呢?官员说,那当然是在烂泥里活着好了!庄周就用这种寓言式的方法,摆明了自己不愿做官的态度。

庄周的态度表明了一种取舍,一种价值的取舍。生还是死在这里似乎并不重要,重要的是为这种取舍找到一种合适的理由,找到一种保全颜面的流行观念或台阶。于是庄周降低了身份等级,把道德标准从自我实现的等次,降低为生理需求的等次。这样,庄周就解脱了,从物质到社会到精神,一股脑儿都解脱了。他不再有任何负担。既然只求活着,可以在烂泥湿沼里生活,那么吃些杂草水虫,迎候风雨冷暖,就都是日常的或正常的生活状态了。好死不如赖活着,中国社会的底层总会有这一种生死观的取向。这是底层文化。由于生活质量低、物质条件差,所以一般而言,下层社会的价值标准会定得低,接近所谓的道德底线,既无英雄主义、舍身求仁,也无须崇高的理想、崇高的追求。不过这正是人的原貌、人的起点。

但生存需求到了庄周这里,却似乎不再仅仅是生存需求,而升华为人生观。为什么活着?在何种环境中,面对何种状况怎样生活?庄周给出了一种肯定的答案。其实对我们来说,不应把这当作是非评定的依据,而只应当作一种时空前提下有条件、有理由的选择。先决条件是必须回答这个问题。生理需求并非庄周的一贯坚守。更有意义的推断,这不过是他的一种托词。庄周在其他环境或条件中,有另外的价值追求。譬如他推崇大鹏。大鹏展翅奋飞,翅膀振动的水波就有几千里,大鹏要飞到九万公里的高度,这才向南方飞去,多么有气势!多么有进取心!多么有英雄气概!反观那些蝉呀、小雀子们,从地面起飞,飞不了几米高,就落在树枝上,或掉在地上了,看起来,似乎甚是可怜。

可这也就够了,因为蝉和小雀子们就生活在苇丛、湿地、滩涂、灌木丛、荒草这样的地方,这是它们的生活常态,它们填补了这一空间的生命空白,它们能在这种规律的生活中感受到生命的价值,得到精神的、物质的和感官的满足。这样的"曳于涂",

是又一种生活方式。"我想要为你画个小圈儿,把我们俩都围在中间儿,咱俩的感情像条鞋带儿,把你和我俩人绑在一块儿。我想要为你织个坎肩儿,陪着你度过那最冷的天儿。我想要和你摆个小摊儿,和你一起努力挣点小钱儿。""不求你发财呀不用你当官儿,这辈子注定围着你打转儿。""你要答应我不许找小三儿。""我想要为你生个小孩儿。"(均见歌曲《老婆最大》)这是一种"世俗"的生活。世俗生活的真谛,就在于它不寻求高标准,只要有差不多的物质生活即可。可以说,这种生活充满了"元"生活的况味。

由此看来,对相同或相近事物的最终评价,并不在于事实和细节,而在于时间、空间、环境和视角。

庄子生活在涡河边,或今安徽蒙城,或今河南商丘地区。那么庄周垂钓的濮水,在哪里?

久远的濮水,一条在黄河下游及济水地区,现已近湮灭。另一条在淮河、涡河之间,俗称欠水,也就是现今的芡河。芡河在涡阳、利辛、蒙城、怀远之域,由于黄河的冲泛,也有支离破碎之感了。芡水进入怀远境,由于地势低洼,因此常年积水、河面宽阔,人称芡河洼。前年我从怀远河溜去万福,过一座大桥,前面就遥见万福镇了。大桥东西都是大水,水面苍茫,汪洋肆意。这就是芡河洼的一段。庄子是钓于芡水的这个濮吗?不知道现在河南濮阳东西的濮水,是什么样子的,从濮阳走过两次,却不知濮阳附近的濮水在哪里、还在不在。不管怎么说,庄周所钓之水,应该是像芡河这样流速较缓的支流,而非淮河那样的干流。只有芡河,最多涡河那样的河流,才能沉淀更多的底泥,才能生长更多的荻草,"曳于涂"的可能性才更大。

2013 年 2 月 21 日　合肥九狮苑宾馆

钓　于　水

说到钓鱼,就勾起我许多记忆。

小时候,我生活在淮河的支流沱河边的城市宿县。市区就在沱河的南岸。在孩子的眼光里,沱河是个游泳的好地方,它水很清,也比较宽敞,中流的水更清,甚至可以直接饮用,有时我们游泳游到河中心,就潜到水皮以下,咕嘟咕嘟喝几口,非常爽快!但如果钓鱼,沱河就显得大了点儿,须往东走,走到能看见京浦铁路的地方,那里水草多,离城市又远一些,清静,几个人站在河边,转头就能看见沉墩墩的铁路大桥,不转头则能听见火车轰隆隆驶过大桥的震动声。

暮春,太阳升高时,人脸上晒得热辣辣的,却舒畅无比。河对岸不时送来一阵阵麦子香熟的热香味,麦丝鸟也会把麦子衔来,从空中扔给在野河边钓鱼,或在田地上走路的人。可想看见麦丝鸟并不容易,麦丝鸟飞得很高,一直在高空中清亮地叫,人的肉眼在阳光里很难看见它们的具体形象。有时香气来自麦黄杏。村头、路边、菜园旁,都有杏树的身影。麦黄杏在冬小麦成熟的时节,也已经黄熟了,钓野鱼的人,有时候忍不住会丢下鱼竿,跑到村头、菜园附近,够几个麦黄杏,"吧嗒吧嗒"地吃下去。真香,真好吃!随手扔进水里的杏核,还能在一瞬间引来小参条鱼的袭击呢。哈哈哈,人的心里可真爽快!真爽快!

春钓滩,夏钓潭,秋钓荫,冬钓阳,这是根据季节和气温总结出来的钓鱼经。春天气温低,鱼喜欢往太阳能晒透的浅滩跑,晒太阳,找吃的,找水草准备产卵;夏天天气热,鱼都躲进深潭里了;秋天鱼儿还是要找太阳,但它们不会往阳光直接照晒的地方跑,它们要往有树荫挡着阳光的地方去;冬天水冷,鱼趋阳向暖,这是天性。另外,淮北的水和淮南特别是江南的水也有很大的不同,淮北的水厚,江南的水清凌,淮北的水冬天要结冰,淮南江南的水稍大点就不会结冰了,对钓鱼的人来说,就要遵循不同的方法。

宿县钓鱼最好的地方还不是沱河,而是环城河。环城河芦苇遍布,湿地片片,水道蜿蜒,一个钓鱼的人沿芦苇夹成的小路钻进湿地,别的人就很不容易再找到他了。沿着前一个人钻进去的地方,拨开挡脸的芦苇,高一脚低一脚往芦苇荡里走,方向的感觉完全丧失了,不知会走到哪里去。可能,路不断地分出岔路,走了半天,又走回原来进去的路口了。可能,路边的苇茬戳破脚趾了,只好从芦苇遍地的湿地退出。可能,突然听见前面有人说话的声音,慢慢看见有人在动,几条泥埂小道的尽头都已经有人占住钓鱼了,但并不是跟踪进来的那个人,站在旁边看一会,转身再去找。可能,迈出去的脚猛地一缩,原来路上有一泡大便,大叫一声,"有地雷",赶紧掉头逃走。可能,忽然,眼前一亮,芦苇荡闪开,一片开阔地出现了,泥土的小高地上,长着一棵歪扭着的大柳树,其余的地方长着绿茵的野草,还开着星星点点的草花,柳树下的地面上有一两片花花绿绿的糖果纸,说明谈恋爱的人到这里来过。

芦苇路突然断掉的地方,是钓鱼最好的地方,因为那地方水比较深,鱼会经常来。钓鱼经在这样的地方不全能用得上,因为芦苇荡里只有水较深的地方大鱼才会去,不管春夏与秋冬;冬天一般不能钓,因为结冰;春天枯水期,也不好钓,水浅;夏天和秋天最好。虽然夏天有蚊虫叮咬,但和钓鱼的瘾相比,那就实在不算什么了。也曾有过大曹鱼(鲫鱼)被浅水里的芦苇挡住脱不了身,被钓鱼的人一拥而上捉了去的情况。那时候在环城河的芦苇荡里钓鱼,都用的是竹竿,很少有专门钓鱼用的鱼竿,我们甚至还用粗壮的棉柴(棉花秸)钓过鱼,不过那只能在近距离的浅水里钓小鱼。

庄周垂钓的那个具体的地方,应该是像京浦铁路附近的沱河,生长着许多水草,或者像宿县环城河那样,是个芦苇遍布、湿地成片、野花点缀、小路蜿蜒的地方。这样的地方虽然格局有限,但似乎更有趣味。

这正是我们这些蝉和小雀子们生活的地方,少年时代的我们,就生活在苇丛、湿地、滩涂、灌木丛、荒草里,很有趣味,很有意思。

很多年以后,我们这些天天在一起钓鱼的人,逐渐分化,分化得完全没有共同语言,没有相似之处了。有的人彻底抛弃了芦苇、河滩、荒草、小灌木丛,而选择了远方的天空、英雄气概和进取精神,有的人如小雀子般在童年时代那片上下三五米纵横七八步的芦苇丛里翻飞了一辈子,最后终老于几根苇茬上。但这两种生活绝非有根本的区别,而只有感受的不同。远飞的人将有多种高峰体验,芦苇人生则感觉"平淡"得多。但这没别的，只是文化的差异。就像吃面食的人感觉米食吃不饱，吃米食的人感觉面食吃不饱一样，米和面本身不分高下，区别仅在于我们的口味和感受。

2013 年 3 月 12 日

在淮河流域行走

前面说到我自我感觉水性好,那是因为小时候我身体不好,才得到的结果。小的时候,我整天病怏怏的,母亲就想方设法鼓励我多多参加户外活动,于是我就天天野在外面,养成了习惯。每年从四月起,除徒步下乡摸桃溜枣、钓黄鳝捉泥鳅外,就整天泡在河里,附近的沱河、浍河、新汴河、濉河,都游了个遍。我可以睁着眼在水下长时间潜游,水性好的大人都抓不到我,因为他们在哪里,我看得一清二楚,用现在的话说,这叫信息的单向透明,我能看见他们,他们看不见我。假如被他们发现了,他们在水底的游泳速度则远逊于我,他们在水底憋气的功夫也不能与我较量,他们还是无可奈何,怎么都捉不住我。那时候,再大的水,我也敢下。暴雨刚停,沱河(当地俗称北大河)水暴涨,我也敢跃入翻滚的水中,在小伙伴们的惊呼声中,搏击中流,再手忙脚乱地游回来。那是年轻心性的一种好胜和张扬,那是过时不候的。

淮河在淮北有较大的支流 30 多条,在淮南仅有较大的支流 10 余条。年轻时,我步行或骑自行车走过了淮北和淮南的一些淮河支流。比如濉河。那是 20 世纪 80 年代的一个冬天,我穿着紧身的自家缝制的小棉袄、小薄棉裤、发黑的白球鞋,背一个小黑包,从古符离,一路东行,过灰古、桃沟、蒿沟、苗庵、时村、浍塘沟、尹集、高楼、大庄、四山、刘圩、青阳,直到洪泽湖。

平原上的冬日很有味道。早晨到处霜迹片片,寒风冻得脸生疼,脚发麻,但走开了就暖和了,棉袄的扣子也解开了。远离村庄的野堤,绵延起来好像没有尽头的样子,但一个大男人走在这里没有任何问题。野堤上大多栽种着刺槐,刺槐树生长力旺盛,树干都十分饱满,春暖花开的4月下旬,刺槐会开出累累白花,那可是一道美食,生着吃,蒸着吃,都可口非常。平原上的冬日有时也很考验人,雨雪后泥泞的野路,泥总是顺着鞋帮往上钻,最后钻进鞋里,每走出一步,都要用尽全力,那是最累人的时刻;但前面眼见着就是比较干爽的乡道了,努力地走吧,走吧,一只脚终于站到乡道上了,从路边折一根树枝挖掉鞋上的泥,直起腰尽情大口地呼吸,极目远望;好了,向着已经看得见的集镇走吧,夜晚就住在集镇上的小旅社或供销社招待所或区乡政府的招待所里,运气好的话,还能喝上食堂里热辣辣的羊肉汤呢。真馋死人!

浍河和濉河附近,秋天的萝卜、红芋、白菜、花生很好。从新马桥镇,沿濉河东行,走到一个叫九湾的地方,濉河和浍河就在九湾这里汇流了。多年前,九湾镇中心盖的都是平房,像是有规划的,一排排房子整整齐齐,路边长着很大的梧桐树,中心之外都是民房,有一条老街沿浍河堤延伸,但却显得破败。镇外似乎都是沙土地,风大了会有扬尘,这都是黄河运来的物质。镇南的河边有渡口,通往花生集散市场王集。王集不仅仅是花生集散地,还可能是天津人的老家。有一年天津的一批作家来王集寻根,说最早在天津扎根的,就是淮北地区的安徽人,或王集附近的安徽人,口音和词汇,都有渊源。

颍河流域也有苍劲的秋天。阜阳市颍州区南塘村离淮河干流不远,几十公里,离阜阳城区更近,沿阜阳到阜南公里南行,也就10多公里的样子,右转进入县道,右侧一条人工河,一直西行,就能到达三合镇南塘村。南塘村是淮河流域一个非常普通的行政村,但数年前一些"民间的"改革者在这里搞的"罗伯特议事规则"下中国乡的活动,使我对南塘村兴趣大增。所谓"罗伯特议事规则",就是美国的会议规则。这个规则建立在洞察人性的基础上,比如会议发言时,对立双方必须只面对主持者发言,不允许面对对方发言;在某个时间段只有一个议题,不允许跑题;主持人只主持,不发表意见;发言时不同意见的优先发言,相同意见的可以不再发言;等等,这样就避免了跑题、会议争吵,也能大幅度提高会议效率。

"罗伯特议事规则"是建立在西方科学、理性价值基础上的会议议事规则,当然包含了西方式的自由、民主、法制元素。当我们细细品味"动议""附议""程序""程序动议""表决""修正案""搁置"等词语时,假设我们没有五四以来至少两次大规模西化的过程,这种开会议事的术语和程式对我们来说等同天书,那是截然不同的文化及话语系统。

西方人的议事规则也是在不断完善的过程中的,据《可操作的民主》一书介绍,马克思们开会时也会遵循此类规则,因此可以看出这是西方文化传统的一部分。《罗伯特议事规则》首先是理性、科学和洞悉人性的,其次它又是非常技术的,这对调整中国人的议事方式有益处。但中国有截然不同的会议文化。

在讨论和做出决定前,中国人往往已经做好了幕后的准备工作,讨论和表态的情况不一定和投票以及最后决定的结果相同。而西方人则更期待通过公开场合的交流、辩论达成共识,虽然闭门会议也是需要的。这使得我们某种意义上欠缺公开透明的意识,欠缺公平精神,使我们的会议变得不那么重要,甚至只是形式、走过场。怎样使民主变得具体和可操作,西方的议事程式,为我们提供了一条程式化民主和效率会议的新思路。"规则"是需要我们学习和普及的一个很好的选择。

南塘村所在的地区,是淮北平原一个普通的地方,冬小麦在农田里等待春风,农舍前有麦秸垛和小水塘。但我们找到三合镇南塘村时,村委会里一位正忙着公事的人说,南塘村这个行政村村名已经不存在了,早几年就改成别的名字了。说完,他不再理我们,我们只好言犹未尽地离去。

泉河流域初夏的小麦长势真好!我在临泉县杨桥镇和牛庄乡的泉河和涎河水域行走。泉河水很大,河面很宽,很有气势。河堤上树林密布,河堤下黑绿的小麦绵延不绝。河南岸属临泉县,河北岸属太和县。我在河南岸和河北岸各走了两个小时,这样,大半天的时间就过去了。从河堤上往下看,看见的是连续不断的麦田,但是走进堤下的麦田里,就可以看到很丰富的东西:蜿蜒的小河,小河里有很厚的水草;椭圆形的池塘,同样有很多很厚的水草,水草底下很可能还有小鱼、小虾、泥鳅、黄鳝在活动;车辙印在麦田间的土路上很清楚,连花纹都一清二楚;但小路上也会丢弃一些除草剂或生长素的小包装,这些东西对现代农业来说可能已经习以为常,但它们总是扎眼和闹心的。

涎河和泉河不太一样,它的水面和地面较近,这样,躺在地面的草地上,就能看见水面上的一只船在走动了。船上载着的是几个"娘们"。她们在阳光普照下很有安全感的样子,坐在船头说个不停。船靠在涎河对岸的土码头上,那里的岸上有几间濒水的临时房,可能是搞养殖用的。那几个"娘们"咯咯地笑着,一个一个下了船,钻进那几间临时房里去了。很久,出来一个"娘们",顺着河岸往南走去,走过一片小树林后,不知所往。

在老淠河步行要调整方向,因为淮河、泉河、滩河、灂河、颖河都大致上是东西向的,而老淠河却是南北向的。20世纪90年代初的一个早春,我乘客车从合肥到六安,再从六安乘农客到马头集。到马头集时已近傍晚,于是就在马头集汽车站开的小旅馆住下来。这个汽车站工作人员只有一名,是一位四五十岁的男职工。由于每天仅有两班农客,他们两口子除了接车外,没别的事,就开个小旅店接待接待散客。晚上的饭食也和他们两口子一块吃。吃着饭,聊聊天,主要说汽车站的情况。吃过饭,天也黑了,上床就睡了。第二天天才蒙蒙亮,汽车站里就有从附近村庄来的乘客等车说话了。我起来在街头吃过早饭,就顺淠河大堤步行往北而去。

淠河大堤河里河外都是沙土,连堤都是沙土堤。还时常有成丛成片的细竹出现,使我觉得十分新奇。越走太阳升得越高。河堤上的人和事渐渐丰富起来了。有放风筝的孩子,有推独轮车行走的壮男,有拉架子车行走的半截老头,有挎篮子的妇女,有上学的男女小学生,有东张西望的村狗,有堤边的村屋,有通往河滩里的沙土路,有堤坡上的小麦,有骑自行车的公家人,有在堤边沙土堆里拱拱钻钻哼哼睡觉的大肥猪……离开马头就是寿县的地界了,沿淠河东大堤北行,第一个大镇是隐贤,第二个大镇是迎河,再往北,就是正阳关了。现在,这些沿河的大镇,一股脑儿,都衰落了。

2013 年 3 月 17 日

淮 水 之 珠

　　淮河沿岸有许多城镇,这些城镇先是因为某种原因,由少数人聚住而来,再逐渐扩大,形成城镇。例如蚌埠。蚌埠依淮而建。因为古代这里多河蚌,蚌多产珠,故称珠城,又因为这个地方早期是小渔村,生活在小渔村里的人都靠打鱼为生,打鱼要有渔船,渔船要靠码头,埠就是停船的码头,所以叫蚌埠。蚌埠聚集人气,逐渐演变为城镇,应该在南北朝时期。那时候汉人的南朝和鲜卑人的北朝隔淮而踞,相互对峙,就需要建立哨所、军营,慢慢地就形成了规模。

　　据水利专家考察,淮河洪泽湖以上河道,和古淮河河道相比,位置并无多大变化,只有淮河洪泽湖部分和淮阴以下的入海尾闾,发生了较大变化。所以蚌埠所在的位置,从成形起,也不会有多大变化。城镇的形成是文明出现的标志之一,这指的是宏观的人类社会,因为有了城镇,就会有分工,原始的市场经济,或原始的共产主义,一部分人做这个,一部分人做那个,即可满足生产生活需求;有了城镇,还需要管理和裁判人员,社会管理组织和政府慢慢就出现了;有了城镇,逐渐就会有闲散人员,这些人不务"正业",于是文学艺术、创造发明就兴盛起来。因此蚌埠这个地方的地域文明,大约也就是从它大众的聚集逐渐开始的。

　　正阳关是淮河中游的一个大镇,我 20 世纪 80 年代后期第一次去,正阳关镇还有南北两个城门楼子呢。北城门楼子在淮河堤下,稍简陋(不过我在正阳有点转向,方向不一定是对的);南城门楼子保存完好,城门上刻有四个大字:凤城首镇。当地有句老话,叫"七十二水归正阳",七十二,只是个虚词,意在多。其实正阳关附近入淮的支流,现今只有淮河北岸的颍河和淮河南岸的淠河。颍河是当今淮河的最大支流。淠河现在之所以被称为老淠河,是因为兴修水利,淠河上游新修了河道,老淠河空遗下宽展的河床,水量却很小。老淠河河道里都是沙土,不是沙子,河道两岸都有挖沙的场地。有一年我在老淠河东岸步行,宽阔的河道,对岸仿佛望不到边的样子,突然看见对岸大堤上一树白杏花,在春风里开得灿烂,那真叫惊艳!

正阳关在冷兵器时代,自然地理位置重要,因为那时候,运输靠的是水路,有码头的地方,一定是行商坐贾、繁荣昌盛的。"鱼盐满市井,布帛如云烟",这是李白对江南水阳江畔集市的形容和描摹,用在正阳关这里,也算合适。20世纪80年代我到正阳关的时候,正阳关还非常热闹,进了城门,城里老街依然,老屋依旧,特别有味道。城后就是淮河大堤,上到堤上,居高而望,弯曲的淮河尽收眼底。傍晚时分,镇里的人都上大堤走动散心,春风浩荡之中,小孩喊,大人笑,许多风筝在淮河上升飞。还有些10多岁的女孩子在大堤上跳皮筋,其中有两个女孩子,像姐妹俩,虽然年岁不大,但个子高挑,皮肤白嫩,瓜子脸,双眼皮,长睫毛,身段、体型,都无可挑剔,气质非凡,美貌惊人,特别是出现在淮河的一个小镇上,让人感叹造化的开放和自如。

南照镇的上游是濛洼蓄洪区,南照也是个很大的镇子。第一次去南照,是1991年秋天。那一年江淮大水,到秋天,水才渐渐退了下去。我乘车到淮河南岸的周集镇,然后换乘三轮嘭嘭来到淮河边。退水后的河滩十分宽阔,也显得深陡,步行要走上一阵子,才到得了河床。河床里的水就小多了,渡轮来来回回,很快就把不断集聚的人渡到对岸。岸北就是南照。

历史上的南照,起先的名字,大约叫漕口镇,因为镇上建有南照寺,后更名为南照。说到漕,我到现在仍有点迷惑。"漕"字,左边的水,表示水运,由水里运东西,右边的"曹",即粮草,左右合起来,就是通过水路运送粮食的意思。车运谷为转,水运谷为漕。古代大批谷物的运送,总以水路为主,因为水运省钱省力,运量大。但中国的大江大河,基本为东西流,而各个政权的都城,却多定北方,要想把江淮以南的南方所产粮食运到北方都城,就要开挖运河或运粮专线。但沟通黄淮的运河,一般从淮河下游走,南照较偏西部,也没听说历史上有较大运河,为何南照这里也称"漕"?或许南照这里古代有东西向运输的粮草专线?毕竟供给军队的粮草,经常是不分南北东西的。

下了渡轮,河滩上围着许多人,仰面望去,堤岸上即是南照的古街口。除了河滩上围聚的许多人以外,还有更多人站在街口外面的大堤上,往下看。这是干什么的?我很好奇,走过去挤进人丛里看,原来是杀牛宰羊的。果然这里已是北方传统。"这里的淮堤是拿方石砌成的,有一个石梯子能下去,堤上有几棵人腰粗的大柳树。一行人来到大柳树下,大柳树下已经有了几个闲人了,都是老头之类,还有个蹬人力三轮车的小青年,面相黝黑,闲来无事,等生意,也坐在三轮车上看。原来这屠宰场就设在堤下的河滩上。"(许辉《庄台》)20多年前的南照镇老街纵横,韵味十足。住下来以后的第二天,我又包了一辆被称为"木的",即木质"的士"的人力三轮,我坐在前,蹬车的人坐在后,我的视野无比宽广,前往淮河滩地中的庄台去"考察"。

出街来在淮河大堤上,一直往东走,渐就出了有房屋的地方。淮堤两岸在这里也无多少树,出了集子后,地里便显出了田野的风光,一片一片的庄稼,有黄豆、花生、红芋、红麻什么的;大堤的北面渐次出现一些村庄,有大些的,有小些的,树荫浓淡,姿态安详;堤边的地方,有时出来一排简易房,是砖墙,油毛毡顶的房子,房子的顶头,都立着一块牌子,上头讲:联合国援建。淮堤渐转了个大弯子,因之河滩更加广大,广大到望不见边际,便有一道小堤,与淮北大堤差不多高矮,或者矮也矮得有限,打滩地里直划过去,把淮水跟滩地隔开了,也把淮水跟淮北大堤隔开了,这便是蓄洪区。天地在这里都极开阔,那滩地里更是无有遮碍,广大无边;小堤上渐现了些豁子出来;两堤之间也有几处树荫较浓的地方,刘康问道:"那是什么地方?"蹬车的运祥道:"那是庄台,就是五里台子。"刘康说:"那看起来不太远。"运祥说:"也就五六里路。"刘康说:"小堤上那些豁子是干什么的?"运祥讲:"那是给炮轰的。"刘康说:"怎样给炮轰的?"运祥说:"骚牯上头就是河南地方,水大时,咱们堤高,河南吃不住,咱这小堤要是不破开,上头就都淹没了,来了几千当兵的,守在大堤上,又拿炮轰小堤,小堤破了,水才下去。"(许辉《庄台》)

所谓的"庄台",就是在河滩洼地里,用土高堆起来的大台子,上面盖房住人,每年汛期,庄台都可能因为河水的上涨而成为孤岛。"那庄台有五六米高,都是拿土堆成的。刘康爬到台上,台上一排一排,垒满了房子,房子都不甚高,有砖瓦的,有泥坯的,一间挨着一间;门前有个两三米宽的走道;刘康一直走到庄台中间,庄台中间却是个空地——也不甚宽大,只三五十个平方米大小,在庄台这地方,却是难得了。空地上蹲着几个父老乡亲,吃着烟无事,另有一些小孩,趴在地上玩土。"(《庄台》)南照附近的淮河内堤,其实也算另一种"庄台",有一些村庄沿堤建筑,可以俯瞰淮河。这些,大致都编入我20多年前的中篇小说《庄台》中去了。

2013年3月下旬,我由淮河北岸的润河镇,沿淮北大堤,前往南照。到南照时上午不到9时。虽然季节已过春分,但冷空气仍频繁。南照镇已今非昔比,两座跨淮大桥飞架南北,镇街区面积变得更大,只是老镇的味道,和大多数乡镇一样,越来越寡淡无味。见到十字街口的中间,架着木柴大灶,一群人正热火朝天,买的买,卖的卖,煎油果子炸糖糕呢。心里的旧念和馋虫立马就被勾了出来,上前挤进去买了两根油条、两块糖糕,又找到一家早点店,要了一碗油茶,痛痛快快地饱餐一顿。南照的油茶和西淝河峡山口的油茶风味略有不同。南照的油茶照例有千张、面筋、海带丝、芝麻,但所用花生是煮的,不是炒的,口味也觉稍咸。

2013年3月26日　合肥五闲阁

淮河的上、中、下游

淮河发源于河南省桐柏县与湖北省随州市交界的桐柏山太白顶,全长1000公里,这是人们普遍接受的一个结论。由华东去往淮源,沿312国道即可一道直达。从南阳驱车前往桐柏县,要经过湖北省随州市淮河镇。淮河镇很新,路口的宾馆高大、漂亮,让人很想在这里住上一晚。但淮河镇离桐柏县仅10多公里,开车10来分钟可到,还是直接前往河南省桐柏县。有材料说现桐柏县一高中内有古淮渎祠旧址,据说从前在淮渎祠旧址,生长着一棵很多年的梧桐树,梧桐树上绿中空,山凤凰衔来的一粒柏树籽在中空的梧桐树里长成了一棵桐包柏树,身子是梧桐树的,叶冠却是柏树的,桐柏县名由此而得名。

淮源镇距桐柏县城15公里,312国道从镇南经过。淮源镇原名鸿仪河乡,于1999年撤乡建镇。淮源镇是个典型的旅游镇,建筑和道路都是新的,还有园林化的设计和建设。给桐柏县和淮源镇带来困扰的消息是:2012年,中国科学家通过卫星遥感影像分析及实地考察,重新确定了淮河的源头,并重新量测了淮河的长度,其准确长度为1252千米。重新确定的淮河源头位于河南省嵩县车村镇境内,淮河最上源的溪流名为东沙沟。

淮河的中游,河南岸是低山浅丘,河北岸是广阔无边的淮北大平原。其实从河南信阳地区始,一直到淮河入洪泽湖,南丘北原的特征就一直鲜明地保持着。正阳、罗山、息县、淮滨、固始、阜南、颍上、霍邱、寿县、凤台、怀远、蚌埠、五河等地,莫不如是。这就说明,淮河中游地区的北岸,远古地势低洼,后来的平原都是由河流冲击而成的。

按照淮河长度1000公里的说法,淮河上游从源头到皖、豫两省交界处的洪河口为上游,长度360公里,洪河口至洪泽湖出口中渡为中游,长490公里,中渡至长江三江营为下游,长150公里。这是按照淮河入江水道来算的。如果按照淮河入海水道算,会略远些,160多公里。

河流的上、中、下游如何划分?这当然是人们基于长期的实际经验和科学探索,根据河流的水文情况、河流经过地区的地理地质情况,例如地形、地貌、水量、流速、比降、河流季节变化、泥沙含量、水补给等因素确定的。一般而言,上游为山地,中游为低山丘陵平原,下游为平原低地。上游落差大,中游水流平稳,下游水流滞缓。淮河上中下游的划分,相当吻合河流上、中、下游一般划分的标准。

淮河入江口并不容易寻找。2012年春,我曾专门开车去江苏江都的三江营寻访淮河入江水道。三江营是扬子江、淮河入江口处的小夹江、扬中市的太平江三江汇合之处,又因清朝这里设有水兵营,所以称为三江营。三江营沿江到处都是港口和造船厂,难以进入。当地人更对"淮河"一词陌生,似乎只知有江,不知有淮,没有人听说过淮河、入江口这样的词语,都是一脸迷惘。

淮河入海水道有两条:一条由江苏省洪泽县洪泽湖高良涧

闸起，向东至扁担港入黄海止，全长168公里，这其实走的是苏北灌溉总渠的道。另一条由洪泽县洪泽湖二河闸起，东至滨海县扁担港。这条入海水道与苏北灌溉总渠平行，在苏北灌溉总渠北侧，全长163.5公里。在高良涧闸和二河闸，特别是二河闸迷宫般的河堤湖堤上行车，水面浩荡，人车稀少，树荫浓郁，风景十分迷人。但在这里，你会感知水的潜在威慑力：除却人工河堤湖堤外，水面和地面似乎没有海拔高差，如果水量过大，生活在这里的人们，都势必要改行为渔民。

　　淮河入海水道宽展得令人震撼，但非汛期水量极少，至扁担港则有节制闸节制。由苏北灌溉总渠南岸的射阳县六垛北行，过总渠节制闸和大堤，就是这条淮河入海水道。在河堤上眺望，道路蜿蜒，水流一线，两堤间滩地极阔，不像一般河流，过了河就要爬堤上坡。过水有铁制的渡桥，入海水道对岸即是滨海县。沿总渠和入海水道之间的堤路可一直通达扁担港。扁担港直面混浊黄海，海风太大，又冷，人待不住，匆匆看两眼混浊的海水、海湾里随浪上下的小渔船，也就得匆匆离去了。

2013年3月17日—18日　合肥五闲阁

三 河 口

西淝河河口

西淝河在淮北。西淝河的入淮口,在凤台县刘集乡山口村村东六七百米处。资料和地图上都说,西淝河在峡山口入淮,但实地看一看,就知道这还不是那么准确。淮河在峡山口这里,大致呈南北向流。淮河西岸的这部分峡山,在山口村内外,伸在河里;河对岸也有低山,八公山的一部分,横在水边。山口村渡口的洗衣妇告诉我说,河对岸地名叫"江口子"。河中间还有一座大石岛和一座小石岛。淮河流到这里,被两岸低山束夹,又被中流石岛阻拦,只好浪涌水激,分流而下,水势十分惊险。

传说峡山口为大禹治水所劈。这里是淮上津要,兵者必争之地。淮北平原,少见起伏,山津处自然为要地;但淮南虽多低山微丘,却临淮而踞者鲜见,所以峡山口这里,常为古战场、厮杀地。西淝河的入淮口,则在峡山口下游数箭之遥处。历史上峡山口或称峡石口,是由上游而至的千里淮河第一峡。叫第一峡,是指它的惊险,淮河上并没有相当的第二峡和第三峡。怀远县城附近的山地,山远谷阔,不可称峡。或许因为峡山口太特别,太有名,又是地标性的,所以笼统了就说,西淝河入淮口在峡山口。

早晨8点之前,春雾稍散,我已来到淮西峡山口的山口村。虽说已是仲春,但这一天冷风阵阵,如果单从气温上感受,没法得出春天的信息。但是从物候上,却又能明白无误地看到春天的脚印和不可逆转:村舍旁的榆树都伸叶儿了,叶片之间还有多多的嫩榆钱呢,这是榆树的果实,是带着翅膀的果实,在淮北的仲春,它们会先叶开花,或花叶同放。总是知道榆钱在饥年的救命作用,其实它既是特色的食品,又是中药的材料,有清热祛湿的效用。榆树的果实之所以称"钱",是因为它的形状薄圆如古钱币。文化上它也吉祥,榆钱,"余钱",谁会跟钱过不去呢?所以榆钱是吉利的。

村边废弃的老宅基地里种满了蒜苗、莴笋、蚕豆、韭菜和大葱,还有开了黄花的油菜。叫人眼前一亮的是,老宅基地菜地中央,种了一棵顶冠开放、树形完美的桃树。一树粉紫色的桃花,在寒凉的春风中抖动,看了让人无比的爱怜,也叫人不由得就吟出唐朝崔护的"桃花诗"来,"去年今日此门中,人面桃花相映红。人面不知何处去,桃花依旧笑春风"。清明前后,门里门外,怜香惜玉,与眼前的景况,真个是贴切!

山口村是个集市,早上有卖菜的,还有卖早点的。我看见卖烧饼的大铁桶制成的炉子前围了不少人,也挤过去,一块钱两个,买了两个,厚厚地抹上豆瓣酱、辣椒酱,又到一家早点摊,要了一碗油茶,坐下慢慢享受起来。那油茶也喷香得很,只见油茶里有面筋、千张、芝麻、海带丝、炒花生,就香酥的烧饼吃,味美无比。

离开峡山口的山口村,沿 S102 线东北行约 400 米,是西淝河老闸,这老闸已破旧不堪。由闸东右转,这是西淝河老的入淮水道。沿堤前行,右边是水道,左边是村庄。但愈往前走,路愈小,渐成羊肠小路。路左的村庄也基本废弃了,尽是残砖乱瓦。下了车,步行至河堤尽头,这才看得清,原来堤左另有一条水道交汇,从这里还到不了淮河,淮河还在前方百多米处。

原路转回 S102 线,老闸东 200 米左右有西淝河新闸。从闸东右转,走到大堤尽头,是一个大煤场,在这里看西淝河入淮,就看得真切了。

颍河下游及河口

从 S102 线西行,到姜岳村左拐,进入县道。县道水泥路虽不很宽,但修得颇好,平坦、整洁。过了双集,县道两边的房屋都是两三层甚至四层的楼房,多数较新,整齐有序。房前屋后,菜园、麦地、盛开的李子花、成片的桃花、二三层楼房玻璃窗里的大红"囍"字,都是井然有序的模样,还有不少开工在建的农房,也都是两三层的。虽然离县道稍远点的村庄房屋要旧些,平房要多些,但总体看去,觉得这一地区比较富裕。

快到黄坝乡的时候,路边有一个 30 多岁的妇女,从路边走到路上。我以为她要过路,就放慢车速给她过去。哪想她却在路中间站住了,挥着手,嘴里说着话。我赶紧往左边回避她,她却也往左边拦住我,我只好停下来。我的车窗关着,听不清楚她说的话,另外,我也不打算打开车窗,免得惹麻烦。这时我看见她挥着的手里有个一元钱的硬币,于是我放开安全带,从裤子口袋里摸出一元钱,把车窗开了一条小缝,递给她。她走过来,嘴里还不停说着:又不是你一个人,人家都是给一块钱的。拿了钱就走到路边去了。看她也不像有毛病的样子。谁知道呢!

过了黄坝乡乡北的大桥,就见路右的湿泥洼地里,有三个仅着内衣的中年妇女,穿着黑色的胶靴,在湿泥洼地里卖力地挖什么,站到路边请教她们:"干啥来?"她们都直起腰身,大声回应说:"挖藕来。"说着,还从泥里拽出一根藕举起来让我看。上了车往前走,坦地宽广,深绿色的冬小麦一望无际,只有远远的、远远的几棵树,起一个参照物的作用。哦,注意地看一看冬小麦,让人有一种亲切的回归感,这是我多少年关注小麦的"宿疾顽症",看见小麦,就像见到了亲人。

愈南行,称"台"的村庄愈多起来,比如"魏台子""李台子"等等,说明这里地势低了,许多村庄为防御洪水,需筑台而居。车到杨湖镇,杨湖镇外有交通指示牌,上面左转方向指示的地名是"沫口"。"沫口"是现今淮河最大支流颍河的入淮口。在各种指示和说明中,对这一地名的表述都有细小的差别,地图上写的是"沫河口",杨湖镇镇东交通指示牌上写的是"沫口",当地人口头表达的是"沫口子",颍河大堤通往颍河入淮口的交通指示牌上写的是"老沫口子"。

从科学理性和秩序化角度评价,这种现象是混乱和不规范的,但从实际经验看,这种情况有它现实合理的因果关系的一面。文本(一切书写都是文本)的基础是实际情况和口口相传,在口语中,沫河口、沫口、沫口子在当地是同义词,人们随兴而言,说沫口子、沫河口、沫口,都不会产生歧义。文字记录者采写时,随兴而录,也没有错。这就是文化同异的持久博弈。当我们大力推广提倡同一性时,在为更多人带来方便的同时,文化的丰富性、鲜活性和多样性就衰落、退化了。当我们大力提倡保护多样性时,社会则可能陷入混乱无序。我想,老子提倡无为无不为,可能就是这样看问题的,他看到了事物的无所不在的多个矛盾的方面,他说的是世界观。但我认为《老子》的产生是有前提的,那就是,他的学说体系是站在形而上的立场阐发,而不是站在可操作的角度言说的。在"沫河口"这样的命题中,我们不需要给出具体的工作方案,也不需要做出非此即彼的决定。因为我们不是站在具体可操作的工作角度言说的。

淮北五河有个镇子也叫沫河口,那是北淝河的入淮口。为什么人们喜欢把这样的地方称为沫河口呢?我想,河口,就是两条河交汇的地方,或者河流入湖入海的地方,支流入主流,往往会冲起许多水沫。人们见到这一现象,很容易相互转告、交流、言说,在指称那一特定地点的特定物象时,沫、河、口,应该是出现最多的词,久而久之,固定下来,就成为地名。

颍河由杨湖镇镇西东南向流过。从杨湖镇上颍河左岸大堤,一路往沫口子前进。河道与河堤忽儿转东,忽儿转南,忽儿又东南行,这是自然河道的特征。堤右的河道里运沙船络绎不绝,驶向下游,十分繁忙。西淝河河口附近的煤码头多,而颍河这里的挖沙和运沙的船多。堤外是一个连着一个的村庄,相继有杜楼村、李台子、孙口子,等等。村舍前后,阳光出,桃花开,菜地茂盛,情景相当朴实。在李台子庄外的池塘边,我还听见了今年的第一声蛙鸣,接着是第二声、第三声……第 N 声。河堤上的草地也软茸茸的,我不由得下车走向草地。我蹲下来,用手摸摸草梢和草根,一股青草的香气扑鼻而至,携带着阳光出现温度上升的讯息。

对面走过来一个大男孩,突然伸开手拦在路上,要拦我的车。这个人和在黄坝乡遇到的那个妇女似乎不同,那是在村庄附近,到处都是人,车也多,她拦不住,我也不担心,有事都说得清。再说那个妇女不像有毛病的人。而这个大男孩看起来就像是有毛病的,这里又难见人踪。我得吓唬吓唬他。我稍微减点速,快到他跟前时,往他右边略打方向,还好,他站在原地,没往右拦。我就过去了。

过淮河饶陆大堤段起点后,河堤与河道间的距离愈拉愈宽,河滩种满冬小麦,绿茵一片,似乎宽阔无比,终至不再能见到河道。再见到河道时,已经是淮河了。请教了一位临时住在河堤上护堤房里的大娘和她的重孙女后,我才知道我走过了路了。返回到有"老沫口子"标志的河滩路口。顺村村通水泥路下到河滩,不远即进了一个村子。这就是老沫口子村。同样因为汛期上水的原因,村庄已经废弃,但通往渡口的水泥路又新又好。颍水从村外浩然入淮。淮河斜对岸是寿县的正阳关。一艘大渡轮泊在岸边,我走到上面去各方拍照。淮河里的大船,都滞重地航行。三位妇女乘了一辆三轮车来过渡,等了许久,船工也不来,她们只好又坐三轮离去了,剩下我一个人。阳光照耀,淮水东流。我真该单独在这里坐下,好好想一想呢。只是时间不早了,这里只有废弃的村庄、无窗的房屋、寂寥的渡口、落寞的桃花、无声的航船、无言的天地、微动的树枝、莽原般的麦田……我不能陪着你们了,我也该走了。

润河尾闾及河口

由孙口子渡颍西行,过了颍河,就是赛涧回族乡。这里老早都来过,来看颍河,看发大水,看地形地物,看距淮河的距离,看农作物产,还有一次从正阳关过淮河,看唐垛湖新建的崭新的下口门闸。唐垛湖是淮河的行洪区,由唐家湖和垛子湖合并而成,面积100多平方公里。汛期淮河水量过大,就可能开启唐垛湖上口门,让洪水泄入唐垛湖,体外循环,以空间换时间,削弱淮河干流过高水位。

但这次来赛涧,却无由久留。离开赛涧集,大致向西,过王岗镇、垂岗乡、半岗镇,再沿淮河淮北大堤,直进润河集。润河集是淮河支流润河的入淮口。第一次来润河集,就是1991年淮河大水之后,从南照坐"木的"人力三轮来的。当时三轮载着我从淮河的淮北大堤来到润河渡口,只见渡口处水位高抬,黄水如原。渡船渡水而去,仿佛去向了遥远未知的彼岸,震撼人心。

到润河集时天已向晚。问了三五个本地人,却都问不出润河在哪里,当地也没有合适的宿地,于是决定去30公里外的颍上县城住宿。一夜无话。第二天凌晨不到5时我就醒了,起来烧水喝水,又泡了一碗面吃,夜色朦胧中,离店再次前往润河集。仲春时节,清晨的雾气有点儿大,空气清冷。路边有早起的人家,敞开了家门,有电灯光,让人觉得有同类的存在,心里非常踏实、亲切。

天色发白,逐渐可辨事物了。润河至南照的淮河大堤上,许多人像是晨练而归,脸上红扑扑的,从西而东,急匆匆向润河集方向走去。看他们的脸色和模样,不像务农的农民,很可能是润河镇当地的中上阶层,或中上阶层的家人,或教师,等等。这使我觉得新奇。我们在较大的城市生活惯了,城市里的人会有晨练这些非物质目的的举动,在乡镇生活的人也会这样吗?显然也会。

前方出现了水利建筑,离得近了,原来是一个叫陶坝排灌站的地方。我推测,这里可能是润河入淮的节制闸,但只是可能,并不肯定。天色尚早,我打算闹个究竟。于是过了闸,离开淮河大堤,贴着闸站,从闸西村路边往南直行,进入田野。田野静谧安详,完全不见躁动。行约400米,看见一位乡村知识分子模样的人,在朦胧雾色中,正出了小村,过了小闸,慢慢往东迤去。这么早,田野里空无一人,我要问人,便只有问他了。我下了车,车里暖和,我只穿着羊毛衫。他在我前面50米左右往前走。这个距离略有点远,我要是喊他,就要大声,那显得不十分礼貌,我要不喊他,又怕他走远了。于是我紧盯着他,快步接近他,同时又不能让他偶然一回头,看见一个陌生人突然从背后迫近,吓着了他,我紧盯着他,是打算假如他要回头,我就在那个时机,尽量隔着一个安全的距离,轻声细语地跟他打招呼,如果他未回头,那自有他法。

好,一切都在掌控之中。和他相距20多米时,我连着咳了两声。他回过头来。我放缓脚步,和他打招呼,请教他关于润河的事情。我说:这条河是不是润河?他说:你要找哪个润河?我说:你看,东边是润河集,既然叫润河集,那润河在哪里?是不是这条河？他约莫50岁,向我走过来几步,肯定而负责任地说:这不是润河,这是排洪河,你可是要找淮河的支流润河？我吃了一惊。想想看,在乡野这地方,你偶然碰见村里一个中老年人,他甚至还早晨散步,你还能从他嘴里听到准确的河名、术语,他还明白你要干什么,但他又不会像一般的农村人那样刨根究底地追问你问这个是干什么的,这不大大出乎你的意料吗？我说:是的,我是想找那个润河的。他说:你还上淮河堤,再往西走,不远,陶坝防洪闸,那就是润河。

呵呵,我大谢了他,上车返回淮河大堤,他则向田野深里逛去,只偶尔回头,往我这边看一眼。十步之内,必有芳草。他是什么人呢？退休民办老师？退休乡镇干部？国有单位退休职工？村干部？在乡村,大概只有这几类人,才有这样的习惯,才能如此气定神闲。

果然不远处就来到了陶坝防洪闸。从闸上往下看,润河场面宏大,水势完全不同于小沟小渠了。我还是想去看润河入淮口的。于是从闸西左拐,沿润河西大堤,向河口方向走。下了淮河大堤,沿润河堤走,堤路越走却越不像正儿八经的路了。堤顶没有进行水泥修铺,如果下过雨,一定是不能行走的。心里多少有些担心,担心大堤上的路会突然消失,那时候想掉头,可得费一番工夫了。正想着,前面大堤两边,出现几间土屋,还有个蓬头垢面的中年妇女,站在一间土房门口,这里的狗也像没见过世面的,扑着车徒劳地叫唤。不知道这位妇女是个清楚的还是个不清楚的人。在这里又不见第二个人,我只得向她问路了。

她一直向这边看着。从她身边经过时,我停下车,开了车窗,问她前方的情况。我说:大姐,这可是润河?她说:就是润河。我说:那淮河可在前头?她说:就在前头。我说:润河一直流到淮河里的吧?她说:就是的。我松了口气,她脑子完全是清楚的,甚至比一般的中年农村妇女都清楚,有些中年农村妇女对她周围的情况说不出个一二三四来,因为她们既不留意,也不怎么出门。我说,润河到淮河,还有多远?她说,不远了。我说,这堤上的路能走吧?她说,能走,能走到桥头。桥头?我心里一喜,哈,有桥就有正路了。

谢过她,我继续前行。润河尾闾水面宽宽,河道弯曲,水上的雾气正在散去,偶有打鱼的小船,由薄雾里现出,漂在水面上,小船上多为两人,一人奋力摇桨,一人蹲在船头,也看不清在做什么。我在润河的大桥边停下。润河由此东去入淮,那里更有大片低洼的湿地,车是下不去的。桥头的吸沙船和运沙船也不少。不知道淮河和淮河的支流里怎么有这么多沙,怎么吸也吸不完。

洪河下游及河口

洪河又叫洪汝河,洪河桥附近的洪河是皖、豫两省界河,东边是安徽阜南,西边是河南淮滨。从桥东的安徽,过桥进入桥西的河南,左转驶上洪河河西大堤,约略东南行,沿大堤走,二三十公里的样子,可到洪河入淮口,即古代称为汝口的地方。大堤上起初有水泥路,路两边尽是村舍,洪河桥附近的河堤又较高陡,因此路随村转,往往一边是墙壁,另一边就是陡堤。洪河里有一些运沙船,辗转地往下游开。对岸的安徽,倒是现出一些铁塔、楼房来,像是乡镇的样子。愈往下游走,河滩愈宽。水道十分弯曲,于是河堤也弯曲,堤上的路也弯曲,是典型的自然而非人工的河道。有一段路村庄稀疏起来,视野就变得宽泛了。但一个大转弯之后,河道似乎分成了两条,一条往南,一条往西,划了个大弧线,再往西南方流去。河堤则跟着这条大弧线往西,再往南走。

  大堤上的村庄突然变得更稠了,连续不断,路也成了泥土路,堤上人家都在堤路上挖了污水沟,这使行车成为艰难的事,只能以极慢的速度往前晃,每一道污水沟都要先将前轮停进沟底,再加油门上去。村里的狗时常扑向车头。中午时分,常会有村民站在大堤边说话,或向河滩里观望。一个男人开着电动三轮车在村里卖面包,许多时间过去之后,我发现他又停在前面的村庄里了。这次他靠在三轮车上,一只手拿着一个面包,另一手拿着一根大葱,低着头,像做错了事的孩子一样,默默地啃着面包和大葱。有几秒钟我很感慨。面包是他赶早制作的,大葱则很可能是他在路边菜地里拔的,在农村,这不算什么,是十分正常的事。但一个男人每天都这样养家"糊口",多数人的生活,就是这样形而下的,这似乎让人有点莫名的心酸,也有点莫名的失落。

  洪河在方坡村附近折向东流,我很快就看不见它了。再往前的村庄变成了徐铺,或者徐营子。我回到方坡村。村里的男人告诉我,从大堤上下去,下到河滩里,就能看见洪河口。我小心翼翼地沿着土路,通过窄窄的水泥板桥,下到河滩地。河滩的沙土地里都是菜园、麦田、油菜地。沙土的来历显然明白,是黄河多次泛淮搬运来的。真是个大能量的搬运工呢!路变得越来越小,变成了羊肠小道。我把车停在麦田旁边,下了车,步行到洪河口去。零零星星看见前方的土埂上有一些10岁左右的小学生,他们有时候出现了,有时候又看不见了。我想问问路,终于看见一个小姑娘站在沙土埂上的杨树旁边,另一个小姑娘蹲在离她不远的地上,看摊在地上的书。我说:小姑娘,这前边可是淮河?她说:就是的。我说:那洪河在哪里?我想,只要找到洪河了,顺着洪河往水流的方向走,就一定能走到河口处。小姑娘摇摇头。我换个说法。我说:那边是淮河,这边还有一条河,这两条河在哪里流到一起的?小姑娘说:噢,你说的是三河口呗?我说:就是三河口。小姑娘说:就在前边。她用手向前方指着。

"三河口",真是很实际很形象的概括。其实支流入干流的地方,看上去都是三条河,都可称三河口。我顺小姑娘指示的方向,很快就走到洪河口。洪河水和淮河水都有点浑。三河口的水量似乎有点大,有风生水起的感觉。岸边有七八个小学生,分得很散,在等对岸的一只渡船过来渡他们去上学。浑黄的波浪里,有一个男人,穿着大棉袄,蹲在一只很小的双体船上,从岸边起步,用了很长时间,艰难地前行,看上去有点竭尽全力的样子,他穿过三河口的中心水面,尽最后的力气,划向河对岸。我站在岸上看着竭力挣扎的他胡思乱想:如果为了某种理想、抽象的东西,他的拼搏感染人!如果仅仅去吃酒或是走亲戚,就似乎有点犯不着的感觉了。

这里都是河南省淮滨县的地界,包括河对岸的谷堆乡。下午3点多钟,我从方坡村前方的徐营子村再次下了河堤,来到徐营子渡口,从这里渡淮前往谷堆乡。徐营子渡口的船工总是不来。我的耐心消失了,正要离开渡口,绕道淮滨县时,船工却又突然出现了。我们用不到5分钟的时间,就渡过了淮河。

北淝河下游及河口

北淝河入淮口在安徽省五河县沫河口镇。沫河口以前是乡,现在是个大镇,因为除了原来乡镇的规模外,还有省级的五河经济开发区,南洛高速在这里也有出入口,这就使沫河口镇的模样变得较大。

22年前,即1991年3月6日,我背了个小包,里面放上牙刷、毛巾、本子、钢笔,从合肥出发,到蚌埠市,再转农客,傍晚来到沫河口。那时的沫河口,还只是五河县的一个小乡,一条老街、几排平房,朴素得很。中国农村乡镇的住宿,一般都经历了一个起伏的周期,即20世纪七八十年代改革开放初期,各乡镇除政府招待所和供销社办的招待所外,还有一些私人旅社,住宿是一定没有问题的;但从20世纪90年代中期开始到新世纪第一个10年的中后期,到了乡镇,住宿往往会有问题,甚至找不到住的地方。乡镇政府招待所和供销社招待所不办了,私人旅社也很少,因为打工外出的人越来越多,乡镇处于衰落状态,另外,路修得更好了,交通越来越发达,人们办了事可以离开,可以不在当地住宿。近些年,许多乡镇经济开始发展,乡镇规模变大,外地在本地的常住人口增加,在城市赚的钱开始回流,自助游、看野景、吃土菜的也多了,于是乡镇的新宾馆又陆续出现,这些新宾馆仿照城市的快捷酒店,条件比以前好多了,当然,价格也增加许多。

1991年春,我住在沫河口乡招待所的平房里,那时的房屋都是接地气的。也没有什么单间,一个房间里至少有四个铺,有的大房间里有十几个铺,热闹得很,有工厂采购员,有企业推销员,什么人都有。住好后到街上转一转,看见乡里的新华书店还开着门,进去,隔着柜台,伸脖子看柜台里书架上的书,突然发现有人民文学出版社出版的《封神演义》,在这么小的地方,还有这样的书,真让人激动,文明和文化真是无所不在。这也是不考虑经济效益的计划经济的益处吧。请营业员拿出来给我看看,上下册,定价6.10元,相对于当时的物价,并不便宜。但不由得就买了下来,只觉得能在这偏僻的小地方买到一种"名著",感觉特别不一般。在我的请求下,营业员在封底盖了销售章:五河县新华书店沫河口门市专用章。拿着书走完小小的街道,一直走到野外。顺着乡村土路又往前走一段,直到村庄和树木在视线里模糊下去,才返回乡政府食堂吃晚饭。

沫河口乡政府食堂只有两间屋,晚上许多人都在那里吃饭。吃的是稀饭、馒头、萝卜丝炒白菜。坐的地方不够,大家都站着吃,有的站在门里,有的站在门外,夹一筷子菜在碗里,一手端着碗,一手拿着馒头,狼吞虎咽。饭后回招待所,认识不认识的,都互相说话,说过话以后,大家从哪来、干啥的,情况就都知道了不少。说着说着,有人睡着了,有人说得投机,两三个人聊起来,我就开始看刚买的书,看困了,就枕着小包睡去,一觉睡到天亮,一夜也不起来。

前几年再到沫河口,记忆里沫河口的印象,一点都找不到了。沫河口东距五河县城40多公里,到蚌埠反而近,只有15公里左右,306省道东西向穿过,沫河口镇的建筑大多在306省道和淮河干流之间。北淝河从沫河口镇镇西,呈西北东南向转南北向入淮。在淮河的淮北大堤上,建有北淝河拦河闸,或称节制闸,闸上的名称,是"北淝闸",而不是"北淝河闸"。从节制闸到淮河,大约200米。

北淝河入淮河道也不宽,用成年人正常行走的脚步丈量,也就不到50步。天晴气朗,野草生发。蔚蓝天空中不时传来战斗机飞过的声音。站在节制闸上往北淝河入淮口看,北淝河水和淮河水都是清的。北淝河接近淮水的水道上,有一张连接两岸的大网,起初是架起在水面上的,可不注意的工夫,它已经被放到水面下了。是的,节制闸已经把水路节制住了,但用这种方式,再一次把鱼路拦住,看上去总是不好的。我走下节制闸,走向"三河口"。河滩地里有人放着一群黑白相织或绛白相织的山羊。狗在河岸边一处临时棚屋外叫起来,算了,我知趣地撤退吧。

以节制闸为起点,上溯北淝河。省道306线和淮北大堤之间,是沫河口镇的一部分,多有房屋和菜地。菜地是农民和有乡村生活经历的人的厚爱,不仅能解决部分日常生活的需要,还能找回逝而不返的人生经验。上S306线西行,再右转顺北淝河西堤西北行,进入龙庙村9队。"这条路能走通吗?"我向两位村民问路。"能走通,你按这条路走就照了。"桃花快败完了,绿叶占据了桃树上的优势,显得十分抢眼。村屋前后有豆秸垛,有芦柴垛,说明这里有大量黄豆种植和芦苇生长。

过了龙庙村,淮北平原就展开了。五河境内的这段北淝河,河滩较宽,但水量不大;河堤也较窄小,又是土埂,倒还平整,雨后是一定行不得的。堤上的树大都挖去了,因此视野很宽阔。河堤两边都是冬麦田,小麦现深绿色,已经开始拔节了,一些白色的蝴蝶在麦田上飞,不知它们能生出哪种"害虫"来。阳光暖照。一只很大很大的野鸟,站在麦田埂上晒太阳,当它起飞的时候,从附近的麦稞子里又起飞了一只大野鸟,它们相继飞到浓厚的麦田中心,落入麦苗里不见了。河堤外的洼地里,芦苇从去年的枯秆中挺出了嫩绿色的新芽,形势相当喜人!

高速公路大桥斜跨过北淝河。河道里仍然水浅滩长,时而有小机船的嘭嘭声在河滩上放大了传来,另有小渔船在水里撒网捕鱼,但不知道还能不能捉得到鱼。一群鸽子昂首挺胸、精神饱满地在河堤上走,车轮慢慢地快滚到它们跟前了,它们才不慌不忙地起飞,但往前飞出不远,又落在堤路上了,真有它们的!河道不宽。满眼都是庄稼,就显得很有人情味。可是河道里又出现一张能把整个河道都拦起来的大网,这就真不好了,真惹得人想生气了。杨树开始出现在河堤上,杨树的叶子嫩褐色,它们的荫凉现在还遮不住路面。一位结实的中年农民在路上摆弄手扶拖拉机和其他机械,把路占住了,我悄无声息地停在稍远些的地方等他慢慢调整,毕竟我是闲人,他是忙人,等他把路上收拾干净之后,我才过去。一大群白绛相间的山羊,连绵不绝地过北淝河前方的一座桥,野外无人打扰,真壮观！真有画面感！

淠河中下游及河口

仲春的一天,清晨即从合肥出发,赶早前往淠河及淠河入淮口。

由长丰吴山出口下高速,再沿省道"石吴路"西行,过吴山镇、刘岗镇、炎刘镇,从茶庵镇右转,北行,经石集镇(安丰镇)、保义镇,从十字路集左转西行,数公里即到著名的安丰塘。沿安丰塘北部大坝一直西行,进入安丰塘镇,继续西行,过板桥镇,到迎河镇,就到淠河了。

这一天恰是清明节,油菜花开放,冬小麦葱郁,路边的小学校外长满了发芽的树木。江淮熟,天下足。但在长江、淮河、大别山,直到黄海之间各地细细观察,除苏北沙土地和黑壤外,安徽的江淮微丘部分,多为发白的板黏土,并不肥沃易耕,相比淮北的平原沃壤和沿江平原肥沃的稻田土,江淮农耕条件似乎并不占优。但淮北平原易涝,特别是南宋以后水系紊乱,江南山地多,耕地少,沿江平原面积有限,易受涝灾,江淮丘地也是有它面积广大、耕地多样、宜麦宜稻的特点的。

清晨的田原里有薄薄的轻雾。从早晨到下午,田野里祭祀的人,一直都能看到,耳边的鞭炮声也几乎没有断过。公路附近的坟茔,一定会有人烧纸、放炮,或已经有过烧纸、放炮的遗痕,或置有花圈、花环,或还正冒着青烟。这时候我总是再次想起唐朝崔护的人面桃花诗,想起他的《题都城南庄》,想起人生的某种惆怅。人面桃花的互文用得真好,以人面代指情意中的她也真是佳笔、绝词,另外,清明时节的背景,也甚有深意。

我也会稍带忧虑地想起清明节祭烧时常引起的火灾。这样的祭烧自然是陈旧的。但所谓慎终追远,对普通人而言,需要相对固定便于操作的仪式。这种仪式在社群中有共识,也得到大家的认可,没有看得见摸得着的新仪式,就无法取消那些看得见摸得着的旧仪式。有独立思考的人可以有多样选择,还可以创造个性的仪式,甚至能够接受和使用心理的仪式,对这一小部分人来说,不存在达成广泛共识的问题。

这一路东西的方向,都是江淮分水岭地区。所谓江淮分水岭,又叫江淮丘陵,是秦岭和大别山向东的延伸部分,也就是横亘于安徽中部的一系列微丘低山。如果下雨的话,一部分水向南流,进入长江;另一部分水则向北流,进入淮河。我现在走的这条线,基本在江淮分水岭以北,因此属于淮河流域。从石埠咀(这个"石埠咀"的"咀"字是老的地图用字,新地图上都标为"石埠"。"咀"是"嘴"的简化字吗?"石埠咀"和"石埠"相比,"石埠咀"这一地名,可能更原汁原味,更接近或符合当地人的称呼,也更贴切形象)过西淝河,这里有寿县殡仪馆,馆前的空地上,早早停了许多来祭祀的车辆。

茶庵镇是个拐点,据说这里有楚末考烈王的陵墓。这似乎有较大的可能性,毕竟楚末的都城就在离此地不远的寿春(寿县),但此行未能前往寻找。到茶庵镇后,道路北拐。再由十字路西行,很快就到安丰塘了。茶庵和安丰塘之间,地势低洼,路面时常雾气浓郁。这并不奇怪。路的东边是瓦埠湖,路的西边是安丰塘,都是存水的地方。安丰塘北岸的道路其实就是拦湖坝。坝上垂柳依依,湖面波光粼粼。

安丰塘是距今2500多年前春秋中期楚国的水利工程。安丰塘镇则紧邻安丰塘,在安丰塘西北角,下了坝路,进入镇里,镇并不大,镇上有一位中年妇女,推了一辆简单却看上去十分耐用、实用的木制独轮车,不慌不忙地在镇上走,显见是一种悠远的古风,让人慨叹。穿镇而过,继续西行,约千米之外,似乎就是板桥镇的区域,路两边的农舍前,堆满了青席和一种发青的硬草。当地的男人正站在门前的平地上吃早饭,请教他席草和席子的事,他却只管席叫"草席",管草叫"席草",却说不出来席草的学名。原来板桥镇是国家的草席基地,草席是板桥镇的特产、名产,这里草席的牌子,就是"板桥"。

从板桥西行,到迎河镇,就可上淠河大堤了。呵,在迎河又见到一个中年的男人,推了个木制的独轮车,踽踽地行着。在这里,这好像真是一种化石般的古风呢。淠河的东堤由沙土堆成,堤上有砂石硬化路面,曲里拐弯,一路奔北。淠河有宽阔的河道,却只有浅窄的河床。这是上游拦蓄的结果。淠河的上游分两源,一源东淠河,一源西淠河,两源都有知名度极高的水利设施。西淠河的建筑或水利设施叫响洪甸水库,东淠河的建筑是佛子岭水库和磨子潭水库,都是内涵丰润的库名。

东西两淠河出大别山后,在大别山边缘一个叫"西河口"(或叫"两河口")的地方交汇,形成淠河主干,北流入淮。"西河口"这一地名,并不为所有专业图文资料接受,有些图文资料对这一地名的标记为"两河口"。从词义上看,"两河口"更准确,因为是两条河,在这里是东西溮河的交汇处,但这也有可能脱离社会实践的独特、丰富和真实,是书面标记的一种狭解或误读。但有的图文资料将其标记为"西河口",也容易让人认为这是"两河口"的笔误。毕竟"西河口"看起来不贴切,叫人摸不到头脑。不过,有一种解释似乎令人信服,说这个地方,叫"西两河口",这个"西",是与其东南数十公里外的东河口相对的。如果"东河口"也是两河相汇处,叫"东两河口",这就"工整"了。但又可能"西两河口"的"两"根本就是误读后的增加,两地本来就一个叫"东河口",一个叫"西河口",本来就"对仗工整",是后来的因素搞乱的,也未可知。

嘿,有时间去东西两个河口当地走访一通,向当地人请益一番,这问题不就迎刃而解了吗?但也未必。因为语言和地名都是动态的、变化的,而散众在微观和中观视野里又是极弱势的。当地人口中的地名是一回事,社会管理的强势、专业定义的定势、外来意识的潮势,都可能改写地名,久而久之,新旧的更迭,就成为现实。这不,这些图书资料上的标识,不就是个明证?

顺溮河东岸大堤曲弯北行。30多年前我数次到过溮河沿岸的不同地点,那时写了散文,记叙当时的行程和心情,题目叫《月亮升起》。

溮河下游的沙洲很多,沙洲上站着白鹭,河道不能通航。溮河的东河堤弯曲得更厉害了,有时河堤并不与河床共舞,而是远远地拐个大弯子,在河道与河堤之间划出很大很大的河滩。河滩地里长满了冬小麦,但它们能不能成熟、收获,都是未知的,与人无关,与天有关。S310线在溮河上有公路大桥,叫大店岗桥。

穿过这一省道,仍在堤道上北行。淠河河滩宽得不再能看见水流和河床。大堤道路的对面,有一位老农民,骑一辆极其破旧的自行车,车后座上带着一个和他差不多老的老婆子,逆行而来,令人温暖!我把车停在路边,目视、礼让他们过去。

由于较长时间看不见淠河河流,我内心焦急。后来逐渐又看得见河流了,可我不能肯定这就是淠河,于是在大堤上见人就问。问了一位牧羊的老妇,问了一位对向骑自行车而来的中年精干农民,又问了两位在大堤上行走的中年妇女,他们都不知道这叫淠河,而把它叫沙河,并且都知道这条河是一直从六安山里下来的。我一直往前走。过了一个渡船码头,又过了一处挂牌写有"寿县河道管理局清河口管理段"字样的破旧院落。前面不远处就是正阳关了。我知道我走过了,于是掉头往回走。

回到能隐约看见两河相会的河堤段。我又请教了一位走过去的中年妇女,她说,这就是"三岔河"。噢,我站在大堤上往远处的河滩里使劲看。不错了,清河口就是淠河的入淮口,这也就是那位妇女说的三岔河。淠河入淮口附近的河槽倒不很宽,但堤内的滩地十分宽展。河口也是开放式的,没有拦河坝闸,汛期洪水上来时,淮河的水也可以漫上淠河河滩,并尽力上溯。有条件的地方,减少人工的干预,感觉是舒服的。

我跑下淠河大堤,跑到河滩麦地之间的小路上,一直跑到淠河河槽旁,从这里看得清楚淠河流入淮河的情景。水的确不是太浊,可是不居高临下,基本上看不出什么特别的东西来。只是离淠河入淮口100米以上,河道被各种拦网拦住,真是的,这又是叫人不怎么高兴的事情。我在河流附近扮演的,都是所谓的

"生态角色"。当我扮演社会管理角色时,我就不一定会这么想,或一定不会这么想。

我回到河堤上,拿出一个苹果,看着下面的河口,用矿泉水洗洗吃掉。我离开溮河大堤,穿过村庄,驶上310省道。路修得很好,也较宽坦。路过一个叫建设的小镇时,我忽然又看见一个接近中年的男人,推着一辆木制独轮车,正向前走着。我有些感叹。可能旧楚都这里,确还有古风在民间。我们平常不怎么注意罢了。

数日后,我又走了一段溮河西岸。溮河西岸与汲河流域相邻,由S310东行,过东湖大坝,过罗岗,很快就到了溮河大桥。从桥西的沙土路绕至桥下,右转,沿大堤过溮河沙场,一路南行。开始路较差,许多公里以后,至民生闸,大堤上出现了宽约2米的水泥路。顺水泥路前行,路况好太多了,却也快不得,因为溮河西岸大堤弯曲度较大,无法快行。

离S310线较近的溮河西岸大堤与河床之间宽度很小,经常堤岸陡下,下面即见河床。但过马台子村后,河滩就逐渐宽阔起来。大堤上村庄不断,这使河堤上显得不干净不利落,却有了人气民风。有的屋门里外有妇女在说话、捡种子,有的农舍前有男人用很长的竹竿绑上镰刀,伸到十分高大的香椿树上去够香椿芽,还有两个很老的男女和一个50多岁在他们跟前就显得很年轻的男人,斜坐或半躺在堤坡的草地上说话。过了老台子,又过刘台子村村部后,河堤外的细竹林突然多起来,起初是一丛一丛的,后来就变成大片大片的了。竹林几乎把堤路的西部遮挡住,形成了竹墙,幽然而清寂。在中国文化中,竹是高雅的元素。在苍绿的竹墙边走,总感觉有一种纯净人心的东西始终存在。河滩里的麦田也渐宽广,树林又取代麦田铺陈在河滩里。眼里的景色,旧貌换了新颜。

汲河中下游及河口

六安固镇是个大镇,街里的路修得宽坦,也不脏乱。清晨微凉的风中,在街角的早点店里买两个糖糕,边走边吃着,看到一条街,许多卖菜和菜种、菜秧的,不由得就趸了过去,望见农民地摊上卖的菜秧有:红芋秧(有红心和白心之分)、辣椒秧、西红柿秧、黄瓜秧、刀豆苗等等,买了几棵辣椒秧和一棵红芋秧,离去。

紧挨着固镇镇东有河,有桥,这是西汲河的桥。跟着路再往东行,到小河沿,那里则是东汲河。顺着西汲河西河堤北行,这一段挨着固镇镇,因此堤防做得好,堤上有水泥路,路右还有一米多高的水泥防洪墙。河水较浅,河床不宽,但河右却无河防,都是滩地,想必汛期那里都是漫水滩。

出了镇,没有了防洪墙,河里河外的情况,看得更清楚了。满眼里树的嫩叶是田野里的主色调,新长出的嫩叶也大致上可以勾画出村庄的轮廓了。路边的油菜花零落下去,蚕豆花正盛开着,甚至还有白色的豌豆花也在盛开。河床切下去较深,有载两人的小渔船从水里划到岸边,岸边有一人接应,提了一包状似水产的东西往 间房子里走去。河道应该不能通航,因为有时候看见河道里有河埂,几乎阻断河流。也可能在河堤上看不到的河滩地里,也就是东西汲河之间,另有河道,那里能通航小船?

都说不准。

从河南三河尖到安徽正阳关,东西百十公里之内,有四条河从大别山或大别山边缘流入淮河。由东而西,分别是淠河、汲河、沣河和史灌河。因此夹在中间的汲河与沣河,流域面积都狭窄,东西宽一般分别只有二三十公里而已。

顺西汲河西河堤北上,很快就到了一个叫三岔子的村子,东汲河和西汲河就在这里合流,但在河堤上却看不见三岔河口。这里的河堤都是沙土堤,堤外的地也都是沙土地,堤上有不少土坯房,也是沙土的颜色,这是黄河留下的历史信息。三岔子以下的河道转弯处有小渡口,从堤上回望,小渡口似有木制的小栈桥,颇有国画风。这一段水面不宽,河床下陷,自然形成的河道,极度弯曲。河滩地里不是麦地,而是一圩一圩的稻田,显示出农作的地域特点。

沿河堤一直北上。堤路到大堰沟村后,不再通行。我在比一车稍长的两座堤房之间掉头,引得一位50多岁的妇女从屋里出来,想帮忙又插不上手地站在门口焦急地看着。我掉过了头,她也松了口气,我和她说了一会话,问了路、河、村的一些情况,然后原路返回,下河堤转乡道至砖洪集。

砖洪集的汲河大桥叫砖洪大桥,从桥上看,河面宽约百米,河道曲弯,堤里多宽滩草地,朴拙得很。汲河从此地北上,过老三流集,穿湖而过,河湖共道,叫城东湖。所谓城东湖,是与霍邱县城西边的沣河河面放大形成的湖泊城西湖相对的,县城东边的叫城东湖,县城西边的叫城西湖。

城东湖无堤可走,我从砖洪集东行至花园镇,左转进入013

县道,北行。县道正在大修,十分难走。沿途过社岗村、迎龙村路口、元角村路口、塔隐村路口、南汪移民村、王岗村、中心店村、江嘴村、桥口村、孟集镇、徐郢村、大树村、郭圩村、洪碑村、王祠村、龙王陵园墓地、潘集镇。

由潘集镇中心左转,6公里可到城东湖湖畔。沿途的湖地里,正在拆除农房,大搞家田水利建设。也是的,这里地势十分低洼,总是有水患之忧,还不如退村还田。水真的大了,庄稼淹了只是经济损失,没有人员安全问题,就没有社会和道德隐忧。这时的湖水较瘦枯,但湖畔的小蠓虫极多,成团结阵的,在湖岸距地面1米高的地方移动,发出震耳的嗡嗡声。黄泊渡在湖对面,看过去对岸的高坡上房屋层密,还有金属高塔矗立着。

返回潘集镇,左转上013县道继续北行,过王郢村、韩郢村,从左王村三岔路口左转至罗岗,进入310省道。沿S310西行,1公里左右即见城东湖大坝。城东湖大坝又叫东湖坝,这条大坝,也是淮河南岸大堤。整个淮河南岸因为较多低山小丘,所以像淮河淮北大堤那样完整连续的大堤不是常态。东湖坝右麦田滚滚,坝左是城东湖的浩然水面。再1公里左右,是城东湖,也就是汲河的拦河节制闸,闸上有"城东湖闸"字样。闸右即为汲河入淮尾闾。

过汲河节制闸西行约500米,有路右转进入汲河尾闾流域。东北行,过断塘村小学、断塘村,至花庵村三岔路口。右拐东行,约2公里,至赵郢子村代销店,左转北行,再右转东行,出村即进入淮河和汲河河口滩地。

赵郢村在一片高地上,从村东口处远眺,只见阳光平和,春风劲抚,麦浪翻滚,原野似乎荒阔无边。村口有一位牧羊的老头,热情地告诉我,前面的三河口叫溜子口。他还追着我补充说,河这边是老溜子口,新溜子口在河对面。哈,谢他! 河对面,那是颍、淮之间的唐垛湖了。

出村后东北走,路边一片片青草,一片片黄色、紫色或红色的野花。鸟在无遮拦平展宽阔的河滩地上鸣叫。河滩上的冬小麦已经开始抽穗了,季节走得可真快! 汲河岸边长满了芦苇的新芽,还一丛丛地长着紫云英呢,紫云英都开花了,紫白色的,很见得诗意! 汲河边一位牧鹅的20岁左右的村姑,又指点我汲河和淮河交汇口的具体位置。汲河在这里是东北的流向,并一直东北向流入淮河。

站在溜子口看汲河和淮河。水都略显清黄,淮河也不比汲河宽多少。所谓的"溜子",是方言,在淮河流域,大概就是河中较快或较大的水流的意思。"溜子"和"口"组合起来,放在这里,很是贴切。河岸上有两个女的,骑一辆电动车,等汲河对岸一只较大的木船上下来一个中年男人,摇一只小渔船送过来一只鼓鼓囊囊的尼龙袋。尼龙袋不重,是轻的,她们把尼龙袋放在电动车的踏板上,顺着麦地里的小路开走了。

我吃了一个苹果,喝了点矿泉水。这里只剩下我一个人。不过还有鸟,还有风,还有汲河、淮河,还有对岸的渔船,还有冬小麦。

史河中下游及河口

史河上游大别山区有20世纪50年代兴建的梅山水库。那是一座高耸的大坝,从上面看,或从下面看,大坝都高得有些吓人。水库以下直线约 2 公里处,就是金寨县城。从 20 世纪 80 年代起,我仿佛无数次去过金寨县城,在不同的季节,因为各种各样的活动或者会议。有一年冬天,我们早上被主办者带到宾馆对面离史河不远的一家早点店吃早点,有油条、米饺、粥等等,这是那个年代很费心思很受重视的一种接待了。又有一年夏天,我们夜晚住定后,成群结队到县城里的史河大桥上散步、吹风,大桥上竟然还有不少人钓鱼,漆黑的水面,什么都辨不清,他们似乎只是凭感觉在钓鱼,真是本事!还有一次,春天,我们被车从县城运到坝旁,然后步行穿过大坝,从坝东下坝,转了一圈返回县城宾馆,看着满山的映山红等春花,又有许多人边走边说话,也不觉得累。

金寨县城窝在梅山水库下面的山冲里,似乎既没有发展空间,又有决水没顶之虞,所以现在的新县城,已经搬到县城以东数公里的冲外去了,是一片新的面貌。

史河离开梅山水库,基本向北流,出山后到豫皖边界的叶集镇,北偏西流入河南境内,至固始县城东、沙河铺西,再北偏东流,在固始县蒋集镇栗园村纳灌河,称史灌河,继续东北流,由皖豫交界处的三河尖、陈村入淮。从叶集镇到三河尖,直线距离,在 90 到 100 公里之间。

叶集有 339 省道穿过史河大桥通往河南省固始县的陈淋子镇。从大桥上看史河,这里的史河河道似乎已经支离破碎,弱瘦的清水在河滩里无数的沙丘、沙岛、沙洲、沙滩里择路北流。

清晨的太阳在桥东叶集方向壮大的杨树梢头升起。这是 4

月中旬的一天。下史河大桥沿史河东岸大堤北行。堤左的河滩里有吸沙船,也有三位当地晨练的中老年男人,正面对河水,摇头扭腚,还有一位中老年妇女(由于说不清年龄,用"中老年"这个词替代,倒也还传神),正空着一双球鞋,快快地从大堤上下到史河河滩里去。许多狗狗也在河堤上遛弯,有的狗狗跟着人,有的狗狗就是自己来的。呵呵,到处都是沙土和沙子啊!堤下一条路穿堤而过,下到河滩里去,在堤上的"十字路口"旁边,有人建了一座小小的一米多高的土地庙,庙上还扎着红绸子布。

堤右的堤下现在是一个接着一个的小型木材厂,空地上都摆放着白花花的树皮或加工过的板材。20世纪80年代末我在叶集的史河旁转悠的时候,那时候的堤里堤外可不是这样的。史河我来过多次,有两次留下了文字。第一次是20世纪80年代末。

呵呵,毕竟许多年过去了,没天翻地覆,这应该算是小的变化。

沿河堤北行数公里,下穿沪陕高速史河大桥,继续北行不远,堤路即右转下堤,数十米后进入312国道。至少从这里至河南省固始县黎集镇和石佛镇之间,史河东岸没有堤防。为什么没有堤防?肯定是没有提防大水的需要。由此至固始县城,国道312线和史河相邻而行。沿G312北行,左手是史河,由于村庄、树木的遮挡,只偶尔能看见河滩和沙堆,右手是农田、树木、村庄。由312国道642碑始,过茶棚村、长湖村、长兴村、毕店村、红石桥村、插花新型社区、插花村,即到黎集镇。

哦,记得多年以前在黎集镇312国道边的早点店里买了两个糖糕吃,可没过一个小时,就开始拉肚子啦,哈哈。从进入黎集镇的第一个十字路口左转,沿街道西行 500 米,是老村,从破旧的房屋缺口处,没有堤防,即可看见史河河滩。顺老村北行,至黎集镇老街。整个黎集镇的老街都是建筑在岗地上的,老邮局所在的地方在最高处。很多年前我到这个邮局盖邮戳,从低处一直走到老街岗顶,很有要从这里过岗的味道。可岗头老邮局这里已经旧落了。这是中国发展过程中一个必经的阶段:先厌弃旧的,建新的;以后再喜欢旧的,控制建新的。这都是不可省略的阶段。黎集镇西的府西新村建在离史河不远的岸地上,此地岗丘起伏,看来确无史河水患之虞。

回 G312 线,继续西北行,出黎集镇,数公里过董大桥,西转 600 米直抵史河滩里的"中心沙场"。从 G312 线,到水边,坡降甚小。走到水边看,水很清。眼里除了水,都是沙土和沙子。看起来,河沙这种资源的获取太容易了,直接吸来挖走,即可创造财富。回到 312 国道,过卧龙集、龙潭村、松山村,一路行过,满眼尽是绵密树荫,平坦田地,气氛浓厚,颇有世外之意。走石佛店镇、余庆村、柳沟村、河湾村、柳树店乡及柳树店村。距柳树店乡数公里处,离开 312 国道,向右前方北行。过老朱家村、莲花社区、砖井沿村,向七一三岔路口右前方,即北偏东行。这条道可真烂,尘土飞扬。过幸福、腰庄、黄土。油菜花已经落尽结荚。

依然在河南省固始县。从庙庄村左转进入水泥村道西偏南行,渐正西行,不远就接近夹河村。夹河村村东有老桥,原来这里是湖地,水、沙丘、沙洲并存,只见潴水清冽,麦田蜿蜒,树木起伏,草丘平缓,风格古典苍劲。水岸往往陡峭,露出两三米深纯粹的沙土层。当地人告诉我这是老沙河(史河)河道,上头堵死了,河道废了,水都从西边不远处的"小河"河道或另称"夹河"的那个河道走了。

从村西口水泥路上史河河堤,右转北行。左边河滩宽阔,杨树稠密。杨树的里面,隐约看得见清蓝色的河水和白色微黄的沙滩、沙洲。行不多远,只见前方堤上似乎有房屋显现。我缓缓前行,听得耳畔风声、树声,时高时低,或近或远,从未寂然过。感觉清新微凉,眼中阒无一人。哦,近水远人处,真多有世外桃源呢。左手堤下的杨树林出现松动和空缺,杨树减少的地方,显出一大片低洼地,低洼地长满了伏地的野草,野草里成片成片地开着粉红色的野花。低洼地与史河之间,隔着一个长形的丘地,丘地上长满了杨树,因此从河堤上俯瞰,只断续和隐约看得见清蓝的河水、宽阔的河湾及长远的沙洲、沙滩,却看不真切是否有他水来汇。右手堤下有户人家,敞开着门,见不到人,没法问路。

我停在河堤上,心想,不如就从这里下去,去水边看看,看灌河到底从哪里汇入史河,真到了夹堤的村子里,反而不方便。我找了一条下堤的小路,一路踏着野草和野花,下到低洼地里。野草茸茸,野花密密,前方杨树林里鸟啼起伏。真想在这里躺下,享受一份安宁和悠远。还是走上了沙丘,走到了河岸上。站在迎风处往河床和对岸河滩里看,河道从南方蜿蜒流来,又往北方流去,对岸的河滩和有树的河堤却似乎远得很。

我还是看不准史河和灌河汇流处在哪里。正在这时,却看见右手,也就是北边的沙土滩上,有一个男人,向这边走过来。

他越走越近,看他的面相,40岁左右,穿着一身蓝中山装,手里捧着个收音机,像个闲人的样子。我想,正好,困了就有人递枕头,这里没有第二个人,正好向他问问路。他走近了,我就问他:"请问大哥,这里的两条河交汇口在哪里?"他说:"你说啥子?"我说:"就是三河口,这里有个三河口,在哪里?"他从我身边走过去,但也不走开,在我南边十几步的河岸上站住。他现在听明白了,回我说:"就在前头。"我说:"在哪前头?有多远?"他伸手指了指他走过来的方向:"就在前头。"

我转脸向他指的方向看,那里有一大片沙土滩,伸向河里,河里有一只淡红油漆的小木船,泊在沙土滩边,可能是哪个渔人的,无人的野河边经常有这样的小船泊着。我噢了一声,又问:"大哥,堤上这个村叫什么?"他说:"汪营村。"我说:"汪营村?汪营是哪两个字?"他说:"我又不识字,不知道哪两个字。"我一时无语。看他也有些奇怪,这里又没有人,没有物(动物,例如牛羊类),他也不像从这里经过,要去前方的样子,他就捧着个收音机,站在离我不远的河岸边,听收音机、看水。我有些猜不透他,不知道他是干什么的,为什么闲在这里。于是我离开他,向他来的地方走去。慢慢地,抬起脚走,怕沙土或沙子带进我的鞋里。我一边走,一边低头仔细观察脚下的沙滩。原来河滩里的沙土和沙子是混在一起的,有时看到的大多是沙土,有时看到的又大多是建筑用的沙子,也许它们是需要分离后才能沙子是沙子,沙土是沙土?我现在没法彻底弄清。我一步一步地走过漫长的沙土滩,走到伸入河水里的沙土滩的嘴上,站到闲泊着的小木船边。

哈,站在这里,正可以看清灌河从西南方向流来,流到我所站的沙土滩嘴对面,和史河交汇。哦哦,河口总是一个让人激动人心的地方。因为情况发生了革命性的变化,事物的性质完全不同了。我痴迷地看着两条河的交汇。灌河是淮河的二级支流。灌河比史河稍小,两条河的河水都是清的,到底都是从大别山里流下来的水,没有一点杂质,再加上黄河运来的沙土的过滤、沉淀,水质就更好了。河对岸的远处,是呈条状的树行,那是对岸的河堤。隐隐听得见鸡啼声和狗叫声传来,很遥远的感觉。不由得让人想起老子的那句话,鸡犬之声相闻,老死不相往来。不知道这史灌河两岸的人,来往得多还是不多。

正着迷地看着,傻傻地想着,忽然发现那个穿蓝中山装的男人,捧着收音机,顺着沙滩的那边缘,又走回来了。我觉得他有点碍着我的事了,有人在身边不远的地方监控,就不能那么放肆地体验了。我就装成要离去的样子,转身往河堤的方向走。走了没几步,我发现他见我要离去,也改变了行走的路线,不是往我这边走来,而是从沙滩的外边缘,走到较远些的杨树林外的河滩小高坡上,坐下听收音机了。于是我又回到沙滩嘴上,并且登上了小木船,站在上面,静静地待了一会,才离开河边,返回河堤。

走了一段路后,我又回头去看那个闲人。他还坐在河滩高坡上,低着头,听着收音机。这到底是个什么人哪?我有些迷惑。这时,我看见他身后不远处的杨树林子里,有个"人"字形的小窝棚,我突然有点儿开窍了,这里说不定是个当地的小渡口,他说不定是个摆渡人呢。没错,一定是这样的,这是个合理的解释。面前的沙土地上也看得见一些脚迹和车辙印了。嗨,认为人家是个闲人,人家碍了你的事,倒还不知谁是闲人,谁碍了谁的事呢!竟还像登上无主船般登上人家的渡船!

上了河堤,那户敞着大门的人家,依旧不见任何人,听不见任何动静。继续往前走。没多远,就有房屋夹堤了。这还是汪营村。慢慢地从人家门口过去,看见一户人家的门口,一位50多岁的爷爷般的男人,坐在门口,在一个大竹篮子里剥花生,他旁边规规矩矩地坐着一个八九岁、穿一身红衣服的小女孩。嘿,这里是什么样的民风呀,那么沉稳,稳得住!突然又有一个八九岁、穿一身红衣服的小女孩,从对面一间房子里跑出来,见到车,就停住了,张着双眼皮的大眼睛,不慌不忙地看看车和车里的人,又不慌不忙转身走回屋里去了。这一定是一对双胞胎。

转过堤弯,进入直道,前方的堤路下,有几间红砖的旧房子。有两个穿蓝中山装的男人在堤路边的大树下,一个50多岁的样子,坐在一个小板凳上,头上戴着一顶蓝帽子,另一个竟是那位总在我周边"监控"的男人,他蹲在那位戴蓝帽子男人的旁边,有点依赖的样子,手里仍捧着收音机。两人长得相像。我想,这两位长相、穿着都差不多的男人,要么是父子,要么是兄弟,如果是兄弟,那这里的双胞胎还真不少,这很神奇。

离那两个男人10多米的地方,有上下河堤的土路,土路与河堤的交合处,立了个正方形的水泥大牌子,上书:柴营渡口。这里果然是个渡口。河滩里又出现大片大片紫红色的野草花了,有几头牛在上面,不知道是在吃草还是在吃花。再往前走200米,左手边的河堤上又见一个水泥牌,上面写着:

史河、灌河汇流处位置:蒋集镇栗园村固始县河道管理处

沿史灌河东岸河堤,北偏东行,过栗园村、段庙村,右转进入蒋集镇。蒋集镇至少有 4 座被涂成红色的多层大楼,十分显眼,这是个积极的迹象,比中国乡镇千篇一律传统的瓦灰颜色心动多了。过大营村,水泥路很好,约 1 公里后再上史灌河大堤。水泥路被换成了沥青路面。过秦楼村,从排灌站北右转下堤。冬小麦多起来了,也基本完成了抽穗的过程。走童庙村,童庙村也有两幢新楼房被漆成了红色,另一幢楼房被漆成了橙色。

过竹楼村。路两边的房子不新也不显得太好,还有些旧和零散,数百米长的路边却有路灯,不知道晚上会不会开灯。从竹楼村的十字路口直行仍向北,走军岗村、大桥村,在大桥村左转西北行,数百米后过史灌河大桥,到桥沟镇,右转上 S204。时而北偏东行,时而又东偏北行,过李湖村、油坊村、周营村、任营村、肖庄村、三河尖镇政府、常岗村。三河尖这里是中国柳编之乡,一些人家的门前,堆放着柳条儿。

到翁棚三岔路口左转北行,到三河尖。当地人说,这个"三河尖"是新的,老的三河尖在"下面",水淹的缘故,现在都搬上来了。继续北行或北偏东行,进入水泥撤退路。低洼地里的冬小麦长势都不错,杨树也成片成片的,除少数人工堆垒的土台外,河滩坦荡。七八公里后,看见一只小黄牛在麦地边的水塘旁吃草,水泥撤退路跃上一个庄台,庄台上一排排房屋,多为两层的楼房,都已经废弃,宽敞的大院外面,墙壁上的黑板还有字迹

依稀可以分辨,上面是"建湾村村务公开信息"等字样。庄台上一片荒败、静寂。我顺成排破损房屋间的路慢慢往前走,从两排房屋之间过去时,突然看见两排房屋之间的最东头,有一个穿着破烂、瘦弱不堪的老人,站在两排房屋之间,像是在凝神谛听新来的动静。

一眨眼间,我就过去了。前方已无路可走。我想尽办法掉头返回。再回到那两排房屋之间时,那位老年人已经过来了,站在离我 10 米远的地方,看着我,他头发和胡须都花白,穿着破旧,面无表情。这时我想到上庄台前看见的小黄牛,它和他一定是有关联的,这里可能也不再有第二个人,或第二家人。我想离开,但又觉得一句话不说也不妥。犹豫之后,我开口说,大哥,这个庄台废弃了,没有人住了?他好像没听清,啊了一声,快步走近前来,似乎想听清我说的话。

我有点担心,怕他是个不安全的人,在这里前不巴村,后不巴店,扯不清,于是赶紧往前慢走两步。他也放慢了脚步。我又说:"这里没人住了?"他点点头,说:"不住人了。"我也点点头,心里还有点警惕,嘴里不知道再说什么。他又想说话,又不知道说什么的样子,毕竟这里一定不会有多少外来人的。我想还是尽快离开吧。他还是那种恋恋不舍的样子。我离开庄台上的路,从撤退路上下了老建湾村庄台。

庄台下有一条泥土路,通往史灌河入淮口,但路太差了,不一定过得去,只好放弃。我照原路返回,麦地里有许多坟茔,还有水泥修建的坟墓,他们永远留在这里了,而其他人搬"上去"住了。离庄台约 1 公里处,右转西行,就是淮河的建湾渡口,淮河水清悠悠地东北流,渡口对面为安徽省阜南县郜台乡。回到撤退路,南行不到1公里,左转东行近1公里,是史灌河的三淮渡口。

史灌河在这里变得混浊了。东渡史灌河,已是安徽省霍邱县周集镇陈村地界。上史灌河东岸河堤北偏东行,数百米后即可俯瞰史灌河入淮口。河口所在霍邱县当地的村子叫宴子沟,"'宴'是'宴'席的'宴'",河堤上一位搬大秫秸(玉米秸)的中年男人肯定地告诉我。河堤下,淮河水清,史灌河水混,两河相汇处一边清,一边混,清混分明。两河河滩宽阔,数流相汇,很有点三角洲的意思,这是到现在为止,我所看到的淮河支流最阔大、最壮观的入淮口了。

当地人都叫史灌河为"沙河"。淠河、汲河和白露河中下游的当地人也把淠河、汲河、白露河称为沙河。这是因为这几条从大别山区流下来的河流,河床里堆积了大量的沙子或沙土。这是淮河南岸的几条支流。淮北发源于平原的淮河支流,沙土和沙子的量明显少于这几条河,一般也听不到人们叫它们沙河,按理说,淮北的支流受黄河影响更大、更长远。这些河道内的沙子到底是何来源?这是个有意思的问题。

离开史灌河入淮口沿淮河淮南大堤东偏北行。陈村到杨台子路并不好,杨台子以下就是水泥路了。陈村以下河滩宽阔,孙台子以下河滩宽阔得已望不见河床水面。至洪台子下穿济广高速淮河特大桥和阜六铁路淮河特大桥,东行数百米,从迎水村右转上G105,南行是霍邱县周集镇,北行是颖上县南照镇。我左转去南照,由那里上济广高速,返回淮北佬斋。

白露河中下游及河口

河南省潢川县黄寺岗镇,确在一个高岗上,G312线穿镇而过。地图上标示的地名是黄寺岗,而当地的标牌则既有黄寺岗,也有黄岗镇,不怎么统一。这在乡镇是经常有的情况,说明如果不是在高频率使用和高度强制认同的环境中——例如较大的城市——地名还是动态和不稳定的,有可能随着经济文化或人们习惯的变化而改变。

顺312国道西行,约3公里,有一个露水集叫官渡集。官渡官渡,历史上自然是官方认可或管理的重要渡口。清晨6点多,官渡集,G312线两边已经摆满了蔬菜、杂货和各种菜秧的摊子,进行交易了。由露水集留出的通道进入路南的小集,里面还有一条短小的新街,还有一个学校的分校。在乡镇的偏僻处,人们照样在热热火火、按部就班地生活着。

官渡集以西400米左右,是白露河大桥,叫官渡大桥,承重55吨。白露河是淮河上游南岸的一个支流。站在白露河官渡大桥上看白露河,只见水流窄瘦,缓滞不前。顺官渡集以东200米水泥乡道北行,道路比较狭仄,道路的两边,多见闲田,是准备插秧用的,这一天的气温有点低,但也确有些妇女,不超过三位,已经在地里准备稻秧、准备栽插了。

北行1公里后,顺一条运沙路左转西行,很快就能看见白露河的河床了。白露河东岸河堤在哪里?这里没有河堤。白露河在地面以下,从稻田中间的土路上可以直接走到河道里。返回南北乡道上继续北行。道路两边的农房显得零落不堪。河道西转,从道路上不再看得见它。路面够呛,坑洼不已。李营子北1公里处又见到了白露河。这里有老龙沟流往白露河,还建了老龙沟闸节制河水。附近有安静的水湾,较大的水面,水里多水草,看上去是钓鱼的好处所。走到白露河岸俯瞰白露河,河东岸仍无堤防,河道曲弯,水流细弱,河水也不甚清凌。河道里有人东西横拉了一道绳,上面拴满了五颜六色的气球,不知做何。

徐营子乡道逐渐比两边的农田高出了2至3米,看左边的河道,河岸与农田依然是平齐的,哦,这乡道也就是白露河东岸的堤防了?过李台组,水泥乡道右转而下,白露河东岸堤防真的出现了。白露河就在左手一侧慢流,河床里有细小的几股水,都不能通航。当地人也是把白露河叫成沙河,河道里偶有挖沙吸沙的机器和人,但规模比浉河、汲河、史灌河都小得多。女儿从美国波士顿电话告知,波士顿已全城封锁,搜索制造爆炸案嫌犯,学校关闭,市民不得上街。美国当地时间2013年4月15日下午2点50分,波士顿国际马拉松赛场发生连环爆炸袭击事件,造成数百人死伤。世界还是不太平的。但也不可能向传统农业经济倒退。这指的是经济形态。审美形态方面,农耕文明的审美,在我们的色系中一直是明丽的,是一种"源形态"。

白露河东岸河堤是沙土堤,像附近的村庄一样简陋。过万营子,简陋的白露河小土堤和右手堤下的村庄之间,聚集在一起生长的数棵槐树都开始打苞绽放了,白白的一树白槐花,真勾起人童年的梦幻记忆,真是喜人,不负执着。哦,哦,这是今天到此为止最让人激动的时刻了!一树白槐花,白槐花,槐花开放了,

槐花开放了,真是件值得庆贺和欢呼的事情!堤路难行,于是在杨营南下河堤,走杨营,路却更难走。路边做农活的当地人把白露河叫"白河",也对乡村道路的现状多有怨言,说,"村村通,村村通,俺们这里乡乡还不通呢"!过杨营后重上河堤。白露河现在变成了清水河,河边多见草地。北偏东再数公里后,河水深阔起来,可很快又被沙洲阻隔,水道曲弯不已。

由官渡沿白露河东岸北行约 10 公里后,到白露河集,由于这里道路颇不理想,因此白露河集显得极其偏僻。但接近白露河集时,河堤两边的树茂盛了,因此显示出了风光无限的样子。人气也旺盛起来。这一天是白露河集的集日,河堤的西侧是白露河,河堤的东侧是白露河集,房屋之间有一条不宽的便道通到河堤上。便道下到河堤里,河道上有一条用竹木捆扎而成的小桥,行人、自行车可以通行。人们络绎不绝地手提车推来往于白露河集与河西之间。白露河集并不是乡镇所在地,只是一个传统的集市。一条主要的"街道",南北向,"街道"两边的房屋都较简陋,显示出不大好的经济状况。太阳出来了,气温也渐次升高。赶集的人正兴旺,买菜的,交易菜秧子的,买日常用品的,颇似 20 世纪 70 年代以前的乡村风景。

从白露河集沿白露河东堤北行,堤岸夹束,堤里堤外到处都是杨树,基本没有河滩田地了,即使偶有面积不大的河滩,也高低不平,形不成田地。河床里也鲜见吸沙场。有些河段,看去仿佛就要断流,再往前走,才见小股的水,不知从哪里又转出来了。河堤上的路可真难走。泥堤深坑,只能以人步行的速度前行。不知不觉,河堤两侧演变、进化成了杨树的天下,杨树林茂密深厚,似乎阔远无边。

　　河上终于出现桥梁。从周寨过白露河,到河西的油庙,离开白露河河堤,顺乡道北偏东行。过潢川县橡栗村、上油岗乡、鲁寨村、岔路口,到淮滨县长沟村、周空村、张庄乡、刘营村,上淮河南岸大堤东行,过谷堆乡、孙岗村,到白露河大桥。

　　白露河入淮口尾闾这一段在淮滨县孙岗村和固始县朱大寺之间,是两县的界河。这里地形起伏,缓坡悠远,河流绵长,树丛和麦冬地彼此交替、映衬。上一年春天,我由东而西走过这里一次,那种原野况味的震撼,让我印象十分深刻。现在,我又在这一段来来回回走了几个来回。来去的方向的选择,会形成截然不同的印象:从东往西走,能够得到我以上的印象,从西往东走,则会有较杂乱的感觉。这面对的是相同的事物,可见路径和方向,是十二分重要的。

　　白露河流到这里,河水较深,也较清,河水大致束于两堤之间,少见河滩。白露河桥西的湿地里,有一头白猪在湿地里乱拱,不知它可是我去年看见的在白露河东岸的水边洗澡的白猪了。可能不是,谁会有耐心把一头猪养上几年还不卖去宰杀?可怜的猪。白露河大桥西大堤上有一座坐南朝北的超市,请教当地的村名,他说这属于孙岗村。而2006年人民交通出版社出版的《河南省公路里程地图册》,却在这个位置标示这个小村叫"白露河"。这也是有可能的。这个"白露河村"与潢川县的"白露河村(集)"并不冲突,因为两村分属两县。这算个待查的疑问吧。

　　由白露河西岸河堤北行,堤路东侧的水泥碑桩上写有"白露河左岸河道7"字样。数公里后到堤上的村庄吴寨9队,路转西北行,出村时堤路北侧水泥碑桩上写有"淮河右岸23"字样。这里的"左"和"右",都是面向下游时方位的区分。淮堤上的槐花都开了,雪白的一片。从吴寨村白露河大堤下入河滩,东向行。这是淮河和白露河及大堤之间的三角地带,当地人在淮河南岸和白露河西岸筑有小土堤,堤内土地肥沃,至少数百亩,种有冬小麦、油菜和大葱、大蒜、莴笋、蚕豆、辣椒等,淮河和白露河水大了,小堤内就没有收成,淮河和白露河的水不大,小堤内就丰收了。两只十分肥大的野鸟站在坟茔上,偶尔啼叫一声,给这里增加了一些野趣。

从菜园旁步行至河口,约2.5公里。白露河对岸有一排旧的红砖房。正午时光,有一个男人蹲在河对岸的河堤堤坡上,收拾一片他整理得光光的堤坡地,但不知他种了什么在地里。河道上有一张拦河网,是逮鱼的,可能过个把小时就要起一次,所以他一直待在河堤的堤坡上看着。对岸的河边还有两只小船,一只是木质的,泛木白色;另一只是蓝色的,是塑料的,可能他还兼有渡人过河的差事。感觉上他是吃定白露河了。

白露河入淮口并不起眼,水量也不算大,但河口呈现个喇叭口,有些特点。在淮河和白露河的夹角处,立着两个高度不同的水位尺。稍西边一些,立着一个大摄像头,后面的电缆是一直从吴寨村拉过来的。阳光暖热,青草和庄稼的温热气息和童年、少年时一样。淮河斜对面是安徽省阜南县的王家坝,濛洼行蓄洪区的入口门进洪闸高大崭新。

我开了一瓶矿泉水,洗了手和一只苹果。我们去马来西亚的时候,听说苹果在那里卖得很贵,因为当地不产苹果,就像我们吃榴莲和芒果一样,要进口,因此卖得贵。我突然发现,最近每次见到淮河入淮口后,我都会无意识地拿出一只苹果,用矿泉水洗净、吃掉,然后就返程了。这虽然是无意的,但似乎有规律,可能标志着一件事情的完成,或一个愿望的实现。

照例吃完苹果,我转向返回圩子里的菜园。

2013 年 4 月 30 日

百 水 归 淮

池河

池河是淮河的南岸支流,流域主要在安徽省定远县和明光市境内。这一带属浅山丘陵区,比肥东、肥西的微丘区,地面的起伏,要大许多。

暮春时节,冷空气过境,雨后的江淮大地,气温急遽下降。从永康下 G3 京台高速,上 S211,右转东行。5 时 30 分,天刚亮,还需要开小灯,道路两边的景物倒都看得清楚了。道路、麦田、小树林、较大片的树林、库堤的岸线,都修理得干净整洁、井然有序。11 公里到西卅店镇。这个西卅店镇,是因为距离定远县城约 30 华里而得名。我十几年前第一次来的时候,在邮政所里盖邮戳,邮政人员很热情,主动告诉我,这个"卅"念"sa",不能念"三十",只能念成"西 sa 店",不能念成"西三十店"。这给我留下深刻印象。这是地名文化。地名,专有名词,短短的几个字,但信息十分丰富,情况也可能十分复杂,细细探究起来,很有意思。比如巢湖岸边有个镇叫散兵,为什么叫散兵?因为楚汉相争,西楚霸王项羽跑到散兵,兵都跑散或散跑了,仅余少数亲信,所以后人把这个地方叫散兵。有历史的段子在里面。

沿 S211 东行,过新建村、十八岗村,3 公里后有岔路右转南行去东兴集。新建村和十八岗村之间,有一座太不惹眼的桥,这就是池河桥。站在桥上往下看,池河在这里似乎还不能称河,一条不到 2 米宽的河道,几乎无水,先顺着公路由西而东来,近桥时折向南,过了桥后又折向东。河道的一边是高低不平与田野融为一体的季节性的河滩,也就是个小草坡,长满了野草,或种植了树木,汛期水大了,可以走水,非汛期或枯水季节,就荒草萋萋着。抬起头朝北看,10 公里外的上寺地区,就是池河发源地,只见浅山朦胧、低丘起伏,树林和田地相互交融,雨后一片盎然的绿意。但一个人凭空很难找到源头的所在,因为你没法确定哪一条水沟、哪一道小渠就是河的源头。

从岔路口下 S211 右转南行,过下合村、东兴盐化工生产基地。池河或池河主源应该就在路的西侧由北而南流动,但看不见河流,看见的都是丘陵田地。8 公里后到东兴集,东兴集以前也是乡政府的所在地,不过后来就并到西卅店镇去了。合并后的西卅店镇有近 4 万人,按照秦汉时规定,万户以上县的最高行政长官称县令,万户以下县的最高行政长官称县长,西卅店镇大约可安排一位县令了。而原东兴乡只有 2000 多户,不到 1 万人的样子,这样的人口规模,就总是会被合并了去。不知道东兴集为什么这一天也是集日,我是说不知道为什么我每次下乡都能看见许多集市在逢集。人们冒着冷空气带来的寒风,纷纷身穿大衣棉袄等冬装,骑摩托车、电动三轮车或步行,前往东兴集。我也跟着凑热闹,顶着寒风,买了六棵辣椒苗,准备回家栽种。

池河在源头上寺至连江镇这一段由北向南流,但我想看一看流过东兴集这里的池河主源是什么样的,于是由东兴集临时右转西行,2公里后至南阳村境内。在村村通的水泥路上,大约200米之间,有三条南北向的小河由北而南穿过村路南去。其中一条较小,另两条小河蜿蜒在起伏的岗丘之间,看上去水草肥美,已有了河流的模样。但不明确这三条小河中的哪一条才是池河的主源。

返回东兴集,穿过愈来愈热闹的人群,沿沙石路继续南行。过万兴养殖场、曹李村,路口靠右手有水库,当地人称双河水库。左转经上李村右转西行,1公里后尚未至耿巷乡时,有小河穿乡道而过,这就是池河。耿巷乡附近的池河,有水的河槽宽仍不过2米,水流细弱,河滩宽20米左右,有些河滩地被开辟成为稻田,看上去显得稻田重要,是主角;而细弱的河道十分次要,甚至有些微不足道了。再2公里可到耿巷乡政府所在地。

池河由耿巷乡至二龙回族乡,这一段为东西流向。在S101肥东县响导乡和定远县连江交界处,池河由西向东穿流而过。河岸稍显陡峭,河道宽不足10米,桥西的池河,还有拦水坝挡住水流。桥东桥西,两岸杨树成林,麦田连片,相互交错,不见裸地,满眼里只是绿色茵茵。

顺省道101北行,至张桥镇右转东往,进入046县道。过东风村。县道上上下下、起起伏伏,风光无限。9公里后是二龙回族乡。路上有很大很壮观的伊斯兰式的牌楼。过中汤村、岗镇村,路边的村名牌上除汉语外,还有阿拉伯语地名,二龙乡也有些建筑上有伊斯兰式纹饰。这里的道路都被修得很好。从二龙乡沿村村通水泥路北上,约1公里后右转东行,再1公里后过池河旧桥。池河切入地面,水流弯曲,水道也略深,水量仍不大。

过桥至红卫村,沿三岔路左手北偏东行,行至岗深树密处,就到了虞姬墓。虞姬墓在岗顶,是一个大土堆,是这附近的地理最高点,墓堆草色迷离,周围阒静清寂,并无村庄人烟。顺游人走出的小道攀上堆顶,也不过10多米。站在堆顶环顾,周围南、东、北都是树木,能看得到树木后面的原野;西北方无树,视野更无阻碍。这里的环境起伏谧静,很是古朴,似乎还望得见淮河以北的平原,以及更北方的徐州,令人心酸。

这是淮南定远的虞姬墓。淮北地区宿(州)泗(县)公路南侧、灵璧县灵城镇东虞姬村,也有虞姬墓。这两处虞姬的墓地,似乎都有存在的道理,也并不冲突。传说灵璧的虞姬墓,埋的是虞姬的身体,而定远二龙的虞姬墓,埋的是虞姬的头。项羽从垓下带着虞姬的头直至江淮之间,才掘土掩埋,这和项羽败退的大方向是吻合的。

再回到红卫村的三岔路口。左转,东偏南行,不久即正向东行,过大施村,左转北行,走三官村,至大桥镇。池河在大桥镇已经初显规模,变得像一条河的样子了,河道变宽,河岸较深陡,河水渐深。点点滴滴的,池河流域显得意韵深厚。

由大桥镇过池河桥,北偏东行,这是和池河的流向相同的,过泗州庙村。这是个很有意思的地名,因为泗州城在淮北,不过历史上的泗州辖地,一度包括现在淮南的明光等地,泗州庙村距明光地域不远,不知那时候是否为泗州辖地。过永宁、马刘、回民、藕塘、曙光,从岱山镇左转上S311,西偏南行,过七里河村,7公里后到池河镇。

池河在池河镇已经成为一条大河的模样。河水由南偏西方曲行而至,过新建的拦河闸(S311线),闸名全称为"女山湖港灌区",北偏东流,数百米后过池河镇街里已经废弃的老池河桥,向北偏东方向的女山湖流去。池河镇附近的池河,能看到少量的吸沙船,河道看起来较深。

20世纪90年代,我到池河镇来,那时候池河镇街里的老池河大桥,还能通行行人、自行车、板车、小的机动车。我走到石木结构的老大桥上,站在桥上往下看,觉得池河和池河大桥都激动人心。大桥那么"古老",但十分"劲道",并且"高耸"在河道上,桥面离河滩很高,往下看时,有点心惊胆战。放眼看下游,河道曲弯,河滩宽阔,甚见野性。据说更老的池河桥叫杯桁桥,有一副对联很绝,叫"池河无水也可,杯桁无木不行"。那时去过池河镇后,见到滁州地区的朋友,我都会把话题扯到池河、池河镇和关于池河老桥的对联上,很有趣味。

4月20日这一天,是我老婆的生日,本来已分别记在手机上、记事本上的,但联想太多,此刻的我把老婆生日的事,忘得一干二净,直到晚上才向她祝贺。

时近正午,饥肠辘辘,见S311转三界的三岔路口有卖卤菜的,心中大喜,趋前买了两个卤胗:一个鸭胗,较大;一个鸡胗,较小。香味扑鼻啊!迫不及待边吃边行,十分痛快、解馋!

沿X042东偏北行。道路修得好。这里是定远县和明光市交界的低山高陵区,山道高低起伏,急弯多,坡道大,当地人说这叫"走山道",也是风光无限。有解放军背着装具拉练。过庄杨村、拂晓乡、小路村,至中国人民解放军南京军区三界军事训练基地。紧挨县道的路边土沟里有一辆96式或99式坦克在行驶,两位坦克兵从炮塔里探出身子看着前方。坦克车驾驶员的位置较低,在坦克车的左前方,我暂时看不见他。我与坦克并行,近距离仔细观察。那两位坦克兵也看我。并行了一段时间,怕打扰他们的训练,我向前驶去。这时我看见了驾驶员,他正集中注意力看着前方道路。

过梅郢村、三界镇,由三界村岔路口左转上G104北行。数百米后右转东行,2公里后进入南洛高速,北偏西行。在南洛高速明光东出口和明光北、五河出口之间,过池河特大桥。只见池河河水清清,河面宽广,有船航行。对于明了西卅店镇、南阳村、耿巷乡、连江镇和响导乡之间、二龙乡池河状况的人来说,这里的特大桥描述简直令人惊讶,也知道随着流程的增长,河流的面貌会发生怎样翻天覆地的变化。池河从这里北流,很快就会进入女山湖低地,河道膨胀为宽阔的湖泊。

从明光北、五河出口出南洛高速,沿G104北行,过桥头镇,进入县道。过古沛、紫阳、潘村、太平。从太平上淮河大堤,南行。淮河广宽,平稳。看上去,淮河水面与淮河南岸大堤相对海拔十分有限,河水就像在脚下流淌。至张台村。张台村有较大的排灌站,控制着连接淮河的一条人工河道,这应该就是池河过女山湖入淮的人工出口。

继续南行数公里后,到女山湖闸。湖水出闸东流,与七里湖水汇流后进入淮河。闸外现在停着餐船,上书"水上大酒店",原先则是女山湖镇的码头,一二十年前还有小客轮通往盱眙等地。20多年前的一天凌晨,天还没亮,我和几十个渔民、农民买票上了小客轮,前往盱眙。天蒙蒙亮了,湖面上雾气弥漫,水草、小岛、芦苇、渔船次第出现,还有渔民中途靠帮上船。盱眙的码头那时候也是"怀旧"的样子,一些平房,有大树,还有小票房,很有趣味,现在早就没有了。

过了闸就是女山湖镇,老名"旧县",老街曾经十分繁荣。第一次住在女山湖镇,自然也是20年前了,住在老的十字街口西北角的一个招待所里,天天在屋里写稿子,早晨在街头看渔市里卖刚从女山湖里打上来的鱼鲜,下午出门去湖边各地转悠。真让人怀念!

东淝河

东淝河古称淝水,东晋时著名的军事战役秦晋淝水之战,就发生在东淝河尾闾及八公山、洛涧(现称窑河)附近。东淝河也是淮河的一级支流,在安徽省寿县董铺村以上分两干,西干为主源,就称东淝河,源于六安市金安区龙穴山,那里是大别山外围浅山区。查20世纪90年代出版的分县地图,还能看到当地有"龙穴山园艺场"等地名,这样的地名,在新世纪以后出版的地图上就较少见了,这也反映了社会体制的变化和行政安排的兴衰。

由龙穴山地区北行转G312东行,15公里左右至肥东县金桥,东淝河经金桥流去西北方向的太平集。由合肥至金桥则有40多公里。

暮春的4月下旬,凌晨4时左右,我沿G312西行。一轮淡黄的月亮一直悬挂在道路前方的低空中,看上去它清晰、硕大,并且一直温和地俯瞰大地和我。由金桥街道右转上村村通水泥路西偏北行,前往金安区太平集。金桥附近是浅山丘岗区。月亮没去了,天亮了,大地上大雾弥漫,如在梦中。岗上略好些,岗丘之间的洼地甚至浓雾漫流,数十米外就看不清物事了。

太阳从右后侧出现,硬挤出浓厚雾障的裹遮。面前的事物清晰了许多,岗丘上已能见到明丽的光线了。道路两侧,一群大白鹅在待种的水稻田里觅食,冬小麦麦穗都出齐了,大片豌豆开着白花。过花园村、金星村、榆树村、王新庄子村、楼郢村、老油坊村、王大庄村、马郢村。村庄、田地、水塘、树木,看上去都很紧凑,低洼的地方仍然雾气流动。从马郢村过淠河总干渠。桥有些老旧,桥头有文字"肥西县官亭镇渡改桥"。桥上放着一些大水泥墩,阻止重载运沙车过桥,但运沙车还是会硬挤过去。桥西有一片建筑,是"淠河总干渠三十铺管理分局小林岗管理段"。电线杆上有大小适中的广告牌:三十铺上花轿婚纱摄影。淠河总干渠两边都湿漉漉的,雾气时而浓,时而淡,时而分散,时而汇聚,湿湿的青草的气息扑鼻而来,有乡村那种特别的气味和意思。

我想在这样的环境中多停留一些时候,梳理一些一直以来有些杂乱的思绪。

毫无疑问,官亭镇渡改桥淠河总干渠两岸的动植物生存环境是相对有机和生态的。所谓有机,就是最接近自然状态的。人类就是在比这更生态的生态环境中进化而来的,人类的基因就是在比这更有机的有机环境中形成的。人类有数百万年的历史,在大规模工业化之前,人类一直生活在生态的和有机的环境中,人类适应了自给自足或小规模商品经济的社会环境和自然环境。大规模的商品经济需要革命性地动员巨量的资源。问题正是从这里开始的。

从道德的角度看,有机和生态要求所有的事物协调为一个整体,如果不协调,自然就是非有机和非生态的,对人类文明而言,就是不道德的。从生物学的角度看,有机和生态也是一个协调的整体,环境不生态、不"有机",人类不可能活得舒适、心安理得;作为自然界特殊组成部分的人类不生态不有机,环境的生态有机指标也只好大打折扣。当然,自然界并非也不会以人类的标准生成和演化,我们的观念都只是人类的文化观念而已。就此而言,遇到非生态或非有机的环境,譬如污染的水、有毒的食品、有害的空气等等,与人类赖以生存和进化了数百万年的环境、饮食相比,都是不协调的,因此都是非有机和非生态的。

但人类难道不是一直处于进化过程中?不总是从不适应到相对适应再到适应、追忆和怀念?

我们可以想象,如果另有一个星球,上面只有污染的水、肮脏的空气、垃圾遍地的环境和有毒的食品,那里的人早已适应,对那里的人而言,那个环境就是"有机"和"生态"的。干净的东西反而是有害健康的了。在农村插队时我们都知道,"不干不净,吃了没病",风里来雨里去的人,淋点雨,喝点凉水,起早赶晚地干体力活,反而不容易感冒、发烧、拉肚子,过于"干净",人的抵抗力会降低,对环境的适应能力也会下降,人的基因不再向抵御病虫害的方向进化。

当然这从社会管理和道德评价的视域看是不可以的,至少是不可以这么说的。社会管理就是实用政治。在这一领域的实践中,言和行的适时分或合是一种必需的艺术,十分重要,没有人敢于违逆大众的"共识"。而大众的共识则基于浅显的直观。谁能说不想要一个花园般的城市?谁会说希望多吃到一些有毒的食品、多呼吸一些污染的空气、多喝一些化工厂的污水?

但是,冰箱、洗衣机、电话、手机、电脑、工厂、矿坑、飞机、铁路、轮船、化肥、医院、抗生素、园艺、立交桥、高速公路、高楼大厦,我们已经接受,很少人再会对这些物事认真地质疑。人们的寿命也在大幅提高,没有这些物件的国家和人群,寿命反而更低,"生活质量"反而"更差"。这是为什么?为什么厚此薄彼?表面上看是环境恶化了,环境和食品不"有机"了,可带给我们苦恼的不正是或曾经是这些事物或产生这些事物的过程?

思索这样的问题,并非要与人类对抗,或者试图反人类,而是想摆脱具体事物的约束,从云角度,也就是虚无缥缈的角度看一看问题。老子说,"道可道,非常道",可能也有这种考虑。就是摆脱具体事物的束缚,抽象而非具象地看事物、看问题。如此,才可能是宏观、内蕴的视野。自然的规律,事物的内韵或内蕴,如果能明白无误地说出来,那就没有"生命力"了,那很可能是个具体的社会或政治话题,那需要在一个人为的周期内找到一个具体和量化的解决办法,而非哲理式的抽象话题了。譬如,适度的"度"是一个关键性的临界点。另外,时间的概念极其重要。人类要去适应有毒的水、空气、食品,要修改基因,像我们数百万年生活的环境那样,这就需要时间去适应,需要改变和"进化"。这个过程中大量的不适应,就是灾害、疾病和死亡,这是进化需要付出的代价,因而是"正常"的。进化的收获正是合流和综合混流的结果。

但如果摆脱这些政治的、社会的、伦理的甚至是经济和城镇规划的、污染治理的、乱扔垃圾的、违章建筑的具象锁链,将此类问题整合规训,把这些问题一分为二,纳入西方哲学的两分法范畴,或依照中国哲学和谐共生理念,把这些问题归结为无为无不为和天人合一、顺应天道的范畴,进行"河畔沉思"或"河畔思考",就一定会达到一种天地间的归纳,一种透彻、通透的理解。

譬如,我们可以不进化,或不以西方的方式那么理性和极端地快速进化,而以东方的中国文化的方式顺应自然式地进化,这些问题不就都不存在了吗?但是,未来和现实一样,都不容虚设。

哦,时候不早了,或者我们以后还有机会再谈。我要离开雾霭时浓时淡、湿漉漉的官亭镇马郢村渡改桥溮河总干渠附近了。

离开渡改桥,继续前往太平集。过程小郢村,农村担豆腐卖的小贩把担子停在靠路人家的门口称豆腐。太阳占优势以后,一切就都变了样,变得一览无余,没有意境和悬念了。过周圩村,电线杆子上拴着广播喇叭。但低洼处大雾又占了优势,只看得见前方数十米远,倒是有一种很妙的感觉。过两县区交界处(路面不同了),约1公里,有旧桥和小河。这是东淝河。河道较深,10余米宽窄,两岸杂树夹峙,几乎封锁了河面。

这一天是太平集的集日,人们穿过薄雾,三三两两或一个又一个地往太平集的方向赶。离开东淝河,西、北、又西行 2 公里后,进入太平集。街上有些妇女才起床在门口刷牙。市集的中心在一个三岔街口,不外乎猪肉、豆制品、菜秧子等等。过太平集北行。走大树村、段新街子村,段新街子村村南和村中道路两边大树夹道,路上有个中型的推土机正辛勤地把刚运上路面的沙石推平。至段新街子三岔路口,朝一位坐在门口的健壮妇女问路,她果断地告诉我去向,不像有些农村妇女,说不清楚外面的事情。

右转东行,道路崭新,1000 多米后,至东淝河,河面上是一座新桥。站在大桥上南北张望,只见东淝河由南而北,在岗丘间曲线流来,又曲线流去。河滩上绿草萋萋,河道不宽,五六米,却陡深,水流潺潺。水流快流到大桥时,突然变得紧急起来,沿着转弯的河床,快速北流,到了桥北,已经哗哗有声,急流而下了。河岸上的杨树,三五成排,又三五成排,很有意趣。

继续东行,至大岗村。大岗村真在一个高岗子上。左转北偏东行,过东桥镇马集学校,过庙岗,至六岗村左转西行,不到 1 公里,又过东淝河。这里的东淝河河道虽然不宽,不足 10 米宽,但清水北流,显得深阔。东淝河河西是东桥村,过东桥村是东桥镇。北出东桥镇北行数百米后,即为寿县地,进入 X025。北偏东行,过冯楼村、丁岗、大郢,15 公里到三觉镇。北行过三觉镇后至三流村,右转东行,过董铺老粮站,再 2.5 公里左右,到董铺村。

到董铺村最东的一排房屋后,不知再往哪里去,周围静悄悄的,一个人都没有。正在这时,从路边一户人家里,开门出来一位穿红套头薄羊毛衫的少妇,我喜出望外,连忙向她打听道路。她指着东边,说,一直往东走,就到河边了。我说,车能过去吗?她说,车能过去,掉头不好掉。谢了她,我把车停在那排农舍前,步行前往河边。

从村东沿一条高于地面、长满野草的引水渠步行约1公里,就到了河边。这大概仍是东溮河西干。河水蜿蜒而来,水面已较宽展,河边有两座排灌站,一座较小较旧,另一座较大又新。登上又大又新的排灌站,四面张望。河对岸是成片的杨树林,河这岸都是农田,却就是看不见东溮河东西两干的交汇口。

下了排灌站的梯级,我决定顺着河走,向北偏东方向,一直走到两河交汇口。小路上铺满了野草,还这里一丛,那里一片,长满了开着紫花的紫云英,真是旺盛!草叶上和花瓣上都还湿漉漉的。路两边的农作物果实累累,把小路挤得又窄又瘦。最矮的是冬小麦了,冬小麦麦穗都抽齐了,看上去麦穗很实在。油菜都有一人高,密密实实地结满了果荚。小路很快就消失了。我只好沿着两个农作物品种之间的小地埂摸索着往前走。很快,我的鞋上就沾满了黄泥,这里的土地是黄土,略微带沙。我的整个下半身都被植物上的雾水弄湿了,水淋淋的,裤子上沾满了黄泥和植物的叶子、种子以及其他杂物。

哈,我终于看到两河交汇口了,也就是东溮河东西两干的汇流处。但东干(如果我没弄混东西两干的话)实在很小,仅宽不足10米,它转了一个很大的急弯,流入东溮河西干主流。河水在地面以下两三米的地方十分缓慢地流动着。我想走近河边去看看,可是河畔水边密密实实地长满了叫不出名字的一人多高的湿生植物。我不敢冒险,因为植物很可能是长在河边的湿地上的。

我回到董铺村东头。太阳已经升在空中,人感觉有点热了。我脱去长袖T恤,换上短袖的。董铺村虽然看起来不显富裕,但十分安详,很有几分"犬吠深巷中,鸡鸣桑树颠"的意境。村前屋后生长着许多柿子树,叶子嫩嫩、宽宽的。慢慢儿地离开董铺村,正好那位穿红套头衫给我指路的少妇拿着洗好的衣服又回来了,我对她摆摆手,表示感谢,她进到屋子里去。这里的妇女都喜欢穿红色的内衣和外衣。我看见两位穿红套头内衣的中年妇女在一户人家门口说话,又看见一位穿红内衣的妇女在一户盖屋的地方帮忙,还看见一位穿红夹克的小媳妇慢慢地走在路边。真喜庆。

关于董铺村,地图上和相关资料标明是"董铺",但当地的治安卡点、幼儿园等,都写的是"董埠",在这里这两个词就是同义词了。

回到X025北行,至茶庵镇,进入S203。这里是三岔路口,东行4公里可到石埠咀,东淝河从那里南北穿越S203,流往白洋淀。我沿S203北行,12公里后到石集镇(安丰镇)。从这里右转东行约5公里,可到白洋淀,那里有轮渡过东淝河前往双庙集镇,东淝河也从白洋淀起进入或成为瓦埠湖。瓦埠湖湖面这一段南北长约50公里,东西宽平均约5公里。我顺S203继续北行,至堰口镇右转进入县道东行,去陶店回族乡和陶店轮渡。

这里已是黄黏土和黑壤地了。数公里后,右手处见到很宽的水面,水里有一些男人,穿着胶皮衣,在水里捞一种长而稍硬的水生植物,看起来像是编席子用的那种草。过江黄村,很大的一个集子。哈,人们纷纷告诉我走错路了。原路返回,从堤坝处右转,沿乡道北行。过许墙民族小学。董静打电话来,说许尔茜"因在哈佛大学本科教学中做出了特殊贡献",因此获得了美国"哈佛大学杰出教学奖"。哈哈,为女儿高兴和自豪!

过桃园村,到陶店回族乡。上县道转东行,过陶店回族乡、陶氏宗祠,2.5公里后接近瓦埠湖陶店轮渡。周围都是小麦,或顺势而下,或缘坡而上,一派丰收在望的样子。缓坡的后面逐渐可见湖水(河水)。东淝河从西干的主源,到陶店轮渡这里,都没有河堤,河水都在地面以下数米处。站在轮渡外的高坡上下望,一艘大渡轮,从东南方向乘风破浪,昂首驶来。湖的斜对岸东南方,是瓦埠镇,但在这里看不见。

瓦埠镇我去过多次,第一次是在1990年冬天,去瓦埠镇写中篇小说《夏天的公事》。

> 我记得是在瓦埠镇,当时季节已落暮冬,因为吃饭的冷暖饥饱无度,又或许是那一年的下半年在许多乡间奔波和写作的疲惫积累,我的胃子虚弱并且火烧火燎起来……我回到我在杏花村的小窝里蜷缩起来,等待春暖花开的日子的到来,那种对阳光普照的暖融融的天气的渴望真正到了无以复加的地步。(《月亮升起》)

第二次去瓦埠镇,是1993年。

由陶店回族乡返回S203,右转北行,至窑口乡。窑口乡北有陡涧河西南东北向穿越省道203线,汇入瓦埠湖。陡涧河其实是安丰塘的出口水道,到窑口附近,放大为瓦埠湖的湖汊子。右手坝上停放着数辆摩托车,坝下水边有戴草帽的渔人在专心钓鱼。沿 S203 继续北行,约 10 公里,到寿县城南。由寿县新城区转东行,数公里后,崭新的道路走完,数十米土路一直上到东淝河西岸河堤上的"顾家老行"(当地口音的村名)。

从河堤上下到东淝河河滩里,感受河滩里小麦正在灌浆成熟的气息。河滩时而广大,时而收窄。紫云英在路边、埂坡旁到处旺长、盛开,十分抢眼。回到河堤上北行。水在右手处,或远或近。堤下有东津村。从寿县东过东淝河。这一段淮南和寿县以东淝河为界,河东为淮南,河西为寿县。至桥东 1 公里处十字路口左转,沿 S102 线北行。东淝河在左,八公山在右。合淮阜高速出入口在东淝河和八公山之间。寿县北门外有西汉淮南王刘安墓。刘安是汉武帝刘彻的叔叔,他和他的门客们写作的《淮南子》,杂罗百家,包容万象,很值得细细研读。

略略前行,右手有一些依山而筑的农家。20 多年以前,我来寿县时,独自一人去爬过八公山,山上有座完全弃了的奶奶庙,后来写短篇小说《碑》时,就把上八公山和在山上见到的奶奶庙旧址,改头换面,都写进去了。

罗永才进了院,麻脸匠人望见罗永才进来,也不惊,也不乍,手里也不停,只是口里讲:"时候还没到哩。"罗永才笑笑,笑得很浅,嘴里讲:"心里头放不下,顺道就来看看。"麻脸匠人说:"误不了。"又讲,"来找俺的,都是那样个心绪,不如你就上山上转转,上庙框子里烧几片纸,点两根烟,心绪就好受了。"罗永才讲:"那是。"低头看碑,已洗出了个大概,青白厚实,幽深远澈,便敬了麻脸匠人一根烟,闲坐半刻,起身往山上的奶奶庙去了。

那山也正在春时里,半山的松树,半山的草坡,半山的闲石。近村处多长了些桃、杏、杨、柳之类,愈往上松便愈多了,坡却不很陡,是缓坡,一坡的春阳,暖融融,温意无尽。村里人家的院子,有长有短,都是拿碎石、片石垒成的,随意延展,到了坡上,便你断我断他断,都先后断尽了。罗永才起始跟着石墙走,走一时那些石墙都到头了。却隐约见一条上山的道,在枯草坡上、石水沟里蛇来鼠去,一直往上头山头上去了。山坡上也没有什么人,像是连半个人都没有,只剩下春阳、暖意、松树、枯草散落各处,叫人心定。

渐上了面前的山包,举目一看,那山包后头还是一个山包,也不很远,也不很大。罗永才望见了,这会儿有些微喘——到底是上着山的——便一屁股坐在枯草地上,点一根烟抽。屁股底下的山包顶,倒也不大,两间正房般大小,却陷着两个小坑,小坑里挤着碎石,叫人疑是老早的火山坑,是火山喷发时形成的,后来火山死了,年长日久,火山坑又被碎石尘屑给填住了,现今只剩下两个陷处,叫人去想。罗永才坐了一根烟的时候,爬起来,往上又走。一下一上,慢慢又上了第二个山包。举目望时,前头却又有个山包,更高一些,那山包的坡上坡下,松树愈加浓厚稠密,松影里隐约能见一段半截发白的墙壁,想必那就是奶奶庙了,说远不远,说近也不很近,就又坐下来,点了一根烟,再歇息一时。

歇息处也是枯草坡,这时才留意了,身下身左的枯草里,都已冒着绿青青的芽子了,那些芽子望去甚有张力,生命的趣味浓厚,又鲜活不尽。罗永才望得痴了,心间暗想,这都叫咋讲哩!坐了一时,一身的感念,起身再往前走。再往前走时,路眼大了点,却走在松林里了,山也有些陡,树影也浓郁得多了,人走在近树的地方,多少就感觉到一些凉气。罗永才忽而觉得有些小怯,立住了四面看看,听听,这里的山似乎深多了,早望不见山王村有人的地方了,更听不见半点人声,就想:一个人上去做什么?正想时,看见上边树影里一晃,定睛细看,是一个挑担的,也看不见什么模样,从山上的陡路上下来了。罗永才便解开呢子褂的扣子,站在路边,候那人下来。

那个挑担的真就下来了。

来得较近了才看清是个五十来岁的山民,也是瘦精精的,挑着两大捆紫红色的短针山草,山草捆上还搭了两件破旧衣物,一把竹柄的竹耙子;离得更近了,两方都望见了,便都打招呼道:"上来啦?""耙草来?"

打过招呼,那个挑草的人,也是个想讲话的,就立住了脚,跟罗永才讲话,那两捆草担在他的肩膀上,两肩换换,却不肯放在地上。罗永才讲:"请问你,这上头就是奶奶庙呗?""正是。""庙还有呗?""庙早都毁啦,原先修理过一回,后首又毁啦,只剩下些破庙框子。""庙毁了,人也就不来了呗?""赶三月十五,逢庙会,也是一山的人,平时就没有什么人来了。""你这山草都是打这山上搂的呗?""这山净啦,都是打后山搂的。""那可得跑不近的路,看你身体倒好。""不如往年啦,要是叫你看,你看俺有多少岁数?"罗永才仔细看了看他,看他年岁不像太大,便猜测道:"五十多岁,六十不到。""俺今年七十七啦。俺们现时也就老两口一块过,地种不动啦,你看俺这一担草有多少斤?""有五十斤吧?""有七八十斤!""七八十斤,又得走几架山头,叫我连半里路也走不动!""那你是没干惯。俺现时就靠这个换几个油盐钱,俺家里的瞎啦,任啥都望不见啦,任啥都不能做啦,明年俺那地便得撂荒啦。"

讲着话,那老年人也不放下担子,只把担子在两肩上换来换去,来回调换,他果然是个肯讲话的,愈是讲,愈是不肯离开,问罗永才:"你单身一个人上山,也不怕哟?"罗永才讲:"怕什么?""前两天这林子里,还吊死过一个人来。""是男的还是女的?""是个男的,二十二岁。""咋吊死的?""他老婆犯了肺病,治不好了,他说俺不如死在你头里,便上这山上来吊死了。""你老一个人上山,咋也不怕?""那有啥怕的? 他死了还能再活啦?"闲讲一气,两人分了手,一个往山上去,一个往山下去了。罗永才这时的心情反倒平静了,没有半丝怕意,一口气上了山顶。

原来山顶的庙真是早毁了,只剩下一片墙框子,罗永才一一路看了,见那些碎石下有压着纸条的,就走过去看,那些纸条都是临时写的,上头写道:

失意人张志忠

我最喜欢陶娟,我恨不能把她搂在怀里十天十夜!

奶奶显灵,叫我娶到她吧!!!

却还有一处冒着烟的,是几根香正燃着,四面却看不见人,想必是来烧香求神的,已经下山了。罗永才对着那几根香,默然地站了一会儿,又点火烧了几片纸,候那些纸烧尽,才起步往山下去。到了山下,又感觉到春阳的暖意了,身上也轻松多了,心里想:人到底是人,怎么也离不开有人的地方。(《碑》)

顺 S102 线继续北行。这里的地形复杂多样,很有"意味"。由东而西,依次为:南北向的八公山,南北向的 S102,广大的沿淮沿淝平原(河滩),南北向的东淝河入淮尾闾,由东西而南北向的淮河主流,寿县县城。在这里多次走过的人,都不一定搞得清当地地理单元的关系和组合,就更不用说东晋时期从北方初来"南方"的前秦军政人员了。在陌生地域作战,冷兵器时代的自然地理环境经常起到决定性的作用,所以部队新到一个地方,指挥员都会放弃休息,第一时间去察看地形。在这种情况下,如果战争的一方忽略或轻视了地理环境要素,而战争的另外一方未犯重大错误,那么以少胜多、草木皆兵、风声鹤唳发生的概率就会大大提高。八公山、东淝河尾闾一带的地形地貌,1600 多年来想必不会有太大的变化。不过局部的变化一定会有的。例如东淝河入淮口以上 3 公里处有东淝河闸,这样就束缚了东淝河恣意妄为的自然属性。1600 多年前,那时的瓦埠湖应该直逼淮河,水乡泽国的面积应该更大,范围应该更广,对北方的官兵来说,心理的和实际的毁伤力应该更严重。

择路从 S102 线左转西行,进入数公里宽阔的河滩地(或称沿河平原)。这里的土地又是沙土地了。河滩里满种了冬小麦,一片小麦的汪洋。滩地里有远远的坡坡,坡坡上也随坡就势,长满了冬小麦,远远看去,坡上像盖着一层厚毯,柔情万种,厚毯中却又聚了几丛挺拔的树木,各有三五棵的样子,和厚毯配合起来,甚是好看。真好看!顺着河滩里的道路上淮河的淮南大堤。大堤也是沙土的。这一段的淮南大堤和一般的淮北大堤没得比,左转西行,还可勉强通行一辆小轿车;右转东行,堤顶连车宽都没有,只方便走人、自行车、小板车。淮北大堤的后面千里平原,在平原上筑堤,自然就靠人工土筑,筑得再结实,也是"不结实"的。淮河南岸的河堤虽小,但水旺了大不了淹掉河滩里的庄稼,河滩外面,还有八公山挡着哪,水跑不到哪里去。淮河南岸大抵是这种情况。

上淮河南岸河堤,左转东行,约 2 公里,堤路越来越窄,我的担忧也愈来愈甚。前途似乎逐渐容不下一车行走了,四面连个人都看不到,虽然我可以有最后的选择,就是退回左转上堤的地方,但那毕竟不是一件容易做的事情,还会耗去许多时间。正在这时,一辆摩托车从前面的小路上翻了上来,原来是个钓鱼的鱼迷。我赶紧下车问路。他说,没问题,前面就下去了,那里有个豁口,从豁口进去就是河口。

谢过他,我嘘了口气,继续前行。不多远,堤上的路往堤外走了,顺路下去,到一条从河滩里伸延来的路上,右转,进入豁口。这里就是东淝河入淮河的河口。一大片空地,建有一座高大的灯塔,另有一个巨大的广告牌。在附近慢慢地转悠转悠。

其实这里有两条水道同时进入淮河，一条较大，另一条很小，但河堤较宽，可能是季节河流或备用河道。东淝河的尾闾共长约 15 公里，有两条入淮河道：一条是老河，另一条是 20 世纪 50 年代开挖的人工河道，不知道我看到的是不是其中之一或全部两条。

照例用矿泉水洗一个大苹果，坐在车里，慢悠悠地享受。离开东淝河河口，顺河滩里的另一条土路东行，去往 S102 线。路边一块正在成熟的油菜地里，一位 40 多岁的中年妇女，晒得黝黑，正在一人高的油菜地里干活，我停下来向她问路，问她前面看得见的那个唯一的村庄叫什么庄子，这里属不属于那个庄子管。她说，那个庄子叫张管，这里都是张管村管理的地方。哈，都是张管村"张罗管理"的地方。

谢了她，我向村庄前进。进了张管村，过张管小学，张管村还真不是个小村，许久才走出去。上 S102 线，南行，很快就可以从淮南寿县入口进合淮阜高速了。

窑河

凌晨 3 时 50 分在吴圩服务区吃方便面和面包、喝水。凌晨 4 时 30 分从 G3 京台高速永康收费站下高速，北行数百米，进入 S311 或 S334。这段时间经常凌晨 2 点，或 2 点 28 分，或 2 点 41 分，或 3 点，或 3 点 29 分，或 4 点 10 分，或 5 点 16 分，打着小手电，下楼梯，离家外出，到河南、江苏、安徽、山东、湖北各地去重新感受淮河及其支流能够目睹能够体验并且引发相关思考的一切。真是很辛苦,但非常享受,非常有成就,自我感觉非常有意义。

S311 或 S334 在这一段似乎是共线。至青洛炉桥附近,S311 南行去陆桥一带,而 S334 则西行前往淮南,大致是这种情形。从永康收费站出站,数百米后进入省道,先左转西行前往青洛乡去看淮河的二级支流青洛河。青洛河、窑河(中上游称洛河或沛河)、池河都发源于定远县和凤阳县交界处的凤阳山南麓,先南流汇入凤阳山和江淮分水岭之间相对低洼的地带,再分别东西行,最后折北流入淮河。青洛河则在炉桥附近汇入窑河(中上游或称洛河或沛河)的湖形部分高塘湖。青洛河因汇入窑河而成为淮河的二级支流。

沿 S311(或 S334)线西行,过康东村、永康镇、康西村。月亮始终挂在西南方的天空中,很大,很圆,很温软。永康镇镇西数公里处有青洛河南北穿越省道。但此时天尚未放亮,看不清就里,于是并不停留,顺 S334 线继续西行。过拂光村、河北魏,到青洛乡,从青洛乡路口左转进入乡集。5 点天才正式放亮,慢慢看得见天地间的事物。西南行,数百米后,有东西向水泥街道,左转东行即上洛河或沛河旧大桥(窑河的中上游)。

此时天已大致放亮。乡外麦田上薄雾轻绕,还有淡淡的牛粪气,公鸡在村庄里啼鸣,鸟叫声从树林里传来。此段青洛河河水并不小,水面宽约 50 米,但因从乡镇街道边穿过,所以河里污染较重,两岸垃圾看了也让人难过。桥南还有一座贴着水面建的水泥平桥,阻断了水路的通行,不过青洛河可能本来就不能通航。水泥平桥处时有棒槌声传来,却看不见洗衣的人。

返回S334(或S311)线东行。过河北魏、拂光村到青洛河。这是一座新桥,洛河(或沛河)由东北斜穿S334(或S311)线西南而去,经过青洛乡里的那座旧大桥,继续西南行。月亮斜挂在西南方向的青洛河河面上空,天地里植物的青湿气一波波扑面而来。沿S334(或S311)继续东行,过康西村、永康镇,之后约5公里过康东村、青山乡、高潮村,到桥头村。洛河(或沛河)亦由东北而来,斜穿公路后流往西北。这里河宽约40步,路北水势较深,路南水势较大,河边密匝匝地长满了树木,路北的大水边还有一树树未败完的槐花,偶有香气袭来。

东行至西卅店镇西,右转,南略偏西行,新建的水泥路,很好。过西卅店镇垃圾中转站、幸福村、水库。麦田上空始终飘浮着一层轻雾。幸福村南3公里,有向左的岔道通往南阳村,呵,洛河(或沛河)与池河的干流就是这么挨近,就是几公里的事儿。继续南偏西行,走宋岗村、曹岗村,过大户陆村。村庄的轮廓线上点缀着一团团的白槐花,很让人期待。从大户陆右转西行,500米后过洛河(或沛河)朱湾桥。这里河道窄小,呈倒三角形,不知是否上游水库拦蓄所致。

到朱湾镇,由街里左转南略偏东行,崭新宽敞的两车道水泥路。过大户刘。哈,这里的民众真有气势,真自信,真有志向,而且都说出来,都是大户,很钦佩!过吴圩水厂,有东西路去往耿巷等地,说明两河干流依然相近。过北集、吴圩镇,右转西行。过长丰县邱集村,右转北偏西行。过高埂村。一只狗在路边跳来跳去,一户人家门外墙边的月季花开成大红。到九梓乡,九梓似乎是个沉默或淡定的乡镇,宠辱不惊。由九梓乡十字路口往北,刚出乡就是新建的沛(洛)河桥。桥叫九梓桥,是安徽省农村公路危桥改造加固民生工程项目,桥上还有"2012年11月20日竣工"字样。这里的洛(沛)河东西流,十分像那种农村的河流,桥东有小岛,分开水流,岛上种满了树,河的两岸也都是树。但因为靠近街道,因此显得有些脏乱,这就使人的观感打了折扣。

由九梓乡十字街口西行。过杨桥,路两边有很多大水面,水草安静地浮在水上,有很小的从水草间起飞的水鸟在天空中唧唧地叫唤,煞是惹人怜爱。村庄葱郁,为绿树覆盖,麦田和田原里的绿意不断延伸,村村通水泥路则在路两边大树的限制下蜿蜒前行,感觉真好。到刘圩村,问一群聚话的乡亲,才知道走过了。掉回头,回到杨桥,有北转的土路。这一段土路是两市两县两镇两村间的路,两不管的路,可真不好。再向一位刚走到地头掀开小塑料棚观察的大娘问路,她肯定了我的方向。我又问她,小棚里种的是什么?她说,是棉花。哦,这是在育苗呢。

1公里后到长丰县张圩村。从村里左转北行,又西行,再北行到张河。上村村通水泥路出张河村左转西行,约800米后,道路两边出现大片树林,树林里有小河、沟渠。接着地形开始较大起伏,道路陡转,忽上忽下。前方道路转弯,看见下方有河并桥。桥较瘦,细长,仅容一车通过。河从东北方向来,然后转南北方向,形成较大的水面,若湖若河,野趣盎然。水面被桥北一个水泥滚水坝挡住,此刻不是盛水期,所以没有水流过滚水坝,沛(洛)河在这里基本是断流的。水道过桥以后,立刻陡转为东西方向,东流,然后转流东南,河岸深陡,又显曲折,却比较狭窄,不足20米,河道里有水,有水草,有小鸟在水草上漫步,河坡的地里大都种了小麦。这里的地形地貌真让人有险峻之感。

河坝边有一位妇女在整理油菜地里的东西,开始她离得较远,想问问她这里的河名地名村名等等,却不方便。不料很快她走过来了,于是就向她请教。但她说不清什么,只听清她说这坝叫沛河坝,只好悻悻作罢。过了桥,河西是庙东庄子。这时从后面有一辆电动三轮车驶过来,驾车的是一位50岁左右的男人,赶紧向他挥挥手,等他停住后,向他问路和请教。他回答说那条坝子叫沛河坝,再问他别的,他不回答了,却反而一个劲地反问我:"你是来干什么的?从哪里来的?你刚才不是问那个人了吗?"真让人无奈,于是抓紧和他道别,离开了他。

过沛兴村,又过陈岗村陈岗小学,学校大门外面的空地上停放着许多辆自行车,多数都是较小型号的,是孩子们骑的。正巧这时下课铃声响了,看看时间,上午8点30分。走新星村,到沛河集。沛河集又叫荒沛桥,原先是个乡,是乡政府所在地,现在撤了乡,只是个集市了。从地名上看,窑河上游的这一段,都称沛河。

从沛河集西行,约1公里,沛河由南而北,穿过X054。站在沛河集西的沛河桥上看南北,沛河就像大地的自然凹陷,桥两边的水势都很宽展,水面平静,水草从河岸边一直延伸到水里,仅留出中间的水面。水草一大片一大片地开着鲜嫩的黄花,这附近的整个流域都自然而平和。

沿X054西行,过创新村、创新社区,从长丰县左店乡草莓瓜果市场右转上X008县道北行,2公里后到陆桥。由于位处两市两县的三岔路口,陆桥现在变成一个很大的集市了。快 10 点了,菜市场里还有许多商贩。由于"怀旧"的原因,我想在陆桥多逗留逗留,我进了菜市场,还是想买几棵菜秧子回家种一种,也不知道要买什么菜秧,看看再说,随意而为吧。我转了一圈,买了 6 棵瓠子秧,准备回家好好种一种。

1991 年,江淮大水,那一年的大概 8 月份,水稍退后,我穿一双拖鞋,上身是背心,下身是一条运动裤,背了小包纸笔,来陆桥、炉桥行走、写小说。水家湖下火车,乘一辆十分拥挤的三轮车,我就吊在三轮车的车屁股上,脚蹬在车后的脚梯上,直立着,两手紧紧抓住车篷上的钢筋,颠簸了 8 公里,来到陆桥。那时的陆桥,只是一个三岔路口的小村庄而已,路边有个小卖部,由小卖部往北,几十步就走到村外了。我穿着拖鞋,顺砂石路一路往北走,沿途还不断和路边田里的农民聊天,或到灾民的临时草棚或帐篷里和灾民说话。那时过青洛河,青洛河还没有经过"治理",河面若河若湖,整个都陷在地面以下,过河只是一个贴水建的水泥板桥,中午时分,天气酷热,我坐在水泥板上,就能把拖鞋和脚放在汩汩流动的清水里。周围一个人都没有,草滩绵长,雀鸣啾啾,很有亘古洪荒的意境。十里黄村附近还有个国有农场,地都很平整,也很广大。步行 10 公里后到炉桥镇,住在炉桥镇中心十字街口的宾馆里,把门窗打开,向服务员要了个小桌子,对着门口,通风凉快,数日后写好中篇小说《十棵大树底下》,才离开。

《十棵大树底下》把这一路的许多行状,都大致上记了下来。

从水家湖到陆桥。

　　乡间也真是大得没垠。刘康心间欣喜,他立搁车尾,正摊上望四方的野好风景。此时搁阳历八月里,八月十七号,立过秋已经十天了。天上有些薄云,那日头说出不出。倒是一地的夜露水,庄稼上白苍苍的,叫人一眼望上去,便觉出了乡间的秋意。路不甚好,忽高忽低,一上一下,又不甚平整,倒是那三轮嘭嘭嘭嘭,也不甚快,也不停,翻岗下洼,直往乡间的深里去。这会刘康再低头望车厢里坐的七八个人,大人小孩,都更显了乡村人的模样,神态都平静憨厚,跟车外的大野地,是一样的品质,便觉着奇特。那坐着的人里,有两三个青年,都呆了。眼打车后空敞处望野地庄稼,那里头的一个少妇,一个姑娘,少妇把乳拎出来奶怀里的孩子,那乳呈黑蚕色,丰厚、朴素、实用,见不上半点花哨,那孩子两手抱住那丰厚的乳,小嘴撮着,边吃边玩,把那乳搓揉得乱滚,那少妇也不问他,也不看他,只做无事家常的态度,也呆了眼望车后的田、路;那姑娘倒有半点不自在的样子,望见少妇跟那玩乳的孩子,忙把眼收了,转头也望车后的田、路,心思里倒不知想到哪个国度里去了。

　　三轮开了好一时,怕有半个小时了,还是无一人上车、下车。三轮便只顾往里开去。野地更大阔些了,旱粮地占了多数,景物风光也变化了些,有了甚多的酣浓的味道。正看着时,三轮嘎嘣便停了,车上下来几个人,开车的也下来了,道:"是陆桥了,你下来等一时呗,望拉沙的车过来,你便上去。"刘康这才知是到了,下了车,付了车钱,那三轮嘭嘭又开走了,下车的那几个人也走散了。这才望见陆桥这地方是个小集子,这是集子头,正冲着个三岔路口,路边停了几辆空三轮,岔路的夹子里搭了个棚子,拿大秫秸扎成的,下头置了个白冰柜,几个人闲坐搁冰柜四周,——这几样物什之外,便又是庄稼野地了。

从陆桥到青洛河。自然也有"虚构"。

土大路也真是坑坑洼洼,要是车,便不好走。走了三五十步,出了陆桥,前头望见的都是岗地,岗岗坡坡,有高有低,甚是阔大。又有了些高厚的味道:那远处都是往下头去的,便显出了球体的弧度来。地里尽是做农活的人,三三两两,满眼都是。刘康直往前走,路渐又往下头去了,地理路形,顺势而去,走起来甚是舒畅,眼前也是望不见边的地貌风光。天上仍是薄云,日头时隐时现。走至一处地方,望见路边地里,有个光脊梁的老农,望去约莫有七十来岁,甚老,上下身都赤裸,当间只套个蓝布裤头,背有些驼,上下都叫日头给浆得黑红,正搁地里锄草,两手抱住个大锄头,搁于地里一砍一砍的,那片地甚大,地又都干硬得成板,他一个人砍,还不知甚么时候能砍完,便立了脚问道:"麻烦你老年人,请问上炉桥可打这路走?"那老年人住了手,半直了腰,望着刘康道:"哪个炉(陆)桥?""定远炉桥。""不下路,只顾走,到十棵大树底下,便到了。""请问你老年人,这路有多少里?""三十几里呗。几十里地,还搁住你走?!"刘康听了这话,心间甚是愉快,又道:"老年人,你锄甚么哩?""锄绿豆。""绿豆咋才长这点大?季候怕晚啦。""俺这是水下去撒的,多少能收两个。""这块也上水啦?""淹啦。""麻烦你老年人。""麻烦啥子。"两人讲完了,刘康又往前走。走了几百步,望见一个壮汉子,穿一件白布无袖汗衫,敞着怀,赤着腿,吆一头黄牛耕地,那地干得死硬,那牛吭吭哧哧不甚想走,那壮汉便骂那牛,骂道:"俺×你奶奶老祖宗八代都叫俺×透了!"刘康望见那个人、那头牛、那块地,便立了脚,嘴里道:"麻烦这位大哥,请问上炉桥可打这路走?"那壮汉听见刘康问,忙吆住牛,转过头来,回刘康道:"哪个炉(陆)桥?""定远炉桥。""不下路,只顾走,到十棵大树底下,便到了。""还有多少里地?""十几里呗,抬腿便到。"刘康又道:"你这地现在翻了做甚么?""种胡萝卜。""你这地也上水啦?""淹的个屌蛋精光。""麻烦你这位大哥。""麻烦啥子。"刘康又往前走,此时路直往下去了,农民都搁日头下干活,他们怕也都是惯了的,要是不惯,叫午时的日头一晒,那身上脸上便得花花地蜕一层皮下来。往下去时,地里便有一样植物,一块地一块地的,齐齐的茬子,焦黑,都往上坡方向倒。刘康初始望见时,想不出来是甚么,愈往下走愈多,及至望见那焦黑地里,一排蹲了五个大大小小的娘们,才立了脚,开口道:"麻烦请问了,上炉桥打这块走呗?"那几个劳作的娘们,都直起腰转过脸来望刘康,望时,其间一个中年的妇女,回他道:"上哪个炉(陆)桥?""定远炉桥。""不下路,只顾走,到十棵大树底下,便到了。""还有多少里?""二十几里呗,难不住你走。"刘康又问:"你们手底下拔的啥子?""麦秆。"刘康这才恍然明了这是小麦,是叫水淹了的,都顺水上的方向倒,都焦黑。"拔它做啥子?""烧锅。""这还能烧锅?""尽起烟,不起火,凑合着烧呗。""麻烦你这位大嫂。""麻烦啥子。"刘康又往下走,路渐与河滩连成一片,也讲不出哪块是路,哪块是滩,只那叫路的地方,多起些白灰,脚踏上去,一层干灰直淹了脚背。这会天上的日头似也有几分烈了,河滩上却风势畅顺,吹捆人身上脸上,起一层舒坦,远望那洼地平阔,苍茫遒劲,洼地滩间,有一片一片大水,颜色青白,时宽时窄,时连时断,绵延而往上、往下无尽地去了。其实那哪曾有半分断散,只因滩极阔人,水色曲折,才望着时断时连的。那洼子滩地,极悠极阔,水往上,往下忽肥忽瘦地去,也就无个限量定论,那往上流头去的,便是原野腹处,各方流水,各方物种,各方俗理,都分派搁水滩两边,那水稍稍带一些,也能叫沿水沿滩的各处地方丰厚、文化起来;那往下流头去的,便穿过淮南铁路,擦过炉桥镇,入了高塘湖,直下淮南煤电基地,跟淮水汇成一流了。刘康心里霎时宽宏起来,脚下也无个理数,直往下头去。渐走至洼地,便见两座水泥甲板桥,贴在滩底。那上流头来的水,到了这里,渐就瘦小,瘦成深绿颜色,瘦成三五十步的样子,打平板桥下平静而过,水过瘦处,便又泛滥开去,形成水不是水、湖不是湖的局面,叫人难以想象。那水却是分两股来的,打第一座平板桥往前走,也在滩底,走约二百步,便又是一座平板桥,打上流头来的水,到这块也瘦了,却瘦得发青,有青白之色,甚为厚道。刘康约略吃了一惊,抬眼往上流头望去,才知这青白之水,刚才过来的那平板桥底下的深绿之水,非出一宗,两流之间行些浅浅的阻隔,由沙渚、浅洲隔开了,水相邻而不相交融,只到了下流头不远,才淡淡相吻、小心相合,却滞了行色,于那极坦极阔的洼地滩间,踯躅徜徉,蓄成水结。刘康立搁甲板桥上,望得真切,心里感慨不已,便打肩上拿了包下来,放搁桥边,自个也搁桥边坐下,点了一根烟,边抽着边望水泽洼滩,便想着了那一个古句,道是:沧浪之水清兮,可以濯吾缨;沧浪之水浊兮,可以濯吾足。如此想着,便去了鞋,把两只脚放到清白之水里,略略拍打了几下。那水有小小的流速,又甚是朴厚,叫人的脚有贴切的感受。不禁眯了眼望那广大的地域。望着时,正有两只放钩收鱼的小盆划过来,一只盆上是个壮汉,赤身裸体,只拿一片裤头布遮了体,一只盆上是个姑娘,也甚是结实,胳膊、脸都叫日头弄得发黑、发亮。那两只盆直划过来,划在了水边,便停住,那壮汉停得近些,那姑娘停得远些,停住了便低头弯腰收拾线钩甚么的。刘康望见了,禁不住便问,问道:"请问这位大哥,上炉桥可打这块走?""哪个炉(陆)桥?""定远炉桥。""一条路不下路,只顾走,到十棵大树底下,便到了。""那运河可是洛河?""正是洛河,南边这条叫洛河,北边这条叫青洛河,再往北还有个黄洛河,都不是打一块地方淌出来的。""怪不得便不一样。""那倒是。俺听庄里有年纪人讲,古时有两样东西,叫河图洛书的,便是搁俺们洛河左近得了仙气,才做出来的。"刘康惊讶道:"那可不得了。"又道,"你家可是这左近的?"那姑娘锁着嘴,只顾呆望刘康。那壮汉道:"俺家便是这上头十棵人树底下的。""咋样叫十棵大树底下的?""便是俺们这块一个地名。""那你家可淹了?""俺们庄都淹了。""你家地可淹了?""俺们家地都淹得砸蛋。俺们原先便是半种地半逮鱼的,现时便全靠了逮鱼。""麻烦你这位大哥。""麻烦啥子。"两人讲完,那渔夫、渔姑划着盆子又往水中间去了。刘康熄了烟,脚打水里出来,穿了鞋往路上去。(《十棵大树底下》)

还写了感想类的短散文。

有一年夏天,我去长丰、定远农村,大太阳,我一人踽踽地走着。老远望见地里一头牛、一个人。那牛,一声不吭憨实地拉着犁往前走。那人,是乡间的一个汉子,也憨实地跟着牛和犁,一步步地往前走。那地,干焦铁板白苍苍的,实在不像个田地的样子。

依我的经验,那牛和那人,是一贯如此的,从不会计较那地能不能种,也不会计较大太阳能把一个好端端的青年晒成什么样的陋形,也不会计较喘歇时家里摆出来的不是精瓷小碟;那人和那牛,都很过时的,任什么都不会计较,只会一声不吭地拉着重物往前走——拉出些痕迹来,滞滞重重的,涂抹不去。

我站在路上望得呆了,这一个画面,也正注释了我平常朦胧间对自个的要求,像那牛、那人那样,只求一个实在的境界,虽免不了会失蹄或深浅不匀,但总是在雨雾太阳底下,一步一步地犁出来,心里踏实。(《一个画面》)

离开陆桥集,北行进入 S311,不到 2 公里过洛(沛)河,这里的水面变得较窄小,不知是否上面有水库蓄拦。过草安村、皖垦种业马湖公司、十里黄村、安徽省九州粮贸有限公司。在十里黄村以北近千米处过青洛河南支,这里河面宽平,水草这里一片,那里一片,钓鱼的人站在河边,关注着水面,蛙鸣声时而近,时而远,河两岸的麦田与水面相距都不超过半米,水岸关系看上去十分和谐。过俞圩村。从陆桥出发,10 公里后到炉桥镇。

从炉桥镇街里转出,南行,沿炉桥镇堤防,进入高塘湖地域。沛(洛河)在炉桥南流入高塘湖,或者说,沛(洛河)河在这里扩展为湖面。湖里多为滩地,都种了小麦,只在最低洼处形成水道。水道里仍然水草浮萍,宽展平静。水道(南)对岸有范湾子村,一条水泥村道直通而去。过桥的地方有几位健康黝黑的妇女在水边洗衣服,一派乡村风味。

炉桥当地人也不知道洛河在哪里。窑河古称洛涧,淮南上窑镇西还有洛河镇,洛河入淮口也古称洛口,但洛河在哪里?我还没有找到,也许在现实生活里它已经湮灭了。

出炉桥镇北行,青洛河的北支由东而西流去。过路南杜村,过 S334,过路北村,过八里杨小学。严涧河由东北而西南流去,注入高塘湖。像经济蓬勃发展前的小河那样,乡道通过小河的地方,有几块水泥板充当桥梁,水泥板下的水流得哗啦啦的,小麦则一直种到水的边上,一派不分彼此的样子。路右(东)200米处是淮南铁路。

从年(家)岗左转西北行,过废弃的大柿园小学,过武坟村、官塘镇凤龙社区、龙坝集、大唐村、S17高速公路,到官塘镇。西行,再转北行,过大刘村、光明村、泉源村,接近淮南市第十二中学时,左手西南方向,已可见高塘湖大片水面,水面水草覆盖,遥向远方。到上窑镇。上窑是一座千年古镇,境内有全国重点保护单位古寿州窑遗址。左转上206国道西偏南行,500米后,有窑河闸,闸上(南)水面广大,闸下(北)两岸束水为河。

过窑河闸右转,沿窑河左岸即西岸河堤北行。这一段河堤修得很宽,名为"幸福新堤",其实是淮河南岸大堤的一部分。右手河水也宽,河里有运输船往淮河方向行驶。数公里后从幸福新堤转下窑河堤,继续北行,近午时分,天晴日朗,除河里的船外,广野无人。路却越走越瘦,走着走着没路了,前方的河堤只容得下一辆板车。正担心着,发现前方堤右稀疏的杨树林里,有一群羊正低着头吃草,一个人卧在路边,睡得酣香。我心中大喜,真是天无绝人之路。赶忙在离他不远处停下,下车向他走去。走到他跟前了,他还枕在一个用柳条编的安全帽上,在热太阳下睡得不醒。也只好叫醒他了。他爬起来,定定神,是个40多岁的男人。并不用我费神解释,一二三四,把我已问的和我想问的,一一说得清楚。就像他是一直在这里为人指路,或者专门为我而等候在此一样。

他说,窑河入淮口就在前面不远处,这里往前车就不通了,可下到河滩麦地里一个稍宽的地方掉头,掉头回到幸福新堤,往西走,有一条路下去,直通淮口;窑河对岸(东岸)尘土飞扬的地方叫新城口,这里都属怀远县。他既淡定,头脑也明白,表达又清楚,不像是个收入不高、长期在窑河西岸睡觉的牧羊人。

我按照他的指点,小心又小心、倾斜着把车开到河滩窄小的麦地间掉头,等我掉头回到小堤上时,他又已半枕着柳条安全帽,头偏下睡去了。我慢慢从他头边轧过去。回到幸福新堤,右转西行,2公里后,堤右有一个牌子,上书"外窑村"(村牌后面是"刘郑村")。从村牌西边的土路下到河滩里,北偏东行。四面都是冬小麦,长势旺盛。数公里后重上窑河河堤,前方不远处就是窑河入淮口,这就是古称洛口的河口。河口挤满了运输船,还有指挥交通的大喇叭声。东北方向淮河对岸可清楚看到怀远县荆山湖行蓄洪区大型进洪闸的面貌。而西边窑河对岸山体迸裂,河堤上重型卡车你来我往,粉尘飞扬,遮天蔽日。看来,这些船都是来运输这些炸山裂石又粉碎后的建筑用石粉的。河口以西数百米远也都挤满了运输船,在窑河河口西岸,就是登上河堤的最高处,也看不清河口的面貌。

我离开窑河口。正午时分,似乎天地万物所有的热量都在集聚,土路两侧的小麦也在沙土地里尽情地膨胀。我甚至开始怀疑照这样的热量聚集强度,过不了多久小麦就会成熟。我感叹地想,如果没有一个渐寒的深秋、一个常起北风的冬天、一个冷暖无定的春天的冗长积累,小麦们将没有条件抓住像这样热量聚集稍纵即逝的成熟机会。生命的坚持和铺垫很重要啊。

我按原路返回G206线。左转东行,过窑河闸,数百米后到上窑镇,从上窑镇十字路口左转北行,进入外窑村。村右后方(东北)有山,正在粉山碎石。村里正在修路,烂不可行。过外窑村,数公里可到新城口,一路道路坑凹,更加烂不可行。重型卡车来往,粉尘漫天蔽日。重型卡车都东西来往于山体和窑河河堤之间,从破碎的山体处把石粉运至窑河河堤的各个运输码头,倾倒入船舱中,再由运输船运往各地。新城口是个挺大的村庄。新城口村外和村里,都有无数重型卡车来往。在无边的粉尘飞扬中,还有两位老太太,坐在村里的街边门口,聊天说话。卡车过去时,漫天扬尘淹没了她们,过些时候,扬尘慢慢散去,她们才又渐渐浮现在人的视野里,但紧接着又被一阵更浓的粉尘淹没,周而复始。村外坑凹的道路两边,视野所及,都蒙蔽起厚厚一层白尘。还有一个老头儿,跟着一群羊,在大太阳下暴晒着,放着他的羊。哦,生存都是多么的不容易。

我颠到窑河口一个最高的石粉码头上,在重型卡车倾倒石粉的巨大震动声和粉尘飞舞中看河口。由于窑河河口西岸有大批运输船遮挡,因此从东岸这里看河口,看得更清楚一些。窑河西岸,就是我刚才待过的地方,麦地绵延。窑河东岸,则山体破碎,粉尘盈野。淮河在这里已经改为北偏东向流了,河对岸的荆山湖进洪闸更显得新鲜和高大。

这次我在扬尘中改吃了两根香蕉,喝了些矿泉水,算是结束了窑河河口的历行。后备厢里的矿泉水温度都较高了。并没有新的路线可供返回,所以只好走回头路,再一次经受大坑大洼和漫天粉尘的"折磨"。这里已完全不是农业风景。但我不会简单地嫌恶这样的环境。当然,没有人喜欢这难以忍受的种种污染。可宏观地看,这种污染在现实社会而不是在学术讨论中会一直相对长久地存在下去,直至资源枯竭,因为外窑村和新城口村以外的城镇需要这里的石料(从河南固始县陈集到安徽霍邱县马店之间也是如此)。这既是经济的需要,也是社会的需要,更是政治的需要。简单的人文道德标准难以为问题的解决找到合理的途径。不过这样的问题最终仍然会成为一个道德问题,即以少数人的牺牲换得多数人的安居,到底是不是道德的,如果是不可逆转的,那么更加人性化的工作环境的边界在哪里?

泗河

午时12时57分由日兰高速泗水收费站出,高速上的广告醒目地告知人们,尼山这里是孔子的出生地。出收费站后右转沿圣源大道即611省道东行转南行。这里是山区,农业生产条件并不优越,山虽然不很高,但较多,常见大小不等的山间平地。过山东省泗水县圣水峪镇6村卫生室,约1公里后到营里。营里十字路口左转东行,约3公里可至圣水峪镇;直行即南行或东南行约6公里可至尼山和夫子洞。

沿611省道南行或东南行。这里的山水地表和淮河主干的平原区已不相同,对人口的支撑能力会大幅下降。2000多年前文化共同区的形成需要一些特别的条件和因素,但山区特点和山区经济并不适于这种共同性的形成,反而会更多更快地演化为多样性。不知道接下来我还能在自然地理方面看到些什么。

611省道在宽广的河谷间前行,约6公里后,路右(西)可见后人制作的尼山山门,上书"尼山"两个红字,夫子洞就在尼山里。再东偏南行是尼山水库,当地实诚的农民并不知道流入尼山水库的是什么河。611省道和水库建在东西两山之间长条形的平(洼)地上,山和路都大致呈南北向。路两边鲜见村庄,不知道是原来就没有,还是已经迁走了。

过尼山派出所,过尼山水库,过尼山中学,左转,顺水库大坝南行,5公里可由尼山夫子洞到曲阜市尼山镇。原来尼山镇就在尼山水库大坝下(北)边。那年我和D来尼山镇和尼山夫子洞,是从尼山镇后的山路上,经过刘楼村、新赵村绕过来的。

下午2点的尼山镇集市上还有不少摊位和赶集的人。尼山水库不算小,水库里泊着一些小船,也有两三只小船在水面上划行着。一位头发全白的老太太,戴着麦秸草帽,在山上的水泥路上不停地翻动着小麦,让来往的车辆辗轧。路边都是大杨树。尼山及其附近的山头,都是石头山,石头缝里长着低矮的植物。

从尼山镇返回尼山山门,返回营里,由营里村十字路口右转东行。过圣水峪镇鹿鸣厂村党支部村委会,沿泗水县张丰线东行。田块比较零碎,一块较大的地上种着西瓜,村头或地里还有花生、小麦、桃树。道路起起伏伏,两边多见杨树,村里还有几棵核桃树。山村房屋的围墙都用石块砌成,人家门口还种着小兰菊。过于家庄,过毛沃村,过日兰高速立交,右转东行,再左转北行,1公里后到圣水峪镇。

圣水峪镇区坐落在山间平地上。此时已是下午2点多钟,天已较热。可能今天逢集,和尼山镇一样,集市上还热闹呢,不过时间太晚了些吧,如果在淮北平原,集早散了。过圣水峪镇北行,路两边都是山村。过一粒食品有限公司、欢乐牧场、山东泗水蜜蜂山庄蜜蜂科养基地。右手有石砌坡的山涧,随路而北下。左(西)手是山坡、山头、树林,还可见一片核桃园。

过南尧湾,过南仲都村、东仲都村、西仲都村。从夹山头村到半截楼村,这一段劈山粉石,因此路上尘土飞扬。过泗水县看守所、兖石铁路立交桥,北行。突然进入了平原地区,进入泗水县县城。县城与圣水峪镇的距离大约10公里,山已远远退在南方。

泗水县城城北,故县集泗河上有"泗水中兴大桥"。在县城边公交车站问路时,一位候车一直候不到的当地媳妇,耐不住天热事急,请我顺路带她1公里到桥头下车。她上车一说话就是一口的当地音和大蒜味,其实这是朴实和健康的习惯,也忠实地透露出了当地农业和饮食文化的信息。泗河到这里似乎已经很大,河床宽阔,桥也很长,但河水并不很深。有介绍说泗河是沂蒙山区西南方向最大的山洪道,在泗水县这里观看,可以看得出端倪。

其实从沂蒙山南出的几条河流,譬如沂河、沭河,到山缘山外时水量看起来都很大、河床看起来都宽阔。临沂、新沂、郯城境内的沂河,河道阔阔,河水漫漫,让人激动,这是北方的河流,不是南方的润泽之地,给人的感觉就完全不一样。临沂市沂河边的新城,大城远水,给人以出奇的梦幻感,使我对临沂有着加倍又加倍的新奇好感。

泗水中兴大桥以东约500米处,有老旧的"泗河泗水大闸",把上游来水拦得较高。闸西有水泥过河管道和水泥路横过泗河,这就阻断了泗河,使泗河的通航成为不可能。闸西的河床里水草漫长,有多种水鸟在水里和水草间和鸣、凫动。河两岸都是柳树,在热的气息里静穆不动,它们的现身是对杨树占淮河流域一般性树种主角地位的一个反叛。

沿泗河南堤西行。过东涧沟村,左手(南)是村,右手(北)为河。这里又在建橡胶拦水坝,泗河因此而更不可通航了。这可能是山洪道的河道特点。洪汛期水势浩荡,洪水一过,河道里的水量又难以得到有效补充。在这样的河道里分段建拦水坝,洪汛期并不影响行洪,而非行洪期则可将水一段段拦蓄在河道里,以供使用。

泗河这里已完全是平原区,这释然了我此前对泗河流域农业支撑人口能力的疑惑。毫无疑问,愈往西,泗水县泗河附近愈逐渐过渡为黄淮海平原的一部分,这在冷兵器农耕时代非常重要,是文明和社会发展的保证。

右手河道里水少、河宽。左手的土地都是纯沙土地,显示这里受黄河泛滥的影响广泛而深刻。此地的沙土和皖北、苏北、豫东及豫东南的沙土地并不相同,后者的沙土是白色的,而这里的沙土微红,区别十分明显。沙土地里种着大量的西瓜,瓜贩们开着很小的轿车,沿河堤上的路到处看瓜,不少货车或机动三轮,则停在路边装瓜。

数公里后左转南行,离开泗河大堤。过南临泗村,右转西行,再转南。到处都是沙土,略带红色的沙土。许多拉西瓜的货车聚集在南临泗村村南。过北王沟村,右转西行至G327。到金庄镇。从金庄镇中石化加油站路口右转北行。过金庄镇中心幼儿园,过刘家洼村。路两边的小麦都已成熟。过官园村,菜农们光着膀子在地里收获大葱、芹菜、土豆。沙土地里的出产显得特别丰足。

从金庄镇约4公里到泗河官园桥。河床里有一些吸沙场。河水散漫,被河床里的沙岛、沙洲、丛生的野草所分割,完全不可通航。过泗河官园桥左转西行。道路两边出现大片大片的大蒜地。许多农民在地里拔大蒜,拔出来以后,就放在地里晾晒。这就显得泗河平原的沙土地什么都长,农产丰富,什么都能长得很好。还有人用手扶拖拉机在地里收获大蒜,真是新鲜新奇。

前方三岔路口又聚集了许多拉西瓜的货车、机动三轮车、小四轮。西行转南。约4公里可从泗河官园桥到西里仁村。西里仁村可真不小,许多人家门口地上或门口墙上,都埋或砌一块镇宅用的"泰山石敢当"。从村西到村东,下午5时25分,终于看到了泗河。河岸上有许多圆形的坟堆。河床里仍如此前,有的地方水阔,有的地方零乱。

沙土仍然无处不在。当我从河边步行回村里时,坐在门口的一位老人看见我走过来,就热情地站起来和我打招呼,让我进屋喝茶,看看时间不早了,我谢过他,走回村里去。

离开西里仁村,北行,转西行。过吴庄,前行,再转西北行。过丁家泉村左转西行,1500米后,穿过山河东村和山河西村,右转北行。过大白沟村。大体上就是西行、北行,主要是西行。泗河基本上在偏南的地方西流。过西张家庄村,向西穿过铁路立交(不知是何铁路),这里大致上又是冬小麦的天下了,眼界里到处都是熟黄。过西焦沟村,这里属曲阜市石门山镇。过朱家洼村、杨家洼村、后杨家洼村。山东村村通的水泥路都修得很好。

过G3京台高速。由高家店村右转西行。此时是下午6时17分,阳光正西正面晒来,尚有热力。过三门庙村,过曲阜市王庄乡孔村党支部村委会,过王庄乡。从姚王路口左转上G104国道南行,约1公里后到泗河书院桥。此地在曲阜市北,距曲阜市不过数公里。泗河到这里水面宽阔,只是桥的下游仍可见土坝横在河里。

此后,泗河由曲阜城北西向流,然后从河口村转南,从兖州东一路南下,偏西北流入南四湖。

由曲阜南行,转G327西行。过兖州东北郊泗河大桥。此地泗河已南北流,河床宽展,河滩和河床可以认为是合二为一的,已经完全被茂盛的野草或水草覆盖,存水的水道却仅百米宽窄,山洪道的特性显现无遗。

2013年6月6日,继续逐泗河而行。清晨,兖州城里人烟稀少。自北而南穿过兖州城,沿S255东行,到兖州泗河南大桥。这里河水渺渺,右(西)岸滩地里的冬小麦长势极好,连绵成片,煞是喜人!沿S255线东南行,过晾衣井社区、王家楼社区,2公里后,右转进入S335西行。路两边平原上大面积都是冬小麦,兖州这附近也都是大平原。再2公里后,又见泗河。上泗河特大桥。桥东可见关于泗河的专门介绍标牌。

泗河

发源于泰安市新泰市太平顶,流经新泰、济宁市泗水、曲阜、兖州、邹城、济宁高新区、任城区、微山,于鲁桥镇仲浅村入南阳湖,全长163km(济宁147.58km)。流域面积2403km^2。设计二十年一遇,防洪流量3652m^2/s。

济宁市水利局

泗河流域的平原区都可以看作泗河的冲积平原,还是黄河泛滥、冲积的结果?站在泗河大桥上环顾,泗河的季节性河流特征仍十分明显。河右(西)滩地麦田齐整,河道里水流则又浅又少,甚至是微不足道的。洪水期可能整个河岸内都大水漫漾吧。

过泗河特大桥西行,过大雨佳村小学,数公里后左转进入S104。麦田漫漫,平原延展。南偏西行,过苏庄村、辉煌钢构,到王因镇,过王因镇中心学校。许多农民在尚未收割的麦趟子里耩东西,近前询问,说是耩棒子(玉米)的。那收小麦时不就踩坏了吗?踩不坏,不踩还不好呢,棒子就不怕踩。他们说。

过晏家村,麦原仍大片大片。过刘台庄、官庄、雪花集团大牌楼,左转南略偏西行。过"阜桥瓤肉干饭",过西娄庄集。早晨6时17分,小小西娄庄集,有无数的早点摊和食客,而且还不断有机动三轮、小面包车、手扶拖拉机开进来,车上坐满了农民工,有些车里坐满了穿小棉袄、包头巾或戴帽子的妇女。他们要么下车挤在早点摊前争购,要么就原地坐在车上吃各种早点或自带的早点。吃得差不多时,车子又会紧紧地开走,下一拨车又涌进来了。

为什么会这样?难道这里有煤矿?这是我的猜想和疑问。但当地人告诉我,没有什么煤矿,他们都是农民工,吃过饭会去各地干活,或做零工。

西娄庄集的早点也颇见特色,有的则让外人新奇。有老东门糁烫面角、手抓饼、洪君独一味油饼、王回庄米家羊汤馆、六佰碗糁汤、酱香饼、江南荷叶鸡、土家族酱香鸡、老台门汤包等等。受感染买了一袋热的花生豆浆,边行边喝。

一直顺 S104 南行。过苗营村,有苗家驴肉店。这里的早点市场也热闹非凡,清晨 6 时 39 分,车辆拥堵,从车上下来的农民工都抢着买早点,早吃早走。过荣家桥、泗河鲜鱼馆、红波浴池、长城机械。过 S342 收费站,收费 10 元。南偏东行,1 公里后到泗河特大桥,桥西属济宁市任城区,桥东属济宁市邹城市。邹城是儒学传承者孟子的家乡。

麦原依然是大地上的主角,泗河河道依然滩宽水窄。公路桥在河面上建得很低,只有季节河上才会这么建桥。这一段是 S104 和 S342 的共用线。过泗河特大桥 500 米后,右转仍进入 S104 线南行。过东拐头村、西拐头村,然后进入微山县。地里的绿色逐渐增加,玉米、豆角、包菜等开始和小麦平分角色。

过荆集小学。小学门外 S104 旁聚集了大批电动三轮车和电动车,妇女、老太太和老头们,聚在一起说话,这都是送小孩上学的。看来,人心都一样,不仅仅城市人疼孩子,生活在农村的人也一样。

过于家庄,过微山县马坡镇敬老院。路很新,两边建筑也整治一新。过马坡镇姬堂村。麦原又来了,一片橙黄,重又在田野里占据优势。过宗村,西南行,约 2 公里到老泗河桥。老泗河由北来,东南交 S104,再南去。老泗河里长满水草,河面不很宽,非常像平原上一条朴实无华、静谧安详的河流。根据现在的泗河的流向、入湖情况,可以看得出,现在的泗河和老泗河,都大致上是在一个区域、一个方向,流入现在南阳湖这个区域的。

500米后到马坡镇。右转进入乡道,西行,3.8公里可到仲浅村。地表依旧是冬小麦的天地,杨树也无处不在。过盛楼。上午7时44分,气温开始上升,感觉不再那么凉爽了。周围都是小麦,人、车、道路,都被杨树包围着。从泗河村右转北行,进入X024,700米后到达仲浅村,这时是上午8时整。

仲浅村居民绝大部分都是孔子学生仲子路的后人,村内有全国重点文物保护单位仲子庙,在仲庙路西口。村北还有泗河煤矿的厂区。在村北问路时,一位50多岁的男人,本来正端着碗,背对着我吃饭,一听到我的声音,他马上回过头,放下饭碗,走过来给我指路。他先详细告诉我,我要去的地方怎么走,又扩而大之,向我推荐新公路、绕湖路、北湖、近路等等,我谢过他告辞时,他又恳切地问我缺什么东西不,缺不缺水,实在热情!

由仲浅村北行至南王前村,上泗河河东大堤,左转南略偏东行。此地泗河河滩宽阔,一码色都是黄色小麦。天气正是多云转阴,河堤上风大凉爽,杨树叶被风吹得哗啦啦响。上午8时16分,右手是泗河和河滩,左手是堤外大面积的麦地,麦地里有一块长条形的大蒜地,大蒜都起出来了,连蒜瓣一起躺在地里晒呢。

3公里后到泗河东堤0公里碑。再往北就是南阳湖大堤了。这里是泗河的入湖口。右手堤下已经被大水、水草、野芦苇占据,似漫漶无边。再往东南走,就下到湖滩地里去了。泗河0

公里碑附近,还有一块石碑,上书:

　　济宁湖东堤
　　石佛—青山

和水边种豆的一位老者说话。他说这里就是泗河头,再往里就是湖了。

上午8时31分离开泗河头。此地离合肥520公里。仲浅村较大,又有微山县的煤矿,因此村里的菜市很盛。仲浅村的湖堤旁盛开着浅红、深红的蜀葵,村里人家的门外也多种此物,仲子庙大门以北也长了一大片,正开得旺呢,仲子庙里也种。不知道在仲浅村这里为什么喜种蜀葵。不知道其中的机缘、历史和根系。仲子庙附近农家的墙壁上贴着标语,上面写着:学习仲子见义必为见危必拯的高尚品质。

出仲浅村,踏上返程。

濉河

由于历史上的种种原因,濉河上游的水道已经较为错乱了。濉河是淮河的淮北支流,而淮河北岸的支流又多数都受到黄河泛淮的严重影响。

我从安徽省淮北市的宋町镇接近了濉河。所谓宋町,按照一般的地名规则,宋是姓,说明早期是宋姓人家在此居住,或当地历史上,宋姓的人家有影响,或有势力,或有权力;町是田界、田间小路的意思。这是农业文化语境的留存,说明家族和田地的中心位置。

我看到的地图上对这个地方的标注,都是"宋疃",但我看到的当地路牌,却都写着"宋町"。上网查询,"宋町"和"宋疃"也多有混用。当然,行政的规范用法,应该是"宋疃"。但出现这种现象,说明当地在实际生活中,有混用的情况,或者历史上某个时期曾用"疃",某个时期又曾用"町"。"疃"的意思,一个是"禽兽践踏的地方";一个是"村庄",与"町"有相近之处。

从淮北市宋疃镇进入 S101,左转东行。路南是符夹铁路(京沪线符离集至陇海线夹河寨),路两边大树封道,树荫浓厚。约 8 公里后,右转南行,1500 米左右至濉河桥,接近古饶镇和前岭煤矿。濉河在这里已经完全成形了,河道宽阔,低切入地,浮萍水草多生,河道里渔网分割了水面,水面上有小船划行,钓鱼的人蹲在河南水边,耐心地等待野鱼上钩。这里的濉河没有河滩,两岸杨树密布,一直长到水边。古饶镇和前岭煤矿在一起。煤矿小区显得较旧,毕竟这里的建设已经几十年了。

回到 S101 线东行,下穿 G3 京台高速,6 公里后至符离镇。右转南行进入 G206 和 S101 共用线。南行约 3 公里有濉河闸。濉河东西流,G206 和 S101 共用线在这里是南北行。过闸转左,沿濉河南岸河堤东行,下穿京沪铁路,不到 2 公里是老符离集。老符离集是唐朝诗人白居易早年生活的地方,也是他写出"离离原上草"的地方,还是他与初恋情人湘灵生爱憾别的地方。白居易 11 岁时,他父亲在徐州做官,徐州附近发生动乱,为家人安全,他父亲即将家人送来老符离避居,于是前前后后、断断续续,白居易在这里生活了 20 多年。

现在的老符离集是一个较大的行政村。村里的一条主路从濉河南岸河堤处起,向南一直穿过村庄。村里有些儿衰落,也不甚整洁,我是淮北人,知道这是淮北地区的通病,需要更多年头的经济发展、社会管理和个人修养,才能得到改变。村道中段,有一家商店,算是最现代的存在了。村南快出村的地方,在路东,墙上有黑板报,上面写着陈年的"计划生育指标"等数字,能看得到政府管理机构存在的影子。村里有一家很有年代的小机械厂,完全是 20 世纪七八十年代的模样,至今还生存着不倒,令人起怀旧心,也猜想它必定有存活的秘籍。这是老符离集现在大概的情形。

离开老符离集,沿濉河南岸河堤西行,至 G206 和 S101 共用线右转北行,到符离镇外三岔路口右转东行,下穿京沪铁路立交,进入 S302。S302 线刚修好不久,虽然不很宽阔,但已十分平坦,可行。过符离镇站东居委会,过李桥村。省道两边都是木业公司,平地上到处铺摊着一层层一卷卷的木制品,也不知道叫什么。李桥村靠公路的一户人家门口,搭起了彩虹门,彩虹门旁边另搭起一个大篷车舞台,上书"旭日东升流动歌舞厅",一定是办喜事的,唢呐吹得响,鼓点打得欢,颇为喜庆,气氛热烈得很!

此刻下午已过 4 时,4 月底的时节,天倒还亮得很。从黄闸路口右转,南行,过顺河乡农民工返乡创业园,不久后左转东行,到魏庄村(大队)。木业公司一家挨着一家。这里地势平坦,小麦茂盛,沙土地略有点儿干。到八孔桥村,过八孔桥小学,右转南行 200 米,即可上濉河北堤。濉河在此地窄宽适度,河水不清不浊,两岸杨树茂盛。濉河两岸宁静而富有乡趣。河对岸有两群羊在慢慢地走,慢慢地吃,河这岸有一个十几岁的女孩、三个十几岁不等的男孩,跟着一条硕大的狗,在树林里不停地说着话,乱走。他们这显然是傍晚出来遛狗的,狗兴致勃勃的,狗跑到哪里,他们就跟到哪里。但他们又全神贯注、自顾自大声地说着话,并不关注狗撒欢儿地往哪里跑。

现在的淮河流域的树木,见到的大都是杨树。杨树当然也是很能引起人们怀旧情绪的树种,但河堤上、道路两旁、田间小道上,都是它们直立的身影,除了村庄附近,它们占据了乡村树木的绝大多数。不知是不是因为他们速生的特性。

河堤的杨树林里还有几位老年人。一位老年人坐在马扎上。另一个老年男人在杨树林里慢慢走动,也不走远,就是走动着。还有一位老年妇女,闲不住的样子,在树底下拔东西,也不清楚她在拔什么,可能是拔草吧。我走过去,蹲在离他们不远的地方,和他们说话,聊聊村庄里近来的情况,说说前方河堤上的道路通不通。说了一会话,从村庄的方向,有一个50多岁的男人,骑一辆摩托车,背上背着一架喷雾器,骑上了河堤。"你这是弄啥的?"其中的一位老年人问。"喷除草剂的。"他回答。

离开八孔桥村附近的濉河大堤,北行至 S302 线,穿过S302,沿水泥路一直往北。路可容两车交会,路两边的大杨树几乎都伐去了,视野显得开阔。道路两边满满地种着小麦,较远处有些村庄,前方(北方)看得见低山了,这在平原地区有一种浑重的感觉。约2公里后来到马山山脚,即可进入宿州市埇桥区的公墓。

深秋来这里的时候,会见到几间农家屋,屋檐下和门口平地里的大杨树上挂满了黄灿灿的玉米棒子。有一年我和董静、许尔茜、小屿来马山看望爷爷奶奶(即我的父母,这是顺着许尔茜的称呼)后返回,走到这里,看到广大的土地上,有这么一户人家,几间屋子,院前的平地宽坦而干燥,人家的屋檐下和门口平地里的大杨树上挂满了黄灿灿的玉米棒子,我们忍不住就跑过去,和玉米等物照了几张相。还有一次春天,我和母亲、大姐、二姐、董静,要了一辆车来马山看父亲,母亲那时年事已高,也不太能出远门了,但她还是想来马山看看父亲。司机也是个女的,是那种很朴实的淮北人,崇尚孝道,很快就把我母亲当成长辈敬着,言谈举止都能看得出来。又有一次是和母亲、二表姐、董静一起来的,一路走一路我们还谈着种红芋的事。还有一次秋天,国庆节期间,我们也来过,天气不冷也不热。

大多数时候是我和董静两人来马山看爷爷奶奶,春夏秋冬,各种季节都来过。一般是进了公墓后,我们从殡仪馆南右转进入公墓,到中间的凉亭后右转,找到第十一排,爷爷奶奶的墓就在中间的位置。墓碑上贴着爷爷奶奶穿着棉袄的照片,墓碑后是矮松。我们清理清理墓碑前的树叶,董静会和爷爷奶奶说说话,"爷爷奶奶,我们来看你们了",然后把带来的水果,或者鲜花,摆放在爷爷奶奶的照片前。我们站站,看看,或坐坐,转转,说说话,再离开。

现在,我一个人来到山坡处的马山公墓。我的背后即北方,是马山。从较高的地方看东、南、西三个方向,田原黄绿,杨树成排,鸟鸣啾啾,生机盎然。我坐在父母亲的照片前,默默地谛听自然界的声音,看看他们的笑容,想起一些往事。

还有过年为父亲过八十大寿的事,也历历如在目前。

我对马山最初的印象,是小时候留下的。我十几岁时,多次和同学来爬过马山,"文革"期间更是以拉练的名义来过。大都是步行,从宿县城里,到符离集镇,再到马山,总也有15公里。

许多年以前,那是20世纪90年代初,那时候马山还没建公墓,我要写一部长篇小说,开了个头以后,没能写下去,就变成了短篇小说《碑》。小说里故事发生的背景,既是八公山奶奶庙附近的地理,更是我小时候记忆中马山的实际。写作的当时似乎冥冥之中有一种感觉,感觉马山这里就应该是一个寄托亲情的所在。

山王在青谷镇东北的山脚下边。再往右手走,走不到三十里地,就是高滩。罗永才早上出门,先坐车到青谷镇——这也就十来公里——再搭小三轮,走四五里地就到山王了。但真正的山王那个村,是在山脚下边,离了公路,还得步行一两里地,才得到。

那会儿春气已盛,艳阳高照。人在这时候,满眼望出去,都觉舒坦。罗永才在公路边下了三轮,往山王村步行而去。这一带是平原上突兀耸立起来的一片小山头,但毕竟是山,因此下了公路,脚下的碎石山土便多了起来,愈走愈多,山的气氛也渐浓了,地势也有点往高里去了,路两边的一些大树,都叫不出名字来,但那些树恐怕是适合在山土里生,山地里长的,都拔地而起,枝干粗壮,有一种强悍奔放的气势,各个踞守一方。

罗永才左右看着,一路往山村那里去。

山村也有些稀零,左三间右五室的,前后散乱,都趴在山脚下边。那些房子大都是些砖瓦房,墙基一律拿石头垒的,山上有的是石头,院墙埂界也都由片石蜿蜒而上,甚有特色。

快入庄的时候,罗永才望见路畔有个中年人,四十来岁,正蜷着腿,坐在路边打石头,便近前去问:"这位师傅,你可知道王麻子家住在哪里?"那个中年人停了手里的家伙,开口道:"王麻子今儿个不在家。""上哪里去了?""上青谷他表姨家送喜碑去了。""什么时候才能回来?""既是送喜碑,那还不得小傍晚回来?"罗永才一愣,一时没有话讲。那中年汉子望望他,起手打了两锤,又止了锤,道:"这位同志是买碑来的呗?"罗永才讲:"想洗一块碑,不知他这里价钱咋样。"那汉子道:"王麻子他是挣个名气钱,他那石头倒也真好,手艺,倒也真好,他也是挣个名气钱。"罗永才讲:"他名气钱值多少?""值多少?你觉得他值多少,他就值多少,上这块来洗碑的,都是讲个心情,不讲究钱多钱少的,多了,是个心情,少了,也是个心情,这个就讲不准了。"罗永才听他讲得在理,又不知回他什么话好,半晌才讲:"那是的。"又讲,"那也得有个价钱。""有,两米的,八九百块;半米的,两三百块。"罗永才点点头,问明了王麻子的住处,就往庄里去了。

王麻子的家靠在庄头边上,房子也不是什么很好的房子,倒有点显得破破烂烂的,一个破院框子,里头乱放着各种大小石料。那时庄里没有什么人影,想再找个人打听打听也找不到。罗永才兀自进了那个破院框子,见那正房的两扇门紧锁着,锁也是老式铜锁了,将军牌的,铜面叫手磨得光滑,打门缝往里头瞅瞅,那房大概是个没开窗户的,里头半星光亮都没有。罗永才退到一块石料上,点了根烟吸,心想:今儿个白跑一趟了。却也不觉着损失什么。吸着烟,呆眼望那破院框子外头的野坡杂树,心间真是各样感觉都没有,只觉着春阳渐暖,寒气消散,万物都在顶撞、爬升。坐了一气,便起身回蒿沟县城了。(《碑》)

从马山返回到 S302 线,东行。过顺河乡。眼界里很整洁,道路两侧的行道树仍是杨树,生长茂盛。田野里多是冬小麦。道路左侧(北侧)的人工河道东西笔直,右侧则逐渐出现连续数公里的白色塑料大棚,更远处是一道浓绿色的树墙,那一定是濉河大堤上的树林,S101 线淮北符离段和 S302 线符离大庙段是一直和濉河并行的。过八张工业园。左手人工河里有四五个年轻的女人,30 岁上下,挽了裤腿,露出腴肥壮健的两腿,手里还各提着网袋一样的东西,在河边的浅水里,弯腰摸着什么。她们白花花的腿在下午的阳光和水光里直打晃。她们在摸什么呢?鱼鲜吗?她们这么年轻,如果她们是在这里打工的话,这样的活,也应该是男人们干的啊,大太阳底下。正胡思乱想着,前方河边出现了一排排鸭舍。哈,她们一定在摸鸭蛋!没错,一定是这样的。这就没有男女同情的问题了,鸭舍里这样的活,还是适合于女人干的,像玩一样。

过双戴村,从双庆河路口右转南偏东行。约3公里,到濉河灰古镇节制闸。闸南是灰古镇。闸北有一户人家女儿出阁,在家门口向着路的地方搭了彩虹门和流动歌舞台,大喇叭里放的歌曲是鸟叔的《江南Style》。濉河灰古拦河闸已经老掉了。树更多,两岸河堤上的树已经占据了河滩,快长到水边了。濉河里的水很平稳,但在同样的季节,水量似乎比以前大。

近30年前来灰古,住下后,会一直在濉河边转悠,看小麦,看土里的土青蛙,看一块地里的大蒜成熟、收获,寻找自然界的真谛和鲜为人知的微观世界。那一组向冬小麦致敬、类似散文诗的《季节风》,就有很大一部分是在灰古写的。

二十里不卖

我从宿州市骑自行车到灰古去,这条路我已经走过几次了,有时是骑自行车,有时是坐农客。到刘闸的时候,我下了车,在茶摊上喝一杯茶。

正是5月下旬,快要收麦了,西南风盛行起来,呼呼啦啦地吹,这样的风几扬就会把青青的麦子吹黄的。我选择了这样的吹着暖暖的季节风的时节到农村去,想要收获一种系统的东西,这是说不清楚的一种东西,也是看不见、摸不着的自然界的一种吸力的召唤。

还有几个农民也坐着喝茶,路上坝下的非常高大的杨树、泡桐树和榆树、柳树造成了更大的风势,季节风一日千里地从平原上涌过。我问卖茶的老头:

"大爷,到灰古还有多远?"

"十八。"他说。他立刻又补充说:"都说是十八,其实二十也不卖。"

"对,二十里也不卖。"另几个农民七嘴八舌地说。

我记住了农村的这种语言。每碗茶三分,我付了钱,跟老头打声招呼,就骑车赶我的路去。

季节风一路推搡着我。我体察到了它的热情和力量。我小心地避开坎坷的地方,一直往前骑。

人与狗

中间有一块蒜地,旁边全长着麦。麦秆青壮。有一条杞柳夹着的小道。

有一条小黑狗从杞柳丛里钻出来冈着头往我这边闯。它突然发现了我,它昂起头,侧着脸,用一只眼看我。在很短的时间里它做出了选择:它掉转身体很快就往道路的另一头溜走了。

如果我们僵持在杞柳夹成的窄道上,结果不知会怎样。

滩地上的风

季节风在河湾的滩地上,表现出另一番浓郁的却不是激烈的风格。季节风在滩地的麦梢上任性地翻滚,把粗壮的大片的麦压成最大的弧,然后放松它们,让它们弹向相反的方向去。我离着好远就听见了季节风在青麦的席梦思上滚翻的浓烈兴致。我加快脚步走过去,季节风已经滚远了,但它滚翻的余波还没有消失。余波揉了我几把。

大家的河滩

河滩上长着零零散散的柳,闻不到一丁点风的动向。两个穿红背心的男孩站在水边,用一根竹竿钓绿萍黄花里的黑鱼,竿儿一起一落,用饵砸水。几只小羊跟着妈妈,拱她的奶头。几个挽着裤腿的女孩子,在稍远点的河滩上,用三齿抓钩刨地翻蚯蚓,她们每人身边都有一个铁皮小桶,看样子她们是刨蚯蚓喂鸭子的。我则坐在草地上休息,看一群忙忙乱乱的淡黄色大蚂蚁往柳树上爬。

这静静的河滩是我们大家的,不是哪一个人、哪一种生物的。有一条白花的大狗也顾自待在水边,全神贯注地往水里看。

它是想逮一条鱼吗?

土青蛙

我走在两块麦地之间的一道土沟里。土沟很干,长着一些草类。

有一个小洞,一只硬币大的土青蛙伸出头来,不知它是在看我,还是在思索。我弯下腰看它。

它好像不耐烦似的从洞里跳出来。又一下,跳进麦根丛里。我没有得出任何结论。

麦子从根部先熟

我昨天走过麦地的时候,注意到麦子还是一片青葱,但我现在看到,麦子已经从近地处开始发黄了,离土地较近的麦叶也开始泛黄了,这样我才知道麦子是从底部开始变黄的。

正午的太阳晒得热辣辣的,西南风还是不见颓势,空气中的水分明显减少了,这对小麦也许是不利的,它晚些天再盛行起来或许更好。但我还是欢迎这季节风的到来,季节风的到来和强盛造成了一种环境,形成了一种态势,季节风的因素已经开始渗入到人和其他动植物的血液里去了,这种渗入是周期性的,是同宇宙的无规律而形成的规律同步的,是生命因素的一部分。(《季节风》)

20世纪80年代中期前我经常到这里来,住在灰古公社或灰古乡或灰古镇的供销社招待所里,还在招待所办的澡堂子里洗过澡,因为洗的人太多,澡池里的水都是稠的。不过能在热水里烫一烫,已很难得。街头路边的牛肉汤和馍好吃极了,牛肉汤热辣得很,再加上几瓣大蒜,虽辣得难受,但总也吃不够。

后来写长篇小说《王》,在20世纪90年代初,灰古成了我笔下中国古代的一个方国。

灰古王冠先,是个喜欢钓鱼的人,灰古在濉水南岸,林木成片,城池有近万居民,民风淳朴英武。冠先钓鱼,或者出售,拿到集市上去,装成个渔翁的样子,价钱定得不高不低,趁鱼还游动的时候,就全部出手了;或者送人,或送给路上走过去的人,或送给赶集的人,或送给在河边看他钓鱼的孩子,或随意走到一户农家,把鱼倒在人家的水桶里,鱼在水中游动,丝毫没有痛苦不安的样子,冠先轻松悠闲地就走了;冠先钓的鱼,有时候随手随地就放掉了,他用的渔具,也很普通,打水边的柳树上,折一根漂浮的柳丝,就做成鱼竿了,鱼钩也很钝,不锋利。他还喜欢种无花果,灰古城内城外,都是无花果树,果树的种苗。据说是冠先从绥山上移植来的,每到冬天,喜温暖的无花果树就会冻死,但根却活着,到第二年开春,从根部发出芽,冒出叶,长出枝干来,到夏秋交界时,即可硕果累累。冠先喜欢吃无花果的果实,用无花果的叶子泡水喝。王令传到灰古,陈军来问冠先:"咱们去还是不去?这倒是一次热闹的聚会,说不定刘康还能分些美女给咱们呢。"冠先想了想说:"那就去呗,机会难得呀,再说真的分了些异地的女子给咱们,对改良咱们这地方的人种也不是没有好处的。"(《王》)

离开灰古镇和滩河灰古节制闸,返回S302,继续东行。道路依然平坦、整洁,给人十分好的心情。4月底,天黑得更迟一些。因为《王》写的是古代的政治生活,牵涉到实力和权势,这段路上又没有过多的人和车,所以我的思绪一会儿跳到这里,一会儿跳到那里,总是有相关的胡思乱想。我想起有一年我在美国,又有一年我在北京,都是在电梯里和陌生的白人老外相遇。这时总是要打声招呼的,有时候是老外主动,有时候是我主动。很自然的,就用蹩脚的英语跟人家对话。

"Morning!"

"Morning!"

他很自然,我也很自然,没感觉有什么不对。讲礼貌,这有什么不对!

出电梯时,再互相打个招呼。

"Byebye!"

"Byebye!"

他很自然,我也很自然,没感觉有什么不对。讲礼貌,这有什么不对!

可是,如果我们是在一个母语不是英语的小国家,在电梯里碰到当地人我们不会这么做。第一,我们不一定会主动和人家打招呼;第二,如果人家和我们主动打招呼,他或她可能用的是汉语,"你好",我们也会很自然地说,"你好"。出电梯时,我们互相可能会用汉语说"再见"。

虽然这也算很"自然",或我们并未意识到有何不妥,但这的确很不同。因为我们的社会位置发生了变化,我们的自信和自尊也发生了变化。这是一种强者崇拜,或英雄崇拜。没有办法,人类文化就是这个样子的。谁更强势,谁自然而然就更自信,"他者"则依强者之规行事。

我的思绪突然又意识流一般跳跃进入关于文章的写作。是的,写文章要注意语词的变化,在句子较近的地方,尽量不要重复使用相同的词,而尽量选用同义词,或近义词来代替,这样可以显示作者的文化底蕴和语言功夫,也使文章不单调乏味。例如古代要求女人,要"大门不出,二门不迈",这才叫守妇道。所谓"妇道",一是古代称呼成年妇女的,一是古代要求女人遵守的道德规范。在这里,"出"和"迈"可以认为是同义词。我们既可以说"大门不出,二门不出",也可以说"大门不迈,二门不迈",还可以说"大门不迈,二门不出"。

虽然使用的是同义词或近义词,但词与词之间是有微妙差别的,也会有不同的进化过程,里面还潜藏着丰富的文化基因。能够游刃有余地变化使用同义词或近义词,是我们文化修养的示范性标志。

还是S302,过代夏村,过大秦家,过京沪高铁下穿,过柳园村、傅张村、时西村、小蒲家,到时村镇。濉河西南、东北向斜穿过时村镇东郊。在这里,濉河有更加工整的河堤了,河堤下是工整平坦的河滩,河堤与河滩之间的高差很小,河滩里种满了冬小麦。过时东村、官路庄,数百米后由宿州市埇桥区进入宿州市灵璧县地界。灵璧地界里的树、路、堤、渠,都井井有条,傍晚时分,四下里显得十分清静。

走李楼村。有两位妇女在渠坡上点什么豆,眉豆?很有可能,因为在野外的零星隙地,最适合点眉豆,又不用管理,夏秋都有蔬菜吃。过马楼路口,到曹家村,到尹集镇。濉河从尹集镇北流过,河道河滩,堤里堤外,都整理得比较整洁。河滩的有些地方全种了树,有些则全种了麦,有些则集中了许多新坟,不知是不是新迁移来的。二三十年前,如果在4月下旬来,尹集镇北的河堤上,一片白,若远看去如一条白丝带,那是槐花开了,在大平原上,清香四溢。

继续沿 S302 东行。过尹集镇,走陈滩、菠林、车村。濉河堤就在车村村后(北),在 S302 上都望得见。村中有南北路通往濉河河堤和后车村。沿南北路北行 200 米至濉河大桥上。桥是新桥,此时、此处,四周极其安详,濉河河滩平整,麦田、树木,都有条不紊。北桥头有碑有文,碑文大意是:金石颂祥和桥,古老濉河阻碍南北交通,在党的关怀下,在县水利局精心安排、交通局大力支持下,2009 年 3 月 28 日此桥竣工了,全村人民感谢!落款是"浍沟镇车李村党支部、村民委员会,2009 年 5 月 16 日"。

到浍沟镇。在浍沟镇十字街口,"欢乐鼓演艺传媒"的大篷车又搭起了台子,看样子晚上又有好戏(艺)看了!出镇后北行,浍沟镇外(西)有濉河新闸,闸上的水拦得很宽。浍沟又叫浍塘沟,这里有多条河流相汇,都整齐宽展,水、滩、林、田,各得其所。过闸闸北有引河,路转东向行。过浍沟滩北闸,这闸较旧,有些年头了,但河道依然工整。新濉河从这里东偏南流,经枯河集,去往江苏省泗洪县,老濉河则由此继续东行,至刘圩镇东折南行,成为皖苏界河,在泗洪县马公店东与新濉河汇合,东流进入青阳镇。

仍在 S302 线上行驶。过蒋为村,过灵璧县公安局大路中队。暮春暮晚平原上清新的夜凉气慢慢儿地漫上来了——

甸子看起来是一望无际的。在傍晚的时候,在天空一秒钟比一秒钟更暗淡的时候,甸子看起来尤其如此,几株聚合在一起的高而直的白杨树,孤单地耸立在无际的暮色苍茫的甸子上。

小瓦她背着草箕儿,弓着腰在暮色苍茫里走。草箕里塞满了秋草,一直塞到草箕的把儿。草箕的把儿上拧着一根发白的毛绳,她就把镰刀柄穿在毛绳圈里,撅在肩上,弓着腰,往村子的方向走。

没有风。但凉意一层一层紧挨着漫上来,漫到草甸子上,漫到孤零零地待在大甸子上的那一小撮白杨树的梢头上。有几声低哑朦胧的秋虫的鸣叫声泛起来,但即刻又被无边无际的草甸子上的暮色淹没了。

"小——瓦——小——瓦——"

"哎——"

"俺——们——回——啦——"

刚才的那种尖尖的女伴的声音又响起来了,但很快又消失下去了。草甸子上还是只剩有浓浓郁郁的暮色。小瓦不再吱声,也不想抓紧走撵上女伴,她只顾低着头,弓着腰,用全身的力气撅着一大草箕儿草往前走。

路儿花白,在暮色里蛇一样曲曲弯弯地走。上了一个缓坡,就见着下边是无边无际漫在暮色里的一大片水,水边胡乱地长着杂七杂八的草,梗儿硬直。像蛇一样的花白的小路,一条顺着坡岔向村里去的土大路,一条就岔到水边去。

小瓦蹲下来把草箕儿卸在地上。她抓起衣襟抹抹脸上的汗珠,在暮色里看不清她的脸,她出了一身汗,脸蛋儿肯定是红扑扑的像刚从地里起出来的红芋,她的身上有一股潮乎乎腥乎乎的大姑娘的汗臊味儿,这味儿在无边无际的暮色浓重的大草甸子里,显出了人的热乎乎的生气。小瓦往四下里张了张,四下里都瞧不见割草的女伴了。她拿着衣襟在脸面上扇了扇,扯开喉咙,对着伸向暮色里的花白的蛇形小路,喊了一嗓门:

"哎——翠——花——哎——"

她的不算尖也不算粗的嗓门,在暮色四合秋虫哑哑的草甸子上,黏糊糊地滑进看不清的远方,能看见的只有黑糊糊站着的那几株白杨树的影儿和晃荡着的水边的草梗尖儿。哎,翠花哎,俺们该回家了吧,天没黑的时候小瓦就跟翠花说,你娘的麦糊糊稀饭,也该香喷喷煮熟了吧;翠花就傻乎乎地笑小瓦:你的那个痴人儿,也该心焦焦地等急了吧,年轻的时候不玩玩,还待老掉牙么?两个妮子就闹在一堆,大老憨家的妮子彩霞也过来跟她们闹成一堆。这几个死妮子闹成一堆,也真是的,把天都搅翻了。可眼下,她们都走远了,暮气把她们都吃掉了。

小瓦想到这里,又重蹲下,用屁股把满满一草箕儿草撅起来。她把草撅起来走了几步,又停下,把肩上的草箕儿卸下来。竖着耳朵听暮气里的动静。她的心像小猫一样地跳着。

一阵吱吱啦啦的声音从堤坡下边传过来,还听见喘粗气的声音。接着,一个男人就咧着嗓门号起来:"啊——啦

啦啊啦啦哎嗨咿呀——小牯子!"(《焚烧的春天》)

S302一直和濉河东西并行延伸,或者说S302一直沿着濉河往东走。过大路乡。曾偶然看到的"灵璧论坛"上的一个帖子这样介绍说:"大路乡位于灵璧县北部,人口40024人,面积22.5平方公里,下辖13个行政村,共有党员995名,农村党员762人,机关党员233人,29个党支部,其中农村支部16个,机关支部13个,辖1个电教工作站,29个电教播放点。302省道,灵双路,大小路穿境而过,南距县城32公里,北距104国道和徐州观音机场25公里,交通十分便利。区内有龙腾双语外国语学校、大淮面粉厂、灵璧县第二麻纺厂等知名企业。大路人头脑灵活,集市贸易繁荣,是投资兴业的好地方,开放的大路欢迎您!"感觉那么有时代气息和中国特色。

过韩墩村,过找营,到大庙乡。天色向晚,由大庙乡北偏东行,去往灵璧县城。

25天后,即5月25日,我清晨5时从灵璧县城出发,再次前往大庙。这天大雾覆盖,能见度也就数十米或百十米,快要成熟的麦田十分宁静,显示出大地和农业处变不惊的良好素质。淮河以南的小麦全部黄熟,部分已经收割,沿淮的小麦基本黄熟,正待收割,濉河流域的小麦则多黄少青,收割尚需时日。

村庄里,理着寸儿头的中年男人赶一群紫花羊,早早地往村外走。路边时不时地出现巨大的灵璧奇石,这是本地的特产,现在也越来越少了。上S042,北偏东行,大雾中过禅堂乡、冯庙镇。冯庙镇上有时髦的年轻人穿着短裤,跑步前往镇外遛狗;又有人在路边房前的空地上转圈儿地跑步,还有几个女人,在预制品厂外甩胳膊晃腿地锻炼。过高庵、靖宅。小麦愈来愈青了。路上的收割机,都是往南走的。过王谷,到大庙。老濉河从镇北经过,河道里土丘起伏,河道似乎都被湮断了。大庙街里有"辉煌盛典音乐传媒"搭了台子,唢呐吹得欢响,这是要举行结婚的庆典,接新娘子的婚车正在路边集结组合。

由大庙乡和王谷村之间的"灵璧云谷木业有限公司"路口东转,略偏南行,1公里后进入泗县境内。老濉河在左手北方。平原上的大雾一点都没有要消散的样子,不过能见度已舒展至数百米。麦原青厚,如果在此后的半个月里没有特别的自然灾害,那今年比较风调雨顺,又一定是个丰收的年头了。过一座新修的水泥桥,桥下是南北向的一条人工河。一个50多岁的男人在桥下的一小块地里撒粪,准备耕种。新桥的护墙上写满或喷满了当地的广告:中药包治牛皮癣1539521××××;学挖机到宏昌1395226××××,学挖机当然去宏昌喽1395226×××;鱼苗769××××;高楼麻将机1305300××××;徐州山东红砖多孔砖1585××××……后四位数字被人涂掉,这里也有竞争对手啊!

过桥进入泗县056县道。过陈宅(?)村。一对老夫妻在收割一小块地里的油菜。离开村庄后,老濉河流域愈加被凝厚的雾气和庄稼正在成熟的气氛所包围。气氛凝静。两侧杨树夹道。过刘宅路口,过王宅村。斑鸠在路上踱着闲步。过安徽远航印刷、华云乡村酒店、苏皖驾驶训练基地、黄圩镇派出所巩沟警务室。7时20分,巩沟村的广播喇叭正转播新闻节目,村东一户人家在准备办婚礼,"泗县博翔演艺公司"已搭了台子,吹响了唢呐。过泗县东发木业有限公司、结缘木业、大庄镇派出所万安警务室。村庄面路的墙上,总有各种醒目广告:九鼎饲料,一言九鼎;上过大学的肥料,等等。

过泗县漂陈小学。过大庄派出所和谐警务室、和谐村卫生服务站。村头有两个老头穿着黑厚的衣裳在水塘边钓鱼,一个老头用枯树枝钓鱼,一个老头蹲在岸上看。过浩楠超市、泗县佳林木业有限公司,到大庄镇。左转,进入G104,北行。过许老庄,约2公里后到许庙老濉河大桥,桥南为安徽泗县,桥北是江苏睢宁。许庙老濉河河道宽约55步,没有明显的河堤,亦无河滩。河内坡长满了树,杨树多,柳树少,他树无。河水不流动,质量也不好。有一群黑鸭子在水里戏水。

从大庄镇择路东行。街北村路边有人搭了架子正在剥狗,架子上有一只零乱的狗体,地上有一堆狗皮,一位40多岁的男人正操刀工作,一位40岁左右的妇女在家门口收拾东西,一个男人背对着道路,蹲在地上看剥狗。道路前方又有扎粉红绸带的婚车出没,行不多远,路左出现一座"中冈石化加油站",加油站旁边的房门外,搭起了台子和几重彩虹门,唢呐和架子鼓当场奏响激扬的《边疆的泉水清又纯》《闪闪红星》等老曲,真激扬欢快。

这时8点多钟。过香香卤食店、大庄镇东锋工艺品厂,又过红旗农资、泗县永泰门业有限公司、卢平超市,到周庄闸。老濉河在这里呈西北、东南流向。周庄闸极老,已经废用了,在闸的南边,新建了一座大桥。老濉河里绿草茂盛,水道在绿草里蜿蜒南下,只是桥闸附近水质恶劣。桥西有一些房屋和临时零售的小棚子,我想从老濉河的河堤上走一走,棚子下的两个中老年男人告诉我,河"堰"上走不通,顶多走上一两里路,就不通了。我只好遗憾地作罢。

沿乡道继续东行。过周庄闸,过泗县苌氏农业专业合作社、苌圩村、苌维超市、瓦坊乡苌圩小学、苌圩候车亭。8时40分,人们纷纷骑着摩托车、自行车、电动三轮车,带着老婆、小孩,或老夫妻俩,或小两口,或小姊妹俩,由西往东赶路。在宿州市吉品面粉有限公司对面路南小唐庄候车亭问路,候车亭里的壮年男人告诉我说,"今天逢张楼,不逢瓦坊"。哦,今天张楼逢集。我要前去赶集哦!

前行约1500米到张楼,集上已经人头攒动,买卖兴隆了。女孩子们穿着不同的露、透、瘦的衣服在集上逛。集上有卖瓜果的;有卖服装的;有卖笤帚的;有卖花木的:含笑、大叶栀子、夹竹桃、含羞草(防过敏)、仙人掌、仙人球等等;有说书的,旁边围着一群中老年人;有卖卤猪头、猪肝、猪肚、猪蹄的;有卖茄子秧、辣椒秧、大蒜的;有卖油桃、西瓜的;有卖布匹、铁器的;有卖褪好毛的鸡鸭的;有卖酥饼、西点的。目不暇接。

从小唐庄候车亭南行,过泗通乡村酒店(其实也就是村村通路边两三间破旧的砖瓦房),1公里后过老濉河。在这里,老濉河已有土堤,河道畅通无碍,两岸都是杨树。过吴宅村、圣雪面粉有限公司、虹阳纺织,到瓦坊乡。此时已经上午9时30分。本来是要从瓦坊乡东行,再过老濉河至四山集的,但瓦坊东修桥,路走不通,只好原路返回,到吴宅村,右转东行。

天色亮了一些,雾气却仍未消散。过吴宅村党支部、村委会、警务室和卫生服务站。一个八九岁的小女孩带一个三四岁的小男孩在路边人家的水泥屋檐下玩,她让小男孩自个玩,她兀自旁若无人地站在高处、面对道路,跳着从"正规"学校学得的舞蹈。杨树花落了一地,白毛毛铺了一片。过何宅子。这里的许多村庄都名这宅子那宅子的,比如何宅子、陈宅子、吴宅子等等。过老滩河。当地人都知道村西的这条河叫老滩河。这里的河面更宽展一些,西北而东南向静静地卧在天地间,两岸还都是杨树,一河里都是水草,水流很慢,水质也一般,但想必水草下面一定会有鱼儿在游动的。桥离水面很低,水泥的,仅容一车通过。

过张营子,由村东转南行,老滩河也在右手西侧南北向同行。再东南行,由县道X005线到四山集。又有婚车北去,这一天结婚的人家可真不少呢! 老滩河从四山集南,由西北而东南流去,这里的河道、河面、两岸,都整洁、宁静。河堤上白花花的都是杨树毛子(杨絮)。X005四山老滩河桥看上去并不很旧,但桥两侧的水泥栏杆上,却分别铸有"毛主席万岁"等字样,那这桥的年岁没有50年,也近40年了,还这么结实? 质量真好。

四山街里地势有较大起伏,这一片地方是微丘岗地。从四山街里转东略偏南行,老滩河则一直在右手南侧伴行。过小周圩子,1公里后左转北行,数百米至小曹家。路边一块地上种着菜瓜。这里是我大姨家,不过现在大姨和大姨父都不在了,姨哥他们数十年前就不在这里生活了。青少年时期我来过小曹家很多次,住在大姨家里。

20世纪70年代末上了大学,过年时偏想着去体验社会。年二十九坐汽车到了农村的大姨家。大姨父个子瘦高,干事说话都像风一样快利。那时候大姨和大姨父两位老人相依为命,儿子远在甘肃玉门,我去了他们自然无比高兴。正好家里养的一只看家狗,连偷别人家的小鸡吃,早就决定要宰它,但那畜生通人性,机灵,人近不了它,家里的人近了它,它就站起来摇摇尾巴跑了,设下各种圈套都拿它不住。可是你说巧不巧,我去的第二天早上,天气晴冷,天寒地冻,它不知怎么地贪恋了狗窝,毫无警惕地呼呼大睡,被大姨父当场逮住,又亲手吊在门前的树上剥了皮。大姨父干这些事时非常兴奋,捋了袖子,嘴里一连声地说他外甥福气大。狗被大卸八块,添了辣椒、大蒜、干姜,猛火狂炖,后又改为文火慢煨。狗肉的奇香在整个村子和整个大平原上魔术般地风靡着。那真是我从未体会过的一种极致的香气。到了晚上我们就在小方桌边,小盅喝酒、大块吃肉了,两个好老的老人和一个好年轻的男孩,三个人在如豆的煤油灯下,关了门,喝酒,吃狗肉,讲一些梦里的话,抵御着屋外的至寒。狗肉和酒都是大暖的东西,在冬天它们是民间最上等的暖物了。(《给父亲过八十大寿》)

离开小曹家返回四山至刘圩镇的乡道。这时已近中午11时,天比较放亮了,天空中有了些散射的光,气温似乎也在上升,风把杨树叶儿吹得呼呼直响。我想起以前来小曹家,我和大姨或大姨父去刘圩街上,或去山头大舅家,都是步行去的,大姨解放前裹的小脚,走起路来似乎站不稳,特别不容易,大家也就走得很慢。

由乡道继续东行。看右侧的河堤,草色覆盖,绿茵茵的,与堤下田原融为一体,大地因此显得浑然。更接近了老濉河河堤,这才看出来,那些"草色"却都是冬小麦。道路在双宅村西上了老濉河河堤。除了房屋外,这里似乎还是40多年前的样子:北方左手是村庄,中间河堤上是道路,南方右手下是略显宽深的老濉河河道。河岸上有成簇的墨红色的月季花在盛开,记得小时候夏天从这里走过,看见河水已经漫到河沿了,眼睛看过去,水面好像比河岸还略高,就像挂杯的浓酒。左手村庄门前,有较平宽的水泥地,有些女孩和带孩子的少妇坐在水泥地上说话,村庄里有烟火气飘过来,勾人怀旧。

到刘圩镇,左转进入X048,北行,约5公里后到泗县潼河汕(山)头节制闸。这个闸的修建时间是1971年,外部做些粉刷后,并不显得太旧,闸上的汉字,都是繁体,还把山头镇的"山"写成了"汕"。潼河是淮河的二级支流,发源于安徽省灵璧县,由灵璧县进入江苏省睢宁县,再进入安徽省泗县,最后由泗县进入江苏省泗洪县,并入安河流入洪泽湖。

山头镇是泗县最东北部的大镇,我母亲的老家就在山头后的王沟庄。最早来山头,来王沟庄,是20世纪60年代后期"文革"期间,在城市里不安全,母亲就送我们下乡到外奶和大舅家躲避。后来外奶去世了,大舅一家在王沟庄生活,我在中学和大学期间又来住过几次。山头镇后(北)真有一座山头,红土的,漫延而去,起起伏伏。山头初夏长满了小麦,盛夏铺满了红芋,夏天暴雨后红芋长得铺天盖地,只留出伸向西北方向村庄的一条山道。站在山头上四面一望,西北方是王沟村,西方的是庄稼地和潼河,东北方则是另一些山头。

住在王沟庄的日子里,夏天我总是赤着脚,只穿一个裤头,一个人晒着大太阳,走过瓜地、豆子地、玉米地、树林,到潼河里游泳,下过暴雨后也照样游,村里人都惊叹得很,因为他们没有时间去学游泳,也不认为游泳有什么用。偶尔有说书的夜晚来庄里说书,场地就安排在庄里的道路上。知道这消息后我期待得不得了,但晚上坐在庄路上听了不一会儿,我就没有兴趣了,倒在地上呼呼大睡,直到结束。隔三岔五的,大舅、表姐、表哥(母亲叫我们称呼表姐夫为表哥,这样显得亲热)会起大早推磨摊煎饼给我吃,那可是个麻烦活,但摊出来的小麦面煎饼香酥无比,好吃得不得了。

现在,我穿过山头镇的街道,从镇西北方出镇翻上山头。山头的大模样还是那个样子,只是道路边有了些建筑,破坏了自然界的模样。离王沟村约500米,乡道的路南,新立了一个碑铭,原来这是一段家族的纪事,这使这里的历史文化气息顿然变得深厚了。

王沟支脉王氏家族纪念

王氏家族王沟支脉来源于山东济南西大王庄。公元1616年,国家动乱,民不聊生。为了求生,两位始祖带着四个儿子向西南方向逃难,因女始祖脚小,行走缓慢,决定由男始祖带领三子、四子先行,长、次子照顾女始祖后行。男始祖先行落居在现泗县王武庄。女始祖后行落居在现泗县王沟庄。两地虽近在咫尺,但两位始祖互不相知。一次,男始祖生意途中避雨在女始祖家,偶然相逢、相认。当时因两地家境都不错,人丁兴旺,决定不再搬迁相聚,保持现状。

张店东小王庄王氏系王沟庄第二代始祖分支,是哪位始祖何年迁去,现考证未果。

江苏省睢宁县王娥庄王氏系王武庄先人歧凤的后人。歧凤,字景岗,是在乾隆年间到该地居住的。

江苏省宿迁市龙河镇北陈圩王氏,系王沟庄小始祖长房的后裔。至此,我们这支王氏族脉又已形成四个支系,现人口达三千多人。

"三槐堂"是王沟支脉王氏家族的堂号。最早源于北宋王祐,因升迁宰相无望,在其宅院内植槐三棵,隐含"吾虽不能位居三公,但吾的子孙一定有能担任宰相、位居三公的"之意。后来,王祐的儿子王旦在宋真宗时真的做了宰相,当时人称"三槐王氏",苏轼写了《三槐堂铭》,欧阳修作了《文正公神道碑并序》,自此"三槐堂"作为明志、励志的堂号,一直被王姓中人数最多的一支旺族流传至今。

愿"三槐"精神在王氏家族中永远发扬光大！

泗县王沟庄、王武庄、小王庄

睢宁县王娥庄　宿迁市陈圩王氏家族

公元二〇一三年四月

　　过家庭纪念碑，西行，数百米就是王沟庄（村）。现在的王沟庄已经变得更大，模样我也不太能认得出来了。但还能感觉到原先的那种村庄的气氛。村道在村里转弯而行。我在心里说，妈妈，我替您来看看您生活过的家乡了。路边有许多树。我停在路边一户人家的平地旁。这时，有一位老年人，她拄着一根拐杖，从后面的路上走过来。起初我并没太注意她，但是她从我旁边走过时，把头伸过来，靠近车窗仔细地看了看我，又往前走了。呵，她的容貌真是和母亲的容貌有太多的共同点啊！我再注意从我附近走过的妇女，都能从他们的面貌上看出当地独有的特点。这就是基因的精妙之处。我在庄里注意那些较老的房子，但也不可能再找到大舅家原来的房子。时间过去得太久了，大舅也走了多年了，表姐一家也早在城里定居了。很难再找到那时我住过的老房子了。庄里到处都是杨树，地上到处都是白花花的杨絮。

　　回山头镇，上X048，5公里后回刘圩镇。一直南行，出刘圩街道，南行至老濉河"刘圩节制闸"。这闸也老了，也不用了，只用桥面通行。过三甄村、杨圩村、光明学校。青黄相混的麦原厚实如毯，X048旁的水沟里长满了青草和白飘飘的毛谷谷花，一路随行。南略偏西行，到黑塔镇。黑塔"文革"时改名为红塔。

20世纪80年代中期我住在黑塔乡招待所时,晚上就到镇外的田野里去走动。

出黑塔镇沿X048南偏西行。过徐赵村,路右西侧有小山头,那是朱山,高程157米,周围麦原广阔,意境厚重。过娄桥村、舒圩村路口,过在建的宿(州)淮(阴)铁路桥,过大吴村。田原邈远。过在建的泗(洪)许(昌)高速,泗许高速中泗县至许昌段已经开通,现在只剩泗县至泗洪段在建。到枯河集,集中有东西路去小梁乡。枯河集又称枯河头,这里有许多传说。据"中国泗县网"介绍:

枯河头在县城东北30里,原名"哭活头"。相传霸王在垓下兵败别姬后,携带虞姬头颅摆脱追兵逃到这里稍事休息,就将虞姬的头颅拿出来看看,因霸王对虞姬感情至深不觉潸然泪下,这时只见虞姬的眼睛眨巴一下,被项羽哭活了。因此,这里就叫"哭活头"。据说虞姬的头颅就埋在这里的高滩上,后因隋唐运河挖到这里干枯无水,施行纳粟行舟,就改成了枯河头。枯河头曾经三易其名,经历了"哭活头""哭孩头""枯河头"的不同称谓,每个称谓都有一段历史传说。

数十年前我步行濉河时,走过这里。那时的枯河头极小,几乎还形不成一个集市的模样,新濉河桥高高而上,桥北端是一片宽敞的平地,平地上有卖零物的临时小店,濉河大堤上长满了泡桐树、柳树和杨树。

有一年沿老濉河步行,连着赶了濉河附近的六七个集:灰古集,那集上一纸禁捕青蛙的行政广告,至今还在我眼前晃动;浍沟集,那是个滩南大集,集外陡峭的河岸和葱郁的树林,叫人流连忘返;泗山集,那差不多就是个露水小集了,一街筒子都是黄泥,但出了集,路就干爽爽尘扑扑了;枯河头集,那真是个露水集了,我因为到得晚,夜间就在集外的麦秸垛里睡了半夜。露水集都早,早上爬起来买两根油条吞下,买一碗稀饭喝干,再转身面迎阳光,举步往东边的洪泽湖,一路扑踏着走了去。(《赶集》)

沿枯河集东西路东行约 7 公里可到小梁乡。20 世纪 80 年代我哥哥在小梁乡粮站工作时,我在小梁乡政府招待所住过一些时日,在那里写小说散文,还四野到处跑。

出枯河集南行至新滩河大桥。现在的新滩河河面宽阔,冬小麦从河滩一直铺延到堤顶。桥东 1000 米左右有新闸。过新滩河大桥南行,约 500 米,左手东侧有一条砂石路似乎通往新闸。砂石路口立着一个蓝色的牌子,上面说明这条砂石路叫小沈砂石路,是以"一事一议财政奖补项目"修建的。我想从这条路去新滩河闸看看,于是左转进入小沈砂石路东行。这里田原味深厚,麦海簇拥而来。但约 1 公里后砂石路结束,再往前,入村的泥土路沟辙深深,使我望而却步。

返回 X048 继续南行。过小高庄、王岗村,到草庙镇左转进入 S303。东行,过金源农庄,进入江苏省泗洪县,道路编号改为 S245。过马公、马公部队路口、大屈、王沟、大陈桥,到青阳镇。老滩河从刘圩东流至皖苏省界后折南流,直到汇入新滩河再转东流。新滩河从枯河集东流,与 S303 线或 S245 线并行东去,到江苏省泗洪县县城所在地的青阳镇西,才分出岔道:一条南转进入溧河洼,然后流入洪泽湖;另一条继续东行,从青阳镇东10公里外转南偏东流,由半城镇东流入洪泽湖。

青阳镇西北有新建的濉河大桥,连通东西。站在大桥上俯瞰,只见濉河河滩宽阔,河道整齐,河下有许多钓鱼的人,河堤上种满了景观树。大桥桥东有标牌写着"老濉河"三个字,说明流入溧河洼的,是老濉河。而有的地图则明确标示,从半城镇东流入洪泽湖的是"濉河"。这里面是应该有历史的原因需要梳理的。

10天后我再次前往濉河流域,前往江苏省泗洪县。这是2013年6月5日凌晨2点多一点。夜风凉爽。4点20分,天突然就开始放亮了,朦朦胧胧的,有些看得清天地间的事物了,树林的轮廓也有些看得清了。哦,自然的周期真是神奇。薄雾在乡村原野里缓缓流动,一派田原风光。5点以后,田原风光变成明朗的风格了。高速路上,拉运收割机的卡车依然络绎不绝,纷纷连夜北上,南方的小麦已经收割得差不多了,这既是受地理气候因素规定的作为,也是受社会市场规则的驱使。麦季的清晨凉意尚浓,但空气十分清新,小麦和树叶似乎都被露水濡湿了,显得沉甸甸的。

江苏省泗洪县梅花镇距青阳镇约20公里。由新扬高速梅花、归仁出口东行,500米后右转进入S121南行,约2公里后到梅花镇。由镇中心十字路口红绿灯处左转,沿梅府路东行,过梅花教育小区、梅花镇中心幼儿园。进入曹梅线,500米后到梅东水库。

这里20世纪60年代,只是一大片洼地,或者说是一个很大很大的池塘,夏天我单独从梅花回万全大队朱集村我父亲老家时,燥热难耐,就会既被诱惑,又心生害怕地脱个精赤,慢慢地走进水里,匆匆地往池塘中心游去。游上数十米,更害怕了,怕水里有水鬼,周围又不见一个人,赶紧往回游,跑到岸上,也来不及洗去脚上的泥,穿上球鞋,赶紧离开池塘。跑出好远,才嘘出一口气,又放松下来,高唱着"日落西山红霞飞",大步流星地向东走去。

梅东水库现已成为梅花镇民一个休闲放松的去处,库坝修得整洁美观,坝上有亭子,水里有野鸭在游动,坝坡上有许多砂姜,这是淮北灵璧、泗县、泗洪等地土地里特有的东西,当地农民都用砂姜来垒墙。这附近都还是淮河支流濉河、潼河的流域。沿曹梅线东行,过刚完工的宿(州)淮(安)铁路立交,过韩井八组。路北的小麦都黄了,还未收割,路南的小麦倒有黄有青。过小李庄,从梅花镇起步,约4.2公里后到凤墩村。

凤墩村是个较大的村庄,东西也较长。过佳和米业有限公司、泗洪县梅花镇凤墩村党群服务中心、梅花派出所凤墩村中心警务室,至村东利民河大桥。利民河是濉河支流,或者又是一条人工河,大体北偏西而南偏东流,于泗洪青阳镇东汇入濉河。河堤两岸多是杨树,桥北西堤上有一小片院落,显得有些旧,却挂了大招牌"农家食堂",很有怀念的情调。去年我们来梅花时,梅花的本家许瑞书记、卫国兄和当地的本家干部,专门到这个"农家食堂",匆匆地吃了一顿午餐,农家菜既土又有味。

桥北东堤上有一大段种了小麦,有一对中年夫妻在地里手工收麦。我下到地里,踩着不硬的麦茬过去和中年男人说话,他马上停止割麦,直起腰来和我说话,一口的当地"猫"腔。我说:这里可是凤墩村? 他说:就是凤墩村。我说:可是以前叫粪堆张的村子? 他说:不错,不错,就是的。我说:这可是利民河。他说:不错,这就是利民河。我说:朱集可在这南边? 他说:你说的可是万全村,现在叫朱集人家都不知道了。我说:从这里河堤上可能到万全朱集? 他说:那到不了,路不通。女的接话说:从东边这条水泥路就过去了。男的说:从凤墩村里也行,往南走就到了。我说:今年小麦咋样? 他说:还凑合。

谢过夫妻俩,我回到凤墩村,从村西一条还算平坦的土路南行。过天意养猪场。路两边是大片大片的小麦地。这都是我曾经十分熟悉的地方,小的时候,从城里来万全朱集二爷(二叔)家,这条路是常走的,虽然已经有些变样,但大的模样,依稀还是记得的。

这些路父亲当然也是常走的,但他1949年进城后,回来得就少了。

路两边大片的麦田一直持续着,但都还有点黄中杂青。太阳升起,8时07分,阳光晒在身上,热热的,但不在太阳下时,就觉得很凉爽。风不小,吹得路边的行道树哗哗直响。路右(西)的水沟里长满了青绿色的蒲草,随风起伏。路面上还断续地有一些白花花的杨絮,比最盛的时候少多了。

1公里后到"丰墩桥",这是建于"二〇〇五年九月"的"江苏省小型公益设施农桥"。小河是东西向的。由西而东流入利民河。我小时候盛夏和小伙伴们放牛在河边时,河里经常断流,渴难受,就跑到河底,用手在河床的泥地里扒个小坑,坐在坑边等一会,就有水从坑底泉冒出来,撅着腚,把头、脸和嘴伸进去吸几口,可真甜、真解渴!脸出来时则沾满了泥。现在的这条小河,长满了野芦苇和水草。河岸上小块的麦地已经人工收过了,麦子都躺在地里晒着呢。麦地东边另有一些绿色,走近去看时,才知道那是花生,因为用了农膜,所以苗子出得齐整,秧子长得旺盛。

空气里有一种渐热的午收气息。大桥南岸西边的河岸上都是葱绿的野芦苇,离河岸不远的麦田里也时常会有青绿色的野芦苇冒出来,显得很惹眼。麦田里还偶尔有爬墙虎爬到麦梢上。鸟不知道在什么地方叫,周围的自然和人工元素太丰富了。大桥南岸东边的麦田里有一条小路通往利民河方向。前方的村庄(朱集村)则始终郁郁葱葱。

哦,这都是我世界观和信念的一部分吧。这些(看到的、听到的、闻到的、体验到的)也都是可知、可感的。

过丰墩桥,继续南行。桥与朱集村之间仍是大片的绵延不尽的麦田。喜鹊迎着劲风飞往东北利民河方向。风愈吹得劲了。数百米后,村庄(朱集)已近在眼前。村后仍有些连续的池塘。小时候我时常只穿一条裤头,钻进池塘边茂密的杂树丛里,用自制的弹弓打青蛙,中午或晚上,就能和二爷(二叔)家的堂弟一起抢一碗辣子炒青蛙吃啦。

约2公里到朱集村。村里和村外都是小麦,村庄完全被小麦所包围。甚至屋前屋后也都种满了小麦,看得出老家的人们是多么珍惜身边的土地。村北的麦子有一点点倒伏,应该不是什么太大的问题吧。村里有人用手扶拖拉机试着耕场。村里的麦地用木槿,或桑树,或有架豆做篱笆,真是有创意。

穿过村庄。左转东行。路边又有许多杨树了,风吹得哗哗哗响。阳光出得很正。路两边都是小麦。左手(北)不远处是村庄(朱集),右手(南)路旁的水沟外以至很远是绵延不绝的原野。

原野上有一幢圆形房,灰白的颜色。这种形状的房子在这一带的原野上是很不容易看到的。

我想,这是什么人的房子呢?这是什么人住的房子呢?为什么要盖成圆形的呢?

圆形房是蹲在大原野上的。圆形房的周围有五七棵水桶粗细的大柳树,在春末、夏天和秋初,柳树一直是郁郁葱葱的。

圆形房里一定很凉爽,在夏天——我不断地这么想。

于是在夏日的黎明,我背着粪箕儿,粪箕里放着一把短柄镰刀,快步地走到能眺望圆形房的沟堤上,坐下来,开始了我的观察。

从沟堤上望下去,原野宽广而静谧。在黎明和早晨,我看见三个女人、两个男人和两个孩子走出了圆形房。他们不是一起出来的。我可以看得很清楚。我想,他们是什么样的人呢?是什么类型的人呢?

一个男人走出来了。门吱呀响了一声,门的响声在空旷、平坦、毫无遮拦的黎明的原野上响得很远。一个五十多岁的男人,剃着光头,眼睑有些垂肿,面容黑里透红,但皮肤有些松弛了,他赶着一头牛,牛的身后拉着个橛。他嘴里含着个烟袋,烟袋里不时冒出缕缕青烟,他的鼻子里也有时冒出两股青烟。他和牛走得很安详,走得不快不慢的,他的肩上还挂着一柄长鞭,鞭梢在他身后拖了两三米长,但我一直没看见他使用那支鞭。他们不慌不忙地越走越远,走进更远处的雾气里去了。

一个女人走出来了。大约有五十岁,但显得更老点。她出来时两只手端了个鸡筐,鸡筐是那种用杞柳条编成的,中间是大肚子,口较小。她端着它出来时,鸡筐里乱晃荡,看上去里面有什么东西在骚动。她穿着黑布褂子、黑裤子、黑布鞋,头后绕成个老婆婆髻。她走到圆形房外头的一大片平坦的空地上,把鸡筐放下,这时打门里走出来两只像母鸡那样咯咯叫的公鸡,它们昂首阔步地走出来后,就逗留在鸡筐边,焦急地叫着,等待着什么。五十岁左右的女人嘴里干骂了一句什么,就伸手把筐盖拿下来,扔到一边去,然后用一只脚把鸡筐蹬倒,就像用手把一只桶放到,让脏水倒出来一样。轰的一声,有几十个花花哨哨的小玩意在鸡筐口炸开来,定睛细看,原来是几十只小鸡,喳喳地叫着,分成两群,分别跟着两只抱窝的母鸡,往两个方向的地里去了。那女人也回到圆形房的门里去了。

又一个男人出来了。大约三十岁,也剃着光头,穿着蓝布小褂,下身穿着蓝布裤头,脚上穿一双黄球鞋。他是撅着腔出来的,因为他推着一辆独轮车,车上看来是重载,车挡两边都捆扎着白粗布大口袋,口袋里不是粮食,就是别的东西。他的屁股扭得真厉害,左一下右一下,左左右右,正应了平原乡间的一句俚语:推小车,不用学,只要屁股磨得活。他把车推出圆形房后,在空场上转了个大弯,就转到圆形房的后面去了,看来那里有一条路通到什么地方去。或许是通到泗水镇上去的。我这么想,但我看不见他了。

又出来一个女人。也是三十岁左右,头发乱蓬蓬的,衣服也穿得凌乱,斜襟的褂子也没扣上扣子,看到这种情形,就知道夜晚她的男人没放过她,这是精力旺盛的表现。我注视着她。她手里端着个大的黄颜色的尿罐,里面满满的都是尿。她出了门,走到圆形房的一侧,那里是一片稀疏的桑苗。她把尿罐推倒在地上,发黄的尿液哗的一声倾泻在地上,我仿佛听到了土地吸收的吱吱声。倒完之后,她把尿罐扔在地上,迅速地脱下裤子,迅速地蹲下去。她一边尿着一边抬头向原野里看。尿完之后,她站起来,提起裤子,挽上裤腰,拎起尿罐,走进圆形房里去了。

又出来一个女人。大约二十岁,穿着一件红花小凉褂,梳着两根不长的小辫子,圆形脸,脸上胖乎乎的,身上和脸上看起来也该是胖乎乎、肉乎乎的。她趿拉着一双布鞋,也就是用脚后跟把鞋后跟踩下去了。她出了圆形房,趿拉着鞋往桑苗地里走。这时一只母鸡领着一群小鸡从黄豆地里钻出来了,母鸡咯咯地叫着,歪着头看着她。她对它嘘了一声。她走到桑苗地里,不快不慢地脱下裤子,蹲下去了。

她并不特意选择桑叶能挡住的地方,所以她的很肥大的白色屁股我居高临下看得就很清楚。我惊诧于这种对比:纯粹的绿色原野里有一个那样白的肉屁股。她慢条斯理地尿完之后,又趿拉着鞋走进了圆形房。

圆形房后面竖着的烟囱冒烟了,灰白色的烟按捺不住急躁的情绪,滚滚而升。

太阳出来了,晨雾渐逝。太阳升高了,天气渐热了。有两个农村孩子从圆形房里跑了出来,他们各自只围了一个红围兜,红围兜可能脏了,也可能是旧了,所以颜色并不鲜亮,但一眼望过去,仍可立即判断出那围兜是红颜色的,没有疑问。他们跑出来,跑到空场子上,是一男一女两个农村小孩,四五岁,除去一个头发长些,一个光头(后脑勺留着一撮头毛)外,再不能根据眼睛所能见的来判断他们的性别了。他们跑到空场子上,就坐到地上玩,他们的身上,脸、腿、胳膊都被太阳晒成黑色,看上去他们健康、结实、天然。他们玩着,那个五十岁左右的女人从圆形房里走出来,对他们喊了一句什么,他们就一起从地上爬起来,这时正好能看见他们的光屁股蛋子,在地上坐上的发白的灰。他们就一起跑进了圆形房,那个五十岁左右的女人也就跟进去了,门仍然大敞着,烟囱里的烟却消失了。

过了四五袋烟的工夫,圆形房里似乎起了一阵嘈杂与骚动。那两个孩子又跑出来了,每个人的手里都还捧着一块发黑的饼子,不时地拿嘴去啃咬下一块来。他们出来后,就撒丫子奔第一个男人去的那条道上去了。他们仍都赤着脚,敞着头,只围着个围兜。

继而那二十岁左右的女人扛着一柄锄出来了,她的头梳得齐整,布鞋也穿得很规正,一眼就看出是个没破瓜的大闺女。她出了圆形房就站住了,手里也拿着一块发黑的饼子啃,饼子上好像还堆了一堆黑咸菜之类的东西,那堆咸菜堆成了一座小黑坟。她站着等了只有放个响屁的功夫,那三十岁左右的女人也扛着一柄锄出来了。三十岁左右的女人现在收拾得利利索索,完全没有了晚间被男人搓揉捣弄的痕迹。紧跟在她的后面,那个五十岁的女人,提了个小篮子,小篮子上拿一块白毛巾盖着,想必是饭食之类的东西。她出了门,就转身把两扇黑漆门拉到一块,然后拿一把锁锁住,三个女人就前后地走着,往第一个男人和两个小孩走的那条道上去了。

太阳开始毒热起来,从我坐的那个地方俯视着原野,我不知道在这无边无际的大原野上,在那些庄稼地里头,在草地和庄稼地底下,还有多少我们所不知道所未曾谋面的动物以及其他生命体,它们是怎样按照自己的生活规律和程序在生活着,在每一分每一秒切切实实明确地生活着。太阳更毒热起来,空气也热闷了。我想,今天就到这里吧。我就站起来,顺着原路走回村里去了。(《圆形房》)

以上,实际上就是我青少年时暑期在这里的生活、观察,或提炼。

沿乡道东行,有一个老头在路边点豆,几百米外,另有一位妇女在沟沿忙活着农事。约 1 公里,到利民河大桥。桥南约 1000 米、桥北约 700 米的河岸上,树都去除了,一棵树都没有,圆滚滚的河岸上,铺满了黄灿灿的小麦,油画一般的,甚有欧美风情,特别是有一种哈代笔下的情调,只不过英式的草地换成了中式的麦原。较远处才又显现浓密的树林来。河水丰盈,水质不太好,却也不很糟。河东岸的麦地里本来坐着一位农民,后来他又走到桥上来了,40 岁左右的样子。

过桥东行,不远处就是一个村庄。这里 20 世纪 60 年代以前,还都是易涝的洼地,后来移民,建起了多个村庄,把整个洼地都开发出来了,现在到处都是小麦。

8 时 45 分,太阳更高地升起来了,风仍大,吹得杨树叶翻动哗哗的。整个万全村,朱集村这里,沟渠较多,麦地里时不时就见得到青葱的野芦苇长出来。由桥东移民村沿水泥路返回,西行,过利民河桥,过朱集村。有一块地里的小麦较青,这可能是品种的原因。村路沟畔时能看见开白花的蛇麻花,还能看见好几大丛"洋姜"。有一位妇女在路边割艾草。哦,很快就要到端午节了啊。

　　晚霞已经像塑料袋装饰花那样假模假样地烧红了。不管怎么讲,这是一天里最舒服的时候,真正的农民开始在地头考虑归村的问题了,而那些割草的孩子或者妇女则已经将归家付诸行动了。有许多条路,快进村子的时候,有两个苇塘夹了它一下,于是它突然一瘦,然后像反抗似的不情愿地拐了个小弯儿,进村了。

我同一个老头在这条路拐弯儿的地方站着,有一句没半句地讲闲话。老头的耳朵有点背,我跟他讲话有些费劲,但他很慈祥地头发花白地站在路边上,我也心情很好地站在路边上。

这时,有一连串割草的孩子从这条路进村了。这一连串孩子都有十四五岁的样子,有男孩,也有女孩。他们是一个接一个地过来的,第一个拐过弯儿我们才瞧见,于是我们的眼光就被他们吸引了。

第一个过来的是个女孩,她背着一草萁青草,走得很有训练,但显然草很沉重。她一拐弯儿突然看见了我们,吃了一惊,立刻抬起头来看我们,努力地笑了一下,就过去了。我看见她的脸蛋黝黑,嘴唇很明显的饱满,略微外翻,是那种典型的充满性感的嘴唇。当然我这样感觉,并不带有什么不恭的意味,而她的嘴唇又给人很强的视觉印象。

"嘴唇饱满的女孩性感。"(某本书里的话)

孩子们一个接一个地走过来。走过来,走过去。他们都像第一个女孩子那样,略为吃惊地发现了我们,抬起头努力地笑一笑,就走过去了。我注意了他们的嘴唇,我不敢说以上那几句话是百分之百正确,但那几句话所指明的现象的确是存在的。

孩子们的脸上都是汗尘和草屑,显然他们十辈子也不可能想到我现在正在想的这个问题,他们的肩上还有个沉重的世界哪。我赶紧对老头说:我得走啦,他们在等我。我就走了,离开了那个独特的尴尬的地理位置。

> 晚霞确实是假模假样地烧着了。(《嘴唇》)

村西路转南。沟渠池塘里到处都生长着青青芦苇。田地里,除了树哗哗响在风中外,就是黄色的小麦和青绿芦苇,这是此刻此地原野里的"三大件"。过冯庄桥。冯庄桥是"二〇一二年七月建"的"江苏省 2012 年度农桥建设项目"。桥对面是原来的万全大队党支部和大队部,现在叫"泗洪县梅花镇万全村党群服务中心"。20 世纪 70 年代末,我哥哥在这里当过几年的大队党支部书记,我大学暑假中来农村体验生活,到这里来过多次。不过现在已面目全非了。

沿梅川路西行,约 4 公里到 S121。此时是上午 9 时 08 分。如左转南行,10 多公里后可到泗洪县城,泗洪县城西南,有新濉河大桥,河宽桥新,河道很直,新濉河从县城一直南行,进入洪泽湖。如右转北行,穿过梅花镇,很快就会接近 S49 新扬(原宁宿徐)高速入口了。

东南风愈劲,照这样吹下去,所有的小麦,都立刻会成熟的。

涡河

5 月 28 日夜下了较大的雨,早晨雨暂时停了,我凌晨 4 时多离开酒店,前往河南省鹿邑县玄武镇。天渐渐亮了,空气清新,树木也都鲜亮。这一带,田原里这段时间持续的黄黄的小麦颜色,时常被鲜绿的颜色代替,甚至是绿色占上风。这不是因为小麦已经收割。淮河以南的小麦才正在收割,淮北北纬 34° 还没有到收割的时候。这说明这里农作物的构成发生了一定的变化。但田地里的绿色到底是什么植物,我还不知道。时断时续的雨、淡淡的水汽、泡软了的田地,都妨碍我轻易地知道田地里绿色的农作物是什么。

玄武镇有两座涡河大桥,一座老一点的桥在东,是 S210 的过河桥。桥东的河道里似乎并不利落,总感觉流水不畅,虽然看不见,但水里好像有许多沙滩和暗岛。由老桥过河北西转,沿河堤去往西桥。堤外有村庄,是桥北行政村,村庄里有拟古的建筑,起初以为是道观或景点,近前去看,才知道就是普通人家。约 1 公里路到西桥。西桥是一座新桥,从桥上西看,河床里土堆土埂似乎更多,河道总有被阻断的趋势,水倒是清凌凌的。桥东的两桥之间,正在进行"通航工程",所以无水,河床被挖得有些深,还没有完工。河两岸多为杨树;另有少数几棵泡桐树,这在淮河的许多支流上已经不容易得见了。

玄武镇可不是个小镇,虽然雨又大了起来,但玄武镇长长的街道两边,仍支起了许多摊点和物资,看样子赶集的人"又"不会少。由玄武镇南进入 S210 南行,田野里到处都湿漉漉的,麦穗看上去都沉重得很。路上还是有不少收割机冒雨往南开,大概是要去淮河干流或淮南寻找机会、碰一碰运气,不过也许是事先联系好了活儿的。过李古洞小桥、李古洞馍店、十里香饭店,过大白庄,约 4 公里后到盆刘庄。从盆刘庄左转东行,这里的小麦又占据了地物的优势,乡道两边连片的麦地里小麦都湿漉漉地半低着或稍低着头。呵,雨最好是不要再下了好不好,再下小麦就要减产了。

过梁楼公墓,这公墓就是在路边地里砌了个几百平方米正方形的围墙,围墙约1米高,漆成了深蓝色,对着路有一个简单的门楼,上面写着公墓的名称,略显得有点草率。到小厂,这是个小集,过集中心看上去很怀旧的辰光小学。出小厂集,过哥俩好饭店。田野里有少数麦子倒伏了,让人忧虑。过刘佰纯村。清早,天气凉意尚浓,路上的人和村里的人都穿着夹衣、雨衣。

从盆刘9公里到穆店乡(当地人多写作"木店")。涡河从穆店乡西北流来再往东南流去。穆店涡河桥在乡集北,大致南北向。河道里显得流水较深,近期连续两场较大的降雨,一定为涡河增添了不少体量。河水仍较清净。小雨中,桥栏上悬挂的红布条幅上写着"太空肥,肥万钾,肥万家,卫星搭载,替代追肥,促花坐果,抗病增产,高抗重茬盐碱"。路面和桥面上都是沙子或沙土。黄河泛淮对涡河的影响很大。在灉河见到的沙土就很少,甚至可以忽略不计。但黄河故道就在灉河以北不远几十公里的地方,不知道为什么灉河会是另外一种情形。

过穆店桥后,涡河转东略偏南流。顺涡河南岸河堤东行,下穿永登高速公路桥。河滩里都是沙土。河堤路面上坑洼积水,右手南侧河堤下的麦田里时不时见到小片倒伏的小麦,这不是我想见到的景象。雨时断时续地下。道路和河流之间的距离也时大时小。过黄庄行政村公墓,左手,还是那种模式:一个围起来的小块地方,大约几百平方米,里面栽了几排小松,围墙1米高下,漆成了深蓝色,围墙里没有一座墓或碑,面路有一个简易的门楼子,上横字是"黄庄行政村公墓",有对联,上联是"辞世逸仙境",下联是"入梦养天年"。

河堤较低矮。过小薛行政村公墓和关庙行政村公墓,两公墓并连。小薛行政村公墓简易门的对联是:立德齐古今,存厚传子孙;关庙行政村公墓简易门的对联是:紫气盈福地,祥云拥洞天。都是拉了1米高的墙框子,都漆成了深蓝色,里面是正在成熟的小麦。总体感觉这些公墓都是临时性的,过于草率。

过阎楼村,过解堂,过赵楼,过刘堂液化气站。过刘堂小学,几间挤在一起的房子,一个极小的小院。麦田都是沙土地。接近鹿邑时有乡村酒店广告写道:猪头肉,蒸面条。不知蒸面条是什么好吃的。到鹿邑,想起鹿邑的夹烙馍,那是相当好吃。烙馍都是两张,但里面夹的菜可荤可素,夹肉的,5元,夹素的,3元,荤的是猪肉,素的是绿豆芽,等等。

东行进入G311,鹿邑城附近称为紫气大道。过王庄、李庄、马庄、大陈庄、八里庙,约3公里到太清宫镇。太清宫镇是老子的可能出生地之一,路北有太清宫,路南有老子文化广场。涡河在太清宫镇北约2公里处由东而西流去。

继续沿G311线东行,过中央粮食储备库河南鹿邑直属库,过蒋营,左转北行,进入村道。地都下透了,都是沙土地。左手有大片的泡桐树,树下一行一行的,种了绿色的植物,仔细看去,原来是芍药。安徽亳州、河南鹿邑这附近,是中药材种植基地,怪不得看到有许多田地里不是当下黄熟的小麦色,而是青绿的颜色呢。再看看地里还有什么不是小麦的植物,还有玉米、红芋,还有一些叫不出名字的植物,大约都是中药材。1.5公里到涡河。涡河堤外到处都是沙土,涡堤也是沙堤,距地面2米上下,并不高。

由 G311 线东行过吕庄,进入皖境。过十八里铺镇,涡河几乎就在左手路北数十米处东去。接近亳州西郊。左转北行,由 G105 上涡河大桥。在这里涡河已较宽展,河道的浅水里有些养鱼的网箱,还有正在网箱附近工作的小渔船,在水里划动。

过亳州,从岳桥上 S307,东偏南行,1.8 公里后到十九里镇。在镇里买了一大块卤猪头肉,且行且啃着。左转进入 X007,东偏北行,过济广高速立交,过沈营村,地里的辣椒和地头的黄花菜都长得旺盛。时有小雨。到涡河大寺闸。这里有船闸和大寺枢纽浅孔闸,浅孔闸为 2006 年 12 月建成。涡河到大寺这里水量已经颇大,上下游的河道都较宽阔,两岸堤树密布。浅孔闸正在放水,声势不小。

过涡河闸右转东行。过大寺乡,过元升环保新村。地里的绿色又压倒了正在成熟的小麦黄。有玉米,红芋也不少,还有多种认不出来的中药材,无法细辨。过田大村,过田沟小学,涡河在路南不远处与路相邻东行。有河流穿过县道,流往涡河。这段水泥路面比较平坦,路两边和附近田地里种满了杨树,遮蔽了路面的天日,使路面显得幽暗;几位老太太搬了小板凳坐在村外路边说话,想必也没有多少车辆行人叨扰她们。地里几乎看不到小麦了,这里一定多多地种了中药材和春夏作物。

仍在 X007 东南行。过孝大中学,过联合饭店,过大杨楼备料场,过孔庄小学,到沙土镇。涡河就在镇南。雨停了,有许多燕子低空飞翔。有一只燕子迅疾地从车后顶上往车前窗低空掠过,它突然出现在车前窗前,惊得我怕碰了它。右转南行上涡河堤。堤很浅,树又多又密。堤右即堤南是河滩和河床,堤左即堤北是沙土镇的村舍。

回到X007北行或东行。沙土镇附近有多条小河南流入涡。过沙土镇后田野里的小麦又占据了优势,又成为农田里的主角了,扫眼望去,满目皆黄,全是小麦。过闫楼学校,过王汉桥闸(刚竣工的新闸)。东行,然后转西南行。过董庄、姜桥、周桥,过涡阳县互利种植专业合作社、涡阳县锦晖食品公司、陶赵村卫生室,到义门镇。

义门镇可真不是个小镇。镇南有涡河大桥,河道弯曲,河水显得宽深,河里有运输船行驶,两岸则堆青垒翠。义门镇跨涡河两岸,镇区规划也算得上宽敞、整齐、有条理。至涡河南岸,左转进入S307,东行,25公里左右到涡阳县。涡阳县城北有涡河船闸和节制闸,这里水面平阔,水势显得浩大,船闸里则多是运沙船。

由涡阳枢纽至涡河北,右转进入X019,东行,过刘楼社区卫生服务站,转东南,再转东。路北有涡阳县重点文物保护单位"台寺遗址",碑文上写明此重点保护单位为"一九九〇年十一月二十五日公布""涡阳县人民政府立"。过赵楼,右转南行。过高耿,至席楼,左转东行。天开始发亮了,此时已过午时,气温宜人。小麦正在干、黄、熟。好不容易从憋屈的县城里转出来,又见到舒展开来的黄熟的麦原,心胸顿然开阔起来。

过青阜铁路立交。过涡阳县涡北街道涡东社区党支部、社居委。涡北街道的郑店村据说就是老子的诞生地,是老子的可能出生地之一。这一天是2013年5月29日。路边一户人家正在为一位叫"纽长林"的老人办丧事,涡阳某演艺公司在路边搭了台子(大篷车),唢呐吹着清亮的哀曲,曲子响得很远,吹得人心酸。这一路不像在滩河等地,一个婚礼的场子也见不到。在乡村,选日子还真有点那个呢。

下午2时11分,过闵子料场南转,从杨楼村东转,过党支部、村委会及卫生服务站。过杨寨。依然是小麦平原,依然是X019。到赵窝村转南再东,过"赵沃卫生室"路牌,前行不远,县道突然被挖断,原来是在修路。掉头回到"赵沃卫生室"路牌,南行,进入村庄。道路难行,泥泥水水,在庄里东拐西钻,一群妇女七嘴八舌地为我支招。离开村庄,又看见麦原和涡河了,再次快乐起来。

从何楼上涡河北岸的小土堤,东行。河堤低矮。过马沟涵,左转北行下堤,由高炉酿酒总厂右转上X021。这里是涡阳县的高炉镇。南行过涡河大桥。涡河在这里仍旧自然弯曲,河道可以通航。桥右近河南岸,有一只小渔船停在离岸不远的水里,一个老头在水里撒网,河岸上有一个老太婆,坐在地上,放着几只白羊,看着他撒网。从他们那个地方,还传来大鼓书的声音,可能是放的收音机吧。

沿X021南行至郭寨,左转进入S307东偏南行。过葛圩,过大葛楼,过西阳镇。下午3时26分,天又下起了不大不小的雨。过桥至蒙城境。过驼涧村。路好了许多,看着田原、事物,也更顺眼、顺心些。过驼店村、岳坊镇、姜饭棚、前李村、王寨村,到蒙城县。

蒙城是庄子故里(又有说在商丘东北)。蒙城城北有涡河船闸和节制闸。河里的船上都堆着满满的黄沙。节制闸闸东涡河的北岸,黑压压站满了钓鱼的人。这是蒙城涡河的老闸,闸桥已是危桥,大车不允许通行。老闸北又有新的"蒙城节制闸",很排场,但大车也不允许通行。

过蒙城,上 S307 继续东偏南行。涡河流域是纯平原区,除人工建筑外,地表大致平坦如砥。过后楼村、马店村、老马店、窑厂、龙泉寺。一边走一边想着淮河及其支流。淮河的辉煌都发生在其支流上,主干上倒没有什么特别了得的思想和光辉。过老集、双涧、隋寨、白杨林场、曹店。麦原依然坦荡,到了秋天又都会种上大白菜、大萝卜、大葱;白菜、萝卜和大葱都是当地的特产。

过龙亢农场,龙亢镇在 S307 线北 3 公里的涡河北岸,那里是桓氏家族的地望。过王大郢村、康郢村、毛园村、河溜镇。左转,进入镇中心路,北行直至涡河河溜码头。有大船在河里行驶,渡口并不显得浮躁。右转,沿涡河大堤东行,左手是流动的涡河,右手是堤外的田地、村庄和树木。下午 5 时 11 分,雨不再时断时续地下了,天重新亮了起来。河境、滩境、麦境、林境和村庄的境界,都较邈远,眼界显得漫阔。由于近些天的雨水,河滩里涨水了,有些地方已经漫上河滩,没到麦脚了。

5 公里后到一座新涡河大桥。右转南行,过付圩村,至唐店左转进入 S307 线。东行,过罗新庄村、牛王庄村、沈郢村、大庙村、支湖村、猴洞村、涡南村、东庙村,约 12 公里到怀远县城。怀远县汽车站对面,有一只梅家羊肉汤店,薄薄的羊肉片,白花花的汤,辣子、香菜、葱花自己放,配上门口的薄烧饼,煞是好吃!每次从附近高速经过,只要时间来得及,我们都会专程赶来饱餐一顿,有一次还专程请女儿来吃了一次。只要不纠结于当地环境,中国的小吃和美食,配上当地特有的"不干净""不卫生"和嘈杂,才找得到那种感觉。呵,这都是现状。

左转北偏东行,上怀远涡河二桥。至桥东,右转,在涡河左岸大堤上东南行。涡河依然是浩大的样子,河堤上干净,水泥路,看得远。河滩里有柳树,河滩外有杨树。东行,1公里左右到怀远涡河老桥。继续东行。堤外都已盖起多层和小高层住宅楼。又1公里后,下午5时58分,到另一座新桥。再约1公里,到怀远涡河三桥,桥也较新。

沿涡河北堤继续东行。约2公里后,涡河与淮河相汇。淮河在此地由南方流来,涡河由西略偏北流来,两河相汇后向正东方向流去。三河口处有大水漫潢感,长长的运沙船你来我往。淮河东南有山,叫涂山,淮河西涡河南也有山,叫荆山,两山夹峙南北而来的淮河,让人感觉非同一般。相传荆涂二山原是同一座山,大禹治水时劈山让水,才有了荆涂二山。20世纪七八十年代,怀远荆山上的石榴十分有名,不过现在品种略有些儿退化了。

堤里堤外的隙地都被人种上了蔬菜,这是必然的,是中国人的习惯。傍晚6时18分,离开涡口,在淮河北岸大堤上东行约3公里,左转可上G3京台高速。这条高速,一条连着北京,另一头呢,设想中是要连着台北的。

2013年6月12日

沱河

2014年7月18日,下午5时25分,气温31℃,但体感温度大约有35℃,天开始变阴。我从安徽省宿州市埇桥区大刘家,沿沱河南岸河堤东行前往宿州城区。从大刘家至宿州市区约莫有8.8公里。

在20年前的地图上,这条沱河又叫南沱河,是相对北沱河而言的。南沱河北堤和新汴河共用,新汴河是人工河,20世纪六七十年代挖河时,我们常到工地附近去坑,夏天还到地下涵游泳呢,那水可真凉!现在的南沱河也已经十分瘦小,和我小时候的感觉完全不同,我上小学、初中、高中时,沱河河道宽宽,河水深深,中间的水都是可以直接喝的,我们经常游泳到中间,喝几口水,再回到岸旁,那时的沱河真像一条河的样子。现在河北岸的河堤圆隆,河道却是瘦小的。

沿南河堤东偏南行。过大刘家灌溉站。河坡上都种满了庄稼,有开白花的芝麻,更多的是玉米,还有红芋、大豆等等。河坡上的野草生得也旺,毛谷谷草的草穗子沉甸甸的,野生的旱芦苇丛生密密。

5时33分,天上突然下起了雨,雨并不大,但足以促使在地里干活或做别的事的人往家里返了。堤南的田地里种着更大片的玉米,都长得挺拔健壮。芝麻长有一人多高。还有高粱。高粱在淮河以北就很容易看到,在淮河以南则难睹芳容。

3里路到韩岭子。村西头有一棵较大的泡桐树,附近还有一棵。现在在各地真难得见到杨树以外的树种。还有嫩槐几株。多样性令人惊喜。

下午6时16分,气温31℃。雨早不下了。新汴河比南沱河宽多了,但感觉上也不那么宽了,河道和河水很像那种自然的老河,河水里长着水生植物,河里还有围网和小船,颇有农渔气息。堤上有人家,有简易房,还有个年轻人睡在凉床上看书。

回到南沱河南堤上东行。河堤荒草上南瓜秧到处爬,还有花生、辣椒和大葱。荒僻的河滩上出现一间简易房,一位老年妇女在门口择菜,一位老年男人光着膀子在菜地里忙活,他们的身体看起来都很结实,自己开的荒,自给自足,生命力旺盛。但这种生活两人世界可以,一人就不行,会坚持不下去的。

路边常见大片大片的玉米地。6时35分东行接近G3京台高速,右转沿高速公路外的乡道南行,500米后进入一片十分茂密的树林。又数百米后,从杨庙村外左转东行,过G3高速立交。过高速后路东已接近市郊,这里的城市化现象,像拆迁等满目皆是。

过宿城一中新校区,过希尔顿逸林酒店。沿南沱河北岸和新汴河南岸河堤东略偏南行。数百米后左转北行,过沱河进水闸,这个闸是节制新汴河与南沱河之间的联络水道的。以前这里十分荒偏,我们经常步行或骑自行车来这里钓鱼,那时野风吹动,野草萋萋,很有野趣。

右转,在两河之间东行,但500米后因修路路不通了。时至傍晚,在这里疾走、跑步锻炼的人很不少,还常见年轻的美女,脸跑得红扑扑的,很健康的肤色。

返回,西天血红,残阳正落下中,此时7时03分,气温32℃,这是因为已在城区,所以气温会有所升高。南行过沱河进水闸、沱河桥,左转东行。南沱河西北东南向穿宿州城北与城东而过。

当晚宿于沱河北关桥畔汇源大酒店。当地人都叫这条河为北大河。晚间的新闻都是关于马来西亚航空公司MH17航班在乌克兰东部靠近俄罗斯边境附近被击落的消息,世界永远是不太平的。

2014年7月19日,晨,5时54分,气温28℃,阴霾。虽然是早晨,但天可真不凉爽,但由于是早晨,感觉上,还不算太热。

车开动起来,温度降为27℃。由北而南过南沱河北关桥,左转,沿沱河南岸的沱河路东略偏南行。沿河均已辟为景观带,到处都是晨练的人,还不断有叭叭的类似放炮的声音,那是拍打肉身的声音,还有一种甩鞭子的尖脆声。

过宿州市运输公司客运汽车站,过京沪铁路立交桥、万豪花园大酒店。突然,从天而降数秒钟小雨点,转瞬却又停了。一直沿沱河路走,约5公里,至宿城东关沱河桥。左转东行过桥。这里原本是沱河节制闸,现已拆除,改建成大桥,新沱河闸搬迁到老闸下游约1公里处重建了。

过桥后右转沿南沱河左岸东偏南行,从东关沱河桥到蚌埠市五河县大约96公里,南沱河与北沱河就在宿州市泗县和蚌埠市五河县附近汇流,扩展为沱湖,然后进入淮河。

7时49分,从沱河桥南或北行约2.5公里后,过埇桥区后刘庄,气温28℃,桑拿天,可真不怎么舒服。堤路上迎面走过来一大群羊,羊不是纯白色的,身上有绛有白。一位年纪大的男人骑一辆电动三轮车走在羊群前面,车上不知道用什么机器大声地播放着拉魂腔泗州戏,三轮车引导着羊群前进的方向;另一位年轻的男人,甩着鞭,在羊群的后面跟着。

一直东偏南行,太阳矇矇眬眬地出来了。天气迷茫、闷热。约3.5公里到宿州经济技术开发区大桥,右转至桥南,左转,沿南沱河南堤东略偏南行。

上午8时13分,太阳出得大了,气温升至29℃,野地的天空中有看不见的鸟在鸣叫。左手的南沱河河床三四十米宽,水量不大,两边河滩却各宽近百米,河滩地里种着玉米和大豆。常见农人在地里抽水浇灌玉米。

3公里后过正在建设中的宿州大外环桥梁工程。从桥下简易路至南沱河北。河里水枯草长。沿南沱河北堤东偏南行。左手堤外,玉米地连绵,8时35分,气温30℃了。

过埇桥区宋桥,农人都在浇玉米。干旱似乎刚刚显露,这时候浇灌,效果会很好。有位30多岁的男人,一手举着点滴瓶,一边在堤上往地里走,他的T恤全都汗湿了,真不容易!

从梁家庄小闸绕过去,路可真弯曲、狭窄,梁家庄路边有数棵花椒树,哈哈,真开眼界。

过河北蔡桥村。河北蔡桥村村东有很大的采煤塌陷区,形成水面,里面养了鱼,还有一条管理用的小船,有一对夫妻待在船上。这里煤矿多,地下都是煤。过铁路道口,这应该是运煤的专用线。2公里后看到堤北有一个更大的塌陷区,水面成湖,湖里有许多围网、小船,湖边还有钓鱼的车和人。

右手一直是沱河(南沱河)。

9时23分到芦岭镇,此时气温已升至32℃,感觉上也显得更热些。

过芦岭镇。左手出现连片塌陷区湖面。过卜陈沟闸,堤路有一段走到了堤下,原野里的野性出来了,有点茫茫的感觉,村庄暂时看不到。

过埇桥区沈桥。10时06分,气温33℃,进入固镇县境,但10分钟后又重入埇桥区境。10时15分,气温34℃,过京沪高铁桥。堤路(当地人称为堰子上或河堰子)时而砟子路,时而土路;又时而在堤下走,时而无路要从村里绕过。

过汪圩。汪圩东为三县交界地,南为蚌埠市固镇县,西为宿州市埇桥区,东为宿州市灵璧县。10时40分,气温34℃。从汪圩东过一条小沟进入灵璧县。东行过马圩,数公里后右转南行进入045县道。到三司庄,过长集,东或南行,3公里后过昌宇喜多红事会。过胡庄,到胡庄南头保养得很好但年代已经不少的南沱河青龙闸。在闸上细看,这闸真老,至少得有三四十年了吧,闸上清清楚楚写着:南沱河青龙闸。河面清丽,河里水草适当,闸上和闸下还有不少人钓鱼呢。这里河北属灵璧,河南属固镇。

河堤上不再有路。回胡庄,右转东行。11时26分,过蒋家,多云,34℃,完全是盛夏的感觉,路边的大杨树叶下,风吹树叶飒飒响。

继续东行。车里带了三个香熟的香蕉和一枚煮鸡蛋。11时31分,开始边走边吃香蕉,吃鸡蛋,喝绿茶,虽然天热,但很享受。

过倪圩子。11时58分过小朱家。向路边两位30岁左右的妇女问路,其中怀孕的一位说,你望俺庄多穷,你替俺们反映反映。

中午天气似乎酷热起来。过大卫庄。打眼一望,原野里的玉米地和花生地,仿佛望不到边,眼界里似乎连村庄都看不见,车走在广大的玉米和花生地里,好像走在茫茫草原里。

靠近南北向的西运河,南行。东北方有低山,被开山挖石开得很残缺了。西运河是南流流入南沱河的,河里布满了浮水植物,水边长着芦苇等挺水植物,水里水鸟很多,起直落落的,有大有小,有的还十分漂亮!

从老旧的宋河闸过河到河东,右转南行。简易的土路上,一位牙掉了不关风的老农民把拦在路上的摩托车推开,他告诉我这条河叫运粮河。

宋河闸闸南不到1公里处,是运粮河(西运河)入沱口,虽然两河都不大,但当地充满了野趣,绿油油的田野,泛白的土路,飒飒响的树林,热阳静谧的中午。

从运粮河入沱口东或南行,过宋河村、张龙村。下午1时23分,温度35℃。南沱河一直在右手西边,东南向流。1时38分,35℃,高温。过陈圩子,从小刘家上河堰子(河堤),1公里左右到老沱河桥。

这里的河北属灵璧县,河南属固镇县。新桥在老桥东约500米处,连接S201线,新桥东有一座新节制闸。南沱河到这里河面已较宽展,河滩宽阔,很有古意。

此时是下午2时10分。桥面上有一位老者,光着上身,露出瘦黑的皮肉,他听力不好,正冒着大太阳,把焯过了的豆角放到桥上晾晒,然后又回到他桥头的屋里,听广播里播放的古书,声音放得很大。

此地东北行约4.5公里可至灵璧县黄湾镇。"文革"期间,我作为下乡知青,被抽到县里准备知青大会材料,待在黄湾采访知青写材料,待了许久呢。

过南沱河老桥至桥南,左转南偏东行,至新桥,又过新桥至桥北,右转东北行,约300米至新闸(名:沱河集闸),新闸已经基本建成,正在进行收尾工作。过闸至闸南,左转东或南行。

过小朱家,顺南沱河南堤堤内路东南行。下午2时51分,气温36℃。路左有碑:TH03、TH05等,大概是沱河3公里、沱河5公里的意思。过大时村、小时村、大丁村。3时22分,到固镇县濠城镇垓下居委会。此地左手河滩大片花生地起起伏伏,低处可见弯曲河面,况味十足。

向路边一位在大树下休息的大姐问路,她一边告诉我,一边主动说垓下是以前打仗的地方。沿河东行,村外有垓下遗址碑,附近还有东城墙南部遗迹。

从垓下居委会(村)南行至濠城主街,进入329省道,左转东北行,2公里到沱河闸。

闸面正在施工。过河进入灵璧县。过杨马村、油沟、漂亮的星童幼儿园,下午4时05分,气温34℃,过彭沟,路西又有垓下遗址碑,这是灵璧县的垓下遗址。

从灵璧县的垓下遗址碑东行,不到1公里进入泗县境。过新张庄、老张庄。4时15分至泗县草沟镇。至镇东北,这里有北沱河大桥。北沱河在此地大致西北东南向流,河面比较宽阔,水量不小,水质似乎也不错。

从草沟镇邮局南转,南行。北沱河在左手,大致南略偏东流。从草沟镇大约 11 公里可到泗县和五河交界的南沱河桥。过街南村、大安村,下午 4 时 55 分到南沱河桥。

此时气温 33℃。这里以前都走过,那时是步行,从申集,到南沱河边。那时真能走!河面宽了,整治过,原始风貌则少了。

5 时 37 分,气温 33℃。沿南沱河河北的乡道,从大安东行 3 公里可到北沱河。大安似乎富裕,都是两三层的小楼,田野里是大片大片平展的绿油油的稻田。北沱河到这里水面已经放大,似乎形成了水结,水里有挺水植物组成的草障,草障分隔着大块的水面。

南沱河在离此地稍南部与北沱河汇流。再往下(南),沱河就扩展成为沱湖了。

过桥进入五河县。南行约 1 公里到泗河村。那时从这里过湖岔子,还要赤脚蹚水呢,想想既辛苦,也很有趣味。

从南沱河桥约 3 公里可到五河县申集镇。

2014 年 7 月 22 日　合肥淮北佬斋

浍河

2014 年 7 月 21 日,安徽宿州,晨,7 时 36 分,气温已经 31℃了,恐怖。

从南沱河埇桥区北关桥出发,至西关郊区,气温降为30℃。西行到濉溪县铁佛寺镇,南行进入铁佛街里,看见街市里有两个卖西瓜兼卖面瓜的农用车。哈,面瓜可是我的最爱啊!小时候吃面瓜印象深刻,但1978年以后,面瓜和香瓜等一样,因为太土,很难觅得踪影,不过风水轮流转,进入新世纪以后,土的东西又流行起来,而且比那些曾经时尚的东西更受青睐,面瓜和香瓜、甜瓜就是这样的。多年以前,我住在符离集镇的一家宾馆里写稿子,看见那家宾馆的楼顶上,种了许多面瓜,于是临走时,现摘现买,买了一大袋子回家,后来媳妇不怎么支持我的工作(多吃面瓜),那次差点把我吃够啦。

下车买了两袋面瓜,1元1斤,我买的时候,一个坐在母亲电驴(电动车)上的小孩也要吃,后来又有个老太太,也专门来买了一个,呵,面瓜还真受欢迎呢!

出镇南行,9点34分到岳集,气温30℃。岳集不算个小镇,如果细数起来,沿浍河是有不少大镇的,再往下游,还有淮北市濉溪县临涣镇、淮北市濉溪县南坪镇、宿州市埇桥区祁县镇、蚌埠市固镇县湖沟镇、固镇县城、五河县城等。

流过濉溪县岳集的浍河也已经不小,河道宽阔,浍河由西北而东略偏南流过,来水和去水的方向,与沱河差不多,都是西北东南流向,这说明沱河与浍河流域内的地势,总的来说是西北高,而东南低,这或与黄河泛淮有一定关系。

从岳集街西的茂铺村过高速立交,这是新开通的泗许高速,直线距离10.3公里可到濉溪县临涣镇。南行,或东行。上午9时56分,气温31℃。过七口小学,右转南行进入七口村,再左转出村或东行,或南行,浍河一直在左手不远处。

10时11分,太阳出来,过徐庙小学、徐庙、后元楼,浍河一直弯弯曲曲在左手流。左转进入S202东行,2公里过浍河,此地的浍河河道弯曲自然。过沈圩子,到濉溪县临涣镇。

据说浍河古称涣水,因而此地称临涣。临涣是个大镇,多年来此地的棒棒茶被摄影家们宣传得名声大噪。相关介绍说镇中心一里多长的街面上会聚了16家茶馆,茶座300余张,茶壶600多把,当地沏茶用水沿用古镇南端的龙须泉水,茶叶皆为六安茶棒,故名"棒棒茶"。

从临涣穿街而至镇东,右转,南行,过浍河大桥。包河在此汇入浍河,河面宽阔,河槽深深。10时55分,气温35℃,过浍河桥,南行或东行。

过濉阜铁路立交,左转沿乡道东行。过刘楼,过吴楼,南行,再东行。浍河一直在左手(东)附近。这段时间旱象似乎仍重,地里常见浇水的抽水机。在乡道上向一位正在看机子抽水的女孩问路,女孩不过20岁左右,衣服上都是泥水,她离得稍远些似乎听不清,但立刻就热情地专门翻过干沟过到路边来,告诉我路径,谢她了!

依然东行或南行,过胜利村,到韩村镇,这里有烈山区临涣矿新村、矿区管理等部门,浍河从镇北流过。

从镇东右转,东南行,再左转东北行。12时20分,气温已达37℃,至魏桥村北,再过浍河。此地的浍河,河面仍然宽阔,河边树木茂盛。过河即到邵王村。

2014年8月10日,凌晨2时38分,离开合肥市明光路的小区前往宿州。6时10分到宿州,在老宿城一中东边的昭德轩喝撒汤,吃糖糕、油条和蒸饺,饱餐一顿,真过瘾!但昭德轩的撒汤偏寡淡,内容不足,宿州汇源国际大酒店的撒汤似乎更地道。

6时48分送董静到她大姐家,然后我独自前往浍河流域,此时气温21℃,算是凉快的。

阴天。昨天和前天刚下过几场雨,田野里所有的植物都不缺水,特别是玉米,都长得绿葱葱的,都是大面积的,玉米、芝麻、绿豆、豆角,都正在开花、结果。

整个田野里弥漫着一种花香,起初我不知是什么花香,后来才意识到是无数玉米开花的淡香,像什么香呢?我使劲想,哦,终于想起来了,像夜来香的香气,略有一点儿腻感。田野里湿漉漉的,田间长满野草的小道上湿淋淋的。

到濉溪县南坪镇。镇北有浍河闸,南行过闸后有巨大的牌坊,上铸四个大字"浍南雄镇"。浍河在这里仍然河面宽阔,水势复杂,近岸处常见养殖围网等。闸上浅水里多生芦苇水草,一个瘦瘦的中年男人钻在芦苇丛中专心地钓着鱼。

濉溪县魏桥村和邵王村在南坪镇上游西北处,宿州市埇桥区祁县镇则在南坪镇下游东南处,南坪到祁县的直线距离是14.6公里。

出南坪镇南行,再右转,东行或南行。过薛湖庄、濉溪县东方制衣厂。秋庄稼喜人旺长。8时33分,气温22℃。过胡圩子。浍河由西北而东南流,一直在左手北的方向,曲曲弯弯。过黄沟闸,这是浍河的一条支流,南北流向,闸上闸下,水面甚是宽阔。平原区河流因为比较小,所以易于潴积形成水结或湖泊。

过丁牌坊,浍河仍在左手(北或东),水面仍较宽展,还常现水结,甚至有小岛屿,真让人惊叹。

过 G3 京台高速立交,到宿州市埇桥区白庵(当地写作白安)集,浍河就在村后(北)流;由村东转北行约 200 米,到浍河边,河边有两只小铁船,这是一个小渡口,候船亭上写着"埇桥区制"字样;渡口野趣横生,大柳树斜在水面,水中水草很多,河道宽阔,却不直,有宽有窄,河床在地面以下数米。此时是 9 时 17 分,太阳略出,气温 23℃,周围树木无数,知了无数,除水泥白路外,都是绿植。

过埇桥区祁县镇忠陈村忠义小学,为啥叫忠陈、忠义?想必是有来历的,但一时却找不到缘由。过忠陈村葡萄园。路边开始出现大量煤矸石,另有数个砖厂。这里是煤矿区。过淮北矿业集团蕲南煤矿。太阳大出,天热起来,9 时 38 分时,气温升至 24℃。

东行至 G206,左手(北)数十米处就是浍河祁县桥。桥西有新加固的浍河祁县闸,过桥至桥北就是祁县镇。浍河祁县闸与船闸连在一起,有船闸,就说明通航情况良好,桥南不远处有宿州浍龙码头。此地运煤重型卡车极多,水泥路多被轧坏,尘土飞扬,催人逃离。

从祁县浍河闸沿 206 国道南行 4 公里,至小寨村左转,9.8 公里可到固镇县湖沟镇。从小寨东偏南行,一路上知了极多,噪声极盛,生活气息极浓。我 20 多年前从祁县步行去湖沟,当时还发着烧呢,毅力也是可圈可点的呵。

过周寨小学、魏庙新村。10 时 13 分,气温 25℃。一路上,除偶尔有矿区的痕迹外,道路就像被如涛的农作物掩埋了一样,最多见的是涌至路边的玉米。沿 X022 过浍光小学、浍光幼儿园,到湖沟。

沿环镇路东行,转北行。上海有一位文学评论家蔡翔就曾下放在湖沟地区,20 多年前我们曾常聊起。上午 10 时 40 分,温度上升到 26℃。至镇东北过浍河湖沟大桥。浍河在这附近弯曲度极大,水里有一群白鸭子,河面宽展,却也显得有序。

湖沟至固镇直线距离 17.1 公里。由南而北过湖沟浍河桥,北行或东行。沿 X010 过王洲村、浍北小学、张韩、沟南,到任桥镇。过京沪铁路立交,右转进入 S101,南偏东行。

过唐南集,到固镇县城,沿迎宾大道至城东南浍河挢。桥外有码头、货船,水面宽阔,通航情况依然良好。11 时 36 分,气温 26℃。从大桥北左转,沿浍河北堤东行。此地至五河县城的直线距离是 54.1 公里,至九湾 17.1 公里,到渡口村码头约 5 公里。

过大楼村、京沪高铁立交、小楼村,浍在右手,河滩宽阔。高铁列车唰唰地就过去了。过刘园干沟涵、陡沟村,11 时 59 分,气温 26℃,右手河水时而漫至堤上,时而收至滩里,河湾有时极大极陡,河滩上有大片白鹅,运沙船沉重地开向上游。

过蚌埠至宿州新公路,继续沿河北堤东行。12 时 13 分,气温仍 26℃。过新徐家沟涵、徐祠村。河滩里外的湿地里到处都是白鹭,河堤上这段新修的堤路可以开到时速 80 公里,但过徐祠后路就不怎么好了。

到李沟涵,堤外有大片湿地,芦苇等水生植物,处处生长,稍高的地方则种有玉米。

东偏南行,到渡口村,左转下堤,东南行,过渡口村小学、小周庄。堤外树上的知了特别多,可能透雨下得迟,所以知了的幼虫也从土里钻出来得迟。花生已经开始起获了,人家门口水泥地上多有晾晒。

东行,过谷堆湖、高皇小学,右转上县道,南行,3公里后到九湾。浍河和漑河在九湾集西南角汇流。河水在这里已经非常宽泛,再往二(东)到园宅集(或园子集)后扩展成为香涧湖。

沿浍河北堤继续东行。过东楼涵闸、张家湖闸,闸南闸北有不少钓鱼人。进入五河境,河堤六楼标牌上写有"怀洪新河管理部门"字样,不明白为什么这么写。1时57分,气温升至27℃。

过沈塘沟涵,至东刘集渡口,此时是下午2时13分,从这里南渡,连人带车渡河费是25元,南岸是园宅集和毕庄。渡口东侧的浍河大桥已基本建好。在渡船上和船老板聊天,他说他承包了这个渡口,一年须交2到3万元给三个生产队,不过他的纯收入也有9到10万元,渡船上他和他儿子还有一个家人三个人在干,不过桥修通车后就不好干,只好把船卖废铁了。

2时27分过河,气温28℃。上堤左转沿南岸大堤东行,直线26.6公里可到五河,堤里外有连片稻田,还有白水牛在吃草。1986年,我傍晚时从五河县乘船到园宅集去,留下非常深刻的印象,回去后写了散文《生活的船》。

过徐家湾涵。河堤过年庙涵后堤防突然降低了高度,左手(北)水面与视界的高差很小了。2时53分,气温28℃,过沙湾涵,转南再转东。过淮浍沟涵。陆陆续续,至少在堤内堤外见到8头白色的水牛,不知道为什么这里的白水牛这么多。路两边大片稻田,十分富庶的样子。

过周陈、黄浅渡口。湖面逐渐收缩为宽阔的河道了。3时30分,温度28℃,过张家沟闸,这里附近各处,河边都有许多钓者。

船行水中,河面宽阔,牛羊遍地,近岸水生植物丰富,许多处都有网养螃蟹。

到五河,城西南有节制闸。所谓五河,以前的老说法,就是淮、浍、漴、潼、沱这5条河。浍河在城区成为城市风景的一部分。3点58分,气温28℃,到浍河入淮口附近。

浍河在县城的西南由西而东入淮,不过五河这里有许多人工河道,不能完全确定哪条入淮水道就一定是哪条河的。但这条水道至少应该是浍河入淮水道之一,这不会错的。

2014年8月24日　合肥市淮北佬斋

小溪河

2014年7月11日,凌晨2时38分下楼,打算离开喻苑新村,出发去淮河南岸一级支流小溪河流域,走一走,看一看,访一访,感受感受。但下了楼到小区里,却发现车开不出去,我的车后面有两辆车把道路堵上了,里面的车都出不去。怎么办?在小区里转一转,发现另一条平常不走的通道尽头,只有一辆车,那辆车很可能是那栋楼一楼开旅馆的那家老板的。虽然半夜三更的去喊人家门很奇怪,但还是下决心去喊醒喻苑宾馆老板,麻烦他把车挪一挪。还好,旅馆的门开着,里面有一间屋的门上写着:住宿请敲门。看样子半夜敲门对他们来说不会是常年不遇的事,这样,我心里的压力就小了点。敲门把老板娘敲醒,在门外说是她的邻居,打扰了。后来老板又起来挪车,真是十分感谢!哈,车子终于开出了小区。时间:凌晨 3 时 07 分,气温 28℃,初伏的天气凌晨也还不凉爽。

合肥到定远县范岗镇大约 135 公里。由明光路转至新蚌埠路。在北二环路口等红灯时,隔壁车道停着一辆出租车,副驾驶座上坐着的一位戴眼镜的乘客正和驾驶员聊天,只听乘客说:中国应该感谢邓小平,搞改革开放……

过北二环路口,向北或北偏东行。过三十头镇,再沿肥东县 X006 北或东北行。路上有很多小四轮拖拉机和农用货车往城市方向开,大概是赶早向城市运送蔬菜、瓜果的。大货车也很不少。虫成片地叫,还有蛙鸣。过五十头、白龙路口、双庙。乡村沉寂,偶尔有灯光露出。凌晨 4 时 02 分,双庙附近的乡村气温 25℃,也不算太凉快,但比城里低多了。

过杨店乡。从合肥出发约 70 公里后左转进入 S101,北略偏东行,过八斗镇,过响导乡,4 时 30 分,天一下子就不那么黑了,路外的树木、村庄,都看得到一点轮廓了。过麻埠大桥(池河大桥),进入滁州市定远县连江镇境内。过连江镇,气温

26℃,此时4时50分,天基本亮了。5时,天完全亮了,所有的物件,都看得清清楚楚了。过张桥镇。在镇里温度是26℃,出了镇到乡野,就是25℃。张桥大概逢集,人和运西瓜的车早早都到了集上,早餐也早早地开张了。

过蔡桥水库,过陶铺,田野里有一层淡薄的雾气。5时30分,到高塘,在早餐店吃早点,一碗半甜稀饭、一个菜包、一个豆腐包、三个芝麻甜包,很好吃,吃了又加,加了再加,小菜下饭,咸豆角和辣黄瓜都很好吃。

北行,过严店、定远县城、范岗乡、定远县范岗林场、中国定远汽车试验场路牌、快活岭,进入丘陵区。到处都是松树等树木。左手(西)就是白云山、石牛山等低山丘陵区,小溪河即从这里发源。过山头店、丁家巷、肖巷。小溪河从丁家巷附近由西穿过S101东流,河道窄狭,植物遍生。

6时48分,气温26℃,阴天,从红梅岭右转离开S101线,此地已属滁州市凤阳县红心镇。这里是丘陵地貌,因此旱地较多,玉米等作物常见。过七里、邵庄,从红梅岭约5公里到红心镇镇区,7时04分,红心镇镇区温度25℃。

红心镇是一个以农业为主的乡镇,据当地网站介绍,这里一年稻、麦两季,年栽种优质稻6万多亩,成为主导产业,可年产水稻29万吨,有大米加工厂约10家,可年加工生产大米2万吨,产值7800万元。特色产品发展已初具规模。荷塘村的大葱、生姜、山芋;三里村的蔬菜;蒋庄、李武两村的茶树、板栗,这些特色产品的种植生产,均已成为当地主导特色产业。其中,年外销蔬菜类产品达200吨以上,可创产值16万元。

小溪河从红心镇镇东由南而北蜿蜒通过,但河水静止,水草密生,已经严重污染变黑。东行数百米至三里村,左转进入乡道北行,这里是小溪河东岸平原,地势平坦,稻田连绵,过杨山村,过红心自来水厂,左手可见大片水面。

北行数百米,左转西行,200米外有新桥跨小溪河通往西岸村庄。7时40分,气温26℃,天似阴欲晴的样子,不知最终是阴是晴。这里又是丘陵地形了,起伏不定的,桥南水面较宽,桥北甚至只有一条两米宽挖开的豁口通下游,下游再远处又有较大的水面。站在桥上南北瞭望,河道似乎不连贯,更不用说通航了,河两岸没有河堤,河床切入地面。虽然与上游红心镇污染水道仅距数百米,但这里河水倒还清净,也许两者并不连通,污染水道另有出路?

回到乡道左转继续北偏东行,300米后过一低山,望左前方,清楚可见河水时宽时窄,沿河的小平原稻田葱绿。

过杨山村村委会,这里都是岗坡,河在左手西边较远的低平处。旱坡地种了许多花生,还有山芋、玉米。8时05分,太阳终于出来了,但总是雾茫茫的样子。

过乔山村,农舍的墙上写着宣传标语:献血不是传播艾滋病途径。8时13分,温度27℃。继续北行1公里,有竹林和芦苇夹道。过姚湾村。红心镇约12公里到凤阳县燃灯集。镇南左转西行,走水泥路村村通,约1.5公里上一座低山,即至燃灯水库及水库管理处和燃灯农民用水者协会。

燃灯水库建于1974年,水库正常库容为4760万立方米,集雨面积为173平方千米,海拔为41.5米。网络上关于燃灯水库的介绍很少,但在钓鱼爱好者的眼里,燃灯水库似乎是个不错的垂钓处,但他们也为水库的开放不开放而烦恼。

此时是上午 8 时 37 分,水库附近气温为 26℃,虽然温度不算高,但感觉上热一些了。燃灯农民用水者协会大门旁边的一个人家门口,话匣子里大声唱着黄梅戏。燃灯水库大坝东西向,大坝东端有一个不太大的泄水闸。水库的附近有些丘岗重重的样子。

8 时 59 分,回到燃灯街道上,温度 27℃。

燃灯集建在一个较高的岗子上。该地位于凤阳县东南部约 35 公里处,设乡时总面积 47 平方公里,共辖 7 个行政村,总人口 1.2 万人,耕地约 2.2 万亩,林业用地近 1.5 万亩,后划归小溪河镇管辖。燃灯是凤阳县的"花鼓之乡",又是凤阳贡柿的产地,据说还是明太祖朱元璋救驾之地。但为何叫燃灯?我一时还弄不明白。但这样的地名,一是有美学色彩,另外一般都会有民风俚俗或历史人文缘由,会有意思。

燃灯到小溪河镇 6.9 公里。从燃灯街区 T 字路口左转西行,约 1500 米后过小溪河,因河道在水库下游不远,因此几乎无水。过桥后从姚湾村委会右转北行。这里又是由沿河小平原地形组成,稻田成片,绿绿葱葱,但平原都很小,经常被岗地阻断分隔。过军陈村,军陈村也在岗子上。

上午 9 时 28 分,气温 28℃。过小吕家。小溪河一直在右手东边不很远处。

9 时 29 分,气温 28℃,过小吕家 1 公里左右,右手地形缓缓上升,因遍布夏季植物而绿茵茵的,并十分大气地扩展起来,望去就像绵远的天际线。我停下车来，久久地凝视由自然界的框架和人类的内容组合成的这种景观。这也许正是人们苦苦寻找、偶有所得的境界吧？这只能在长期的无所得中偶尔有得。不过这是值得的，以前花费的一切工夫都是值得的。

杨树叶飒飒作响，旱苇一片一片地茂长，还经常夹道而生。到凤阳县小溪河镇。小溪河在镇东，南北流，桥较老了，桥北是京沪铁路桥，河道近百米宽，都是水草，似乎污染严重，也不太流动。

小溪河镇是凤阳县东部重镇，距县城34公里，2007年4月由原小溪河镇、石门山镇、燃灯乡撤并而成，现镇域面积206平方公里，辖14个行政村和1个街道居委会，人口5.4万人，现有基层党支部30个，2035名党员。据相关网站介绍，该镇矿产资源丰富，拥有高品质的石英砂、石灰石、花岗岩、钟家山铅锌矿等矿产资源。省道307线、南(京)洛(阳)高速公路和京沪线铁路穿镇而过，该镇林业和山场资源丰富，还是全国闻名的黑豆种植和销售基地，年黑豆种植面积4.5万亩，产量6500吨，远销韩国、日本等地。全国农村改革的发源地——小岗村位于该镇的西南部，1978年小岗人以敢为天下先的精神按下十八颗鲜红的手印，在全国首创农业大包干，现该村为中国十大名村之一。

小溪河镇约5.6公里可到大溪河镇。

从小溪河镇镇区十字路口右转北行，或西行，再北行，过铁路立交桥，客车正从桥上隆隆通过。过潘家庄，右手为小溪河西岸平原，稻田片片，绿茵沁人；左手则丘岗重重，高下不齐。

上午10时07分，气温27℃，过岗上庄，过G36高速立交，到大溪河镇。右转进入S307东南行,小溪河在镇东南,与大致东西向的S307互交。桥南桥北的河道里浮萍密生,水不流动,污染严重。桥头有小溪河治理工程项目部的门楼。

桥东楼房里有一位妇女,30多岁,一直看我在桥上桥下拍照、记录什么的,最后她终于走过来对我说,你是来做好事的吧?你替俺们反映反映。我说,你要反映啥?她指着小溪河说,她年轻时,大家都吃这河里的水,后来水还能洗衣服,现在都臭不可闻了,当地政府光知道要钱不办事。的确,小溪河在大溪河镇以上河道的污染,已经十分严重。

10时25分,气温已经升至30℃。沿S307东南行,过新庄村、钟庄村,出镇约2公里后,从钟庄村左转,北行,过严李戴。今天一路行来,以姓氏为名的村庄占压倒多数,其实以姓氏命名的村庄,只是明清特别是清朝以后才成气候的。

小溪河在大溪河镇以北扩展为花园湖,一路北行,只见左手(西)大片大片的沿湖平原,稻田片片,葱绿漫天。此时是上午10时45分,气温却下降到29℃,天则一直是哑巴晴,不见太阳,但又似乎是晴天。

过明光昌源电器有限公司,哦,这里现在已属滁州市的明光市管辖。过明光市桥头镇宝龙村,11时05分,气温31℃,路边长了一大片向日葵。北或东北行。宝龙村建在一个小岭上。这里地形奇特,村西北有一座圆圆的小山,山头松林郁郁,又有白白的羊群由牧人慢慢赶过,山下稻田围绕,绿绿葱葱,哦哦,颇有吉相呵!村名似乎也有来历。我驻足呆视良久。西边山的不远处应是花园湖。

此时吃个甜苹果是个好主意！我边观望,边吃了一个苹果。气温又降到了30℃。

从网上查找宝龙村的资料,没有太多的收获。网络资料说,宝龙村位于桥头镇西,2008年元月由原宝龙、钟池村合并组建新的宝龙村。全村总人口3507人,二轮土地承包后,全村用于农业生产的土地7215亩,农业生产以种植杂交稻、小麦、速生杨、无籽西瓜为支柱产业,花生、玉米、黄豆、油菜、甜叶菊等为辅助产业,畜禽养殖业主要以鸡、羊等为主,宝龙村共有小水库5个,全村共有正式党员70人,外出流动党员13人。

倒是一条文化信息,朴实而有趣:

> 据和讯网报道:在滁州明光市桥头镇宝龙村的农家书屋里,一位七旬老人忙来忙去,不厌其烦地接待一拨又一拨前来借阅的村民和小学生。他叫蒋如芳,现为该书屋的义务图书管理员。蒋老虽文化不高,但一辈子的爱好就是看书、看报。去年,村里建成了农家书屋,蒋老兴奋不已,主动要求担当书屋的管理员,表示不要一分钱工资,不会丢失一本书。他的多次请求,打动了村"两委"班子,最终决定将书屋交给蒋老管理,书屋里几千册书,借来借去,没丢失一本,他细致与认真的工作态度,深受村民的赞赏。

11时17分过肖刘。太阳真正出来了,气温却降为29℃,真奇怪,这时才发现湖水逼近了乡道路边,渐又离路远去。11时21分,气温重又上升为30℃。

从钟庄村北行或东北行10公里,11时25分自西至东进入司巷。出司巷街道左转北行,再西行,约2公里到花园湖边。

哦,湖面很大,水看去也是干净的,毕竟湖水的面积大,一般又保护得好。一湖都是荷叶,还有一些荷花,真漂亮!

出司巷,东行,花园湖在左手,时而看得到湖堤,时而看得到湖。

从司巷约6公里到104国道。此时中午12点17分,气温虽然只有29℃,但却觉得很热。左转北行,13公里左右到蚌埠市五河县小溪镇。从镇里西行转北出镇,2公里可到淮河岸边。

最最熟悉的那种感觉立刻就出来了。高粱都在视野里出现了,玉米大片地生长。大豆长得十分健壮,知了在杨树上鸣叫。12时52分到淮河大堤上,气温30℃。这里有一条人工的不大的河道连接淮河,堤里有小水闸节制。淮河的淮南河堤都十分简单,甚至草率,有时连正儿八经的路都没有,因为淮南大多为丘陵地形,水淹不到淮南的,这里也是这样。

返回小溪镇,再出小溪镇西行。约5公里后,到凤阳县枣巷镇黄咀村。

这里是花园湖和小溪河的入淮水道。这条水道是人工的,老水道据说已经湮废,看不到了。

闸的南边是花园湖,闸的北边是淮河,中间南北向有人工水道连接。闸很老了,似乎也不太重要,可通行5吨重的车辆。河道里有许多渔船,还有水上餐厅。此时下午1点18分,气温30℃,挺热的,人在冒汗。"花园湖渔家乐"的船头,有个年轻人在钓鱼,全神贯注。水是清的,但闸和水道附近杂物也比较多。

在老闸的西边 200 米左右,建了一座新闸,闸很新,但规模也不大。

下午 1 时 34 分,气温 30℃。沿县道西行,走凤阳枣巷镇转南返肥,里程约 219 公里。

到合肥时已是下午 5 点多,进入城区后,气温显示为 34℃。呵呵,城乡的差别可真大!

2014 年 7 月 14 日

濠河

2014 年 8 月 19 日,凌晨 1 时 40 分起床,2 时 30 分从合肥出发,前往安徽省凤阳县凤阳山水库。合肥气温城内 23℃,郊区 22℃,不冷不热。

合肥明光路到凤阳山水库直线距离不到 90 公里,公里距离则因为不同的路径,距离由 148 到 180 公里不等。由新蚌埠路北偏东行,至三十头;再沿县道至 S101 线,北行。至定远县连江时,有轻雾出现,路上多见大货车,气温 21℃。

4 时 55 分,从定远县范岗镇北 S101 范岗林场附近左转进入县道东行。此时天一下子就发白了,天顶上还看得到半片弯月呢,今天大概是个多云的天气。这里是丘陵岗地,时有薄雾飘逸。路边渐有农人过路到路对面去,看见有车灯,站在路边等候,路上开始有步行的人和骑自行车的人了。5 时 08 分,气温 20℃,野地岗间气温略低些。

过油坊庄、杨湾大酒店,到晓光。晓光街西是中国定远汽车实验场。从晓光长城超市左转,西偏南行,再西行。路一直在岗上走,这里完全是田园风光了,稻田、玉米田,连片不断,薄雾弥漫在路外不远的地方。过岗刘,这里的岗地上到处都是碎片石,右手西北处的凤阳山水库就是由源于水库南的许多河流汇聚而成的。村村通水泥路总体不错,就是偏窄了些。

过黄泥畈,村庄的清晨鸡鸣狗走,万物复苏。过沙涧村,农户在门口摘花生,季节已经进入秋收大忙的时节了,这里岗岭起伏,红土地,鸟类起飞、降落,虫鸣不息。5时56分,气温20℃,路边野草都湿漉漉的,这里山林野地多,村庄稀少。过吴窑,一个林清水秀的低山村,不过我这条路已走得离凤阳山水库稍远了些,不能肯定是濠河流域还是池河或窑河流域,不过一定还是在淮河流域。

北行,过凤阳山生态农业科技园、凤宝生态山庄,凉意上来,气温只有19℃了,山庄在岗头上,下了岗,路边都是结穗的稻田,远处岗岭起伏,雾来雾去。过南郢,这里已是库区,河汊湖汊纵横,北行可至白云村,北行再东行可至白云山林场。6时53分,太阳出来了。从南郢村北左转西行,左手山坡上农人正在收花生,玉米也长得好,这里都是凤阳山水库区水源保护地。过南陈村,山愈大了些,水库或在北,或在东,7时14分,气温22℃,数公里后左转,数百米可至狼巷迷谷景区。右转数百米至大楼村,村里村外,多见细竹林,北行出村就是凤阳山水库。从村北左转西行,过乐凯生态采摘园,7时46分,太阳完全出来了,竟是个大晴天,这是多日雨后的第一个晴天。右手水库,左手有南山坡等低山。

　　过河南村,西行再北行,绕行库区西部,水库始终在右手。过河南村村委会,上坡又下坡。过韭山土鸡养殖场,过宋集,东行,此时8时20分,气温24℃。过宋集卫生院,继续绕水库东行。过小新庄(音),右手时常见水面,低山与水面之间是微丘地带,农作物以水稻为主。过凤阳山水库泄水渠闸,泄水渠深入山谷。这时是上午8时47分,我发现闸上路边的沙土里有许多长势旺盛的马齿苋,哈,园子里正缺它们呢,弯腰拔了一大把带走,回家种植让它们结籽,明年它们就会自行发芽生长啦。

　　右转至凤阳山水库管理处。凤阳山水库又称卧牛湖,据有关材料介绍,凤阳山水库位于安徽省凤阳县东南濠河东支上游,属淮河流域,是凤阳县境内的重要水利控制工程;该水库建于1958年,集水面积146平方公里,设计洪水标准为百年一遇,水库大坝为均质土坝,坝顶全长737米,最大坝高27.7米,坝顶宽5米,坝顶高57.20米,迎水坡坡比为1:2至1:3,背水坡坡比1:2.5至1:3,水库的设计洪水位为56.58米,水库总面积19000亩,其中水面17000亩、山场2000亩,其工程规模等级属大(2)型,目前按中型水库进行管理,大坝距京沪铁路干线直线距离25公里,工程地理位置险要,蓄水量大,是安徽省重点中型水库之一,也是韭山国家森林公园的一个重要组成部分。卧牛湖依偎于峰峦起伏的凤阳山腹地,是一处库容1.03亿立方米的椭圆形水库,因湖中有卧牛山,故名"卧牛湖",这里青峦叠翠,茂林修竹,浮山游云,雁飞鱼跃。

　　山陈家村就在大坝外(北)。从坝下北行,水泥路中间窄窄的隔离带里长满绿豆,豆角都成熟发黑了,一对农村老夫妻正弓着腰,往手提的小篮子里摘绿豆角,就正是凡人的生活。过凤殷,此时 9 时 20 分,温度 25℃,右转进入 X062。西行过侍集大酒店,数百米后至青山,右转北行。过侍集子,这里已是微丘区,地表还算平坦,水稻绿油油的。过京沪高铁立交,9 时 38 分,正有一列高铁驰过,气温 25℃,濠河在左手不远处。

过陈桥,到亮岗。哈,在亮岗十字街口,一眼就看见西北角一家十分闪眼的"许辉商店",墙面上有很大的黄色广告牌,还有"许辉卤菜"的招牌,其时 9 时 55 分,气温 25℃,卤菜生意好得很呢,不断有人前来购买。拍了几张照片,和我相同的姓名符号,爽啊!

据凤阳县亮岗乡政府网介绍,亮岗乡位于凤阳山水库下游,是个农业大乡,水利资源十分丰富,濠河穿境而过,六个村可自流灌溉,另三个村常年可提水灌溉。现在可耕地 4.2 万亩,年水稻种植面积 3 万亩,小麦 3.3 万亩,其中优质粳稻 2.5 万亩,优质小麦 3 万亩,还种植玉米、花生、大豆、棉花等经济作物,其中黑豆种植面积约有 3000 亩。拥有可养殖水面 2000 亩。亮岗乡交通方便,凤阳县城至韭山洞公路穿越全境,各村及各村民小组砂石路畅通。每天有 30 多辆中小型客车往返凤阳和亮岗之间,单程只需 10 分钟,交通十分便捷。亮岗乡工业企业生产已初具规模,形成了以粮食加工、木材加工、服装生产为主的产业格局。资产在 300 万元的企业三家,1000 万元以上的企业一家。全年工业总产值 4500 万元。另外亮岗乡劳动力资源丰富,据全国第五次人口普查数据,亮岗乡共有人口 13026 人,其中男 6773 人、女6253人,常年劳务输出人员在3500人以上。亮岗乡现有初级中学1所,完全小学8所,在校学生3500人,教师120人;卫生院1所,从业人员15人,内设内科、外科、妇科、B超、化验等科室,拥有病床30张。亮岗乡是最早完成农网改造的乡镇,现有14个台区,电力供应充足。通迅事业也十分发达,现在电信装机容量4000门,并建有移动机站。

由亮岗街口左转西行,过亮岗中学、卫生院,约1公里到濠河(东支)桥,10时12分,气温26℃,河道仅宽五六米,南北流,水流不断,河床淤了些发白紫的沙土。

高陈家在河西数十米外,濠河的东西两条支流在村北合流。因为在公路上看不到两条支流合流的情况,我又回到亮岗十字街口。

从亮岗十字街口许辉商店北行,过林桥,至濠河。河床仍不很宽,水面不过七八米,东西流,但河滩里种树长草,汛期可过许多水。上午10时42分,气温27℃。满河滩树上的知了都在叫。过桥北行。过桥前,河在左手(西),过桥后,河在右手(东),东南流。

北行过岳林、甄岗、齐涧、老人桥,到凤阳县城,又至S101,东南行,约4.8公里到濠河大通桥。濠河水面仍窄细,河水浑黄,水面10米不到的样子,河滩倒算宽,四五十米,自西南而东北流,此时11时49分,气温28℃。

大通桥至临淮关直线距离约6公里。北行至凤阳县城,再转S307北偏东行,约半小时后到临淮关镇。

12时29分,温度29℃,濠河在临淮关镇镇东,自南而北与

S307 相交。S307 临淮关镇濠河桥叫太平桥,河水仍浑黄,水面 10 余米宽窄,近桥处漫溠为 20 多米,河滩长满芦苇,桥西属淮滨,桥东属板桥镇。太平桥北 200 米有节制闸,名濠河闸,闸北约 300 米是京沪铁路桥,铁路桥北是老街。

濠河由南而北略微偏东入淮。虽然濠水黄浑,但由于水量小,与青绿色的淮水相混,也看不出特别的黄绿鲜明来。河口不宽,六七十米的样子,河口里泊着数只小渔船,船与岸上搭着跳板,船上人家养的鸡都把跳板当桥,从河滩上随时返回船上,母鸡过跳板时就那么平常而过,公鸡过跳板时却昂首挺胸,天下无敌的样子。

船上有一只小宠物狗上岸找相好的,在岸上人家的门口厮守,我走过时,打扰了它,它因长期生活在船上,不知外面世界,看到有人走过,它就受到了惊吓,尖叫着跑回船上去,它很恼火,一边尖叫,一边狂奔,它一直叫;它相好的住在岸上,见多不怪,见人不惊,四面看看,一声不吭,平心静气地回到门口去躺着了。时间是 1 时 24 分,气温 29℃。想来以往的码头,多么繁华,多么有故事,令人怅惘。

2014 年 8 月 20 日上午 8 时 21 分,气温 24℃,从蚌埠市怀洪宾馆出发,前往濠河西支上的官沟水库。从蚌埠市怀洪宾馆出发,至凤阳县官沟水库的直线距离仅有 15 公里,但行驶距离有 19.1 公里。由蚌埠市解放路南行出城,至 X001(蚌官路),南行。

过洼张,8 时 52 分,气温 25℃,至定庵。定庵今天逢集,集在一个高岗子上,人很多。过燕山乡卫生院、蓝莓庄园、孙圩子及渡江战役总前委孙家圩子旧址、梅花山甲鱼养殖基地。路边的人家都在门口水泥地上晒玉米:棒子或剥下来的玉米粒。过高速立交,到官沟,再南行数公里,过黄庄,到官沟水库。

官沟水库位于淮河南岸一级支流濠河的西支唐河上游,建于1957年,总库容4194万立方米,正常库容为2200万立方米,集雨面积84平方千米,海拔67米,是一座以灌溉为主,兼顾防洪、养殖等综合效益的中型水库。顺官沟水库管理处右侧围墙外陡路上水库大坝,从坝上看水库,水库不很宽,但很长,水较枯,其实夏末秋初雨水还是不少的,可能雨量还是不够。

与我同上大坝的还有另外三辆蚌埠牌照的车,一辆轿车,一辆越野车,一辆商务车,来吃烧烤的,拖儿带女下来好多人,他们问坝上一对坐在门口剥玉米的夫妻,哪里有吃烧烤的,那对夫妻告诉他们就在右手一拐弯处,他们拖儿带女就都去了,还真有雅兴。

我从导航上查官沟水库上游的曹店乡,导航显示,从大坝至曹店镇行驶距离是20公里,正想返回坝下时,我想还是问一问有没有近路的好,因为根据我的经验,近路都是有的,但外人一般摸不着,走不了。于是我向那对剥玉米的夫妻请教,他们十分热情,告诉我有近路,顺水库西侧的山路,翻过山,下山几公里就到曹店了,路虽然不太好,但也能走。

谢过他们,我沿曲折的山路南行,左侧是水库,道路是黄泥道和碎石道。沿山道大致南行,上山又下山。在山林深处一个上山处,我看见路边树木里坐着一男一女,40岁左右,就停车问他们我走的路对不对,男的说:"我们是来打工的,不认识这里的路。"我根据大致的方向选择道路,数公里后翻过了山丛,下山进入相对低平的丘陵地区。

看见了翻山后的第一个村庄沈庄。西行过沈庄,2公里后右转进入正规县道,南行,人家门口趁天好在晒黑皮的绿豆。过栗山村。11时06分到曹店乡,气温27℃。从官沟坝上7.3公里到曹店。

曹店街东有河,自南而北流向水库。河里像下游濠河一样有那种淤白的沉淀,河边还有相关工厂,据说该乡境内石英、石英岩、石灰石、方解石、石棉等矿产资源丰富,但不知道河里的淤白是什么矿物质。

曹店至定远永康G3京台高速收费站建议里程62.1公里,我走陈(圩)永(康)路,20公里即可到永康。南行。过光明、黄圩、靠山、古城、祝杨、河北,12点03分,气温28℃,到定远永康镇。

2014年8月24日　合肥淮北佬斋

天河

天河在古代称西濠水,现代在临淮关入淮的濠河古代则称东濠水。天河流域几乎全部在安徽凤阳县境内,地形地貌主要是低山丘陵,流域面积仅340余平方公里,河道长度只有40多公里。凤阳县南部有凤阳山等大片低山区,山区南坡水南向再东向西向转北向,分别流入淮河,如池河、窑河(洛河、沛河);山区北坡水则直接北向或东北向分别注入淮河,天河、濠河、小溪河都是这样的。

2014年8月19日下午2点24分,气温已升至31℃,这在今年到现在为止的凉快的秋天里算是温度较高的。由凤阳县城沿S310西行,过高速立交,即到凤阳县刘府镇。

天河有两条主要支流:东支和西支,以西支为主源,两支在蚌埠市的广德村会合。从刘府镇流过的即为东支。东支从刘府镇西自南而北流过。S310桥南约20米处,有一座废弃的老桥,看去十分古老、沧桑,只可惜过于衰败了。河里长满了水草,密得都见不到水了,这与河水流量小,或时常停流有关。

从刘府街里北行,再东行,不觉间又过了两座桥,一座在街北,桥东西走向,一座在出了刘府镇北不远处的县道上,桥南北走向。天河的东支这么曲折啊?在这刘府镇里镇外,就拐了这么多弯。镇北河滩宽阔,都种了树,水面在桥东也很阔,水面上都是浮萍,有许多年轻男子在水边钓鱼,此时是下午2时59分,气温降为30℃了。

过严桥,过赵庄,到徐庄,绕来绕去的,却把天河东支给弄丢了,怎么都找不到了。3时22分,气温29℃,决定重回刘府。

从刘府街里转西北行,过大山村,过汪庄、周岗,到宫集。

天河西支从宫集流过,很小的一条河,河里长满了杂草,还是因为流程短、水量小,上游又有水库控制,这些支流都有些微不足道的样子,但值得思考它们与人类社会的关系。据媒体报道,中国原有5万多条河流,现只剩2万多条了,这不仅会对自然地理环境产生影响,也会影响人的文化心态。

4时11分,气温26℃。在宫集转来转去,问了许多人,都不明确知道北边蚌埠市的广德村怎么走,其实广德村与宫集的直线距离并不远,顶多也就10多公里吧。最后由宫集西南行,转乡道西行。

真是无心插柳,一路走一路问,不觉间竟到了杨庙村,这正是天河西支流过的一个点。天河西支在村西,大致由南而北流过,河面宽二三十米,河水平静,水面曲弯,很有乡村风情。此刻5时02分,温度却升到28℃了,不知道为什么。乡村也十分偏僻宁静。河东,有10多位中老年男人和1位中年妇女,在河边一家盖房工地上休息、说话,我就向他们问路,他们都积极、热情地向我介绍。

离开杨庙村西行,过小杨庙,进入蚌埠市,到小冯家右转进入G206线,东北行。行2公里至庙前,右转东行,道路坎坷,3公里到广德村。

广德村很不小。广德村的东面、北面都是天河放大为湖的水面,水面宽大,仿佛浩然无边。像小溪河的花园湖、浍河的香涧湖一样,这里都是沿淮低地。湖边沼地改造成了旱涝保收的大片良田,这个季节长的是水稻,稻田成片大片,绿波连连,看上去十分富裕的样子。当下6时11分,气温26℃。广德村北的树林湖岸边,有一个中年男人,独自一个,正吃菜喝酒,他吃的菜,是一小盘河虾,炒得红红的,也没有配料,就是单纯的河虾;他喝的酒,是用矿泉水瓶子装的散白酒。我就和他聊天。他说他是从北边过来的,来这里打工的,这里在搞水产养殖。我问他两河汇合处,他想了半天,也想不起来,一点线索也没有。

时候不早了,我返回G206,东北行或东行。数公里后可见路左(北)有节制闸,这是天河闸,路右(南)有天河排灌站。

站在天河闸河堤上,只见天河过闸后,逐渐向北偏东方向流,进入淮河。天河排灌站以南的天河则澎涨为湖,水天一色。

2014年8月23日　合肥五闲阁

沣河

2014年7月8日,晨,6时08分出发,去皖西沣河走一走。沣河全流域基本都在霍邱县境内,是淮河在淮南的一级支流之一。据安徽省水利部门的相关资料介绍,沣河古称穷水、安丰水。沣水有二源:一源称找母河,源出于霍邱县鲁店子南龙王庙;一源称赵河,源出于三元店的白龙井南,主源为赵河,大致南北流向,全长约75公里。

天气晴好,今天大概也是出梅的日子,连续多日的阴雨天宣告结束。

从合肥市喻苑新村至霍邱三元镇大约157公里,出发时温度24℃,虽然也不是太凉快,但在室外,却感觉得到空气的凉爽。走沿河路,河岸护堤上坐着一些农民工,他们咬吃着烧饼,在准备一天的劳作和生计。

由阜阳路桥北右转,上阜阳路高架,北行,过双墩,由蒙城路入口进入绕城高速,右转西行,进入G40沪陕高速。过新桥、高刘、六安北、西桥,7时42分,温度25℃。这里是江淮微丘地区,满眼尽是夏日的深绿。

由六安西徐集枢纽右转进入G35济广高速,西北行,10余公里后,由罗集丁集出口出。向出口收费的男性工作人员问去往三元的道路,他说须往丁集方向。于是出高速后沿X016,东行往丁集方向。此时上午8时,温度虽只有25℃,但太阳已很晒人。过华祖学校附属幼儿园,到华祖村,再向聚在一起说话的村民问路,才知道走错了,走反了。

掉头沿X016西行,过高速路口,又数百米后即到罗集镇。由镇里西行出镇,一路西行,走的是村村通水泥路乡道,路都很好走。过金湾村。上午8时47分,温度27℃。路两旁稻田鲜绿,荷花少部分已经开放,大部分正在孕苞欲放。过六安天成苗木基地。田原一派夏日景象,路边民房多两层楼房,看起来似乎收入不错;路边有许多竹子,路边也常见竹林,这是汲河流域、淠河流域、史河流域的特色,沣河在史河与汲河之间,想必也会如此。过铁路立交,可能是新开通的阜六铁路。阜六铁路位于安徽省境内西北部,北起阜阳市颍东区,途经阜阳市颍州区、颍上县和六安市霍邱县,终点在六安市裕安区。

过金湾村村委会、金湾村卫生室。再往前走,地面起伏稍大了些,很有些莽原的味道。过洪集大渡口(当地一位在地里收拾的中年妇女告诉我这个地名),到洪集老街,从T字路口左转,然后是连续转弯。竹林阵阵,树浓路瘦。芝麻开花了,豆角爬上了天。过东岳回民村,左转进入G105。到洪集镇,从镇内右转西行,过洪集中心学校、悦丰葡萄园,又是竹林夹道,此地洼地水面甚多。过朋友超市、仓房村卫生室。黄金色的金银花在沟边塘沿零零星星地开。

一路上蜀葵很多,花朵大,各种颜色,十分惹眼;鸡爪子花开在人家门口,还有美人蕉,一丛丛地开放;紫薇也总是容易见到,粉色的花、紫色的花、白色的花和玫瑰红色的花,成簇成簇地盛开。

过洪集镇金星村村委会。此时9时59分,多云,温度28℃。金星村村委会在村外路边,一个四方院,显得较旧,较老,门外、路边停了数十辆摩托车、电动车、电动三辆车,还有几部轿车(可能是镇里和县里相关部门的)。人们挤在院里和院门的门楼子下边。我过去问几位蹲或靠在门楼子上的农民,才知道正在投票选村干部,里面正在计票呢,更多的人都挤在里面。当地网站介绍,金星村位于洪集镇西北部,同三元乡、众兴集镇相邻,达安路和洪安路在此交汇,黄小支渠和油坊河穿村而过,金星村为区划调整时原安全村、余楼村和杨园村合并而成,面积13.4平方公里,耕地8473.5亩,现有35个村民小组,1116户,4358人,临时党支部下设13个党小组,党员142名。村民主要以种植和养殖为主,2010年人均纯收入为4900元。

过杨元小学(学校校牌如此,不是"园",农村经常有同音简写现象),从程度文超市门前右转,西北转西行。过小磊葡萄园,杨元村卫生室。道路和地貌起伏更大了些,上上下下的,低丘不断,这些地方,都可能是相邻较近的两条河流流域的分水"岭",不关注的人,不会知道下雨时,一丘左右,雨水会分别往两条河里流。

10时12分,气温29℃。过红星饭店,到僧窑村,从村中十字路口右转北行。过僧窑村卫生室,这里地形起伏仍大,沟深林密,道路曲折。过新王店街道。稻田片片。爬坡至老王店,又过三元实验学校,再约1公里后,到三元集沣河桥。桥头有客车路牌,上面写明这里是"沣河桥"站,说明当地公务部门认为这条河即是沣河,也就是沣河的主源赵河,赵河也就是沣河的源头,应该在离此地不远的南部白龙井附近。

因为前几天一直在下雨,河水有些混浊。河面三四十米宽窄,大致南北流向,略显蜿蜒,堤坡都有水泥护坡,修整得较好。此时为上午10时41分,气温还是29℃。过桥至桥西就是三元集,桥西有"沣河茶庄"等商铺,说明这里的人们认可这条河为沣河。

但由于多年来的水利建设和河流治理,较小的河道常会有许多改变,原始河道、人工河道,错杂交织,不易辨识。拿沣河来说,如果沿此处的沣河走下去,会一直到霍邱县城,再到临淮岗水利枢纽,进而注入淮河,所以这并非沣河原水道,而是当地人称作沣河渠的人工水道。沣河老水道由于在上游地区较小,一般人不容易找得到。

据三元政府网介绍,霍邱县"三元乡总面积89平方公里,辖16个行政村,184个村民组,2所敬老院,人口3.16万,可耕地面积3.7万亩。三元乡地处安徽西部,大别山北麓,淮河以南,长江以北,居于江淮之间,丘陵地貌,属亚热带季风性气候,季风明显,四季分明,气候温和,雨量适中,春暖多变,秋高气爽,梅雨显著,夏雨集中。全年平均气温为15.43℃,无霜期年平均222

天,年平均降水1170毫米。便捷的交通条件使得三元乡活力四射,与宁西高速、合武高速、商景高速、宁西铁路、沪汉蓉高铁、105国道、312国道相邻,至合肥骆岗机场仅1小时路程,310省道由北向南穿乡而过,县乡公路网相互交错,'村村通'水泥路互通全乡。自然环境优美,风景如画。三元乡是现代社会快速发展的一片净土,没有工业污染源,境内沣东、沣西两大干渠穿流而过,双塘、横坝、闸上三大支渠灌溉全乡,渠水清澈而甘洌。这里四季如画,春天,金黄的油菜花和绿油油的麦苗互相交织,美不胜收;夏天,正值水稻生长高峰期,漫乡遍野全是碧绿,犹如碧海泛波;秋天,遍地金黄,成熟的庄家向农民们报答成功的喜悦;冬天,这里坦然自在,在安静祥和中孕育新的一年到来"。

由三元街道中心右转北行,进入S310线,百十米后右行到老街,过沣河闸,到河东。此时11时02分,气温30℃。沿沣河(沣东干渠)右堤北行,左手为河,右手为田。堤上是砟子路,虽然不太好,但能通行。堤上摩托车也多。河对岸似乎没有正规的河堤,也许是西岸地势高的缘故吧。堤路两边树多,又大,感觉凉爽多了。过联合村。左手河水时而溜子大些,时而溜子小些,没有河滩,或现在看不到,河岸上野草十分茂密。

愈往北走,堤路越发荒僻了似的。过松树岗子村,河道似乎转西北流了。堤路两边有几个很大的池塘,里面长满了浮水植物,一个男人穿着胶皮服,在水里摘东西,也许是摘鸡头米之类的水生果实吧,谁知道呢!树荫更加浓郁,我忍不住要享受这里的荒偏和阒静!我停在大树夹道的河堤上,有心过一过慢的生活。我开了一瓶矿泉水,慢条斯理洗了两个苹果,边看着河水和稻田、听着鸟叫和树叶翻动的声音,边一一吃下。哦,这两个苹果可真酸呀,酸得我直咧嘴,如果在城市里,我会放弃的;但在这种荒僻的背景中,这倒成了一种有意思的趣味。这里四面八方离都市都很远,只有风吹树叶的声音和偶尔的鸟叫声,路上常有没见过或较大的鸟停留,又慢慢飞走,时光显得很滞缓。这里真荒僻,人真能静下来,顺应自然的观念也油然而生。

继续前行。过西掉角楼。沣河渠愈来愈显得日常,没有任何距离感,河边多见皖西有名和常见的大白鹅,河西岸不远处一直是省道,经常有车驶过。

过陈粉坊村,在竹林旁停留一会,温度很快降到了29℃。右手村里母鸡下蛋后咯咯叫,路边竹林仍多。从陈粉坊开始堤路变好了,水泥路了,西行,或转北。堤路上,一个骑摩托车的男人告诉我,左手这条河是沣河渠。从三元桥起行6公里到西皋集。河上有老桥可过河西到西皋。

我西行过桥到西皋集,沿S310线北行,当地有"沣东水务局",我从三元乡走的这条河,叫沣河渠或沣东干渠大概没有错的。从西皋5公里后到众兴街道,再北行1公里,左转进入G105,西北行。

从众兴大约14公里可到河口镇。此时12时52分,气温30℃。过余庄,8公里到陡岗,右转北偏东行或北行,过长钩村、徐家村、响水堰村、过沣河,这是真正的老沣河,河水并不很多,水混浊,河滩里有一些草墩,河床略深。过沣河桥到艾井。此时下午1时20分,气温31℃,从陡岗到河口镇共约7公里。

河口是赵河和找母河的交汇处。但我未能找到交汇处在哪里。从河口镇中心十字街口右转西行往长集方向,数百米后可再过沣河老桥。桥下河里有几只渔船,河岸两边都是树木,河道在建桥处由东南来,往西北方向蜿蜒而去。我在桥上拍照,逗留。住在桥头简易木板房里的一位老者,接过一通电话后,过来和我说话。他告诉我,这就是沣河,上头东边的一条河不长,就是从陡岗那里才有的;另一条岔河比较远,从南边他老家那里过来;沣河下游走白莲,到临淮岗子。

河口镇北行 20.7 公里可到邵岗乡。出河口镇北行,过十三弯村、李郢村。这里完全是平原了,其实是洼地,或以前是湿地,水稻成片,洼地里则成片而有水,盛长挺水植物,可能是蒲草类的。荷塘许多,荷花映映。下午 1 时 59 分,温度 30℃。过李郢村后,很快又见到岗地了,右手虽看不到沣河,但沣河并不远,沣河应该很快就扩张为城西湖了。过白莲集,主街道新的水泥路面,宽宽的,很漂亮!

过了白莲,又是平坦地貌了,一片稻绿。过白莲村利民学校、七井村、国虹米业有限公司。北偏东行,过焦桥村、星河幼儿园、松山村、尧塘、园林村,到邵岗乡。右转东行,进入 X032。东行,过五里墩子、许集,杨树夹道,树壮荫浓。过霍邱县城西湖乡许集返乡创业园。由邵岗东行约 3 公里到沣河桥道班,再数百米后过沣河桥及城西湖拦湖堤。城西湖水体在此地东西宽约 4 公里。

沿 X032 东或北行,约 15 公里可到临淮岗。左手为湖,水天一色,近岸或有大片荷花,右手为河道(或为沣东干渠)。下午 3 时 13 分,温度 29℃,仍多云天气,今天一直有霾的样子。

继续沿湖堤前行,不过已经不是 X032 了。左手仍然是湖,右手是河道,河道右是城市和建筑。此时下午 3 时 23 分,不知道为什么,这里两边皆水,温度却高达 31℃。数公里后,右手仍是河道,变成网箱养殖了,左手成了水道和稻田。下午 3 时 36 分,温度又降为 29℃了。这说明这里的小气候是十分多样的。

类似蝉鸣的声音叫个不停。越往前走,水道分得越多,无法知道沣河渠是哪一条,但都是入淮的。

过西河村,过郭好商店,右转东行转北行,过西湖排灌站,下午 4 时 01 分到达临淮岗水利枢纽,沣河、城西湖的水都从这里进入淮河。

2002 年前后,我曾专门到正在建设中的监淮岗水利枢纽采访,那时候这里还看不出个大模样来。据网络资料介绍,临淮岗洪水控制工程,也称临淮岗水利枢纽工程,是中国治淮 19 项骨干工程之一,也是国家"十五"计划的重点项目。该工程位于淮河干流中游霍邱县和颖上县交界处的临淮岗,涉及河南、安徽两省,主体工程跨安徽省霍邱县、颖上县、阜南县三县,控制面积 4.22 万平方公里,一等大(一)型工程,按 100 年一遇洪水标准设计,滞洪 85.6 亿立方米,1000 年一遇洪水标准校核,滞洪 121.3 亿立方米。主体工程由主坝、南北副坝、引河、船闸、进泄洪闸等建筑物组成。工程全长 78 公里,总投资 22.67 亿元。2001 年底动工兴建,2003 年 11 月提前一年成功实现淮河截流,2006 年 6 月,主体工程顺利通过竣工初步验收。临淮岗洪水控制工程是将淮河干流防洪标准提高到 100 年一遇的关键工程,堪称淮河上的"三峡工程"和"小浪底工程",它的建成,在治淮历史上具有里程碑的意义。

我在临淮岗水利枢纽附近来回走了一趟。当地多人告诉我,为了修建临淮岗工程,这里的一段淮河都截断改道了。这说明随着经济发展,除了较小的河流,例如沣河外,较大的如淮河这样的河流,也有可能部分人工化。这是人类的需要。

此时气温仍然是31℃。

下午4时26分,掉头返回合肥,近7时,到达合肥市明光路的五闲阁,我的小窝。

2014年7月10日

潢河

2014年8月29日上午9时29分,离开合肥市明光路淮北佬斋,前往淮河右岸支流潢河,出发地距河南省新县泗店镇直线距离239公里,行驶距离309公里左右(走商城、潢川),但如走G42沪蓉高速经金寨、麻城等地前往,则需360多公里。

由明光路至南一环,至长江西路高架,至长江西路绕城高速。阴天,时有小雨,气温23℃。

沿绕城高速北行,至北城枢纽进入G40沪陕高速(与G42沪蓉高速共用),西行至叶集东大顾店,进入G42沪蓉高速,南行转西行,逐渐进入大别山区。

初秋的大别山区,山清水秀,风景非凡。11时22分,气温22℃,不冷也不热,比较舒适,山冲里稻米黄熟,山坡上竹林翠翠,大别山腹地山影憧憧,云来雾去,青墙红顶,秀美极了。2009年12月,我们一行数位作家曾应高速公路建设部门的邀请,在这段高速刚刚建成尚未开通之际,来这里走过一次,还写成了相关文章。

桂香萦绕的绿色大道

仲冬的清晨,我们乘车前往大别山区的金寨县,采访即将开通的六武高速(安徽段)。车窗外薄雾轻移,冬麦鲜绿,江淮大地微丘起伏,引人遐思。

商务车进入大别山区,在崭新的六武高速上西向奔驰。这里已是另外一套地理系统,只见峰峦参差,涧溪邈远,山林灿黄,坞深炊起。商务车如同一艘轻松的快艇,在大别山的峰峦间冲浪。"六武高速的路基设计在海拔较高的山腰之上,这样的设计有利于俯观大别山的美景。"安徽省交通投资集团公司王宏祥副总经理说。我们的心都随车窗外岚气缭绕的山水欢呼起来。

大别山我走过多次,最早是在1980年。那时还在上大学,暑假一个人到大别山里采风,进山时给家里寄了一封报平安的信,二十余天后我回到家,才收到。古碑、斑竹园、南溪、丁埠、燕子河、白塔畈我都到过,或住过。记得20世纪80年代末,我们到古碑采访写作,从金寨出发,气喘吁吁的老农班翻山越岭,要半天时间才能到古碑。古碑深藏于深山老岭之中,盛产竹木茶果,但由于交通闭塞,山珍运不出去,经济落后,文化观念也十分滞后,连传宗接代都受到地理条件的限制,时有"好人"(智力较低的人)出现,成为壮丽山河的隐痛。

"古碑出入口到了。"六武高速公路建设管理办公室张其云主任高声说。

"什么?"我简直不能相信自己的耳朵,"不到半小时就从金寨到古碑了?"

我们下了车,在湿润清新的公路边漫步。鸟鸣声从如烟的山脉后袅袅升起,山、林、溪、坞浑然天成,不见人为破坏的痕迹。"六武高速安徽段是一条绿色大道,是一条融入自然的环保路。从设计开始,我们就结合区域特色和文化背景,打造全线的景点工程,沿线本地植物没有遭到破坏,尽力做到一坡一景,时时见景。隔音墙我们设计成生态景观墙。为了一棵古皂角树,我们甚至不惜增加成本,改道建设……"王宏祥副总经理介绍说。

"90多公里的路段,设了5个出入口,成本也会大幅增加吧?"我提出了心中的疑问。

"建一个收费站、出入口,投入就会增加2000万元,每年每站还要增加营运成本200多万。但这样方便了周围群众,也会给当地经济发展提供良好条件。我们认为这样值!"

我们都点头赞同。

不到一小时,六武高速安徽段的90.8479公里路程跑完了。我们已经来到安徽湖北交界处的长岭关服务区。

安徽与湖北山牵岭连,一衣带水,楚集团与楚文化源于荆楚，也算是在安徽开了花结了果吧（曾都于寿春），在自然与文化方面，两省有着难得的地理的缘分和悠久的交流、互通历史。从合肥到武汉，直线距离并不远，不过300多公里，但由于中间隔着大别山脉，"山谷高深，九难八阻"。2008年秋，我去湖北武汉参加"中部六省著名作家看湖北"活动，当时没有航班，唯一的一趟铁路客车，时段差，绕道远，卧铺更买不到。我只好乘大巴前往，花了8个多小时从大别山南麓太湖、宿松、黄梅等地绕过去，早出晚至，实在狼狈不堪。等六武高速全线通车后，合肥至武汉，只需3个小时了，实在是方便至极。

"请大家来看看我们的红色雕塑。"张其云主任在远处招呼我们。

六武高速安徽段大部位于金寨县境内，金寨县是著名革命老区，1925年，在中国共产党的领导下农民运动兴起；1929年，先后爆发了著名的立夏节起义和六霍起义，成为鄂豫皖革命根据地的核心区，《八月桂花遍地开》也从此唱遍全国。解放战争时期，这里是刘邓大军建立的重要后方基地。20世纪五六十年代，金寨县被授予少将以上军衔的就达59人。红色历史资源十分丰富。六武高速安徽段建设抓住这一特色，在起点位置设立红色文化广场，沿途设置革命先辈居地指示牌，中分带和分离式路基上植入桂花，使人沉浸在革命成功的喜悦气氛中，使六武高速安徽段成为红色之旅的大通道。

傍晚时分，我们掉头向东，驱车返回合肥。

山岭、溪流、民居、古木、梯田、薄雾、遐思、沉想……都渐渐地留在了身后,留在了大别山,留在了那种美好而又实在的若梦若幻的境界里……

文中提到的六武高速,就是现今 G42 沪蓉高速的一部分。

12 时 39 分,到安徽湖北交界处的长岭关服务区,天色放明,气温也上升到 25℃。下午 1 时 23 分,至湖北麻城附近,气温升至 29℃。从麻城西互通右转北行,进入 G45 大广高速,这里已是低山丘陵,属江淮分水岭地区。下午 1 时 55 分,至顺河、乘马岗附近,温度则降至 27℃。

从顺河、乘马岗出口出高速,左转,沿 X304 低山公路西行或北行。过四口塘村、万义村、王富村。此地岗冲相接,山林蝉鸣不止,鸟啼不歇,冲谷中水稻翠绿,但人的口音已不太好懂。过垸店村,下午 2 时 16 分,气温 27℃,这里仍属湖北省麻城市。

至顺河镇朝阳店,右转东行进入 X207,大致北行。过京九铁路,下午 2 时 31 分,气温 26℃。过柏树咀村,右手河流不能确定是否为潢河支流。过张岗村,这里是沙土地,路上都是沙土。过上楼村、黄家田村,下午 2 时 52 分,气温 25℃,河道又到左手(西)了。

过寸腰石村、地畈村。在村里遇挖沟断路,只好耐心等待。附近一股艾蒿的味道,人家的屋顶上烟囱冒烟,午饭太晚,晚饭又太早,或有来客?或有病人?不知为何。过西张店、塔耳岗,下午 3 时 32 分,气温 24℃,过京九铁路。

涉漫水桥,过朱家河,下午 3 时 35 分,温度 24℃,进入河南省信阳市新县。这里仍是低山区,山路弯弯,山岭老绿。北行,过分水岭村。这个分水岭不一定是江淮分水岭,可能是淮河两支流的一个分水岭。

又过京九铁路。

过了几次京九铁路,一般是下穿形式。此后又数次过京九铁路,这是因为京九铁路由北而南跨过淮河进入淮南河南境内,从潢河入淮口附近开始,一直南行到新县离开河南省进入湖北省,就一直在潢河东岸,与潢河相伴而行,所以我此行才会不断从京九铁路穿过。

下午3时46分,北行过陆湾村,下起了小雨。到泗店乡,此时是下午3时52分,气温25℃。乡东南的小潢河桥,当地名为中途店桥,小潢河自大别山西北麓出,应是潢河主要支流,或东支。此地小潢河河滩数十米至数百米宽不等,河槽宽数米至10多米宽,水自东而西流。

过桥至桥北,许世友故里在右转东行20公里左右处。我左转西行,再转北行。下午4时12分,由泗店街道中部再过小潢河桥,此桥"名泗店桥",水自西而东流。

沿将军路(X019)北行,路左(西)有一座较大的山体,路右为潢河(或小潢河),河滩时宽时窄,河上还有仿古的桥呢,路右较远处有青绿的山。约3公里到董店村,一路上山庄、农家乐、垂钓园很多,还有专门做的漫水桥,看上去像一条旅游走廊,路修得不错,各处也打理得比较宜人。

下午4时37分,至新县县城。

县城干净整洁,河在路右(东),成景观带。沿河北行,河面愈来愈宽。由潢河南路至潢河北路,下午 4 时 52 分,至 S213 线,气温 25℃。新县小潢河两岸不远都有南北向山脉,河里有滚水坝,因为拦住了水,所以县城景观带的水面较大。

过兰河桥、浒湾。据浒湾乡政府网介绍,浒湾乡位于新县城北 10 公里处,属浅山丘陵区。小潢河像一张弓自南向北蜿蜒流过,成一大湾。因"群虎饮于湾"而得名虎湾,又因濒临小潢河,假虎为浒曰浒湾(据《现代汉语词典》,在"浒"字项单列[浒湾],地名,在河南)。全乡总面积 59.8 平方公里,耕地 1.1 万亩,山场 3.8 万亩,辖 14 个行政村,163 个村民组,4462 户,总人口 19386 人。乡党政班子成员 17 人,行政编制 25 人;事业编制 34 人。有 26 个党支部,党员 589 人。2008 年,全乡 GDP 收入达 19490 万元,地方财政收入 280 万元,人均纯收入 4317 元。

过钟嘴村,河一直在东侧右手,水量不大,河滩较宽。过李塝村,下午 5 时 08 分,气温 25℃,河离路远了,山也渐渐变小。

下午 5 时 17 分到新县吴陈河镇,这里是潢河又一大支流,或为西支,从大别山由南而北流下,至吴陈河转为由西而东过镇,河较深水稍宽。

从桥南右转,东行,道路像县道的样子。过邱店村,攀上低山山脉,在山脊上北行或东北行,山路曲弯,地域幽深的样子,3.5 公里后进入信阳市光山县境,再 1.5 公里到宴河村。

过黄板桥,吴陈河来的支流一直在左手(西)流。过鸡公潭沙场,到晏河乡,由乡街路口左转西北行。下午 5 时 45 分,气温 24℃,过晏河大桥。桥很宽,上下游一望,河宽水草满,河流大致西南来,北向去。

从宴河桥约20公里可到光山县城。过桥沿X022北行,进入丘陵地带,河在右手(东)。过晏氏祠沙场、廖围孜、程山沙场,下午5时54分,气温24℃,过晏河自来水厂。过净居寺加油站、杨帆村、北店村、紫峰茶场、花山街,此地只有少少的浅山了。沙场和茶场,传递了此地自然资源和纬度、气候、海拔等信息。

北行过南王岗,18时09分,24℃,潢河在右手东侧。过磨店、杜槐、南店、闫上店。18时18分,气温24℃,路两边稻田黄熟,一派鱼米之乡的样子。右转进入X008东北行7公里可到光山县城。过方棱村、鄢桥。18时30分,气温24℃,至光山县城城南,潢河在右手(南)。

光山县是北宋名相司马光的出生地,也是邓颖超的祖居地。光山的"光",疑似从司马光的名而来,或司马光的光又与光地有关,不过手头缺少确实可证的资料,也可能都只是巧合而已。

又有网文说这里是光国的旧地,光国故都遗址分布在城关镇一带,北台子商遗址和宝相寺周遗址都是遗存;网文说光国为姞姓,是黄帝之后,最初居住在黄河流域,公元前12世纪商中后期由北方迁入现光山境内,约在公元前7世纪灭国,约立国500。光山县的光,或又与此有关。

由光山县城南行进入S338线,过潢河南大河挢。此时18时41分,气温25℃,城市的气温总是比野外高一些。潢河由西来,向东去,河面十分宽阔,水草多多。

过南大桥至桥南,左转东行,天有点朦朦胧胧啦。19时01分进入信阳市潢川县,气温24℃,田野起起伏伏,稻子泛黄。从蔡桥左转北行,进入X016。过陈湾水厂,凉意渐上,快进入夜晚了,秋虫鸣得热闹着呢！到彭店,村庄很不小,到处都是散步、说话的人,妇女和女孩子准备跳广场舞了。

从彭店村左转再右转北行。19 时 19 分,气温 23℃,天已大致黑了,四野里秋虫叫得真稠。过彭店星辰林场。19 时 28 分到卜塔集,温度 23℃,潢河始终在左手(西),但天黑看不见了。从卜塔集 16.7 公里可到潢川县。卜塔集可真大,南北长,光广场舞就分了十几拨。

出卜塔集北行,河一直在左手。20 时 06 分到潢川,气温 23℃。住进阿信商务酒店 508 房间。

2014 年 8 月 30 日晨 3 时 38 分醒,起来做早晨的事,再喝一大杯白开水,真舒爽！泡一碗淮南牛肉粉丝,带去车上。似乎听到窗外有零星雨点滴落的声音,但并不能肯定。

晨 4 时 59 分离开宾馆,天还没亮,只是有点儿亮意,外面没有下雨,滴答声可能是空调使用的声音,气温 23℃。

出门北行,数百米后过新潢桥,朦胧中看不清潢河情况,但河是宽的。过桥北行,进入 S106 线。地上水迹浓厚,夜里是下了雨的。5 时 26 分,天开始放亮。数公里后右转东行,过张围孜,路上有许多积水,才下过雨的样子。5 时 38 分,路上逐渐看得到事物的大模样了。过汤楼,田野里有些雾霭,村庄里有鸡叫。5 时 44 分,天已较亮。一只小狗匆忙地在县道上专心赶路,并在路边撒尿划地盘。

5 时 51 分,气温 23℃,东行到魏岗乡,天已放亮,但人家还都关门闭户,菜市也无人,只有两家早点店开门营业。继续东行。这里已是平原区,稻田平铺而去,2 公里到张楼,此时 6 时整,气温 23℃,天已大亮,虫鸣不断。

6 时 02 分到潢河左岸(西)大堤。潢河大致自南而北流,河道较宽,但河中时有岛丛分割,水面不显得宽大。大堤上的路较难行,土路,粗沙路面,没有硬化。我在河堤上拍照,走一走,堤上有个别村人放牛,或清晨散走。

天气阴湿,我悠然地待在张楼村东的潢河河堤上,并吃了碗在宾馆泡好的淮南牛肉粉丝,然后返回魏岗,北行。实际上,我想,地球上所有的陆地都可以按流域划分,除非那个地方不下雨,形不成河流。在河堤上逗留了 20 多分钟,这在我匆忙的行程中并不多见。

从魏岗乡沿 X008 北或北偏东行,约 19 公里可到趄孜镇。过夹塘堤、和平村,6 时 36 分,气温仍 23℃,过彭桥。一路上,地貌平坦,绿稻遍地。

过彭寨、芦营、王寨、贾郢寨。路边的水体越来越多,还有许多荷池,这是进入或接近沿淮洼地的信号。6 时 50 分,温度 23℃,到来龙乡。东北行,6 时 59 分到趄孜镇,温度却只有 22℃ 了。

从镇里北行到镇北,即可上淮河大堤。沿淮河南堤(当地称大埂)东行,约 3 公里可到潢河入淮口。镇外一段的大堤是水泥路,再往东就是沙土堤了,倒也好走。

过淮南村、郭庄排涝闸。这里到处湿绿,野鸟鸣啼。7 时 29 分,从罗寨左转下河堤,进入河滩,1 公里后到潢河渡口。

此时 7 时 40 分,气温 23℃,阴天,路边野草都湿漉漉的,太阳想露面,却下起了一阵大雨点。潢河在渡口北百余米外入淮,河水浑黄,河床切入地下,水面与地面有七八米的高差。此处的淮河也切入地下,水也较浑黄,水面地面也有七八米高差。

7时50分,离开潢河入淮口。

此地离驻马店市正阳县间河桥直线距离大约121公里。

2014年9月2日—3日　合肥淮北佬斋

间河

2014年8月30日,上午10时52分到河南省正阳县间河镇。间河,当地写为吕河。有阵雨,温度22℃。

间河东西向穿镇而过,镇西有水库,叫洞宾湖,湖口(湖东)有很小的滚水坝,刚下过雨,小坝上有许多黄泥。坝下数百米处,是S219间河桥,河道稍深,但不宽。间河流域基本上是纯平原区,所以水量较均衡,但水质脆弱,由于滚水坝节制,所以水库水量不溢时,下面河道成为湿地,长满了水生植物。

11时19分,气温23℃。从间河镇南行,沿S219线,2公里后左转进入X010西线,大致东行。这里都是淮北纯平原地区,眼里是大片大片的旱粮,花生、山芋等等。过夏庄村、路口村、王庄,雨一直时断时续地下,现在的小雨和中雨,如果不持续、不过量,对旱粮还是好的。过李庄、东苏庄、永兴镇、叶庄、王老庄,河南人口多,村庄也稠密。

总体东行,过詹杨庄、徐杨庄、万安店、大张庄、大陈店、朱庄、常王庄，12时01分到王勿桥乡。间河在王勿桥乡街北，这里河道较宽阔，水量较大，但有河无滩，不见河滩。此桥200米下游(东)又有一间河桥，较新些，叫王勿桥桥，是213省道桥。

雨仍在时大时小地下。出王勿桥乡街南行，2公里后左转进入乡道东行。间河一直在左手，眼里都是旱粮，花生最多，大片大片的。

12时42分，气温23℃，雨停了，天有些放亮。过西于庄、高楼、大刘庄(或丁王庄)、西严店。今天大概是好日子，上午一路上婚车不断，现在村里也常见正在举办婚宴的人家，这些人家立着大喜彩虹门，停放着大量的摩托车、电动车和少量的面包车、小轿车，超大声地放着歌曲，屋里挤满了吃喝的亲朋。

东行过何岗。这附近河南潢川、正阳、息县部分国省道和乡道太糟糕、太可怕了！下午1时24分，气温24℃。过正阳县大何岗、息县何庄小学、息县桂庄小学、涂庄新村。下午1时58分到白土店镇，气温25℃。

正阳县西严店人称白土店为白店，于是我也跟着说白店，附近当地人都懂得。白土店乡的特色农产品有大白菜和大蒜，大白菜以其味美、肉嫩、无丝而享誉县内外，大蒜以个大、味鲜而远近闻名，安徽、湖北等省客商常年来白土店购销。

由白土店乡乡街左转北行2.5公里，到间河桥，此地间河仍无河滩，宽四五十米，水草较多。

继续北行。过司湾，这里的农作物又以玉米为主啦，大片大片的。

从夏寨右转沿X001东行，过李口、郭寨、潘庄、罗庄、左庄、徐围孜、东岳镇、黄园村、王李庄，这里玉米都是主要的秋粮。下午2时42分到包信镇,气温25℃。据当地网站介绍,包信镇东汉为包信侯国治,明、清为镇,1949年置包信区,1958年改公社,1983年改乡,1987年改镇,面积87平方公里,人口5.1万,农业主产有小麦、豆类、薯类、红麻、棉花、油菜,境内有赖国故城遗址、赖子墓遗址。

闾河在镇南与G106相交,大致东西流向,河道仍较深,有河滩了,河滩都种上了玉米或杨树。

沿G106南行。这里到处是沙场、沙子和大型运沙车,有运沙车驾驶窗里放着牌子:河沙专运。下午3时17分,气温25℃,从夏庄左转进入S337线,东行。下午3时40分过长陵镇到镇东闾河桥。

闾河大致由北而南入淮,河谷深切,水混浊,桥东为淮滨县,桥西为息县长陵镇。河两边都是沙场。由淮滨一侧右转南行,再转西,数百米后由崔湾到闾河河口。此时下午3时59分,气温25℃。闾河河口不宽,但较深,闾河和淮河的水都混浊,河口附近较多吸沙船。

下午4时03分,离开闾河河口,返回合肥。

2014年9月5日　合肥淮北佬斋

白塔河

2014年12月16日凌晨1时41分醒,还是打算出门去走访淮河下游的一个不大的支流白塔河。因此先起来到阳台上,居高临下看小区里是否有车把路堵死了,就像曾经有过的情况,如果堵住了,车就走不掉,就只好罢了。

还好,这次没有。但阳台上能感受到降温的凉度。寒流过境,最低气温要降到零下3℃了。回到卧室,空调开得真暖和。开灯。回到被窝里,拿起手机看微信,再看昨晚设置好的去白塔河的电子路线地图。哈哈,今天是12月16日,太太今天就要从美国波士顿女儿那里回国啦!不过她那里现在才是12月15日中午。

白塔河全流域基本都在安徽省滁州市天长市境内,仅有一小部分在江苏省盱眙县。从我启程的位置,至来安县半塔镇,电子地图显示大约171公里。凌晨2时40分,在家里做好所有的事后,下楼,开车,离开喻苑新村小区。室外温度5℃。沿合肥市明光路南行,上南一环,走合裕路高架,南偏东行,从龙塘进入绕城高速。室外温度降至3℃。

由合肥绕城高速至合宁高速东行。3时52分,至大墅服务区,温度降至0℃。去洗手间,稍微活动活动,茶杯里加满热水。4时28分,从全椒出口出高速,收费38元。右转300米再右转,沿S206北行至滁州。

过来安县城以后,北偏东去往半塔镇,后进入低山区,道路多弯,忽上忽下。6时10分,天略想放亮,我却困得不成,于是把车停到路边村舍门前宽敞处,锁上车门,车里暖和,小眯一会。

6时45分,我忽然醒来,天亮了,我也有精神了。看一看手机地图天亮前走的那一段低山路,原来是黑虎山等地,走的是S312线。室外气温仍旧0℃。我停车的这个小山村叫李官墩(或叫官墩),村周围都是低山。我面前的这些人家,快7点了还没有一家起来呢,他们在尽情地享受生活,真让人羡慕,也让人钦佩他们活得明白!天晴,车外清冷。我不急不忙的,记笔记,看地图,想事儿,心情极其放松,我现在是个自由人了,从身到心。我要向这些村民们学习。这种状态、这种心态,真好!我要为自己点几个赞!

继续走路。村里临时房旁有一位妇女带一个小孩等车,都穿着厚衣,把帽子拉上。村外有风,地上有白霜。路北的低丘上有风力发电机在转,这附近是大唐公司的低风电场。路边有大片葡萄园,都有网子遮上。从李官墩7.4公里可到半塔镇。过大余郢。路边多见低山间的小盆地。因为有降雨,所以河流无处不在,低山间就会有小块的冲积平原,大小不一而已,适合人们的耕种与生活。这里已是白塔河流域。肉贩正把铺满了猪肉的三轮车推向集市。

我的车里暖气真足,真暖和,这使我有享受生活的强烈感觉。北略偏东行。到半塔镇,镇政府北有皖东烈士陵园。7时30分,太阳从镇东房屋后升起。在镇里路边吃现炸的油条以及米汤、萝卜干,边吃边看着一对老年夫妻炸油条,虽然油看起来可疑,但仍觉得香,没事,又不是天天吃。

出半塔镇东行,约13公里可到釜山水库坝上。出镇2公里后,路两边,主要是南侧,出现许多不规则的水面。白塔河源于张八岭低山区,这些都是白塔河上游的支汊。过红旗村,这里地形开阔低洼,路两边有大片湿地,S312线在这一段是垫高而成的。继续前行,左手北侧的水面渐渐宽展起来。附近的村庄都建在高坡上。

8时09分,气温0℃。过来安县庆义村,进入天长市境内。入境后数百米后左转北行,大约1公里,到白塔河釜山水库大坝。这里草枯水碧,风大且寒。水面与地面,相对海拔并不大,西北风把水吹起涌浪,拍打坝体。坝右(东)的一些死水却都结了冰。

从坝上北行,过釜山水库节制闸。离开水库后沿水泥乡道北行3公里,一路上冬麦稀疏,晚稻收割后的休闲地却不少,这里的冬小麦都是在稻田地里撒播的。过蔡洼村,到时湾水库。时湾水库是白塔河西支上的水利工程。白塔河在此地有西支和北支汇入亡干,西支和北支均源于安徽省天长市和江苏省盱眙县交界处的低山区。时湾水库坝上有许多喜鹊,水库里则有许多网箱养殖,坝上气温3℃,水色清凌。水库坝上的气温并不低,不知道是否因为水体在低温时会释放储存的热量的原因。

8时44分,离开时湾水库大坝,太阳出得较高了些,气温1℃。回到蔡洼十字路口,东行,过长深高速立交,约2公里到漂牌村。此时9时06分,气温1℃,天晴好,阳光灿烂,只是感觉气温偏低。这里是微丘区,地面略有起伏,但无低山大丘。过时湾水库流下来的西支上的桥,桥名叫汊涧镇漂牌桥,西支河道深弯,但不宽。继续东行,由时湾村右转南行,数百米后过白塔河,河床较深切,河床20余米宽,较曲弯。西支已在桥西某处汇入白塔河主干。

过桥南行进入汊涧镇,左转进入S312线,东行。这里几乎是纯平原区了,是张八岭等岗岭区过渡、连接高邮湖等洼地湖泊的连接地带。过石梁镇。10点到天长市,气温3℃。由城区北行,过白塔河新河大桥至河北。

新白塔河1968年开挖,将白塔河上游来水自石梁镇截引向东。天长城北的新白塔河河宽五六十米,因为是人工河,所以基本东西流向。

过桥至桥北后右转,沿白塔河新河左堤X072东行。9公里到大圹圩农场(长亭新村),此时10时31分,气温3℃。过农场场部以后,水面渐宽,渐宽,又渐漫漶起来。又2公里,过"海军码头",水面又约束成河道,其实这里已经是沂湖和老白塔河入高邮湖的水道了。

10时56分,气温3℃,到沂湖闸。这是沂湖和老白塔河现在的入湖处。

2014年12月17日　合肥五闲阁

淮河的北界与黄河故道

2013年10月1日,利用国庆假日,前往豫皖苏边界,实地行走淮河北界与黄河故道。傍晚入住兰考县宜家商务酒店510房间,第二天,即10月2日,在酒店一楼早餐,餐厅不大,却邻街,边吃边看窗外的街景,这一带是城市的半新区,看不到原先印象中的兰考黄泛区的形象。

7时45分离开宾馆,左转西行,再左转进入G220,约2公里右转过四干渠桥,又约6公里到三义寨邮政支局。从邮政支局西侧右转北行,过侯寨,沿县道或乡道走,两边都是荷塘,另有棉田,枯枝败叶的样子,毕竟季节到了,昨天下午,安徽境内高速公路两边,田地都已经干净了呢。从路上看两边田地,昨天安徽境内是略带紫红的土壤,而今天兰考境内则是略带土黄的土。

过张楼村。田地都耕耙得平整。平原上除了村庄周围树的苍绿外,都是干净的田地的颜色,一些人在田里耕作或撒肥,但不能确定是否在撒肥,还有些人在收获,也不能确定是在收获何物。过连霍高速立交桥。桥两边有农人在抽水漫灌已经平整好的田地,不知要种什么。

约2.5公里到三义寨三岔路口,左转西行,过三义寨乡三义寨小学,这里有乡村集市,集市上有"骨里香香酥鸭"招牌。过集市,道路由宝贝幼儿园转西北,从三岔路口算起约2公里至黄河南堤,上堤时迎面可见蓝色告示牌:"宁绕百丈路,不冒一寸险"。大堤上并不能看见黄河,只能看见渺远的河滩。此时是上午8时28分,天气多云,温度17℃。左转南行数百米有129碑石,右转北行数百米则有渠堤的石碑,看起来两个石碑不是一个系统,却又一时分辨不出个头绪来。

到处都是黄土色的沙土,堤上和地里都是,小堤也是沙土筑的,但并不是泗河流域泗水县附近的那种红沙土。三义寨闸不能通行,于是绕行右手一小水闸,小水闸附近正在大力施工,闸上积水泥淖,有一辆小机动车陷在泥水中。我别无选择,冒险而过。至三义寨闸东,右转至黄河堤上,东行。

黄河宽泛。河岸沙土地上的一家人,祖孙数人,其中有3个女孩,10多岁的样子,在河岸边的沙土地里起红芋,运红芋,其乐融融。9时15分。就河堤而言,这里堤外土地与河堤高差很小,不过半米上下。堤外长着很高的杨树,还有几株泡桐树。堤左有"护岸12""护岸13"等水泥碑。黄河在护岸15、护岸16、护岸17及—4、—5几个水泥桩附近由东向流转往东北向流,—4、—5有护岸石垒。

过丁埂子村。向路边一位50岁左右的农妇问路,她过来扶在我车窗上,热情地回答我的问题,谢她了!继续前行。堤路与堤外田地高差保持在半米到1米上下,而左侧河水与河堤高差一般也不越过3米。右侧的村庄周围没有任何防护,玉米秸堆在屋外墙边,看样子河水极少涨到村庄的位置。

河风稍凉。堤边枯草上都是沙土,步行走过去,鞋和裤脚上立刻沾满了沙土。兰考河务局第四中队在堤右,一个很大的院落。到兰考河务局第四中队大院里问路。一位常姓职工,也可能是这个队的队长,出来在院里和我说话。他说历史上黄河决口处,一处在此地的下游东坝头铜瓦厢,那是19世纪,一八几几年的决口处,现在是东方红排灌站。另有一个决口处,在三义寨和东坝头之间,现在已经看不到了,他这个年纪的人都没见过。他告诉我,我现在走的路并不是黄河大堤,黄河大堤在更"外面"。我说,水不会涨到大院这里来吗?他说,20世纪80年代,曾有一年水上到过院里、村里。

离开第四中队大院继续前行。这时是上午9时52分,天稍热起来。有些路段沙土深厚,甚至能没过半个车轮。堤旁出现柳树,绵绵不绝,附近也看得到开封市柳园口湿地保护区的信息了。左手黄河河湾里突然出现大片红红绿绿的旗帜,建筑也出现了。大红大绿的夸张颜色在一片沙色中十分必要,也只有大红大绿才能在这样的环境底色中凸显出闪跳、惊喜和人气。

这就是东坝头。这里农家的玉米棒子都用尼龙网袋装起来,堆在房上晒,看样子这里秋冬季节不太下雨。东坝头与黄河之间有"中国VFP东坝头电灌站",一个看上去很有中国20世纪五六十年代建筑风格的建筑,上述文字是用水泥铸在电灌站墙上的。当地村民说这个电灌站是联合国造的,也就是常队长说的"东方红电灌站",此处也是一八几几年黄河的决口处。电灌站已经废弃不用。电灌站的旁边还有数条废弃不用的铁轨。呵,这样荒僻的地方还建有铁路,真是不可思议!东坝头旁边的村里都修了水泥路,从村里曲曲弯弯地走了一遭,感受黄河下游地区的乡风民气。

由东坝头 52.9 公里可到河南省民权县。

离开东坝头,沿 X006 南偏东行,过朱庄村、崔庄村、南北庄村(村里有不少泡桐树)。由南北庄村村中左转东行,过南北庄小学,至 G220,过委卜庄桥(有地名牌),"委卜"字不认识,不知是当地交通部门新造的字,还是原字,但过桥后又有学校,叫"魏庄初中"。过韩庄,右转南行,仍是 G220。过逍遥镇,进入 G106 线,又至 G319 线东南行,过惠窑、何寨,进入民权县境。路两边土地都已平整待种,在阳光下舒服地晒着。过人和集、郝寨,路边有许多水果摊,售卖葡萄、苹果、梨,这些都是黄河故道盛产的水果。过寇庄、野岗、孟庄,到民权县城北。

此时正午 12 时 41 分,气温升高,26℃。从民权县城北左转北行进入西环路(S324 线),过河南鄂中肥业,过铁路立交,至北环,再至东环,左转进入 S211,东行,进入 S324 线,东或东南行,至孙六镇境内。过赵老家,过刘炳庄,到孙六镇,一路上,玉米都在路上或路边晒着,有的玉米下面铺着尼龙布。

接近王庄寨时,路边出现许多水浇菜地,沙土地平整肥沃,刚移栽过的菜地碧绿可人,菜畦里浇透了水,真是喜欢死人!在王庄寨街道,一对夫妻卖的烧饼黄酥喷香,肥肥厚厚的,非常诱人,1.5 元一个,倒不算便宜,刚出炉,热的,下车买一个吃,哈,非常好吃,小麦香,里面有点盐味,好吃!

王庄寨街东左转北行,这里都是沙土地,一路上都是抽水的机子和从水沟小河里抽水浇地横过道路的管子。2 公里左右到王北渡口,这里是黄河故道的一部分,当地人叫"北河",政府为旅游开发也可能新命名为"龙泊"或"龙泽湖"。当面的水道,水势浩阔,水面清幽、平静,十分宜人;渡口附近长满了芦苇、蒲草等挺水植物,附近还有荷塘。有几个光腚的小男孩在水里洗澡、跳水、大叫。我在附近走动、观看、感受,与偶尔路过的农人闲聊几句。阳光下有点小晒,但身体有力、视野深邃、心态宽阔无边。

13时46分,洗澡的小孩返回村庄,我也准备离去。他们4个小孩,骑了3辆自行车,看到我在狭窄的路上倒车,他们就停下自行车热心地指挥我倒车。我边倒车边和他们聊天。我问他们,水凉不凉?他们回答我"可以"。这大概就是既不算热,也不算凉的意思,还有"虽然温度不够理想,但也能下水游泳(洗澡)"的意思。

与车内相比,车外显得"凉爽",温度显示为26℃。王庄寨这附近,有许多黄河残留下来的水体及其附属地理单元,河道、湖泊、湿地、塘池。王庄寨当地有"龙泊新村",又有"龙泽湖生态园"。东行,过吴岗桥,进入商丘梁园区。过王小庄、李教庄,到孙福集。在孙福集问当地人,北边的河离孙福集有多远,说:有3公里远;又问北边的河叫什么名字,说:就叫黄河。

继续东行,到赵楼村,左转,村里有位妇女头上顶头毛巾,在门口水泥地上晒豆子,一粒一粒地收起,并顺便看带着一个小孩。沿村庄里的道路到赵楼村东北的赵楼渡口,渡口有个小亭子,渡口左近有块大石头,上有红字:赵楼渡口。此时14时52分,天有点热,黄河故道的水既清又蓝。渡口附近有两个十一二岁的小女孩带一个小男孩在沙土地里挖红芋"玩",我和他们说话,其中一个大点的小女孩用当地话告诉我:"俺姓刘,他姓谭,他是郑阁的。"

再东行过张坝子、郑阁干渠桥,进入 S207。过老吴楼,路边饭店有"红烧羊羔"的招牌。过李庄,过商丘北,走 G310,到虞城县响河桥,过大拇指幼儿园,过朱庙。从虞城县城北左转,沿 S203 线北偏东行,过杨庄,路边有许多柳树,枝条长长,柔垂多姿,这在杨树一统天下的当下不易得见。

由虞城县城经利民镇、张楼庙、大崔庄、刘庄,行 20 多公里到河桥。"河桥"为桥边路牌,但河与桥已在山东单县渡口王庄境内,想来渡口王庄定是无桥有渡时起的名。桥很大很新,但桥下却只是一个很小的河道,也不见水,只生长着绿茵茵的嫩草。单县境内的标牌有"渡口桥""渡口王庄"等,大桥周围广大的地区都是旺长的杨树,渡口王庄则在离大桥不远一个稍高的岗子上。

王北渡口、赵楼渡口、渡口王庄,都是黄河故道上的一些渡点。

此时已是 S256,北行过蒋堤口,至黄冈右转东行。由渡口王庄约 19 公里可到杨楼、20 余公里可到蔡堂。过姚庄、杨庄、刘新庄村,一路上都是在路上晒玉米的,有些占了大部分路面,这可真有点不好,可又是民生大事。真不好办。过刘寨、杨楼镇,两边田地平整,耕耙精细。

于蔡堂右转,进入 S315,南行。由蔡堂 5 公里可至安徽界,26.8 公里可至砀山县城。过侯新庄,进入安徽省砀山县境内。沿 S101 南行,此时下午 5 时 37 分。道路略有点差。过蒋集、吴寨,计行 14 公里后到砀山果园场(玄庙镇)。这里我以前住过,印象很好。到聚贤阁(原果园场招待所),恰好还有一个房间,是有人预订但没来住的,没想到这小镇上的住宿还挺热。

晚饭要了一大盘凉拌,有荤有素,又要了个炒肚片,要了一瓶啤酒。晚饭后浑身放松,出招待所院子,在附近走一走。10月的夜晚凉了不少,人感觉舒服。天上的星星很清晰。像上次住宿时一样,果园场办公楼外的平地上,有一些妇女或女孩,和着大声的歌曲跳广场舞,歌曲内容和多年前已经不同。

2013年10月3日,晨,6时01分,吃完方便面后,下楼离开果园场招待所。夜里鸡3时叫一遍,4时叫一遍,5时叫一遍,6时叫一遍。大门钥匙仍然在门后墙上的一个地方,不过我忘了,敲管理人的窗户,老板娘在屋里告诉我,我才想起来。天刚蒙蒙亮,空气里有淡淡的桂花香味。车外气温11℃,车里要开点暖气了,这样人才舒服。

向西进入果园场,道路两边是大杨树,黄河故道在南侧。果园里气温只有7℃了!突然发现前方路上有一个巨大的罩子罩在路上,此时是清晨6时25分。慢慢近了,原来是一层几乎静止不动的雾,离地大约3米高,悬挂在两树之间的路上,雾罩底下则是看得清楚的道路,车正好在里面开,真是神奇!

路走到尽头是一个旧砖房小院,小院是木柴门,门外有豆秸堆,豆秸堆边坐着一男一女两个50岁左右的中年人,都穿着棉大衣,坐在豆秸垛边摘豆子,都看着我笑。赶紧问路。他们告诉我,怎么走,怎么走。

我走上正道。太阳从东方升起,红彤彤的。果园里有一些鸟叫。到黄河故道岳庄闸。西边上游水势辽阔,水面雾气缭绕。闸南西侧有大片老房子,还有大树,闸旁草地露水浓厚。太阳出来后,雾气和露水很快就消散了。从岳庄闸南行,又东行,路两边都是果园。到岳庄,从村中左转北行转东行,上X005。

此时早晨7点。车外温度上升至9℃。沿X005东行,过六连、七连,路边有人和车在交易水果。至S101线,左转北行,数百米后过黄河故道桥,桥下水岸有大片水生植物,蒲草类。道路两旁仍是大片果园,路边有水果集散地,此时不断有电动三轮车从各处果园里拉来水果,大部分是酥梨。

7时25分,气温上升到11℃。到玄庙镇后东行,没有国、省、县道标志,大概只是果园场内部的路,沥青路面也很不错。连绵不断都是黄河故道沙土地上的果园。过十二连,从济祁高速在建桥桥侧好不容易过去。黄河故道时而在左,时而在右。依然都是果园,苹果、梨居多,也有桃和葡萄。

从果园场(玄庙镇)约7公里接近S223线。忽觉腹内沉重,于是停车走进梨园,拉一泡屎,给梨树施施肥。

7时53分,阳光灿烂,气温已经升至12℃。右转驶上S223南行。过权集、朱寨,从朱寨左转东行,约4公里可到园艺场。过林屯村,路两边一直都是果园,似无际涯,没有间断。8时16分,车外气温上升到15℃。过蒋营、砀庄,至园艺场。园艺场东北1公里处有故道桥,桥两侧游乐设施、人造塔、骆驼,叫"凌霄地质公园"?没有看清楚。

园艺场和故道桥之间有路右转东行,沿黄河故道南侧走。路两边仍然都是果园。上午8时52分,气温升至17℃。路旁深达近4米的土层断面都是白黄色沙土。过六分场,黄河故道在路北。过小郭庄。上午9时08分,气温已升至19℃,已经暖和啦。

到王集。路两边堆满红色大网眼的梨袋,还有苹果袋。过代庄,9时16分,路上堵车,原来是有婚车七八辆堵住了路。过二分水果交易大市场,路边不时可见成堆的腐烂酥梨和苹果,并有很浓的酸腐气。呵,水果在城市卖得不便宜呢,真是浪费,但对产地而言,因种种原因运不出去而腐烂的部分,应该已经包含在每年的正常统计之中,也应该包含在果农的心理边界之中了。

9时22分,气温快速升至20℃。到唐官庄,右转去唐寨,过土楼、干集、西门、唐寨,左转东行。过魏村,这里果树减少,杨树增加。9时46分,气温升至21℃。到欧套村,进入萧县境。过邵套村,这里一半是果园,一半是粮田。这段路可真差劲。过了邵套就完全没有果园了。

上午10时03分,过马郑庄小学,从杜集左转南行进入S301。10时13分,车外气温22℃。过邵庄,到黄口镇。由于附近还有村名叫黄庙,所以黄口的这个"黄"字,既可能是支流入黄或当年黄河口子的黄,也可能是姓黄的黄,不过感觉前者的可能性更大些,这要对当地姓氏的分布历史做一些调查。

黄口至江苏邳州议堂镇约129公里。从黄口镇左转进入G310,东行。上午10时46分,车外气温23℃;10时57分,气温24℃,开冷气啦。过徐州后,再也看不见成规模的果园,地里都是黄熟的水稻,也有些还青着,不知道这些水稻还青的地块,收割过水稻后,来不来得及种小麦,如果来不及,大概就准备歇堡啦。

12时10分到议堂镇,气温24℃。从议堂镇右转沿X206

（议新线）东南行,过黄海村,4公里后左转东行,上堤。右手为河。右转过桥,到刘集,东行,路边多为水稻,也有旱粮玉米、大豆等。12时38分,车外温度仍为24℃,似乎不再上升了。过刘集四庄,过桥,水里多浮萍,水岸深陡,茂树夹河,水道仿佛很古老。苏北和鲁东南这里有许多东西向的人工水道,并且相互联通,因此我不再能清楚地知道具体哪一条水道是现今淮河流域的北界,哪一条水道不是当今淮河流域的北界。

过新集街,街上已是逢集的尾声。Y015线(新八线)一路沿大运河西侧行,水泥路,右为村庄,左(东)侧100米处为河道,不过河道左边还有较高的堤,较高的堤那边才是大运河(中运河)。水泥路上都晒着豆子,很不好走呢。一位晒豆子的妇女告诉我,左侧这条河叫"末河",她不赞成我走这条路,"尽给人家晒豆子了"。一对用三轮车运粮草的老夫妻又告诉我,左边这条河叫"排涝河"。

气温不再上升,后来则缓慢下降。从利庄闸过"排涝河"或"末河",上运河西大堤,南行。左手为中运河,右手为末河(排涝河)。运河有些地方水面宽阔,如梦似幻。运河里有不少吸沙船,还有不少网箱养殖,也有一些小渔船之类,水则清清的。末河相对较小些,水生植物较多。

过黄墩镇,到皂河镇。此后,不知所往……
或由江苏宿迁至安徽泗县,上泗许高速,至安徽宿州……

2014年6月29日　合肥五闲阁

2011年读书随笔

(英国)马丁·吉尔勃特:《俄国历史地图集》(历史)

寒冬腊月的上午,躺在被窝里看书不起来真好!从去年(2010年)12月份到现在,虽然心态一直很平静,但我发现其实自己很浮躁,不是莫名地生病(急性肠胃炎),就是感觉轻而易举可以成功的事情却以失败告终,要么就是似乎面对着不可掌控的等待和观望……当然以上所列举的事情都有其合理性和必要性:生病是要对身体中的污毒进行一次清理,小失败是提醒你对习以为常的行为方式要有清醒的认知,等待和观望也很难说不是必须的。不过现在,我好像找到了稳定自己的方式:寒冬腊月的上午,如果不是一定要出门,躺在被窝里看书、看杂志、看值得深读的报纸文章,真好!头脑那么清醒,边读书边记笔记边记思绪,还可以减去一顿早餐(我每顿饭都可能吃多,直至撑得胃疼),10点多起床后就能立刻打开电脑,成就一篇读书笔记,或做出一些办事的决定,整个上午都能得到充分利用。寒冬腊月的上午躺在被窝里读书不起来,真好!

今天读的是英国历史学家马丁·吉尔勃特编集的《俄国历史地图集》。用现在流行的话说,这是一本图文书,这里的"图"不是图画,而是地图。"这些地图显示了俄罗斯国家形成以后,其历代统治者老沙皇们为了扩大其版图,特别是为了夺取出海口,争夺海上霸权,怎样通过武力征服、侵略战争、强权外交、强制移民等手段,逐步将其领土向东、西、南几方面扩张,形成了庞大的俄罗斯帝国。"我注意到,在本书28页的地图上,编者注明琉球群岛为"1874年日本吞并的中国岛屿"。

作为俄国最大的陆上邻国,读俄罗斯历史,我们的确总是不由自主地将其与扩张等词语联系在一起,同时也会勾起我们心底的一些"扩张"的欲望。如果我们不对"扩张"一词进行价值描述,而仅视其为现实描述的话,那我们得说,虽然俄罗斯有着最长和最大规模的领土扩张历史,但扩张在全球各国都或多或少地存在着。中国的"扩张"从土地面积上看主要是被动的,秦汉以前主要是华夏民族间的整合,秦汉以后主要是相邻民族间相互的征服和融合,元以后则由蒙古族和满族政权为中原王朝带来了大片的新土地。欧洲人进行的是所谓的"地理发现"式的"扩张",不过欧洲"扩张"的土地基本上并未成为欧洲的一部分,它们在全球形成了欧洲文化圈,成为一个个独立的国家。而俄罗斯的"扩张"是真正扩张意义上的扩张,许多领土是通过国家间残酷的战争和外交博弈获得的,既充满了血腥气,也充斥着讨价还价和利益交换。

我刚才说过,我们在这里谈到的"扩张",希望把它定义为一种现实描述而非价值判断。血腥和利益交换的"扩张",也并非俄罗斯独有。虽然形式会有不同,但人类社会各集团的"扩张"不会停止。这或是"人类因素"对生存空间、资源占有和权力控制的一种根本性的欲望和调整。传统的领土类的硬扩张会不断重演(或改头换面上演),非传统的文化类、经济类、软实力类、价值观和生活方式类的弹性"扩张"更会层出不穷。我们也许不喜欢扩张,但扩张显然很喜欢我们。广义扩张的是非优劣难以进行简单的道德判断(从更长久的历史视角看),就像曾使我们高度敏感的"和平演变"一样,如果你拒绝它,你可能变得更纯粹,更个性,同时可能更封闭落后;如果你接纳它,你则可能变得更全球,更现代,更富裕,同时可能更无特征和个性。"和平演变"更可能是相互的,是福祸之间的。

在这个人文历史大背景下看中国,我预测在经过积极但渐进的体制改革,使社会管理和文化价值观念能够适应不断膨胀的经济规模和社会文明发展的前提下,中国有可能在21世纪70年代结束前,"不由自主地"成为三洋国家。即2040年前后取得东向发展的控制权,2070年前后主要通过经济购置、文化吸引、价值认同、"和平演变"等软扩张的方式由陆地到达北冰洋和印度洋。

最后,我忍不住又要特别提出,本书1972年在英国出版,1974年就在中国翻译面世、内部发行了(定价1.15元),由此可见处于"文革"时期的中国体制,对外部世界(非畅销类学术读本)相关信息的采用,还是十分重视和相对快捷的。

(《俄国历史地图集》,马丁·吉尔勃特编,任京译,生活·读书·新知三联书店,1974年11月北京第1版)

2011年1月5日　合肥淮北佗斋

(中国台湾)许倬云:《我者与他者》(历史)

许倬云是台湾的历史学家,近年在大陆出版的他的著作,像《万古江河》,都较通俗好懂。这里说的通俗和好懂,有两个方面的意思,一方面是出版社要求作者面向大众;另一方面,作者也删繁就简,写朝代大致理出一条线即可,写历史描述一个大概的轮廓就行,写人物则摹其要点,不及其余,更不去发现、提炼、考究。其实就我的印象说,中国传统的历史著作,最讲究的是时间、朝代、更迭、人物和"史实",基本"现实主义",不太在意思想、观念、方法和形式。当然,大陆和台湾的"文风"也不相同,大陆的"凝重",而台湾的比较"轻快",似乎大陆的历史学家面对厚重的历史都是在审判,台湾的历史学家面对历史都是在"娱乐",例如柏杨的《中国人史纲》,就轻松好读,感觉很易于掌握中国历史知识,但又多少感觉不太学术,在某种场合不太压得住阵脚。这只是我对这些历史著作的一点浅薄的感受。最近一二十年,大陆和台湾的历史著作的写作有了不少改变。大陆和台湾学者不仅引进西方观念和方法,以提领中国历史史料,两地也互相借鉴,满足读者需要,或培养、改变读者阅读的口味。

《我者与他者》正是这样的一个版本。在法国精神分析学家拉康的著作中,"他人/他者可能是最为复杂的一个概念"(《文化研究关键词》)。"他者"的概念也是西方所谓后殖民理论中一个常见的术语,指的是主体"我"之外,即殖民地的那些人,从政治学角度看,这带有歧视性。但像任何一个词语一样,随着社会历史附加上更多的含义,"他者"的词义发生了很大的变化,在非特定的一般的场合,已经变得可以比较中性,或者说已经具有了中性解说的可能。这正是许倬云先生通过《我者与他者》看中国历史的一个起点:有那么一点点内外之别,但又在一个比较中性的范畴内。不过总体来说,《我者与他者》只是一本视角开放、比较可读的通史书,对我们这些业余的爱好者来说,读起来不犯难。

(《我者与他者》,生活·读书·新知三联书店,2010年8月北京第一版)

2011 年 1 月 16 日　合肥淮北佬斋

(美国)F.皮尔逊、F.哈珀:《世界的饥饿》(人口与食品)

对一本20世纪50年代出版的图书做出评价,头脑里有一种时空感。如果在20世纪80年代初,我肯定自己完全没有从个人视角评论这本书的能力和念头,不仅因为那时太年轻,读书太少,还由于那是个几乎单纯学习和模仿的时代,是吸取各种知识、思想和观念的时期,更由于那是个崇拜、等级分明和仰望的年代,没有经过安排和指定,不可能觉得自己有资格对一本立足美国放眼全球的文本产生评论的冲动。当然,以上的议论,也只是一种"事后"的高见。

在2011年中国小麦主产区冬春大旱和世界粮食供应再次趋紧的大背景下读这本书,有一种紧跟时代的特别感觉。《世界的饥饿》的总调子是"悲观"的,或者说是未雨绸缪的。"人类的历史,始终是食物供应和与必须养活的人口两者之间的竞赛",据说这就是马尔萨斯的自然"定律",只要这个定律发生作用,人类就会不断地生存在饥饿的边缘上。这是一种宏观的历史时空视角,在这个视角上,这一结论也许是无法争论的。另外,这也应该是一种西方视角,是西方思维里一种持续出现的观点。比如,60年过去了,我又在(2011年2月)前几天的报纸上,连续读到英国政府、西方媒体、西方科学家和美国网民关于"全球粮食生产的速度将无法赶上全球人口增长的速度"、2050年世界如何养活90亿人、中国人将吃光世界粮食储备、"(中国北方小麦产区正在经历60年来最严重旱情)那么大的国家和那么多的人口,如果他们要进口粮食,我们就要饿死了"的担忧、思考或"炒作"。除政治方面的因素外,这的确是一种危机思维。但从中观、微观的角度看,形势似乎又并非那么悲观。因为在历史时期,总是有一些人饿着,而另一些人食品充足;一个国家饿着,另一个国家衣食无忧;一个大陆食物匮乏,另一个大陆却仓廪充实。中国也是这样。据说自秦汉2000余年来,中国有记录的较大的旱涝洪水等灾害有近1500次,所以有各种各样的自然灾害是正常的,但中国面积大,丰歉相抵都还是能过得去的。

　　如此看来,增加粮食产量,加强食物的流动和调剂就十分必要、十分重要,在许多情况下甚至十分迫切了。增加粮食产量更多地牵涉到土地以及农业科学技术,《世界的饥饿》的作者持谨慎不乐观态度。调剂有两种:一种是政治、道德和社会的均等概念,另一种是运输。《世界的饥饿》的作者在当时的政治和意识形态背景下,"要达到饮食内容均等的目的",考虑到了调剂食物这样的问题,同时还进一步提出了种种食物解决的方案,但色彩是悲观的。他们提出的第一个解决办法是,"可以把食物送给贫穷国家,或者是把人民从水平低的洲迁移到水平高的洲",当然在实际的操作中这并不可行。第二个解决办法是,"增加生产",这也有许多的变数,因为食物均衡获取总是相对的,而不平均则是永远存在的,再说,一般来讲,生物的本能是在条件较好的时候为今后可能的灾难做好备份和应急,所以人类的食物就总会相对不足,所以"增加生产"并不能完全解决食物均衡获得的问题。

第三个解决办法,是"减少人口","这个办法是极其有效的""战争,瘟疫和饥荒是达到这一目的的方法""战争、疾病和饥荒是抑制人口的主要力量"。说实在的,作者的这一结论完全出乎我的意料,似乎也已超出了学术的范围,让我感觉十分有"想象力",蹊径独辟,十分"大胆",十分令我"震撼"。在我的文化系统里,似乎没有这种可以考虑实战的"工具理性",工具般的理性。在我个人的文化系统中,在这样的问题上,有的恐怕只是同情、均分、给予(哪怕少一些),甚至"施舍",或其他可以"想象"得到的方法。这是只有西方才会提出的冷静的解决办法。这也许正是西方成功的窍门。我陷入沉思之中,却并不沮丧,也并非感觉不可思议。作者的结论给我上了令我震惊的很好的一课。这是一个很实在的思路。对所有的可能,你可以不接受,但你不能不了解、不知道、知其一而不知其二。白纸黑字提出这样的解决之道,确也比提不出行之有效的解决方案或束手无策更好、更有选择和面对的余地。相同或相似的经历(例如瘟疫和战争),在不同的地域发展出了有差异的价值观和方法论。在面对相同或相似的问题时(例如动物的瘟疫),西方文化表现出了决绝(他们杀鸡宰牛),而东方文化则一定会给予宽容和机会,总是可以商量的。在不同的时空中,它们会分别有益和有效。(在类似的问题上)多种文化的博弈,则会一直进行。

(《世界的饥饿》,美国 F.皮尔逊、F.哈珀著,蔡谦译,北京,商务印书馆,1981年11月第1版)

2011年2月4日 北京肆零书屋—2011年2月16日 合肥淮北佬斋

徐剑明:《"马尔萨斯幽灵"的回归》(社会学)

我们(比如我)只把粮食或小麦当成食品、农作物或精神家园,但西方人把它当成商品和武器。

我们现在吃的面粉的内容,并非20世纪80年代面粉的内容,更非20世纪70年代面粉的内容。这里面不仅可能有所谓的生物学变化,更有政治、商业、金融,甚至国家安全的内容。

这本书有简单入门的意义。但整本书对我而言,显得肤浅。这是这类书的通病。

2011年2月18日

(英国)卡罗琳·斯蒂尔:《食物越多越饥饿》(经济学或社会学)

非学术性的文字是笼统、大而化之的。学术性的文字则要求准确、具体,需要考察和研究后得到结论。

没能读懂这本书,不知道它在写什么。

(《食物越多越饥饿》,卡罗琳·斯蒂尔著,刘小敏、赵永刚译,北京,中国人民大学出版社,2010年1月第1版)

2011年2月22日　合肥淮北佬斋

第八届茅盾文学奖参评作品读评

一

读第八届茅盾文学奖参评作品,我有时会有意无意把它们纳入地域文化的框架里观看,如果把中国中东部大致以淮河秦岭为界分南北的话,那么参照系和历史文化的判断背景改变了,对阅读对象的评价自会生成新的视角。比如,北方很多作家的作品你读不过三五页就必须开始面对严酷粗粝的自然现实、生存现实或性角力,李骏虎的《母系氏家》、孙惠芬的《秉德女人》、雪涅的《白虎关》等,都是这方面的实例,这些作品洋溢着强烈的生命活力。所谓敢爱敢恨、敢生敢死,正是这些作品人物和文学故事的真实写照。

而南方作家却有着不同甚至相反的文化取向,方方写《水在时间之下》、储福金写《黑白》、苏童写《河岸》、刘醒龙写《天行者》、范小青写《赤脚医生万泉河》,你不仅难以找到迫在眉睫的物质生存绝境(不是没有,而是读者难以从宏观角度体会到作品人物的物质绝境),也很不容易一下子找到男女定期的生理冲动,更不容易多次找到男女之间压抑不住的强烈涉性信号。例如《黑白》通过棋人陶羊子、棋神袁青、棋魔方天勤(陈思和评语)的塑造,既在真实的大时代背景下描绘了长江流域人群的生活和命运,也特别地展现了围棋亚文化的魅力及其桃花源式的气氛,却基本上回避或者忽略了年齿带来的生理成熟问题;《天行者》压倒一切的是那种特别的日常生活的况味以及匮乏物质生存环境中的道德选择;《河岸》则专注于生存安全与正统序列的认同与排斥;南方的女性作家更是有意识地规避了粗糙生存环境中的生理描述。我想,南北两地作家的这种不同,没有任何是非的判断而只是一种文化的现状,也并非作家个人完全的理性选择而基本是地域元素打上的烙印。较低纬度和高温多湿、物产富足带来的稻作文化特征以及形体和身体力量上的差异会使得南方作家更多地转向复杂理解和思想表述,这样他们就相对地忽略了绝地生存和恐惧性的繁衍反应,诱惑他们的东西更细致更复杂。不过当然会有例外,譬如邓一光的《我是我的神》。

就我个人喜好而言,如果还从地域文化角度着眼,我觉得刘震云长篇小说《一句顶一万句》是北方文化滋养出来的一个突出的标本。这部小说从情节上看是一部找朋友,找知音,找家庭,找亲人,找身体和精神上能依靠的小说——上部"出延津记",写杨百顺(杨摩西、吴摩西)带媳妇的女儿巧玲出门找媳妇吴香香,结果把巧玲弄丢了;下部"回延津记",写几十年后巧玲的儿子牛爱国又出门找人,到延津等地找人,找媳妇,找外公,找先人……但寻找只是小说里这拨人嘈杂生活的自然延续,必然结果,这本书写的更是中国北方也就是黄河中下游地区几千年来的精神遗传:黄河流域深厚有力的传统生活方式,政权频繁更迭,战争连绵不断,农耕民族与游牧民族激烈碰撞、长期融合,这些碰撞、更迭和融合,在杨百顺们的骨子里打上的皮实、冲动、强壮、粗糙、随遇而安,充满了不确定性以至悲怆的"原基因",他们正应该是这样面食般而不是那样稻食般地生活的,他们正应该是杨百顺而不可能是陶羊子(《黑白》)、水上灯(《水在时间之下》)、"我"(《河岸》)和民办教师(《天行者》),这可能才是这本书的精华。

苏童的小说或给我一种"虚脱无力",也就是不那么实在的感觉,这有时候也正是一种"文化适应"的问题,即你从一种区域文化的认同突然转向另一种区域文化叙说,需要一个适应的过程。读这本书也是这样开始的。但读到第五十页之后感觉渐渐好起来了,可还是有疑问:这也是一本寻找"归宿"的小说吗?身体的和精神的。虽然这很有意义,但毕竟不鲜见了。小说读完,我陷入了沉思。《河岸》的确也是"寻找"的主题,但却是长江下游水乡稻作文化的思路和气质,完全不同于刘震云北方汗腥味文化气氛里看似"单纯"的寻找。《河岸》的寻找复杂和不同多了:题材方面,它要从距今不远的"文革"生活中寻找一条创作之路;思想方面,小说要寻找或证明的是来自"烈士母亲"所象征的正统范畴的安全和精神源泉;人文方面,它似乎要把"河"与"岸"之间的一种哲学关系推向一个新范式、新高峰——不是河岸,而是河与岸。在意识到这种可能之后,对《河岸》的河与岸关系的进展,我起初很紧张,小说已经比较成功地把河与岸的关系从自然地理层面推向了社会学意义的人与社会层面,我很担心小说后面的部分会放弃这种哲学把握,那就可惜了;同时,又很担心小说会把这种关系推向一个高点甚至一个极致,如果那样的话,那在我看来,这本书就有点不得了了。但作者没有推,一直到最后都没有推,关于慧仙的那一大部分偏离了"河与岸",在我看来应该大加深化的中心,特别是"一天"和"惩罚"这两章,虽然故事看起来更好看一些,但游离了本书的大目标,未能深化和固化"河与岸"之间的抽象关系,作品没有翻过我心中的那个"坎"。

正是这种地域文化的差异使我找到一种阅读的新视角,使我看到这176部参评作品的多样性以及它们某种不同的文艺学归属。当然,这种差异是有限和有边界的,甚至我们很容易就看到了其中的一个边界:刘震云的《一句顶一万句》、方方的《水在时间之下》、苏童的《河岸》,都有通过游行的"花车"成名并完全改变人生命运的情节。我想,这要么是作家想象能力的空间需要拓展,要么就是我们文化生活资源同质化情况比较严重,需要从另外的一些层面加以扩展和改进。

二

第八届茅盾文学奖参评作品题材多样,风格迥然,许多作品给我留下较深印象。例如方方的《水在时间之下》,这部作品写20世纪30年代武汉的梨园传奇,女主角水滴(水上灯)出身凸崛,经历传奇。按我的理解,这本书的书名《水在时间之下》,"水"既指人即"水上灯",也指地域,是南方水乡背景的范畴,还指演绎于某种特定环境中的人生,"在时间之下",也就是在时间这个框架内,整个书名的意思似乎是"在时间覆盖下南方水乡某人或某些人流水一样的人生"。虽然写法较传统,但作者有耐心,故事也结构得环环相扣,中后部十分好读。

当代政治题材的书写与当前社会多样化价值判断的匹配之间,仿佛总有种无可奈何的任性的排斥,这一方面是社会现实,另一方面也有书写的问题,例如刘醒龙的《天行者》,多次写到升国旗,这样的一种政治仪式在文学上并不好写,但在《天行者》中却让人感动,能够获得读者的认同。当这种题材与体制和意识形态问题高度重合的时候,怎样既保持对现实现状的清醒认知,又避免落入一种直白的社会学式的批判状态,同时还能敏感地提炼出生活中的文学元素,是对作者的重大考验,也需要作者找到充满文学灵感的角度和方式。《天行者》是这方面的范例。《天行者》的第一部"凤凰琴",特别能够看出作者个性化地驾驭当代现实题材的能力。但在第一部"凤凰琴"和第二部"雪笛"之间,有着明显的"断气"现象,这当然有各种原因,却留下了一道遗憾的"疤痕"。

韩东的《知青变形记》是知青的日常生活叙事,或者说看起来像知青的日常生活叙事,是"日常"的,是个人命运的,从宏观角度看甚至是微不足道的,而不是"宏大"的,但这正是要引起我们疑问的,即个人命运与大众命运、社会命运和时代命运到底是怎样的关系?个人命运与大众命运、社会命运与时代命运到底孰轻孰重?第一部分"前史"和第二部分"蜕变"看起来都是这种日常化的叙事。第三部分"日"除日常生活外,变成了锄耕文明的理想主义,很有点小农经济的乌托邦色彩,作者可能想用小农经济的满足感来补偿当时社会人文道德的"缺欠"。不过这一节里的季节安排发生了一些混乱,虽然无关大局,但挑剔的读者读起来总有点儿障碍。最后一部分,也就是第四部分"回家的路",离开了社会政治层面,进入了文化层面,这就使这部作品走得更远了一些。我认同的是作者一种"平和"而非剑拔弩张的文化观,这种文化观通过作品表现出来的就是一种平和的文学观。这种文学观显然更经得起时间的推敲。

储福金长篇小说《黑白》通过棋人陶羊子、棋神袁青、棋魔方天勤(陈思和评语)的塑造,既在大的时代背景下描绘了长江流域人群的生活和命运,也特别地展现了围棋亚文化的魅力及其乌托邦气氛,却基本上回避或者忽略了年齿带来的生理成熟问题,这更多的是一种文化选择。在南京作家的书写中,南京大屠杀经常成为相关现实题材作品绕不过去的一个门槛:悲情心理的暗影或会出现在作品中或作品的背后,也会成为读者评价南京作者的一个无法言明的标尺。葛亮写南京的《朱雀》,就使我阅读时不自觉地产生民族学或政治学意义上的抗拒。我更认同的还是《黑白》中关于南京大屠杀背景的处理。读者对一部小说的评价,真的很可能是"没来由"的。

郭文斌的《农历》也是一个角度独特的文本。小说目次按照农历一年中传统节日的先后次序排列:元宵、干节、龙节、清明、小满、端午、中秋、重阳、腊八等。从纸本书的汉字字面上,就能目视和感觉到醒目的中华文化气氛,是一种对传统文化或传说、民俗的文学性解读和形象化阐释,通篇洋溢着农业文明的平和及善意。小说借助两个懵懵懂懂的孩子——主要是小男孩六月和他的小姐姐五月——通过他们的视野看民俗的社会,通过他们的体验、提问、口口相传,传递传统文化的信息,并且讲出一些朴素的道理,例如:灰尘要打扫,人心上的灰尘(灰痂)更要打扫。但《农历》未能很好地解决在一个平面上平行运作的问题,这就使这部有想象力的作品打了折扣。另外,《农历》与霍结香的《地方性知识》题材相近,但写法和效果则完全不同。

潘灵的长篇小说《泥太阳》。泥太阳是一个村名。和刘庆邦《遍地月光》靠语言和对乡村生活极其个人化的理解取胜不同,同为农村题材小说,《泥太阳》读起来却颇有理想主义乌托邦的味道:新农村建设指导员路江民到上访落后村泥太阳指导新农村建设,本来有很多极难解决的社会性问题,他一出面,就一个个迎刃而解了,想咋就咋,要啥有啥(当然在艺术上也是看起来合情合理的),让读者有满足感,很神奇,很期待,也没有不真实的感觉,内容很充实。小说写得看起来很朴素,语言、结构、人物,都很朴素,某种程度上甚至就是按照新农村建设"生产发展、生活富裕、乡风文明、村容整洁、管理民主"二十字方针来打底子的,但骨子里有灵性,作者个性独具的构思和叙事,散发出迥然不同的文学感染力。

秦巴子《身体课》。全书以身体器官作为章节标题,分为眼、鼻、嘴、耳、乳房、手、脚。先是全能视角的叙述,让人物轮流出场,康美丽、林解放、林茵、窥视者冯六六,接着,"我"又直接出场介入文本,通过"我"把科技知识放进来,但其实这个"我"也还是全能视角的一部分,他不一定是真的"我"。具先锋元素的叙事让读多了传统写作的读者有解放感。

霍香结的《地方性知识》是本届茅奖参评作品中最具颠覆性的"另类"。从所有已有的标准看,它都不像一部长篇小说而更像一部人类学的学术著作,或者像一部田野考察报告。它的主要内容是对村庄、田野、民俗、方言、仪式、地形、季节、农作物、民间宗教、伦理纲常等的记录或描述。在评奖期间,被我问到的几位著名的文学评论家都断然拒绝我的偏好,说那"不是长篇小说"。但我认为它也有可以划入长篇小说类的理由,理由如下:

1. 总体来看,它还不是一个逻辑文本,不是提出问题,分析问题,解决问题的路径。它基本上还是一个感性的文本,有人物,有描写,有叙述,有对话,有一定的情感流露。其实,人类学著作经常以散文笔法写作,以第一人称叙述,以诗意的自然风光、较原始的农业生存状态为描述对象。

2. 那它是不是一部长篇散文呢?很像。但也可以不是。因为更重要的是,它有虚构。

3. 关于"虚构"。一是它的视角:作者设计了一个"李氏假设",这是虚构的前提。二是作者的写作动机:"写一本物性的或者重建想象的小说",作者还说:"小说和学术一样,开始走向实证性,这意味着小说的根本精神在发生改变,小说写作者必须有足够的精力和定力去学习新的东西,做田野考察。"三是书中"艺文志"部分明确为虚构。

最主要的,我觉得,它的存在是长篇小说创作开放性的一个看得到的信息。

2011.8.13 北京石景山区八大处全国宣传干部学院—2011.8.23 合肥